অন্য ভুবন

মনোরঞ্জন ব্যাপারী

মনোরঞ্জন ব্যাপারী এই সময়ের একজন বিতর্কিত লেখক। তাঁর জন্ম পঞ্চাশের মধ্যভাগে তৎকালীন পূর্ব পাকিস্তানের বরিশাল জেলায়। তিন বছর বয়সে উদ্বাস্তু হয়ে পরিবারের সঙ্গে এপার বাংলায় চলে আসেন তিনি। ঠাঁই হয় বাঁকুড়া জেলার শিরোমনিপুর ক্যাম্পে। দণ্ডকারণ্যে না যেতে চাওয়ার কারণে সমস্ত সরকারি সাহায্য বন্ধ হয়ে যাবার ফলে ফের একবার স্থানচ্যুত হন তাঁরা। আসতে হয় দক্ষিন ২৪ পরগনার ঘোলা দোলতলা রিফিউজি ক্যাম্পে। সেখানে ১৯৬৯ সাল পর্যন্ত ছিলেন। সেখান থেকে মনোরঞ্জন বাইরের জগতে বেরিয়ে পড়েন ১৪ বছর বয়সে। জীবনধারণের জন্য গরু ছাগল চড়ানো-চায়ের দোকানের গেলাস ধোয়া থেকে শুরু করে মুটে মজুরি রিকশা চালানো এমন নানা ধরণের শ্রমের কাজ করেন। আজও সেই শ্রমের কাজের সঙ্গেই যুক্ত আছেন।

জীবনের এক পর্বে তিনি জড়িয়ে পড়েছিলেন নকশাল আন্দোলনের সঙ্গে। তখন জেল হয় তাঁর। জেলে বসে নিজের উদ্যোগে মাটিতে কাঠির আঁচড়ে শেখেন বাংলা বর্ণমালা। ২৬ মাস পরে জেল থেকে ছাড়া পেয়ে কলকাতায় এসে পেটের তাড়নায় আবার রিকশা চালানো শুরু করেন। এইসময় ঘটনাচক্রে মহাশ্বেতা দেবীর সংস্পর্শে এসে সাহিত্যচর্চার শুরু হয়। প্রথম লেখালেখি শুরু করেন মহাশ্বতা দেবী সম্পাদিত পত্রিকা 'বর্তিকা'তে।

এরপর কিছু বছরের জন্য তিনি ছত্তিশগড়ে গিয়ে শ্রমিক নেতা শংকর গুহ নিয়োগীর আন্দোলনেও যোগ দেন। তিনি আততায়ীর গুলিতে নিহত হবার পর মনোরঞ্জন আবার কলকাতায় ফিরে আসেন এবং মূক-বধিরদের জন্য স্থাপিত হেলেন কেলার বধির বিদ্যালয়ে রাঁধুনি হিসাবে কাজে যোগ দেন। সেই কাজের ফাঁকে ফাঁকে চালিয়ে যেতে থাকেন লেখালেখি।

এ যাবত মোট তেরোখানা উপন্যাস ও শতাধিক গল্প নিয়ে মোট সতেরখানা বই প্রকাশিত হয়েছে তাঁর। পেয়েছেন পশ্চিমবঙ্গ বাংলা আকাদেমি, ২৪ ঘণ্টা অনন্য সম্মান, গেটওয়ে লিটফেস্ট রাইটার অব দ্যা ইয়ার [মুম্বাই] দি হিন্দু এওয়ার্ড [চেন্নাই] রবীন্দ্র স্মৃতি পুরস্কার [ক্যালকাটা ইউনিভার্সিটি] সহ অনেক পুরস্কার।

অন্য ভুবন

মনোরঞ্জন ব্যাপারী

eka

eka

First published in Bengali as *Anya Bhuban* in 2020 by Eka, an imprint of Westland Publications Private Limited

Published in 2024 by Eka, an imprint of Westland Books, a division of Nasadiya Technologies Private Limited

No. 269/2B, First Floor, 'Irai Arul', Vimalraj Street, Nethaji Nagar, Alapakkam Main Road, Maduravoyal, Chennai 600095

Westland, the Westland logo, Eka and the Eka logo are the trademarks of Nasadiya Technologies Private Limited, or its affiliates.

ISBN: 9789360456689

10 9 8 7 6 5 4 3 2 1

This is a work of fiction. Names, characters, organisations, places, events and incidents are either products of the author's imagination or used fictitiously.

Typeset by Kawshik Aki

Printed at Saurabh Printers Pvt. Ltd

ভূমিকা

অরণ্য! শাল, সেগুন, বীজা, আমলকি, বহেড়া, অর্জুন, কড়ড়্যা, মহুয়া এবং আরও অসংখ্য অনামা অচেনা বনস্পতির–অন্ধকার আদিম অরণ্য! দুর্ভেদ্য, ভয়াল, বিশাল! কোনকালে এখানে কোনো মানুষের পদচিহ্ন পড়েছে কিনা বোঝবার কোনো উপায় নেই। গাছের সঙ্গে জড়াজড়ি করে গাছ আকাশ ঢেকে রেখেছে। আর আগাছার সঙ্গে আগাছার ঝোপঝাড় জড়াজড়ি করে ঢেকে রেখেছে মাটি। সূর্য এখানে প্রবেশের অবাধ অধিকার পায়নি। আকাশ ঢাকা বৃক্ষ, পত্র-পল্লবে রুদ্ধ হয়ে রয়েছে আলো আগমনের সমস্ত পথ। তাই অন্ধকারই এই বন সাম্রাজ্যের একচ্ছত্র অধিপতি। সবুজ, ছাই ছাই, নিকষ, আবার কোথাও মেঘঢাকা আকাশের মত গুরু গম্ভীর–ভয় ধরানো। অন্ধকারের শরীর এখানে যেন বিবিধ বর্ণের ছায়ায় মায়ায় ঘেরা– অবোধ্য দুর্বোধ্য প্রাকৃতিক এক প্রহেলিকা। অবসন্ন, অবগুণ্ঠিত, উদাস এক মৌন রহস্যে মোড়া। যে রহস্যের উন্মোচন কঠিন শুধু নয়–অসম্ভবও বটে।

সামনে একটা বিশাল বৃক্ষ। কী গাছ ওটা? প্রায় এক একর জায়গা জুড়ে ডালপালা মেলা মহীরুহের ডালে ডালে নাচছে অনেকগুলো বিশালাকার পাখি। ঠোঁট লম্বা-অনেকটা বকের মত। লেজও বেশ লম্বা, প্রায় তিন চার ফুট। আর চোখগুলো হলুদ, পালকের রঙ ছিট ছিট। বন সাম্রাজ্যের স্তব্ধ শান্ত নিরুপদ্রব অঞ্চলে এক অনাহূত আগন্তুককে দেখে চোখে তাদের খেলে যায় অনন্ত বিস্ময়। নাচানাচি ভুলে কিছুক্ষণ স্থির হয়ে যায় ডালপালার উপর। পুঁথি পুস্তকে আফ্রিকার জঙ্গলের কিছু আক্রামক শিকারি পাখির কথা জানা যায়। মানুষের মাংস যাদের প্রিয় খাদ্য। এরা শকুন স্বভাবের সেই পাখি নয়। খুবই নিরীহ আর শান্ত।

ঘন জঙ্গলের উবর-খাবর এই পাহাড়ি অসমতায়– সামনে একটা চুলের সিঁথির মত সরু পথের চিহ্ন। সম্ভবতঃ এই পথে জঙ্গল চিরে বুনো বরাহ, সম্বর হরিণ কিংবা অন্য কোনো জানোয়ার দল বেঁধে হেঁটে গিয়ে থাকবে জল অথবা খাদ্যের সন্ধানে। তাই পথের একটা হালকা নিশানা। সেই পথ ধরে অতি কষ্টে লতা, ঝোপঝাড় সরিয়ে সরিয়ে পথের পাশের জঙ্গলের আগাছার আঁচড় খেতে খেতে একটা কোনো মনুষ্য বসতির সন্ধানে হাঁটতে হচ্ছে রাজিন্দর নামের এক যুবককে। যদি কোনভাবে একটা আশ্রয় খুঁজে বের করতে পারে–রক্ষা। তা নাহলে যে কী বিপদ ঘনিয়ে আসবে ভাবতেই তার বুক কেঁপে যাচ্ছে। এই জঙ্গলে নানা রকম জন্তু জানোয়ারের আবাস। যারা দু-পেয়ে মানুষ নামের জীবটাকে মোটেই পছন্দ করে না।

অন্ধকার খুব দ্রুত ঘন আর নিকষ হয়ে আসছে। চেনা চিহ্নগুলো মুছে আসছে একটু একটু করে। আর মাত্র অল্প কিছুসময়। তারপরই অতলান্ত অন্ধকার গ্রাস করে নেবে বিশ্ব চরাচর। নির্মম আলকাতরার পোঁচে মুছে যাবে বনরাজ্যের সবুজ আদিমতা। ধারণ করে নেবে ভয়াল আর বীভৎস আকার। তারই আগমন বার্তা শোনা যাচ্ছে নাম না জানা

পাখ পাখালির অবিশ্রান্ত আর্ত কলতানে। আগত অন্ধকারকে ওরাও হয়তো ভয় পাচ্ছে। হাজার হাজার, লক্ষ লক্ষ- কানে তালা লেগে যাবার মত চারদিকে আর্ত আওয়াজ। জংলী পোকামাকড়- তারাও গলা ছাড়তে শুরু করেছে। ঝিঁ-ঝিঁ-ঝাঁ-ঝাঁ। হুপ্ হুপ্ করে ডাকছে দলবদ্ধ শাখামৃগ। ওরাও কি ভয় পাচ্ছে নাকি! সূচিভেদ্য কালরাত্রির পদধ্বনিতে ওদের কি বুক কাঁপছে? জঙ্গলের রাত-বিভীষিকাময় মরা আর মারার অবাধভূমি। খাদ্য আর খাদকের জীবনযুদ্ধের রণাঙ্গন। কে আজ কার ঘাড়ে ঝাঁপিয়ে পড়বে- কে যে কার আহার হয়ে যাবে কেউ জানেনা। তাই রাত নামা মানে বন্য জীবনে একটা ভয়ংকর অনিশ্চয়তার কাল।

এই জঙ্গলে পথ হারিয়ে ফেলেছে রাজিন্দর। আগে এই পথে অনেকবার চলাচল করেছে। সাথে তখন অবশ্য নহরুরাম ছিলো। নহরুরাম নরেটি আদিবাসী জনজাতির নব্য যুবক। জঙ্গল যাদের জীবনের সঙ্গে জড়িয়ে আছে –তাই ওরা জঙ্গলকে ভয় পায়না। নহরু একবার খালি হাতে লড়াই করে ভাল্লুকের সাথে জিতেছিলো। সেই প্রথম রাজিন্দর ওকে দেখেছিল কাঁকের সদর হাসপাতালের বিছানায় শোয়া অবস্থায়। সম্বলপুরের মারোয়াড়ি শেঠ ওইটুকু দয়া দেখিয়েছিল, নিজের জিপে তুলে পৌঁছে দিয়েছিল হাসপাতালে।

ধর্মপ্রাণ মানুষ, সপ্তাহে একদিন সন্তোষী মাতার উপোষ করে, গো ব্রাহ্মনে দারুণ ভক্তি। গরুর মুখে ঘাস না দিয়ে নিজের মুখে খাবার তোলে না। অন্য কেউ হলে হয়তো নহরুকে জঙ্গলের মধ্যে ফেলে রেখে চলে আসতো। ভাল্লুক বা বন্যজন্তুর হাতে আদিবাসী এমন তো কতই মরে। আর একটা বেশি হলে এমন কী ক্ষয়ক্ষতি হতো! তবুও শেঠ তুলে এনেছিল। কারণ নহরু গোটা জঙ্গলকে চেনে হাতের তালুর মত। ও বাঁচলে তাতে শেঠেরই লাভ। নাহলে কে যাবে ঘন জঙ্গলের বুক চিরে চলে যাওয়া কোতরি নদীর বালুকনা চেলে উদ্ধার করা সোনা সংগ্রহে? শেঠের জন্য সোনা আনতে গিয়েই সে বিপদে পড়েছে, ভাল্লুকের আক্রমণে ক্ষতবিক্ষত হয়ে গেছে সারা শরীর।

কাঁকের হাসপাতালেই রাজিন্দরের সঙ্গে প্রথম পরিচয় নহরুর–বন্ধুত্ব। পরবর্তী সময়ে যতবার রাজিন্দর জঙ্গল ভ্রমণে এসেছে, সঙ্গে থেকেছে নহরু। শেঠ ওকে যতটা পারিশ্রমিক দিয়েছে রাজিন্দর দিয়েছে তার চাইতে কিছু বেশি। শহর ছেড়ে এই গভীর বনাঞ্চলে এসে সবার আগে গিয়ে উঠত নহরুদের বস্তিতে। এক আধদিন সেখানে থেকে পরিকল্পনা করে বেড়িয়ে পড়ত আরও গভীর জঙ্গলের দিকে।

এবার নহরু সাথে নেই। আসছিল সঙ্গেই কিন্তু কিছুপথ এসে ওর শরীর ফুঁড়ে মাতাদাই [বসন্ত] বেড়িয়েছে। খুব তাড়া ছিল রজিন্দরের। তাই ওর জন্য অপেক্ষা করার উপায় ছিলো না। পলাচুর গাঁও প্যাটেল সুরজারাম নহরুর 'সগা' মানে আত্মীয়। সেখানেই রয়ে গেছে নহরু।– আবকি বার তোর সংগরা হাম যা নাহি সকথন। মোর চিন্তা মাত কর তু নিকল যা।

নহরু একটু সুস্থ হলে নিজের গাঁয়ে ফিরে যাবে। ওকে হারানগড় বস্তিতে পৌঁছে দিতে সুরজারাম ব্যবস্থা করে দেবে। সুরজা ওই পলাচুর থেকে অন্য একটি ছেলেকে দিয়েছিল পথপ্রদর্শক হিসাবে। কথা ছিল সে সাত দশ দিন যা লাগে –রাজিন্দরের সঙ্গে

থাকবে। কিন্তু কিছু মাইল পথ এসে সে যে কোথায় গেল তা কে জানে! হারালো না পালালো সেটা বোঝা যাচ্ছে না।

আদিবাসী মানুষ– জঙ্গলে পথ হারাবে এটা ঠিক মানা যায় না। হতে পারে সভ্যজগতের মানুষ রাজিন্দরকে তার ভাল লাগছিল না। রাজিন্দর তার উদ্দেশ্য সম্পূর্ণ না করে কিছুতে পিছনে ফিরবে না, আর সে ফিরে যেতে চাইলেও তাকে ফিরে যেতে দেবে না, তাই লুকিয়ে পড়েছিল ঘন বনজঙ্গলের মধ্যে। তাকে খুঁজতে খুঁজতে রাজিন্দর নিজেই পথ হারিয়ে ফেলেছে। পথ হারিয়ে বিপদে পড়ে গেছে। নহরু হলে এমন অবস্থায় তাকে একা ফেলে কিছুতে পালাতো না। জঙ্গলে কীভাবে রাত্রিবাস করতে হয়, হারানো পথ কীভাবে খুঁজে বের করতে হয় রাজিন্দর তা জানেনা। যে কারণে বিপদের সম্ভাবনা তার খুব বেশি।

পাহাড়ি নদী কোতরি! কোথা থেকে এর শুরু আর কোথায় গিয়ে শেষ এখানকার কেউ তা জানে না। সে অতিকায় অজপগরের মত সারা বছর বুক চিতিয়ে টানটান– ঘুমে বিভোর। তখন তার বালির ঢেউয়ে চিক চিক করে সোনালী রোদ। সে সময় দূর-দুরান্ত থেকে সাহসী– স্বর্ণসন্ধানী মানুষ কোতরির বালি ছানতে আসে। কোতরির বালিতে মিশে আছে রেণু রেণু স্বর্ণকনা। ওরা সেই বালিতে সোনা খোঁজে।

পরিশ্রমী মানুষের দিনভর চালুনিতে চেলে ডাঁই করা সেই বালি কিনতে সম্বলপুর থেকে শেঠেরা জিপ নিয়ে আসে। বড়েগাঁও পর্যন্ত আসা যায় জিপে। তারপর আর সামনে এগোবার কোনো পথ নেই। উঁচু নিচু পাথর বেছানো সামনের পথে অতিকষ্টে কোনো সাইকেল মাত্র যেতে পারে। তাই জিপ থামিয়ে সেখানেই খানাপিনা মৌজমস্তি করে তারা। এই সব হোটেলে পয়সাওয়ালা লোকের সবরকম আনন্দের উপকরণ মজুদ রাখা আছে। উপকরণ আমদানী হয় শহর থেকে। শেঠেরা মনের আনন্দে এই জায়গায় অপেক্ষা করে। নহরু আর তার মত আরও অনেকে বাঁকে বয়ে বহু মাইল পথ পায়ে হেঁটে কোতরির সোনা মেশানো বালি পৌঁছে দেয় শেঠেদের কাছে।

এখানে নগদ টাকার লেনদেন এক প্রকার নেই বললেই চলে। আজও সেই পুরাতন বিনিময় প্রথা বহমান। শেঠেরা সেই সোনা মেশানো বালি পাল্লার এদিকে চাপিয়ে আর একদিকে চাপায় নুন। নুন এখানে সোনার চেয়েও দামী। কোনো কোনো শেঠ আবার ওই বালির বদলে চা পাতা, গুড়, সাবান, নানা দরকারি দ্রব্য বিক্রি করে। তবে আদিবাসী মানুষের কাছে অন্য সব পদার্থের চেয়ে নুন খুব প্রয়োজনীয়। কয়েক হাজার মাইল ব্যাসার্ধের এই বনাঞ্চলে লোহা, তামা, বক্সাইট বিবিধ খনিজ সম্পদ পাওয়া গেলেও নুনের কোনো উৎপাদন হয়না। ফলে নুন এখানে দুর্মূল্য।

বর্ষায় এখানকার কোতরি নদীর রূপ বড় ভয়ংকর। তখন তার বিকট গর্জনে কান পাতা দায়! জলের স্রোতে যেন করাতের ধার। দু পারের বিশাল বিশাল গাছ কেটে ভেঙ্গে ছিঁড়ে-টেনে কোথায় যেন ভাসিয়ে নিয়ে চলে যায়। তখন প্রায় তিন-চার মাস এপারের সাথে ওপারের আর কোনো যোগাযোগ থাকে না। কোতরির ওপারের লোক তাই বর্ষা নামার আগে যা কিছু জীবনধারণের জন্য প্রয়োজনীয় এপার থেকে সংগ্রহ করে নিয়ে

জমা করে রাখে। যার মধ্যে নুন অতি দরকারি দ্রব্য।

এখন কোতরি যেন এক ঘুম কাতর অবোধ বালিকা। তার কোথাও কোনো দুষ্টুমি চাঞ্চল্য অবাধ্যতার ছাপ নেই। শুধু এখানে সেখানে ছোট ছোট কয়েকটা ডোবায় কিছু নীলাভ জল ধরে রেখে নিথর। সেই জলে কিলবিল করছে কিছু ছোট ছোট মাছ। আর যতদূরে চোখ যায় শুধু সোনারঙের বালি আর বালি। একটা গোটা মরুভূমি যেন আশ্রয় নিয়েছে কোতরির বুকে।

কোতরি পার হয়ে দক্ষিণ-পশ্চিম কোন বরাবর হাঁটলে বিশ পঁচিশ মাইল বাদে বাদে চারটে আদিবাসী গ্রাম। রাবনভাটা, বেরমামারী, নদীচুয়া, তারপর মান্ডাগাঁও। প্রতি গ্রামে কুড়ি পঁচিশ ঘর মানুষের বসবাস। এই সব গ্রামের পরিচয় বনগ্রাম হিসাবে। সরকারি খাতায় যাদের আর এক পরিচয় 'নেই' গ্রাম। যার ফলে এদের ভোটার লিস্টে নাম নেই, রেশন কার্ড নেই, জনগণনার নথিতে কাউকে খুঁজে পাওয়া যাবে না। মূলতঃ জঙ্গল নির্ভর এই সব মানুষের জীবন। মান্ডাগাঁও পার হয়ে জঙ্গল চিরে যে পথটা সামান্য বাঁদিকে বেঁকে উঁচু নিচু হোঁচট খাওয়া সর্পিলতায় সামনে এগিয়ে গেছে–সেটাই হচ্ছে অবুঝমাড়ে যাবার পথ।

মাড়! অবুঝমাড়, যেখানে বসবাস করে আদিম জনজাতির একদল হিংস্র, ক্রুদ্ধ, রাগী মানুষ। যারা সভ্যজগতের রীতি, নীতি, ভাষা, সংস্কৃতি বুঝতে চায়না। সভ্যজগতের মানুষ তাদের বোঝাতে পারে না। তাই ক্ষোভে দুঃখে নাম দিয়েছে অবুঝ। আন্দামানের জাড়োয়াদের মত মুড়িয়া জনগোষ্ঠীর এইসব মানুষ এখনও বস্ত্রের ব্যবহারে পারঙ্গম হয়ে ওঠেনি। অনুভব করে উঠতে পারেনি বস্ত্রের প্রয়োজনীয়তা। তাই আদিম সভ্যতা –সারল্য আঁকড়ে রেখে মানুষগুলো আজও শিশুর মতোই সরল অসচেতন– উদোম।

সভ্যজগত দ্বারা আবিষ্কৃত নির্মিত কিছু কিছু জিনিসের সত্যিই আবশ্যকতা আছে। যা নাগালে এলে মানুষের জীবনধারণ অনেক সহজ আর কষ্টলাঘব হয়ে যায়। যেমন সাইকেল! যে পথ একজন মানুষের হেঁটে যেতে কয়েক ঘণ্টা লেগে যায় সাইকেলের ব্যবহার শিখে গেলে তার অনেক কমসময়ে পৌঁছে যেতে পারে। যেমন প্রাণদায়ী ওষুধ, যা মানুষকে রোগমুক্তি আর দীর্ঘ জীবন দিতে সহায়ক।

আবার কিছু জিনিস না হলেও চলে– কিন্তু বৈশ্য সমাজ তার ব্যবসায়িক প্রয়োজনে মানুষের মধ্যে সেই জিনিসের প্রতি প্রলুব্ধ করে তুলতে চায়। যেমন হাজার রকমের প্রসাধন সামগ্রী। কেশ লম্বা আর দীর্ঘ করার তেল। সত্যিই এতে কারো কোনো উপকার হয় কিনা সে বিতর্কে না গিয়েও বলা যায়, এসব না হলেও খুব একটা ক্ষতিবৃদ্ধি হবেনা।

দেখতে গেলে মাত্র প্রাকৃতিক কারণ ছাড়া আর তেমন কোনো কারণ নেই যার ফলে বস্ত্রের খুব একটা প্রয়োজন হতে পারে। খানিক গরম কাপড় হলে শীতের প্রবল কামড় থেকে আত্মরক্ষা সহজ হয়ে যায়। তার বেশি আর কিছু নয়। লজ্জা নিবারণ–এটা মাত্র একটা কথার কথা– একান্তই একটা ব্যক্তিগত বিষয়। কিসে কার লজ্জা রক্ষা হবে সেটা নির্ভর করে ব্যক্তির নিজস্ব মন মানসিকতার উপর। যার কিছুটা আবার নির্ভরশীল স্থান-কালের উপর। সমুদ্র সৈকতে মানুষ যে পোষাকে যে ভাবে ঘুরে ফিরে বেড়াতে

পারে, ঘুরতে বিব্রত হয়না, লজ্জা পায়না– সেই একই মানুষ ওইভাবে রাজপথে, পার্কে হেঁটে– বৃষ্টিতে ভেজার আনন্দ নিতে চাইবে না।

পাহাড়, নদী, জঙ্গল ঘেরা 'মাড়' এমন একটা অঞ্চল যেখানে আধুনিক সভ্যতার সামান্যতম বিকিরণও এসে পৌঁছায়নি। রেললাইন কাকে বলে, কেমন করে দুটো সরু লোহার পাতের উপর দিয়ে বিশালকায় রেলগাড়ি তীরবেগে দৌড়ে যায়, কেমন করে আকাশে এরোপ্লেন ওড়ে– এরা তা জানেনা। এইসব না জেনেও তারা হাজার বছর ধরে নিজস্ব সমাজ, সংস্কৃতি, আচার, বিচার নিয়ে বেঁচেবর্তে আছে– বলা যায় সুখে না থাকুক নির্বিবাদ শান্তিতে আছে। যোগাযোগ ব্যবস্থা, সংবাদের আদান প্রদান, সর্বোপরি এদের অবোধ্য ভাষার কারণে– মাড়ের এই বিশাল অঞ্চল সভ্য মানুষের কাছে একটা অনাবিষ্কৃত দ্বীপ– যা সমাধান অযোগ্য রহস্যের মত। অনেক মানুষ এখানকার সমাজ, সংস্কৃতি, জীবনচর্চা জানতে উৎসুক। এখানে আসতে চায় আবার কিছু লোভী শয়তান। এই সহজ সরল মানুষগুলোকে লোভী সভ্যতার লুণ্ঠন থেকে রক্ষা করতে তাই ভারত সরকারকে কিছু কঠোর হতে হয়েছে। ঘোষণা করতে হয়েছে মাড় অঞ্চলকে সংরক্ষিত অঞ্চল হিসাবে। ওরা থাকুক ওদের নিজস্ব সমাজ, সংস্কৃতি, স্বাধীনতা আর সারল্য নিয়ে। কেউ যেন ওদের বিরক্ত, বিব্রত করতে না আসে। যদি বিশেষ কোনো কারণে একান্তই কাউকে মাড়ে যেতেই হয় তাহলে মাননীয় জেলা শাসকের অনুমোদনপত্র লাগবে। তবে তারপরেও– কোনো অবস্থায় ক্যামেরার ব্যবহার করা চলবে না। শিশুর মত সরল আর অসাবধান বনবালাদের ছবি তুলে বাজারজাত পণ্য বানাবে সেটা করতে দেওয়া হবে না। বাজারের প্রয়োজনকে মাথায় রেখে স্বল্পবসনা– প্রায় নগ্ন নারীদের যে সব উত্তেজক ছবির বিপণন করা হয়– নারীদেহ দর্শক সেইসব ক্রেতাদের চোখে বিনা সাজসজ্জার অবিকৃত আদিম দেহসৌষ্ঠব অনেক দামী। অনেক উত্তেজনার উপাদান।

আইন তৈরি হয় ভাঙ্গবার জন্যই। বিধিনিষেধের রক্তচক্ষুকে ফাঁকি দিয়ে অনেকেই চোরাপথে ওই অঞ্চলে গেছে। যেখানে হাজার হাজার রাইফেল কামান নিয়ে বর্ডার পাহারা দেওয়া সেপাইয়ের চোখকে ফাঁকি দিয়ে বিদেশে লোক পালিয়ে যাচ্ছে– সেখানে দেশের মধ্যের একটা বনাঞ্চল আর কতই বা ঘিরে রাখা যায়! যারা ওখানে যায় তাদের সবাই যে আদিবাসী ফারসার কোপে বা বন্য জন্তু-জানোয়ারের হাতে মারা পড়ে তা নয়, কেউ কেউ সশরীরে ফিরেও আসতে পারে। কয়েক বছর আগে এমন ভাবে গিয়ে রাজিন্দরও অক্ষত অবস্থায় ফিরে আসতে পেরেছিল। তাই আজ আবার যেতে চাইছে ওই নিষিদ্ধ অঞ্চলের অভ্যন্তরে।

আদিবাসী মানুষ সভ্যজগতের মানুষকে একদম সহ্য করতে না পারার কারণ আগে যারা যারা ওখানে গেছে মাড়বাসীর সরলতার সুযোগ নিয়ে তাদের শুধু ঠকিয়েই এসেছে। সবচেয়ে বেশি প্রতারণার শিকার হয়েছে আদিবাসী ললনারা। মিথ্যা প্রেমের ফাঁদ পেতে তাদের কাছ থেকে সব সুখ আদায় করে নিয়ে কাউকে বর্ণসংকর সন্তানের জননী আর কাউকে অনারোগ্য যৌন রোগাক্রান্ত করে পালিয়ে চলে গেছে। এই ঘটনাগুলোর অধিকাংশ সংঘটিত হয়েছে মাড় সংলগ্ন খনি খাদানে কিংবা বনাঞ্চলে বাঁশ,

বল্লী, তেন্দুপাতা বহন করে নিয়ে যেতে আসা ট্রাকের চালক খালাসীদের দ্বারা। সেই তিক্ত বিষাক্ত স্মৃতি এখন এদের রক্তমাংসে এত সজীব যে নিজের সমাজের বাইরে কাউকে দেখতে পেলেই হাত আপনা আপনি কাঁধে ঝোলানো তীর-ধনুক অথবা ফারসা, টাঙ্গি আঁকড়ে ধরে। হাত নিশপিশ করে ওঠে মেরে দেবার জন্য। এই রকম বিপজ্জনক মুহূর্তে সাথে কোনো আদিবাসী মানুষ থাকলে ভাল হয়। যে আক্রমণকারীকে বুঝিয়ে বলতে পারবে যাকে শত্রু বা হানিকারক ভাবছো– সে তা নয়। কোনো অসৎ উদ্দেশ্যে এখানে আসেনি। তেমন কিছু করতে চাইলে আমি তো আছি– থামিয়ে দেবো। যে জন্য বারবার রাজিন্দর নহরুর সাহায্য নিয়েছে।

এবার একেবারে নিষিদ্ধ অঞ্চল মাড় পর্যন্ত যাবার কোনো ইচ্ছা বা পরিকল্পনা করেনি রাজিন্দর। মাড়ের সীমান্ত সংলগ্ন ষোলোটি পরিবারের যে ছোট্ট গ্রাম– মেন্ডরা, সেদিকেই পা বাড়িয়েছিল রাজিন্দর। পথপ্রদর্শক ছেলেটা নিখোঁজ না হয়ে গেলে এতক্ষণে সেখানে পৌঁছে যাবার কথা ছিল। পলাচুর থেকে পায়ে হেঁটে খুব বেশি হলে দশ-বারো ঘন্টার পথ। নিখোঁজ ছেলেটাকে খুঁজতে খুঁজতে সে এখন ঠিক কোনদিকে এসে পড়েছে কিছু বুঝতেও পারছে না। জঙ্গলের এই এক মস্ত অসুবিধা– যে পথ হারায় সে হারাতেই থাকে। মনে হয় যেন ঠিক পথে চলেছি কিন্তু চলতে চলতে যেখানে পৌঁছে যায় আর হয়তো ফিরে আসতেই পারেনা। আহার হয়ে যায় কোনো বন্যজন্তুর।

আদিবাসীদের শব্দভাণ্ডার খুবই সীমিত। হুঁ, হ্যাঁ, না ছাড়া বিশেষ কিছু জানেনা। সভ্যজগতের মানুষের মত ঘন্টার পর ঘন্টা কথা বলতে পারে না। স্বভাবতঃ ছেলেটা খুব কম কথা বলছিল। আগে আগে হাঁটছিল রাজিন্দর আর পিছনে পুনউরাম। পথ দেখাবে বলে যাকে সুরজারাম সাথে পাঠিয়ে দিয়েছে। পাথর খোদাই মুখের আদল দেখে যার মনের কথা মালুম করা যায়নি। মান্ডাগাঁও থেকে মনে হয় মাইল সাতেক সামনে এগিয়ে ছিল ওরা। যার সামনে আর কোনো বস্তি বসতি নেই– আর কয়েক ঘন্টা পথ পার হলেই সেই মেন্ডরা বস্তি। অনেকক্ষণ চলার পর পিছন থেকে কোনো সাড়া শব্দ না পেয়ে পিছন ফিরে অবাক হয়ে গিয়েছিল রাজিন্দর। পিছনে পুনউ নেই। কী হল তার? কোথায় গেল? কোনো জন্তু জানোয়ার আক্রমণ করে থাকলে এত নিঃশব্দে তো একটা মানুষকে তুলে নিয়ে চলে যেতে পারে না। তাহলে হলো কী, নেই কেন সে!

অনেকক্ষণ কিংকর্তব্যবিমূঢ় হয়ে সেখানেই দাঁড়িয়ে থাকতে হয় রাজিন্দরকে। পরে বুঝতে পারে এইভাবে একা একা এক পাও সামনে আগানো বুদ্ধিমানের মত কাজ হবে না। ফিরেই যেতে হবে। কিন্তু পিছন ফিরে কোনমতেই ঠিকঠাক পা ফেলে মান্ডাগাঁও আসতে পারেনি। জঙ্গল পথে চলবার নিয়ম হচ্ছে পথের দু ধারে ডালপালা ভেঙ্গে ভেঙ্গে রেখে আসা। যাতে ফেরার সময় চিনতে ভুল না হয়। কিন্তু এবার পুনউ সাথে থাকায়–আর দ্রুত মেন্ডরাগাঁওয়ে যাবার তাড়ায় সেসব কিছুই করে আসা হয়নি। তাই চেনা পথ অচেনা হয়ে গেছে। চলতে চলতে পথ হারিয়ে ফেলেছে। এখন যে কোথায় এসে পৌঁছেছে কিছুই বুঝে উঠতে পারছে না।

পুনউ যখন হারায় তখন সূর্য ছিল ঠিক মাথার উপরে। তাই সামান্য সামান্য

আলোর আভাস পাওয়া যাচ্ছিলো। তখন থেকে এই আঁধার নামা সময় পর্যন্ত পাগলের মত শুধু পথই খুঁজছে। খুঁজতে খুঁজতে হাঁটছে। যত হাঁটছে তত হারাচ্ছে। জঙ্গলের এই এক মস্ত অসুবিধা, একবার হারিয়ে গেলে চেনা পথে ফিরে আসা বেশ কঠিন। তখন সবদিকই সমান। তাই এখন এগুচ্ছে না পেছুচ্ছে বোঝবার কোনো উপায় নেই।

এই জঙ্গলে বাঘ আছে! তবে পর্যাপ্ত পরিমানে আহার মিলে যাবার কারণে এখানকার বাঘ নরখাদক নয়। আকারেও তারা কিছুটা ছোট সাইজের। কিন্তু ভাল্লুক, বিশেষ করে এখানকার মাদী ভাল্লুক ভয়ানক রকম হিংস্র। ভাল্লুকের সামনাসামনি এসে গেলে প্রাণরক্ষা করা খুব মুশকিল হবে। বড় অদ্ভুত জীব এই ভাল্লুক। এরা এমনিতে তো নিরামিষ আহার পছন্দ করে কিন্তু মানুষ পেয়ে গেলে কিছুতে ছাড়তে চায় না। চিরে-ফেঁড়ে একাকার করে দেয়। কোনো দয়ামায়া দেখায় না। তাই এখন প্রাণভয়ে প্রাণপনে ছুটতে থাকে রাজিন্দর। অন্ধকার নামার আগে কোথাও পৌঁছাতে হবে। ঝোপের কাঁটায় লেগে হাত পা ফালাফালা হতে থাকে তার। আশ্রয় চাই, রাতটা কাটাবার মত একটা নিরাপদ আশ্রয় এখন খুব দরকার।

পাহাড়ি পথ ধরে গড়গড়িয়ে কিছু পথ নিচের দিকে নামবার পর জঙ্গল কিছুটা পাতলা হয়ে এল। দেখা গেল সামনে কিছুটা সমতল ক্ষেত্র। যে ভীষণ অন্ধকার তাড়া করছিল তা এখন ততটা ভয় উদ্রেককারী নয়। সমতল ক্ষেত্রে দেখা যাচ্ছে কিছু সরু আর শক্ত বুনোবাঁশের ঝাড়ঝোঁপ। সবচেয়ে যেটা আশ্চর্য ও আশাব্যঞ্জক– বাঁশের ঝাড়গুলো অক্ষত নয়। দু চারটে বাঁশের কাটা টুকরো মাটিতে শোয়ানো। কে কেটেছে এখানকার বাঁশ? মানুষ নিশ্চয়! মানুষ ছাড়া কাটা বাঁশে কার কী প্রয়োজন? দেখে মনে আশা জাগে –কাছেপিঠে কোথাও নিশ্চয় কোনো জনবসতি আছে। যাদের ঘরদুয়ার ঘেরা বেড়ায় বাঁশের দরকার পড়ে।

এতক্ষণে মনে পড়ে রাজিন্দরের কাছে একটা টর্চ আছে। যদিও অন্ধকার এখনো সেভাবে চোখ চেপে ধরেনি তবু কাঁধের ব্যাগ খুলে টর্চ বের করে চারদিকে আলো ফেলে। তারপর দ্রুত হাঁটে। লতাপাতা, কাঁটা আর ঝোপঝাড়ে চলার গতি শ্লথ করে দিতে চায়। পায়ের নরম মাংসে আঁচড় কাটে। তবু থামতে পারেনা রাজিন্দর। একটা সরু পথের রেখা পেয়ে সেই পথ ধরে এগিয়ে চলে।

গাছের পাতার উপর ঝিক্‌মিক্ ঝিক্‌মিক্ করে জোনাকির আলো জ্বলছে, ডালের উপর ডানা ঝাপটাচ্ছে একদল নিশাচর পাখি। শুকনো পাতার উপর কেমন যেন গা ছম্‌ছম্ খসরখসর শব্দ। হয়তো পিছু নিয়েছে কোনো মাংসাশী প্রাণী। আসবার সময় নহরু একখানা ধারালো ফারসা দিয়ে বলেছিল– ম্যায় তো যা নাহি সাকথন, মোর ফারসালা সাথমে রাখলে সাহাব। মুশিবত্‌মে কাম আহি।

বনগ্রামের মানুষ ঘর ছেড়ে পথে নামলে তিনটি জিনিস সাথে নিতে কখনও ভুল করেনা। কাঁধে একটা ধারালো ফারসা বা টাঙ্গি, একটা জলভরা পাত্র,আর একটা দেশলাই। হয়তো পথে কোনো জানোয়ার ঝাঁপিয়ে পড়তে পারে। তখন কাঁধের ধারালো অস্ত্রটি কাজে লাগাতে হবে। হতে পারে পথে তেষ্টা পাবে। জঙ্গলে কোথাও জল পাবার

সম্ভাবনা নেই। বহন করে আনা জল তখন প্রাণ বাঁচাবে। আর যদি জঙ্গলে রাত কাটাতে হয়, কোনো গাছের গোড়ায় কাঠপাতা জড়ো করে আগুন জ্বেলে সেই গাছের ডালে চড়ে বসলে বিপদ হবার আশঙ্কা থেকে মুক্তি পাওয়া যাবে। তবে বনগ্রামের সর্বত্র এখনও দেশলাই পাওয়া যায় না। যেখানে পাওয়া যায় সেখানে ওটা সবাই করে। তবে এখন এক হাতে তিন ব্যাটারির টর্চ জ্বেলে আর এক হাতে ফারসার বাঁট চেপে ধরে দৃঢ় পায়ে সামনে আগায় রাজিন্দর। মনে মনে শপথ নেয়– যদি কোনো অজানা বিপদ এসে উপস্থিত হয়,সহজে হার মেনে নেবেনা। একটা প্রতিরোধ নিশ্চয় খাড়া করবে। বনপথে চলতে হলে কিছুটা মনের জোর তো রাখতেই হবে। মনের জোর না থাকলে সে এমন সাহসী অভিযানে আসতেই পারবে না।

...পথ নয়, পথের একটা অস্পষ্ট রেখা মাত্র। দুদিকে কিছু হলদে হয়ে যাওয়া শুকনো ঘাস। সেই পথে কিছুটা সামনে এগিয়ে একটা গাছের তলায় দাঁড়ালো রাজিন্দর। কেমন যেন একটা চেনা চেনা গন্ধ নাকে এসে ধাক্কা মারলো। টর্চের আলো ফেলে চারদিকের জঙ্গল-জমিন, উদ্ভিদে আচ্ছন্ন ঝোপঝাড় গাছের গোড়া সব কিছু আতিপাতি করে খুঁজে চেনা গন্ধের উৎসটা জানতে চায়। প্রতিটা জঙ্গলের একটা নিজস্ব গন্ধ আছে। যা তাকে অন্যসব জঙ্গল থেকে আলাদা করে দেয়। বেশ কিছুসময় পরে বুঝতে পারে এটা হচ্ছে মহুয়া ফুলের মদির গন্ধ। যে ফুল সন্ধ্যে হলেই ফোটে আর সারারাত গন্ধে জঙ্গলকে আমোদিত করে ভোর বেলায় ঝরে যায়। মহুয়ার ফুলে মদ হয় যা আদিবাসী মানুষের বড় প্রিয় পানীয়।

এইসময় হঠাৎ তার কানে এসে লাগে একটা চেনা শব্দ! দূরে– বহু দূরে দ্রিমি দ্রিমি নাগাড়া বাজছে। নাগাড়া যখন বাজছে গ্রাম অবশ্যই আছে। আর নাগাড়ার শব্দ যখন কানে এসে বাজছে তখন খুব বেশি দূর নিশ্চয় নয়। তাহলে ওখানে যাওয়া কঠিন হবেনা।

রাত গভীর হলে এই বাজনার অন্য অর্থ হতে পারত। চোরাগোপ্তা শিকারীরা একদিকে শক্ত ফাঁদ পেতে জঙ্গলের অন্যদিক থেকে এভাবে বাজনা বাজিয়ে জন্তু-জানোয়ারকে ফাঁদের দিকে তাড়া করে নিয়ে যায়। এখন সবে সন্ধ্যা, তাই এটা শিকারিদের বাজনা নয়, তাড়া খাওয়া জন্তুরা এদিকে আসার ভয় নেই। ওটা কোনো গ্রামেই বাজছে। আওয়াজ লক্ষ্য করে হাঁটতে থাকে রাজিন্দর।

অনেক সময় হেঁটে যেখানে পৌঁছায় সেটা একটা গ্রামই বটে। ম্যাপে যাদের নিশানা থাকেনা, সরকারি নথিপত্রে যাদের নাম থাকেনা, সভ্যজগতের মানুষ যাদের খোঁজ খবর রাখেনা– এ তেমনই একটা বনগ্রাম। এইসব গ্রামের ঘর বাড়িগুলো সাধারণতঃ একটা থেকে আর একটা পাঁচ-দশ আবার কোনটা পঁচিশ-তিরিশ একর জমি পরিমান দূরে দূরে হয়ে থাকে। মাঝে থাকে গাছপালা, বন-বনানী পাথর, পাহাড়। তাই সঠিকভাবে অনুমান করা যাবে না কত বড় গ্রাম আর কত পরিবারের বসবাস। হতে পারে পুরো পাড়ায় মাত্র পঁচিশ পরিবার বাস করে কিন্তু যা ছড়িয়ে ছিটিয়ে আছে এক দেড় মাইল জুড়ে। তাই গ্রামের শেষ মাথার মানুষটিকে বার্তা দেবার জন্য অনেক সময় ওই মাদল ধামসায় আঘাত করে আওয়াজ তুলে তাকে জানান দিতে হয়। সেটাই করা হচ্ছিল একটু আগে।

গ্রামের কাছে পৌঁছে রাজিন্দর বড়ই অবাক! এ কোথায়, কোন গ্রামে এলাম! প্রতি ঘরের চারদিকে মজবুত কাঠ আর বাঁশের এক মানুষ সমান উঁচু শক্ত ঘেরা বেড়া। উঠোনে জ্বলছে গনগনে আগুনের কুণ্ডলী। মোটা মোটা গাছের গুঁড়ি আগুনে পুড়ছে। এই আগুন সারারাত জ্বলতেই থাকবে। জংলী জানোয়ারদের ভয় দেখাবার জন্য আর আলো পাবার জন্যে সমস্ত বনগ্রামের ঘরের উঠোনে বারোমাসকাল অগ্নিকুণ্ড জ্বালিয়ে রাখা অতি প্রয়োজনীয়। এগুলো অতি স্বাভাবিক আর পরিচিত দৃশ্য। এতে নতুনত্ব কিছু নেই।

তবে নতুন যা- কুণ্ডের আলোয় দেখা যাচ্ছে উঠোনের মাঝের আগুনের কুণ্ড ঘিরে গোল হয়ে ঘাসের বিছানায় শুয়ে বসে বিশ্রাম নিচ্ছে নানা বয়সের একদল নরনারী। সংখ্যায় যারা জনাদশেক হবে। পুরুষদের মাথায় কুচকুচে কালো আর কোঁকড়া চুল, যা কাঁধ পর্যন্ত নেমে এসেছে। পরিপাটি করে আঁচড়ানো চুলে গোঁজা ছোট্ট একটা কাঠের চিরুনি। যার উপর তেরছা করে বাঁধা রঙিন রুমালের মত এক টুকরো কাপড়ের ফালি। যাতে আবার রঙ বেরঙের পাখির পালক গোঁজা। কারো মাথায় পালক গোঁজা জমকালো পাগড়ি। আর সবার গলায় লাল হলুদ নানা বর্ণের বীচির মালা। পরিধানে মালকোচা মারা খাটো কাপড়। খালি গা। গায়ের রঙ তেল চকচকে বেগুনের মত কালো। সবারই মোটামুটি সুস্বাস্থ্য বলা চলে। যে স্বাস্থ্য দুধ, ঘী, ননী, মাখন নয়–রোদ, জল, ঝড়, বৃষ্টি বহুবিধ প্রাকৃতিক বিরুদ্ধ শক্তির সঙ্গে মোকাবিলা করেই অর্জিত হয়ে থাকে।

মেয়েদের সবার মাথার চুলে খোঁপা। খোঁপার উপরে জড়ানো বনফুলের মোটা মোটা মালা। হাত, মুখ, বুক, গলায় উল্কি আঁকা নানা চিত্র। আবার হাতে, পায়ে, গলা, কোমরে মোটা মোটা রূপোর গহনা। গায়ে কারো ব্লাউজ নেই, তবে গলার গোছা গোছা বীচির মালায় বুকের অনেকটাই ঢাকা পড়ে আছে। তাদের প্রত্যেকের একটা গামছাতুল্য কাপড়ের টুকরো আঁটোসাটো করে পড়া। এদেরও সুস্বাস্থ্য চোখে পড়ার মত। তারা কথা বলছে কম কিন্তু হাসছে খুব বেশি।

আদিবাসী অঞ্চলে অনেকদিন আসা যাওয়া করে রাজিন্দর। কিন্তু এখন এদের দেখে কিছুতে বুঝে উঠতে পারছে না এরা কারা! কোন জনগোষ্ঠীর মানুষ। এদের বেশভূষা, আচার-আচরণ আর ভাষা সব একেবারে অচেনা। অনেক বছরের আসা যাওয়ায় গোণ্ড, মুড়িয়া, মাড়িয়া, হল্বা, কয়া, বয়া– এদের সবার কমবেশি আচার-আচরণ, ব্যবহার, ভাষা কিছু কিছু জানে রাজিন্দর। এরা কোন গোষ্ঠীর এদের দেখে যে কিছুই জানা বোঝা যাচ্ছে না। তবে কী এরা সেই 'দন্ডামী' জনগোষ্ঠীর মানুষ? নানান প্রাকৃতিক বিপর্যয়ে যাদের সংখ্যা কমতে কমতে মাত্র কয়েক শততে এসে দাঁড়িয়েছে! কিছু বছর আগে যাদের একটা অংশকে অন্ধ্রপ্রদেশ ও ছত্তিসগড়ের সীমা সংলগ্ন অঞ্চলে খুঁজে পাওয়া গিয়েছিল। মূলতঃ গরু, শূকর, ভেড়া, মুরগি এইসব পশুপালন ও বনজ ফল-ফলাদি নির্ভর এদের জীবন। সামান্য কিছু চাষবাস সময়ের সঙ্গে সঙ্গে এরা শিখে গেলেও প্রধানতঃ জঙ্গল থেকেই এরা সংগ্রহ করে প্রাণধারণের যাবতীয় উপকরণ। যাযাবর স্বভাবের এই সব মানুষ আহারের সন্ধানে এক জঙ্গল থেকে আর এক জঙ্গলে ঘুরে বেড়াতে বেড়াতে এখানে এসে থিতু হয়েছে! আর সেটা হয়েছে নিজস্ব সমাজ সংস্কৃতি বজায় রেখেই। এরা তেমন হিংস্র নয়।

হয়তো এই কারণেই এদের বারবার একস্থান থেকে স্থানান্তরে গমন করতে হয়। মারকুটে হিংস্র সমাজের সঙ্গে পাল্লা দিতে না পারায় এক অর্থে পালিয়ে বাঁচতে হয়। আশ্রয় নিতে হয় গভীর থেকে গভীরতর জঙ্গলে।

এক একটা অঞ্চলের নিজস্ব একটা বৈশিষ্ট্য আছে- সেখানকার প্রকৃতি-পরিবেশ মানবঅঙ্গের উপর প্রভাব ফেলে। তাই কোনো কোনো জায়গার মানুষ যেমন কটকটে ফরসা, কোথাও আবার কুচকুচে কালো। কোথাও লম্বা-চওড়া, বলশালী, কোথায় খর্বকায়, হালকা, পাতলা। দন্ডামী সমাজের মানুষের প্রায় সবারই শরীর যেন দক্ষ শিল্পীর দ্বারা পাথর কুঁদে বানানো মূর্তি। ফলে এই সমাজের নারীদের দখল নেবার জন্য বারবার এদের উপর হামলে পড়েছে বিভিন্ন হিংস্র জনগোষ্ঠীর লোক। যুদ্ধপ্রিয় না হবার কারণে ক্ষয়ক্ষতি হয়েছে এদের অনেক বেশি। তাই এদের দশা হয়েছে ভারতীয় বৌদ্ধদের মতো। আর মাত্র অল্প কিছুই অবশিষ্ট আছে।

এখন এদের সাজসজ্জা দেখে মনে অনুমান হয়- হয়তো কোনো মেলা 'মাড়াই' উৎসব ছিল। আদিবাসী উৎসব মানেই নাচ, গান, পানভোজন। কিছুক্ষণ আগেও নাগাড়া বাজছিল। হয়তো উৎসবের সমাপ্তি ঘোষণা হয়ে গেছে। তাই শ্রান্ত ক্লান্ত দেহ এলিয়ে দিয়েছে খড়ের বিছানায়। নাচের পোষাক এখনো খুলে রাখতে পারেনি।

আদিম এই মানুষগুলোর বস্ত্রের স্বল্পতা যদিও সভ্যসমাজের চোখের পক্ষে স্বাস্থ্যকর নয় তবু আধো আলো আধো অন্ধকার, আর এই আগুন জঙ্গল পাহাড়- স্বল্পবসনা নরনারী- সব মিলেমিশে মনে হচ্ছে এটা যেন এই পৃথিবীর কোনো দৃশ্য নয়, যেন অন্য কোনো সদ্য আবিষ্কৃত গ্রহ। আর মনে হচ্ছে এইসব আলো, আবছায়া যেন কোনো শিল্পীর আঁকা এক অনবদ্য চিত্রকলা। পৃথিবীর বাসিন্দা, সভ্যজগতের মানুষ, আপাদমস্তক আচ্ছাদিত রাজিন্দর এমন দৃশ্যপটে একান্তই বেমানান। যেন বা অশোভন। এইসময় সে তার দেহ থেকে মাত্র জাঙ্গিয়াটি রেখে সব পোষাক খুলে ফেলে দিতে পারলে যেন লজ্জা থেকে মুক্ত হয়ে যেতে পারতো। এমনটা সে আগেও করেছে। যখন তাকে অনেকদিন নহরুদের বস্তিতে গিয়ে থাকতে হয়েছে। সবার সঙ্গে থাকার জন্য সবার সঙ্গে মেশার জন্য হয়ে গেছে সবার মত।

এখন যে গৃহের সামনে গিয়ে দাঁড়িয়েছে রাজিন্দর- সেখানে সমবেত হয়ে থাকা মানুষ-যারা একটা ঢাকাঢোকা শরীর, পিঠে বাঁধা একটা বড় ব্যাগ, চোখে চশমা, কব্জিতে বাঁধা ঘড়ি ও হাতের মুঠোয় জ্বলতে নিভতে থাকা টর্চওয়ালা- একটা অচেনা অজানা কিম্ভুত কিমাকার সচল প্রাণী দেখে অবাক হয়! অবিশ্বাস আর সন্দেহে আদিবাসী চোখগুলো কুঁচকে ওঠে। তারা সহজেই বুঝে নিতে পারে লোকটা আরণ্যক সমাজের কেউ নয়-অবৈধ অনুপ্রবেশকারী। তাই তড়িৎ নিজেদের আড়ালে সরিয়ে নিয়ে গিয়ে আত্মগোপন করে আর আড়াল থেকে তীক্ষ্ণ নজর রাখে রাজিন্দরের কার্যকলাপের উপর। লোকটা বহিরাগত, অনধিকার অনুপ্রবেশকারী, অতএব সন্দেহজনক- সাবধান সবাই।

রাজিন্দর ঘেরা বেড়ার দরজার সামনে গিয়ে দাঁড়ায়। হাবভাব আর ভাঙা ভাঙা ছত্তিশগড়ি বুলির সাথে গোণ্ড বুলি মিশিয়ে বোঝাবার চেষ্টা করে- আমি কোনো বদ

অভিপ্রায়ে তোমাদের বস্তিতে আসিনি। এসেছি পথ ভুলে, প্রাণের দায়ে। রাতটুকু থেকেই সকালে চলে যাবো। রাতের মত সামান্য একটু আহার আশ্রয় চাইছি। 'নরকা নিয়াগা হুচকান। নারকি তেচকান দাবান'।

অধীর অপেক্ষায় কেটে যায় বহুসময়। কেউ সামনে আসেনা। তার কথার কেউ কোনো জবাব দেয়না। যখন মনে হচ্ছিল দরজা বোধহয় খুলবে না, তখনই দরজা খুলে সামনে এসে দাঁড়ালো একজন প্রাচীন মানুষ। বটের ঝুড়ির মত নেমে এসেছে তার মাথার জটবাঁধা পাকা চুলের গুচ্ছ। বুকে মোটা মোটা হাড়। ঘোলা ঘোলা দুটো চোখে আদিম অবিশ্বাস। যেন অতীত অভিজ্ঞতায় ঠকে যাবার গোপন ভয় পুঞ্জিভুত। সভ্যজগত থেকে যারাই এখানে এসেছে অনেক কিছু নিয়ে গেছে–কিন্তু বিনিময়ে বিশ্বাসঘাতকতা ছাড়া আর কিছুই দেয়নি। এমন ধরনের জীবদের প্রতি দয়া, কৃপা, করুণা দেখানো অনুচিত।

প্রবীন লোকটাকে দেখে তার সামনে আবার কাতর আবেদন জানায় রাজিন্দর– বড় বিপদে পড়েছি। তাই রাতটুকু এখানে থাকতে চাইছি। 'বড়ি বড়া আফদ আতু-ধোঁকা আতু'।

মনে হয় মনস্থির করতে বৃদ্ধের কিছু ভাবনা চিন্তার প্রয়োজন ছিল। তাই দাঁড়িয়ে দাঁড়িয়ে চোখ বন্ধ করলো। মিনিটখানেক পরে চোখ খুলে কোনো কথা না বলে দরজা ঠেলে ঘরের দিকে চলে গেল। আবার ফিরে এল মিনিট দুয়েক পরে – তখন তার হাতে পাকা লাউয়ের খোসায় বানানো একটা ভাণ্ড যার স্থানীয় নাম তুম্বা। যাতে তরল পদার্থ রাখা চলে। তা থেকে একটা উগ্র গন্ধের পদার্থ ঢেলে দিল একটা পাতার ঠোঙ্গায়। তারপর সেটা এগিয়ে দিল রাজিন্দরের দিকে– লে, পি।

রাজিন্দর জানে এটা অতিথি আপ্যায়নের একটা পুরাতন আদিবাসী পরম্পরা। মারিয়া, মুড়িয়া, গোণ্ড সব সমাজেই এমনটা করা হয়ে থাকে। উগ্র গন্ধের পানীয়টা আর কিছু নয় ঘরে তৈরি করা মহুয়ার কড়া মদ। যা গলায় ঢেলে দিলে বুক বেয়ে চড় চড় করে পাকস্থলীতে নামে। আর পেটে যাবার কিছুক্ষণ পরে উন্মত্ত হয়ে ওঠে। আদিবাসী সমাজ মদের অপমান সহ্য করে না। ওটা পান না করে ফিরিয়ে বা ফেলে দেবার অর্থ মদের অপমান। মদ্য প্রদানকারী মানুষটির অপমান। আদিবাসী অনেক কিছু সহ্য করে কিন্তু অপমান সহ্য করেনা। আগুনের মত জ্বলে ওঠে। আহত বাঘের মত ক্ষেপে ওঠে।

এখম মদ পরিবেশন করা হয়েছে। আগত অতিথিকে প্রদান করা হয়েছে সর্বোচ্চ সম্মান। মদ ঠোঙ্গা ভর্তি হয়ে উপচে পড়ছে। এর সরল আর সোজা অর্থ– 'হে মান্যবর অতিথি মহোদয়, আপনি আমার আমার গৃহে বড় অসময়ে এসে পড়েছেন। এই মুহূর্তে আপনার জন্য বিশেষ কিছু করা সম্ভব হচ্ছে না। আমার পক্ষে আপনার জন্য যা করা সম্ভব তা করা হলো। আপনি এতে তৃপ্ত হোন। অনুগ্রহ করে পানীয়টুকু পান করে প্রত্যাবর্তন করুন।' সোজা বাংলায়– মদটা খেয়ে চুপচাপ কেটে পড়ো।

যদি ঠোঙ্গায় মদ অর্ধেক বা তার কম থাকতো তার অর্থ দাঁড়াত– 'মান্যবর, আপনি অনেকদূর থেকে এসেছেন। স্বভাবিক কারণেই শ্রান্ত, ক্লান্ত। তৃষ্ণার্তও হয়ে থাকবেন নিশ্চয়। এখন এই পানীয়টুকু পান করে বিশ্রাম করুন। বিচলিত হবেন না, যেটুকু যা বাকি

রইল যথাসময়ে প্রদান করা হবে। সঙ্গে চাটও দেওয়া হবে। সোজা কথায় এই গৃহের এককোণে থাকবার জায়গা পাওয়া যাবে।

যদি দুপুর বেলায় ক্ষুৎপীড়িত কোনো লোক কারো বাসায় একটু অন্নসেবার আশা করে সেই বাড়ির উঠোনে গিয়ে দাঁড়ায়, বারান্দায় উঠে বসে– তাকে মুখ ফুটে বলতে হবেনা, আমি ক্ষিদেয় ক্লান্ত আমাকে দুটো খেতে দাও। যদি সে সময় সেই গৃহে উদ্বৃত্ত কিছু খাদ্যদ্রব্য থাকে, আর তা থেকে গৃহকর্তা আগত ব্যক্তিকে কিছু দিতে চায়, সোজা একটা জলভরা ঘটি এনে তার সামনে বসিয়ে দেওয়া হবে। আগত ব্যক্তি হাত মুখ ধুতে শুরু করলেই বাড়ির সবাই সিগন্যাল পেয়ে যাবে ইনি খাবেন। না খেতে চাইলে আর হাত মুখ ধোবার প্রশ্নই ওঠেনা। না খেতে দিতে চাইলে তখন গৃহকর্তা আর তার সামনে জলভরা ঘটি বসাবে না। ওই আধপাতা মদ দিয়ে বিদায় করে দেবে। সমস্ত ব্যাপারটা সম্পন্ন হয়ে যাবে একটিও বাক্যব্যয় না করে। আর যদি এক আধটা বাক্য বিনিময় হয় সেটা বাড়তি ব্যাপার।

এখন মদটা গলায় ঢালে রাজিন্দর। বলা চলে ঢালতে বাধ্য হয়। এটাই নিয়ম। মদ ফিরিয়ে দেবার অর্থ অতিথি গৃহকর্তার অতিথি সেবা স্বীকার করছে না। আমার ঘরের দরজায় দাঁড়িয়ে আমার অপারগতার জন্য আমাকে অবজ্ঞা অপমান করছে।– অপমানিত আদিবাসী আহত বাঘের চেয়েও ভয়ঙ্কর।

বাধ্য হয়ে মদটা খেয়ে নেয় সে। মহুয়ার কড়া মদ যেখান দিয়ে নামে জ্বালিয়ে দিয়ে যায়। মদ গলায় ঢালবার পর গলা বুক জ্বলে যায় রাজিন্দরের। আদিবাসী এলাকায় সে অনেকবার এসেছে বারকয়েক মহুয়ার মদ চেখেও দেখেছে। মুড় ডোঙ্গরি– মানে ন্যাড়া পাহাড় নামক এক গ্রামে আদিবাসীদের দেবতা আঙ্গাদেবের পূজায় প্রথমবার মহুয়ার প্রসাদ পেয়েছিল রাজিন্দর। এই রকম পাতার ঠোঙ্গায় কয়েক ফোঁটা। তাতেই সারা শরীর টলে গিয়েছিল। সবাই সেদিন ওকে দেখে খুব হেসেছিল। অল্পবয়সী মেয়েরা ওর জন্য গান বেঁধেছিল – পাঁচ মহুয়াকে মন্দমে সাহাবকা হাল– বেহাল। প্রথমজনের বলার পরে অনেকে কোরাস ধরেছিল– সাহাবকা হাল বেহাল। কই ওলা পকড় লে সহি করদে চাল। সহি করদে চাল-। পাঁচ মহুয়াকে মন্দমে সাহাককা হাল বেহাল। সাহাককা হাল বেহাল। কই ওলা নাহলা দে। নাহলা দে নাহলা দে, সহি কর দে করদে কদম তাল। কদম তাল কদম তাল। পাঁচ মহুয়াকা মদমে সাহাবকা হাল বেহাল।

এখন যতটুকু মদ পেটে গেছে সেটা কি পঁচিশ মহুয়ার কম হবে? তবু খায়। না খেয়ে যে উপায় নেই। মদ এমন একটা জিনিস যা ভীতুরা খেলে হয়ে যায় সাহসী, আর সাহসীরা খেলে হয়ে যায় দুঃসাহসী। ফলে যে সামান্য মদ এখন পেটে গেছে রাজিন্দরের কিছুক্ষণ আগে যে ভয় অনিশ্চয়তা তাকে পীড়া দিচ্ছিল এখন অনেকটা কমে যায়।

সভ্যজগতের মানুষের মন, মস্তিষ্ক, শিক্ষা, সংস্কারকে বাটখারা বানিয়ে সেই বাটখারা দিয়ে আদিবাসী মানুষের মান, অপমান, সমাজকে বিচার বিশ্লেষণ করতে যাওয়া একটা বোকামি ছাড়া আর কিছু নয়। অনেকে সেই বোকামি করেই ফেলে। তারা এটা ঠিক নয়, ওটা ঠিক নয় বলে। সে তার মত চাপিয়ে দিতে চায় একটা হাজার বছর ধরে চলে আসা

সমাজ আর বিচার ব্যবস্থার উপর। আগে এমন ভুল রাজিন্দরও করে ফেলতো। অনেক দেখে অনেক বুঝে এখন সে অনেক কিছু শিখেছে। আদিবাসীদের কিসে মান আর কিসে অপমান তার একটা ধারণা করে নিতে পেরেছে।

সভ্যসমাজে যদি কোনো মেয়ে রাস্তার ধারে দাঁড়িয়ে থাকে দোল পরবের দিনে আর তাকে যদি কোনো যুবক গায়ে রঙ না লাগিয়ে চলে যায় সেটা সভ্য সমাজের চোখে খুবই প্রশংসার। যুবকের সংযম মানুষকে মুগ্ধই করবে। অথচ দ্রুগ কোন্দল গ্রামের মুখিয়া একবার দুটো অনাদিবাসী ছেলেকে মারবে বলে লাঠি নিয়ে তাড়া করেছিল এইজন্য যে তারা গোণ্ড বস্তিতে হোলি খেলতে এসে মুখিয়ার মেয়েকেই রঙ না লাগিয়ে চলে যাচ্ছিল। এটা সেই মেয়ের অপমান, মেয়ের বাবা– মুখিয়ার অপমান।

বারকয়েক আদিবাসী পল্লীতে হোলির উৎসব দেখেছে রাজিন্দর। প্রায় একমাস আগে থেকেই শুরু হয়ে যায় রঙখেলা। আদিবাসী মানুষ সব সময় আনন্দে থাকতে ভালোবাসে। তাই মেলা, মাড়া, আঙ্গাপূজা আর বিবাহ, যে কোনো উৎসব শুরু করে দেয় 'শুরুর' অনেক আগে থেকে। আবার শেষও করে 'শেষ' হয়ে যাবার অনেক পরে। সেই যেমন এক এক কলা করে চাঁদের যোলকলা পূর্ণ হয়।– সেদিন হয় পুর্ণিমা। একেবারে চরম দিন। তেমন এদেরও একটু একটু করে আনন্দ পৌঁছাতে থাকে সেই চরম দিনের দরজায়। আবার চাঁদ যেমন একটু একটু করে খইতে থাকে এদেরও আনন্দের মাত্রা একটু একটু করে কমতে থাকে।

তো সেই চরম হোলি খেলার দিনে অনেকের সঙ্গে সেও গিয়েছিল হোলি খেলতে। বাপরে! সে যে কেমন খেলা ভাবলে মাথা ঝিমঝিম করে ওঠে। উঠতি যুবকগুলো যেন বছরভর এমন একটা দিনের জন্য অধীর আগ্রহে অপেক্ষায় ছিল। রঙ– সে তো মাত্র একটা ছুতো–আসলে তো যা ইচ্ছা তা করার সামাজিক স্বাধীনতা। মনের সব 'খোয়াইস' পূরণ করে নেবার উদ্যমতা। যেই সেই ছেলেগুলোর নজরে কোনো যুবতী কিশোরী পড়ছে, ছুটে গিয়ে তার উপর যেন হামলে পড়ছে। তারপর যা হচ্ছে তাকে একটা নির্দোষ বলাৎকার ছাড়া আর কিছুই বলা চলে না। ব্যাপারটা যে একতরফা উপভোগ্য হচ্ছে এমনটা নয়। আজ এইরকম হবে যেন সেটা জেনেশুনেই এখানে সেখানে জমা হয়ে আছে গ্রামের মেয়েদের দঙ্গল। যেই তারা দেখছে গ্রামের পথ ধরে যুবাদের একটা দল আসছে তখন একেবারে কাছাকাছি এসে গেলে তারা হেসে হেসে একটা পালাবার ভান করছে। পালাচ্ছে আর লুকাচ্ছে এমন ঝোপঝাড়ের আড়ালে যেখানে তাকে সহজেই খুঁজে পাওয়া যাচ্ছে।

যারা রঙ খেলছে মেয়েদের বেশিরভাগই অবিবাহিত অল্পবয়স্ক। কিন্তু যারা খেলছে না তারাও সমান ভাবে উপভোগ করছে এই রঙের মাতামাতি। কয়েকটা ভীত, ত্রস্ত মেয়ে– দূর থেকে ছেলেদের দঙ্গল আসতে দেখে সত্যি সত্যি ভয় পেয়ে অন্ধকার ঘরের কোনে গিয়ে লুকিয়ে পড়েছিল। অন্য অপর কেউ নয়– সেই দুরন্ত দঙ্গলকে ডেকে মেয়ের বাপই আঙ্গুল তুলে ঘরের দিকে দেখিয়ে বলেছিল– 'মোর বেটিমন হুয়া লুক্কাইন!'

সমস্ত গ্রামের সব মেয়েকে রঙ মাখিয়েছে ছেলেদের দল। খালি বাদ পড়ে গেছে

মুখিয়ার মেয়ে। মুখিয়ার মেয়ে তেমন একটা সুরূপা নয়। তার উপর বাল্যকালে মুখটা ভীষণভাবে পুড়ে গিয়েছিল। আদিবাসী মানুষের বস্ত্রের বড় আকাল। অন্যসময় যা হোক আর যেমন হোক– কেটে যায়। কিন্তু মুশকিল হয় শীতকালে। শীতের রাতে ঘুম আসে না। তখন তাপ পাবার জন্য সবাই ঘরের মধ্যে মোটা মোটা কাঠের গুঁড়িতে আগুন জ্বেলে রাখে। এক রাতে সেই রকম আগুনের দিকে ঘুমঘোরে গড়িয়ে গিয়েছিল মেয়েটা। যার ফলে পুড়ে মুখাবয়ব বিকৃত হয়ে গেছে। এই কারণে যুবাদের তার দিকে বিশেষ আগ্রহ থাকেনি, দেখেও না দেখার ভান করে পাশ কাটিয়ে চলে গেছে। মেয়ে ঘরের বারান্দায় দাঁড়িয়ে কাতর চোখে ছেলেদের দিকে তাকাচ্ছে, যে চোখের দৃষ্টিতে আছে আকুল আমন্ত্রণ। কিন্তু কেউ তার দিকে আসছে না। বারান্দার এককোনে বসে জাল বুনছে আর মেয়েকে দেখছে মুখিয়া বাপ। কেউ এলোনা, কেউ আমার মেয়েটাকে রঙ দিলোনা, সেটাই তার মনোবেদনার কারণ। বড় কষ্ট, বড় অপমানের বিষয়। মেয়ের কষ্টের কারণে রাগ জমে উঠল মুখিয়ার মনের মধ্যে। আর সে হাতের কাছে পড়ে থাকা একটা লাঠি তুলে দৌড়ে গেল ছেলেদের দিকে। তার ভাবনায় আর ভাষায় বিষয়টা এই রকম– 'ইস গাঁওকে মুখিয়া কৌন? ম্যায়! এ গাঁও মেরা গাঁও! মেরা গুড্ডি-মুখিওয়াকে গুড্ডি। গাঁওকে গুড্ডি। এই গ্রামে সবচেয়ে আগে হাল নামে কার জমিতে? আমার! যে কোনো ক্ষেতের প্রথম ফল-ফসল কে পায়? আমি! তাহলে যে বা যারা এই গ্রামে রঙ খেলতে আসবে নিয়মমত সবার আগে তো আমার মেয়েকেই দেবে নাকি! আমার মেয়ে– মোর পেডিনা ঠোড উড়ুন পোতলে-তার মুখটা নাহয় একটু পুড়ে গেছে। তা বলে কি ও মেয়ে নয়? ওর কি শখ আহ্লাদ বলে কিছু নাই? তাহলে কেন ওর সাথে কেউ রঙ খেলবে না? সবাই খেলছে আর ও দাঁড়িয়ে দেখছে,কষ্ট পাচ্ছে, এটা কেন হবে?

আদিবাসী জীবন যৌথজীবন। এখানে সবাই সবার জন্য। সবার সঙ্গে সবাই মিলে মিশে থাকে। এই সমাজে কেউ কারও চেয়ে বড় নয় কেউ কারো চেয়ে হেয় নয়। যাকে দেখতে কালো, বেঁটে, রূপহীনা– হতে পারে সে ভালো নাচতে পারেনা। কিন্তু গান গাইতে জানে। গান বাঁধতে পারে।

এমন কেউ আছে যে সুদর্শন না হলেও অনেকের চেয়ে বেশি সাহসী। শিকারে সে সবার আগে থাকে। গাছের সবচেয়ে উঁচু ডাল থেকে পেড়ে আনতে পারে মধুর চাক। তাই আদিবাসী মনোরঞ্জন গৃহ 'ঘোটুলে' নৈশযাপন কালে তাকেও একদিন সঙ্গ দিতে হবে যে সবার পছন্দের সবার কামনার।

যারা এখানে রঙ খেলতে এসেছে এদের আবাস নিবাস এই অঞ্চলে নয়। দুর্গ কোন্দলের অদূরে নির্মিত হচ্ছে দৈত্যাকার বাঁধ। সেই বাঁধের লেবার হিসাবে রায়গড়, মুরেনা, ভিণ্ড থেকে এসে বাঁধের ধারে ঝুপড়ি বানিয়ে বাস করছে আর হোলির দিন চলে এসেছে মদে খেয়ে রঙ নিয়ে মাতামাতি করতে। মদ আদিবাসী জীবনের অঙ্গ। নারী, পুরুষ, যুবা, বৃদ্ধ সবাই মদ্যপানে আসক্ত। এই সমাজে যে শিশুর জন্ম হয় তাকে মুখে মদ দিয়ে স্বাগত জানানো হয়, মৃত ব্যক্তির মুখে মদ ঢেলে জানানো হয় শেষ বিদায়। যে কোনো দুঃখে, শোকে, আনন্দ-উৎসবে মদ একটি প্রয়োজনীয় উপকরণ। আর হোলির

দিন তো চারদিকে যেন সমুদ্র উথলে ওঠে। যে অন্যদিন না খায় আজ এক চুমুক দিয়ে নেয়।

সে সব তো ঠিক আছে-কিন্তু যেটা উচিৎ ছিল, কয়েকজন এগিয়ে গিয়ে ওই মুখিয়ার মেয়েকেও বেশ করে রঙ মাখিয়ে দেওয়া, জাপটে ফাপটে যুবা অঙ্গের স্পর্শসুখ দেওয়া। যতক্ষণ মেয়ে সম্মত থাকবে- খেলতে থাকা। সে মেয়ে, বোকা বুদ্ধু নয়। সে জানে কোনসময় কতখানি খেলতে হয় আর কোথায় গিয়ে থামতে হয়।

যখন দেখতে পেয়েছে মুখিয়া আজকের আনন্দ মেলায় তার মুখপোড়া মেয়ে বঞ্চিত থেকে যাচ্ছে, মেয়ের দুঃখ তার বুকে সাপের ছোবল মেরেছে। মাথায় রক্ত উঠে গেছে। তাই লাঠি হাতে ছুটে গিয়ে পথরোধ করে দাঁড়িয়েছে যুবা দলের।

আদিবাসী সমাজের এই মনন, চিন্তন, ভাবনাবোধের সঙ্গে সভ্যজগত পরিচিত নয়। তারা তাদের শিক্ষাদীক্ষা দ্বারা এক রকম চিন্তা ধারার সৃজন করে নিয়েছে। তার বাইরে আর যা কিছু সব অসভ্য, অশ্লীল। আবার আদিম সমাজ তাদের জীবনচর্চা দ্বারা একটা নিজস্ব সংস্কৃতি ধ্যানধারণার নির্মাণ করে নিয়েছে ফলে সভ্যসমাজের অনেক নীতি- নিয়ম তাদের চোখে হাস্যকর –নিন্দনীয়।

সভ্যসমাজে কেউ যদি কাউকে জুতোপেটা করে যে মেরেছে তাকে কিছু বলা বা করা না গেলেও মার খাওয়া মানুষটার জন্য লোকে আহা উহু করবে-বলবে খুব খারাপ হয়েছে। অন্যায় হয়েছে এটা বলবে। অন্তত পেটাইকারীর যদি কোনো সাজা নাও হয় পিটুনি খাওয়া লোকটার কোনো সাজা হবার কথা নয়। যদি সে কোনো অপরাধ করেই থাকে তার সাজা সে তো পেয়েই গেছে! কিন্তু এখানে সেটা হবে না। যে মার খেয়েছে গ্রাম্য বিচারের সামনে হাজির হতে হবে তাকে। তারই বিচার হবে, জরিমানা হবে। জরিমানা অনাদায়ে সমাজচ্যুত করা হতে পারে তাকে। যদি তাকে সমাজে থাকতে হয় সামাজিক নিয়মে তার প্রতি ধার্য সাজা–যা অবশ্যই মদ আর মাংস, গোটা গ্রামের সবাইকে খাইয়ে তবেই মুক্তি মিলবে তার। সঙ্গে গাঁওবুড়োদের হাঁটু ছুঁয়ে তাকে ঘোষণা করতে হবে– এমন অন্যায় তার দ্বারা আর কোনদিন হবে না।

একজন মার খাওয়া মানুষের রক্তাক্ত মুখ দেখে, আবার তাকেই দোষী সাব্যস্ত করে জরিমানা আদায় করতে দেখে অবাক হয়ে নহরুর কাছে জানতে চেয়েছিল রাজিন্দর– এটা কেন? এটা কি লোকটার প্রতি জুলুম হয়ে গেলনা?

গেলনা– বলেছিল নহরু। সাহাব, তোরা আমাদের বুঝিস না, আমরা তোদের বুঝতে পারিনা। সমস্যা সব আটকে আছে এখানেই-। 'ইচোন সিধাতুন বাদাম পুনবি'– না হলে এত সোজা জিনিস তুই বুঝতে পারলি না! জুতো কে পড়ে? বল কে পড়ে জুত্তা? জুতা পায়ে দেয় তোদের মত সাহাব লোকেরা! আদিবাসী কি জুতা পায়ে দেয়? তাহলে আদিবাসী যখন জুতাই পড়ে না, যতই ঝগড়া লড়াই হোক, কোনো আদিবাসী কি কাউকে জুতা দিয়ে মারতে পারবে? তাহলে বোঝ সাহাব– তুই এক আদিবাসী, তাহলে তুই ওই জুত্তাওয়ালা বাবুর অত কাছে গেলি কেন? জুত্তাওয়ালার কাছে না গেলে সে কি জুতা দিয়ে মারতে পারতো? কাছে না গেলে কি জুতা মারা যায়? জুতা তো বন্দুক না যে দুর

থেকে গুলি করে দেবে? বল কেন গেল? গেল বলেই তো লোকটা তোকে দশহাত মাটির তোলে ঢুকিয়ে দিতে পারলো। 'ইয়ে না বাদাম সাজ্জা বাদাম আয়ার কিয়াউ'! তুই তো একা মার খাসনি তোর জন্য গোটা সমাজ অপমানিত হয়েছে। এতবড় অপরাধ, এর জন্য সাজা হবে না?

থেমে থেমে বলেছিল নহরু –তোর কাঁধে একটা টাঙ্গি ছিল। ওটা কি খালি দেখাবার জন্য? যে তোর গায়ে জুতো ছোঁয়ালো মুণ্ডুটা তার নামিয়ে দিলিনা কেন? আজকের সাজার কথা মনে থাকলে আর কোনদিনও সাহাব বাবুদের হাতের কাছে যাবে না। গেলেও জুতোর মার খেয়ে গ্রামে ফিরে আসবে না। এলেও মুণ্ডুটা নামিয়ে দিয়ে আসবে।

ভয়ে ভয়ে বলেছিল রাজিন্দর– কিন্তু নহরু তুই যে আমার কাছে এসেছিস! আমিও তো ওই সাহাব সমাজের –!

তুই সাহাব বটে– কিন্তু একটু অন্যরকম। তা বাদে– তুই তো আদবাসী নিয়ম কানুন জানিস! ওরা জানেনা। তাই এমন অনেক কিছু করে বসে যা আমাদের সহ্য হবেনা।

নহরু এটা ঠিকই বলেছে। অনেকদিন ধরে এই অঞ্চলে আসা যাওয়া করতে করতে রাজিন্দর আদিবাসী সমাজের বিধিবিধান নিয়মনীতি কিছু কিছু জানে। আর জানে বলেই সে যত অপরাধ করুক কোনদিন কাউকে ওই ভাবে জুতো দিয়ে মারার কথা ভাবতে পারবে না। আদিবাসী শরীরে জুতোর ছোঁয়া লাগালে আদিবাসী তাকে নির্মম ভাবে কোপাবে।-এটা কোনো ব্যক্তির নয়, সামাজিক বিধান। যা তাকে মান্য করতেই হবে। আর তা না করতে পারলে সমাজ প্রদত্ত শাস্তি মাথা পেতে নিতে হবে। দুই চার বোতল মদ আর একটা দুটো মুরগি জরিমানা দিলেই ব্যাপারটা মিটে গেল এমনটা নয়, সারাজীবন তাকে শুনতে হবে জুতোর বাড়ির অপমানের কথা।

এখন পানীয় নিঃশেষ করে সামনে আগায় রাজিন্দর। কোনো কথা বলে না। বলার মত আর কিছু অবশিষ্ট নেই। গৃহকর্তা তার শেষ কথা বলে দিয়েছে– আর সে কোনো কথা শুনবে না। হেঁটে হেঁটে আবার একটা নতুন ঘরের সামনে দাঁড়ায়। কাউকে না কাউকে সেখানে পেয়ে যায় যার সামনে কাতর গলায় বলে– আমি পথ ভুলে এসেছি আজকের মত আমাকে একটু থাকতে দাও। 'নরকা নিয়াগা হুচকান। নারকি তেচকান দাবান। বড়ি বড়া আফদ আতু'!

এবার যে ঠোঙ্গা নিয়ে এসেছে তার গায়ের রঙ তেমন কালো নয়। ইংরেজ সাহেবের মত কটা, চোখ দুটো ঘন নীল, আর বেশ লম্বা। অন্তত ছয়ফুট তো হবেই। মনে মনে ভাবে রাজিন্দর– তবে কি কোনকালে এখানে কোনো ইংরেজ সাহেব এসেছিল? তারই আগম চিহ্ন অবিনাশী হয়ে রয়ে গেছে অনার্য শরীরে! না হলে অনার্য আদিবাসী কখনও এত ফরসা হওয়া সম্ভব নয়। অনামী সেই সাহেবের কথাই কি নেলসন ব্রাউন বলেছিল?

১

ব্রাউন এক আন্তর্জাতিক খ্যাতিসম্পন্ন উদ্ভিদ বিশেষজ্ঞ। বিভিন্ন ধরনের বনৌষধির সন্ধানে আফ্রিকার গহন অরণ্যে অনেককাল ঘুরে বেড়িয়েছেন। ওখান থেকে সংগ্রহ করে আনা নানা তার ধরনের লতা পাতা ফলমুল চিকিৎসা বিজ্ঞানে –বিশেষ করে আয়ুর্বেদিক চিকিৎসায় বিশাল সহায়ক সিদ্ধ হয়েছে। উনি কিছুদিন আগে ভারতের একটি ইউনিভার্সিটির আমন্ত্রণে দক্ষিণ আফ্রিকা থেকে বক্তৃতা দিতে এসেছিলেন। প্রায় তিনমাস মত ছিলেন ভারতবর্ষে। দেশের অনেক আয়ুর্বেদিক চিকিৎসক তার সঙ্গে দেখা করে এবং তার বক্তৃতা শুনে মুগ্ধ হয়। রাজিন্দর তার মুখেই শুনেছিল উদ্ভিদের নানান গুণ ও শক্তির কথা।

বলেছিলেন ব্রাউন– আমার দৃঢ় বিশ্বাস ভারতবর্ষেই আছে সেই মহৌষধ। যা খেলে মানুষ চিরযৌবন লাভ করতে পারে। এর জন্য ব্যাপক অনুসন্ধান হওয়া দরকার। বলেছিলেন তিনি– আমরা সবাই জানি মহাকাব্যের একটি চরিত্র লক্ষ্মণের কথা। জানা যায় যে সে না খেয়ে, না ঘুমিয়ে চৌদ্দবছরকাল বহাল তবিয়তে কেমন করে ছিল। প্রশ্ন হচ্ছে– এটা কী করে সম্ভব? কেমন করে এতদিন না খেয়ে না ঘুমিয়ে তার শক্তি, স্বাস্থ্য, যৌবন সব অটুট ছিল? তবে কি এটা মাত্র কবির কল্পনা? আমি বলবো, না, সবটা কল্পনা নয়। কিছু সত্য এর মধ্যে নিশ্চয় লুকানো আছে। চৌদ্দ বছর যদি নাও বা হয় চৌদ্দ মাস এমনভাবে নিশ্চয় থাকা যেতে পারে। আমি এক ইংরেজ ভদ্রলোককে জানি। মানে তাকে তার লেখার মধ্যে থেকে জানি। উনি যে ডায়েরী লিখে রেখে গিয়েছিলেন যা বহুদিন লোকচক্ষুর আড়ালে পড়েছিল। কিছুদিন আগে সেটা প্রকাশ্যে এসেছে। জানা যায়, তিনি শিকার করতে গিয়ে পথ হারিয়ে মাড় অঞ্চলের এক অনার্য বস্তিতে কিছুদিন কাটাতে বাধ্য হয়ে ছিলেন। সেখানে তিনি ওই ঔষধটির সন্ধান পেয়েছিলেন। সেটা একেবারে শেষ সময়ে যখন তিনি একজন আদিবাসী মানুষের সহযোগিতায় পথ চিনে চিনে ফিরে আসছিলেন পথের ধারে জঙ্গলের মধ্যে সেই ফলের গাছটা দেখতে পান আর চিনতে পারেন। তখন সামান্য কিছু নমুনা মাত্র তিনি সংগ্রহ করে এনেছিলেন। পরীক্ষার পর প্রমাণিত হয় এটাই সেই চিরঞ্জীবী ফল। পরে আর তিনি সেই জঙ্গলে যেতে পারেননি কারণ হঠাৎ তিনি এক দুর্ঘটনার কবলে পড়ে মারা যান। যার ফলে ওই বিষয়ে বিশদ কিছু আর জানতে পারা যায়নি। তবে সম্প্রতি তার ডায়েরী খুঁজে পাবার পরে জানা গেছে– ঠিক কুলের মত আকারের ছোট একটা ফল যার কাঁচা অবস্থায় রঙ সবুজ এবং টক স্বাদের, পাকলে অনেকটা পাকা জামের দেখতে হয়ে থাকে। উপরের খোসাটা সরালে ভিতরে একটা মোটা– ঠিক কুলের মত কঠিন আবরণ। সেটা ভেঙ্গে ফেললে মুসুরির ডালের মত চার-ছটা দানা পাওয়া যায়। চরকসংহিতায় এবং অথর্ববেদে যার উল্লেখ আছে। ফলটার আয়ুর্বেদিক নাম হচ্ছে চিরঞ্জীবী। ওই ফলদানা একটু বেশি পরিমানে মধু, ঘৃত আর আদার রস সহযোগে নিয়মিত খেতে পারলে শরীর চিন্তামুক্ত, নীরোগ এবং

বলশালী হয়। যৌবন দীর্ঘকাল অটুট ও সক্ষম থাকে।

ব্রাউন সাহেব যে ফলের কথা বলেছেন ঘটনাচক্রে সেই রকম একটা ফল রাজিন্দরও দেখেছে। অবশ্য তখন চিনতে পারেনি। চিনতে পারার কথাও নয়। কারণ তখনও যে ব্রাউন সাহেবের বক্তৃতা শোনেনি। চলাচলের পথের ধারে নাম না জানা কত রকমের গাছগাছড়া পড়ে থাকে কতজন তাকে চিনতে জানতে পারে? তখন রাজিন্দর এই আদিবাসী প্রদেশের নানান প্রান্তের বন বনাঞ্চলে ঘুরে বেড়াতো। সংগ্রহ করতো নানান ধরনের লতা, গুল্ম, ফলমূল। যার মধ্যে প্রধান হচ্ছে কতিলা। এখানে যা নামমাত্র দামে মেলে– কিন্তু শহরে বিকোয় বহুমূল্যে। অপ্রধান– আমলকি, হরীতকী, বহেড়া। এই সব দিয়ে আয়ুর্বেদিক ঔষধ হয়। দেশ বিদেশে যার দারুণ চাহিদা।

সেই সময় মেন্ডরাগাঁওয়ে রাজিন্দর অজস্র চিরঞ্জীবী গাছ দেখতে পেয়েছিল। তখন চিনতে পারেনি। গাছ থেকে ঝরে পড়া কুলের মত সেই ফল মানুষ খায়। তবে সেটা ওই শুধু উপরের টক মিষ্টি খোসাটা। অজ্ঞতার কারণে ভিতরের শক্ত আটির আঁধারে রক্ষিত অমৃতের সন্ধান জানে না। জানেনা মধু, ঘৃত আর আদার রসের সঙ্গে মিশিয়ে খেতে পারলে তার কী উপকারিতা! মধু এরা খুব সংগ্রহ করতে পারে। গরু আছে কিন্তু কীভাবে ঘৃত উৎপন্ন করে নিতে হয় সেটা এরা জানে না। আর আদার কোনো চাষ এখানে নেই। ফলে এক অজানার অন্ধকারে রয়ে গেছে একটা অমূল্য উপাদান। গাছ থেকে ঝরে পড়ে যা অনাদর অবহেলায় নষ্ট হয়ে যাচ্ছে।

সেবার রাজিন্দরেরও ওই সমস্যা হয়েছিল, অনেক বেশি সংগ্রহ করে নিয়ে যেতে পারেনি। মাত্র কিছু নমুনার জন্য সাথে নিয়ে গিয়েছিল। আয়ুর্বেদাচার্য বৈদ্যনাথ ত্রিপাঠি যা দেখে প্রায় নিশ্চিন্ত হয়ে অভিমত দিয়েছেন, হ্যাঁ, অথর্ববেদ অনুসারে মনে হচ্ছে এটাই সেই চিরঞ্জীবী! আর অল্প কিছু ফলের জন্য দিয়েছিলেন অনেক দাম। তাই আবার আনতে চেয়েছিল ওই ফল। মেন্ডরাগাঁও তার খুব একটা অচেনা তো নয়! সেই চিরঞ্জীবী খুঁজতে এসে হারিয়ে ফেলেছে রাজিন্দর তার পথ। হারাতে হারাতে এখন ভয়াল ভয়াবহ বনরাজ্যের কোথায় যে এসে পড়েছে সেটাও বুঝে উঠতে পারছে না।

এখানে অনেক কটা আদিম জনগোষ্ঠীর বাস। সবার রীতিনীতি অনেকটা একইরকম হলেও অনেকটাই আবার ভিন্ন ভিন্ন। এখানে আবার গভীর জঙ্গলের মধ্যে এমন একটা আদিম গোষ্ঠী আছে যার তাদের দেবতাকে তুষ্ট করতে নরবলিও দিয়ে থাকে। রক্ত ছাড়া সে দেবতা কিছুতেই নাকি তুষ্ট হয় না। সব রক্তের চাইতে তার কাছে প্রিয় হচ্ছে নররক্ত। ভাগ্য ভালো যে এখনও রাজিন্দর তেমন কোনো ধার্মিক আদিম গোষ্ঠীর সামনে পড়েনি।

এখানেও সেই উপচে পড়া ঠোঙ্গা দেখে কাতর হয়ে পড়ে রাজিন্দর। আবার মদ খেতে হবে সেই ভয়ে বুক কাঁপে। তারচেয়েও বড় ভয় এখানেও আশ্রয় পাওয়া যাবেনা। কী আর করে! আবার ঠোঙ্গা শেষ করে সামনে আগায়। আবার গিয়ে দাঁড়ায় আর একটা নতুন ঘরের সামনে। প্রতিঘর থেকেই কেউ না কেউ ভরা ঠোঙ্গা এগিয়ে দেয়। খালি ঠোঙ্গা কি ভাগ্যে নেই নাকি! তাহলে যে চরম বিপদ। এখানকার আদিবাসী মানুষ তত হিংস্র নয় কিন্তু জঙ্গলের জন্তু জানোয়ার এত ক্ষমাসুন্দর নয়।

বারবার ঠোঙ্গা খালি করার ফলে এখন তার পা টলছে। পথ একেবেঁকে যাচ্ছে। ইংরাজিতে একটা কথা আছে– যদি তুমি এক গেলাস মদ খাও তাহলে তুমি মদ খেলে। যদি তুমি দু গেলাস মদ খাও জানবে মদটা মদকে খেয়েছে। আর যদি তিন গেলাস মদ খাও বুঝতে হবে এবার মদ তোমাকে খাচ্ছে। রাজিন্দরকে এখন মদ খাচ্ছে। তাই তার শরীরটাকে এখন হালকা আর নির্ভার মনে হচ্ছে। পা যেন আর মাটিতে পড়ছে না, যেন সে এখন বাতাসে সঙ্গে পেঁজা তুলোর মত উড়ছে। যে কোনো সময় মাটিতে আছড়ে পড়তে পারে।

খানিক আগে যে ভয় বুকে চেপে বসেছিল সে ভয় আর করছেনা। মহুয়া তার মনের মধ্যে থেকে সেই মানুষকে বার করে এনেছে যে ভয়ের সামনে নত হয় না। মহুয়া সুন্দরীর এমন গুন সে ভীতুকে সাহসী আর সাহসীকে দুঃসাহসী বানাবার মন্ত্র জানে।

আবার গিয়ে দাঁড়ায় রাজিন্দর আর একটা ঘরের সামনে। না দাঁড়িয়ে আর কোনো উপায় যে নেই। জ্ঞানহারা হবার আগে পর্যন্ত চেষ্টা তো করতেই হবে। যখন অজ্ঞান হয়ে পড়ে যাবে তারপর যা হবার সে তো হবেই।

রাত নামছে। অন্ধকার ঘন হচ্ছে। ক্ষুধার্ত অন্ধকারের জীবদের চোখ জ্বলছে। লালা ঝরছে তাদের লোভী জিভ থেকে। চারপাশ যত শুনশান হয়ে আসছে বাতাসে, ঘাসে, গাছের পাতায় কিসের যেন বিপদসংকেত শোনা যাচ্ছে। সাপ, বিছে, বাঘ, ভাল্লুক, বুনো শুয়োর কেউ না কেউ আসতে পারে। তারা তাদের সাম্রাজ্যে অবাঞ্ছিত কাউকে সহ্য নাও করতে পারে।

ওকে দরজার সামনে দাঁড়াতে দেখে এবার যে বাইরে বের হয়ে আসে তাকে অন্য সময় দেখলে অন্তরাত্মা ভয়ে কেঁপে যাবার কথা! এখন কাতরতা রাজিন্দরকে ছুঁতে পারেনা। মহুয়াসুন্দরী সাহসের সলতে উশকে রাখে।

বিশাল চেহারার দৈত্যাকায় মানুষটার গায়ের রঙ ঘনঘোর মেঘের মত। বড়বড় দুটো লাল চোখ-ঢুলুঢুলু। মোটা নাক, মোটা ঠোঁট, মোটা ভুরু আর জটা জটা মাথার চুল। পাঁচাঙ্গি গ্রামের আঙ্গাদেবের মন্দিরে ঠিক এই রকম এক পুজারী আছে। যাকে দেখলেই বুক কাঁপে। প্রতি বছর চাষের আগে সেখানে দেবতার ধুমধামে পূজা করা হয়-বলি হয়! এমন শোনা যায় যে সেটা নর। আঙ্গা রক্তপ্রিয় দেবতা। যদিও শাসনব্যবস্থা এখন আগের চেয়ে অনেক কঠোর, তবু এই অঞ্চলের বনগ্রামের দেব দেবীর মন্দিরগুলো মানুষের কাছে চরম আতঙ্কের বিষয়। সুযোগ সুবিধা পেলে, ধরে পাকড়ে কাউকে আনতে পারলে কোথাও কোথাও যে নরবলি হয়– এটা মিথ্যা নয়। আদিবাসী কোনো দেবতাই রক্ত ছাড়া তুষ্ট হয় না। কেউ মুরগি, ছাগল কেউ শুয়োর। আবার কেউ নররক্ত ছাড়া অন্য কিছু মুখেই তুলতে চায় না। তার কাছে নররক্তের চেয়ে প্রিয় এবং পবিত্র আর কিছু নেই।

আঙ্গা দেবী না দেবতা তা জানেনা রাজিন্দর। তবে এটা জানে যে এইজন সন্তুষ্ট হলে – সবার ক্ষেতে ফলবে অঢেল ফসল। রোগ, শোক, মহামারী, প্রাকৃতিক বিপর্যয় আদিবাসী জীবন থেকে দূরে পালাবে। সুখ সমৃদ্ধিতে ভরে যাবে বনরাজ্যের প্রতিটা গৃহ।

আর রুষ্ট হলে? নামবে খরা, শুখা, আকাল। আসবে ঝড়, ঝঞ্ঝা, মহামারী। হবে

ভূমিকম্প। জঙ্গলে গেলে আর শিকার মিলবে না। এটাই তাদের চিরন্তন বিশ্বাস। তবে নরবলির মত ব্যাপারটা ঘটে ঠিক চাষের কিছু আগে– প্রথম বৃষ্টির ফোঁটা পড়বার পর। এখন অক্টোবরের প্রায় শেষ। মাঠের পাকা ফসল কেটে ঘরে তোলবার কাল।

এই সময়টাই এই অঞ্চলে বেড়াবার পক্ষে উপযুক্ত মনে হয়েছে রাজিন্দরের। এখন সেই আকাশ কালো করে নামা ভয়ানক বর্ষা নেই। এই অঞ্চলে সামান্য সাধারণ বর্ষাও অসহ্য। আকাশ থেকে ঝরে পড়া এক একটা জলবিন্দুতে থাকে সুঁচের আগার মত ধার। যা বরফ কুচির মত তীক্ষ্ণ। যা শরীরের লোমকুপ থেকে প্রবেশ করে হাড়ে গিয়ে কামড় মারে। আর এখানে একবার বৃষ্টি শুরু হলে কিছুতেই থামেনা। সারাদিন সারারাত ঝির্‌ঝির্ করে ঝরতেই থাকে।

বর্ষাকাল এখানকার পক্ষে খুব খারাপ সময় যখন জঙ্গলের ঘাসে ঘাসে শুঁড় উঁচু করে থাকে চিনাজোঁক। ভন্‌ভন্ করে ওড়ে ম্যালেরিয়াবাহী মশার ঝাঁক। কামড়ালে চাকাচাকা হয়ে ফুলে ওঠে আর খুব চুলকায়। উন্মত্ত ঝড়ে উপড়ে যায় প্রাচীন বৃক্ষ। মড়মড় করে ভেঙ্গে পড়ে মোটামোটা ডাল। তখন জঙ্গল বড় বিপজ্জনক। কোনো চলাচল অসম্ভব। মোটামুটি মাস তিনেক থাকে এই অবস্থা। সে সময় খুব দরকার না পড়লে আদিবাসীরাও কেউ ঘর ছেড়ে বাইরে যেতে চায়না।

গ্রীষ্মকালে এখানে আকাশ থেকে যেন আগুন ঢেলে দেওয়া হয়, মাটি যেন আগুন ওগড়ায়। কাঁকড় পাথর মোরাম-মাটি রুটি সেঁকা চাটুর মত তেতে থাকে। বাতাসে লু বয়। ক্রুদ্ধ অজগরের নিঃশ্বাসের মত সেই হল্কা গায়ে লাগলে শরীর জ্বলে যায়। সাথে সাথে চামড়া পুড়ে ফোস্কা পড়ে– ঝলসে কালো হয়ে যায়। সানস্ট্রোকে অনেক মানুষ মারাও যায়।

এই অঞ্চলে ভ্রমণের পক্ষে উত্তম সময় অক্টোবর থেকে জানুয়ারি। খুব একটা অসহ্য গরম নয়, গাছ গাছালি পরিপূর্ণ থাকে সবুজ সম্ভারে। জঙ্গলে ফুটে থাকে অসংখ্য নাম না জানা ফুলের গুচ্ছ। যার রঙ, রূপ, গন্ধে মনটা নেচে ওঠে মাতাল হয়ে। আদিবাসী জীবনে এই সময়টা নাচ, গান, আনন্দের আর অবকাশের কাল। নহরুকে বা অন্য কাউকে এইসময় সঙ্গে পাওয়া যায়। অন্য সময় তারা ব্যস্ত হয়ে পড়ে ক্ষেতি জমিনের কাজে। আদিবাসী কেউ সাথে থাকলে এখানকার ভাষা, সংস্কৃতি বুঝে নিতে সহায়ক হয়।

এখন দৈত্যাকার লোকটাকে দেখে কপালে ডান হাত ঠেকিয়ে আদিবাসী কায়দায় অভিবাদন করে রাজিন্দর– নমস্তে! বয়স্ক হলে অবশ্যই হাঁটু ছুয়ে সম্মান জানাত। লোকটা কোনো প্রতি নমস্কার করেনা। গলায় বেজে ওঠে মেঘের মত গর্জন– আগে বোল!

যতটা সম্ভব বিনয়ের সঙ্গে বলে রাজিন্দর তার অসহায়তার কথা– বিপন্নতার কথা। শেষে যোগ করে – খাবার টাবার চাই না। রাতটুকু মাত্র একটু মাথা গোঁজার ঠাই পেলেই বর্তে যাই।

রাজিন্দরের পা থেকে মাথা পর্যন্ত জরিপ করে সে। তার দৃষ্টিতে যেন অন্তরাত্মার গভীরতম প্রদেশ পর্যন্ত দেখে নেবার তীক্ষ্ণতা। তারপর গর্জন করে– কা বর আয়েহস? অর্থাৎ কেন এখানে এসেছিস? কী দরকার তোর এই বনরাজ্যে?

মিনমিন করে বলে রাজিন্দর– জড়িবুটি খোঁজেলা!– জঙ্গলে গাছ গাছড়া খুঁজে বেড়াই। ঔষধ বানাই!

তে বেইগা? লোকটা আবার জানতে চায়, তুই কী ডাক্তার কবিরাজ? রোগ সারাতে জানিস?

থোড়িকন! মাথা নেড়ে জানায় রাজিন্দর– অল্পসল্প চিকিৎসা জানি। দেশের কিছু প্রাণদায়ী গাছ গাছড়া চিনি। কিছু কিছু রোগ তাতে সারে।

হেনে আ! ঘরের উঠোনে মোটা মোটা গাছের গুঁড়িতে গন্‌গন্ করে আগুন জ্বলছে। এরা বনবাসী তাই বন বিনাশ করে না। যে গাছ দরকারে কাটতে হয়েছে, তার গুঁড়িগুলো অকারণে যেন মাটির নিচে পড়ে থেকে পচে নষ্ট না হয়ে যায় তাই তাকে তুলে এনে আগুন জ্বালায়। বনগ্রামে জন্তু জানোয়ারের আক্রমণ থেকে আত্মরক্ষার জন্য আগুন তো জ্বালাতেই হয়। চাইলে কিন্তু জঙ্গল থেকে সহজেই অন্য একটা গাছে কেটে এনে আগুন জ্বালাতে পারত। কিন্তু এরা কোনদিন সেটা করবে না। বনের গাছ যতটা পারে কম কাটবে আবার যে গাছ কাটবে তার পাশেই কয়েকটা নতুন গাছ লাগিয়ে দেবে। এখানে যেমন উঠোনে আগুন জ্বলছে সন্ধ্যার পরে সব ঘরের উঠোনেই এমন জ্বলে।

উঠোনে আগুন জ্বলছে আর তার লাল শিখা দাপাচ্ছে নিজের ধোঁয়া বাতাসের ছোঁয়া পেয়ে ছুটছে দিগ্বিদিকে। চোখের মনিতে ছোবল মারছে। খুব মশার উৎপাত তাই ধোঁয়াটাও এখানে খুব দরকার। গোয়ালে গরু আছে। মশা না তাড়ালে ওদের অসুবিধা হয়। কিন্তু সেই ধোঁয়ার ধূপপোড়া গন্ধে নিঃশ্বাস নিতে গেলে বুকে হাঁপ ধরে। শালগাছের কষে ধূপ পাওয়া যায় বলে আদিবাসীরা গাছের গায়ে সামান্য ক্ষত তৈরি করে রেখে দেয়। কিছুদিন পরে পরে ওখান থেকে ধূপ সংগ্রহ করে নিয়ে আসে।

হাতের ইশারায় দৈত্য লোকটা রাজিন্দরকে একটা পাতানো দড়ির খাটিয়া দেখিয়ে বলে– বইঠ। তারপর ডান পা খানা বাড়িয়ে দিয়ে বলে– দাবা বাতা!-দর্দ হোথে! দেখতে পায় রাজিন্দর পা ফুলে রয়েছে। কোনকিছুতে আঘাত লেগেছে বলে মনে হয়। মাংসের উপরে কালচে দাগ। এখন আর কিছু করার উপায় নেই, যা করলে খানিক আরাম আসতে পারে সেটাই ভাবে রাজিন্দর। বলে সে– বর্তন লা, থোরকে পানি লা। নম্মক লা থোরকে! একটা মাটির পাত্রে খানিক জল গরম করে তাতে নুন মিশিয়ে সেই জলে ফোলা জায়গায় সেঁক দেয় রাজিন্দর। আর পথে বিপদে আপদে পড়লে নিজের ব্যবহারের জন্য যে ওযুধপত্র সঙ্গে রাখে তা থেকে একটা ব্যথা কমার ট্যাবলেট দেয় লোকটার হাতে– পানিকে সাথ গটক যা। সুবে তক দর্দ কম হো যাহি।

এবার লোকটা একটা পাতার ঠোঙ্গায় ঢেলে দিল কড়া ঝাঁঝের মহুয়া মদ-অর্ধেক ঠোঙ্গা। সেই সাথে কঠিন আদেশ– জুত্তা বাহার!

মনেই ছিলো না রাজিন্দরের। তার পায়ে জুতো আছে। ওটা তো দরজার গোড়ায় রেখে আসা উচিৎ ছিল। জুতো খুলে রেখে এসে পিঠের ব্যাগ নামিয়ে খাটিয়ার উপরে একটু থিতু হবার সাথে সাথে কে যেন দুই পায়ের উপর ঢেলে দিল কলকল করে খানিক ঠান্ডা জল। নেশায় চোখ বুজে এসেছে তবু টের পেল পায়ের উপরে কোনো নরম কোমল

হাতের মৃদু স্পর্শ। পা ধুইয়ে মুছিয়ে দিচ্ছে কেউ।

হাতের কাচের চুড়ির রিনিঠিনি আওয়াজে ছড়িয়ে যাচ্ছে বার্তা– হে মান্যবর অতিথি– 'নিয়া কাঁদে হারকা দুরকো আতা' তুমি অনেক দূর থেকে অনেক পথ হেঁটে এসেছো। তোমার পায়ে রয়েছে পথের ধুলো, ক্লেদ, পাঁক। পরিচ্ছন্ন হও, পবিত্র হও। যা কিছু মলিনতা সব ধুয়ে মুছে শুদ্ধ নির্মল হও। তারপর প্রবেশ করো অঙ্গনে। গৃহাঙ্গন তো মানবমন্দির। অশুচি অশুদ্ধের প্রবেশে মন্দির অপবিত্র হয়।

রাজিন্দর জানে না অনেকেই তার গতিবিধির দিকে নজর রাখছিল। কাছে আসতে ভয় পাচ্ছিল। এখন লোকজনের ভয় ভাঙ্গছে, আড়াল ভাঙ্গছে, জিভের জড়তা ভাঙ্গছে। প্রথমে দূর থেকে তারপর কাছ থেকে শেষে আরও কাছে এসে কিম্ভূত কিমাকার লোকটাকে দেখছে আদিবাসী মানুষেরা। না না, মোটেই হিংস্র নয়, আমাদের মতই বটে! ওই ভাষা আর পোষাক কেমন যেন, বাকি সব ঠিকই আছে। একে একে বাড়ির নারী, পুরুষ, বালক, বালিকা এগিয়ে এসে আগুন ঘিরে বসতে শুরু করে। শীত নয়– মূলতঃ আলোই আকর্ষণের কেন্দ্রবিন্দু। আর আকর্ষক ওই অচেনা অন্য গ্রহ থেকে আসা মানুষটা! গৃহকর্তা– সেই দৈত্যকার লোকটা সে বোঝে যে, আগত তার ভাষা বুঝতে পারবে না। তাই তার ভাঙা ভাঙা–ধার করা বুলি যাতে কিছু হিন্দি কিছু ছত্তিশগড়ির মিশেল আছে, যা সে বহুপূর্বে এই রকম এক বহিরাগত মানুষের কাছ থেকে শুনেছিল, সেই ভাষায় বলে– কায়, তে একেলে আয়েহস?

চোখ বুজেই জবাব দেয় রাজিন্দর– একেলে!

কা বর? এর অর্থ দু রকম হতে পারে কি জন্য এসেছিস? অন্য অর্থ– একলা কেন এসেছিস? কী জন্য এসেছে সেটা তো আগেই বলা হয়ে গেছে। তাই পরের কথাটা ধরে রেখে বলে রাজিন্দর– মোর সঙরা ঝন আয়ে রহে– গুম গিস!

তভি তো!

খাটিয়ায় শুয়ে দু চোখ বুজে অলস পড়ে থাকে রাজিন্দর। পেটের মধ্যের মদ তার নিজের কাজ করে চলেছে। তার উপর সারাদিনে শরীরের উপর দিয়ে যা ধকল গেল! তার সাথে ছিল ভয়ংকর মানসিক চাপ। এখন মনটা বেশ ফুরফুরে লাগছে, ভালো লাগছে। রাতটা তো কাটুক কালকে যা হয় দেখা যাবে। এখান থেকে কাউকে কি একজন সাথে নেওয়া যাবে না যে মেন্ডরাগাঁও চেনে? যা তার পারিশ্রমিক সেটা দেওয়া যাবে। তাহলে কাউকে না পাবার কোনো কারণ থাকার কথা নয়।

অচেনা জায়গা বলে, মন একেবারে নির্ভার নয় বলে মহুয়া ওকে একেবারে টলিয়ে দিতে পারেনি। তা না হলে যতটা মদ গিলেছে এতক্ষণে লুড়কে যাবার কথা।

২

সেটা ছিল কোণ্ডাগাঁওয়ের কথা। কাঁকের থেকে মাইল ষাটেক দূরে কোণ্ডাগাঁও। সেদিন সামান্য শীত পড়েছিল। কতিলা কিনতে সেদিন রাজিন্দরের যাবার কথা ছিল শহর ছাড়িয়ে মাইল তিনেক দূরে এক গ্রামে। সেবার সাথে নহরু ছিলোনা ছিল অন্য একজন। যার নাম অভিরাম। যে লুড়কে গিয়েছিল পথে যেতে যেতে। যে রাজিন্দরের বোঝা বইবে বলে গিয়েছিল সে-ই রাজিন্দরের বোঝা হয়েছিল।

অভিরাম বাঙালী, রায়পুর 'মানা' ক্যাম্পের ছেলে। একটি আদিবাসী মেয়ে বিয়ে করে কাঁকের শহরের এক প্রান্তে ঝুপড়ি বানিয়ে বাস করছে। বলা চলে ওই মেয়ের জন্যই ওকে কাঁকেরে থাকতে হচ্ছে। রক্ষণশীল মন মানসিকতার বাঙালি সমাজ যেমন আদিবাসী মেয়েকে– যে মেয়ে 'ঘোটুলে' যেতো, বলতে গেলে সতী সাবিত্রী নয়– তাকে মেনে নিতে পারেনি। অন্যদিকে আদিবাসী সমাজ আবার অনাদিবাসী কাউকে অদিবাসী সমাজের মেয়েকে বিয়ে করতে অনুমতি দেয় না। ফলে অভিরাম এখন না ঘরকা আর না ঘাটকা হয়ে গেছে।

একদিন এক দূর গ্রামে যেতে যেতে অভিরামের কাছে জানতে চেয়েছিল রাজিন্দর – এমন অঘটন কী করে ঘটলো? বাঙালী হয়ে কী করে আদিবাসী মেয়েকে বউ বানিয়ে ফেললে? সেদিন নিজের জীবন কথা মন খুলে বলেছিল অভিরাম।

সে রাতে আকাশে চাঁদ ছিল না। সেটা ছিল অন্ধকার আর গভীর এক রাত। পাহাড় আর জঙ্গল পথে তীরবেগে ধাবমান ছিল যাত্রীবাহী বাসখানা। সেই বাসে চেপে অভি, মানে অভিরাম চলেছে কাংকের থেকে রায়পুরের দিকে। যার কাছে সে কাজ করে সে রায়পুরে থাকে। লেবার পেমেন্ট আনতে মাসে একবার তাকে রায়পুরে যেতে হয়। আজ যাবে আবার ফিরবে কাল সকালে।

বাসের সামনের গেটের বাঁদিকে বসার সিট পেয়েছে। ওর সামনে খুব সংকীর্ণ একটু জায়গা। অন্য সিটের সামনে সেটুকুও নেই, তাই সে একটু পা ছড়াতে পারছে।

সিট পেয়েই বসে পড়েছিল অভিরাম আর পাহাড়ি রাস্তার ফুরফুরে শীতল হাওয়ায় দু চোখে জড়িয়ে এসেছিল ঘুমের আঠা। বাসে ওঠার আগে সামান্য একটু মহুয়ার মদ্য পেটে চালান করে দিয়েছিল তাই ঘুম আসা অতি স্বাভাবিক। যার ফলে অভিরামের মাথা এখন ঝিমঝিম করছে। বনগ্রামে অতিথি সৎকারের এটাই নিয়ম, যে কোনো গৃহের দরজায় গিয়ে দাঁড়ালে বা বসলে পাতার ঠোঙ্গায় করে ঢেলে দেবে মহুয়ার মদ। সেই যেমন শহরে অতিথিদের চা পরিবেশন করা হয়। আজ বন্ধু রবিরামের মা সেটাই করেছে। আগে একটু খাওয়া ছিল পরে আর একটু খেয়ে এখন বেশ নেশা হয়ে গেছে।

এটা সেই সময় যখন বস্তার জেলার নানা স্থানে 'মাড়াই'– মানে আদিবাসীদের মেলা হয়। এটা সেই সময় যখন গাছে গাছে মহুয়ার ফুল ফোটে। মহুয়ার মাতাল গন্ধে আমোদিত হয় বন বনান্তর। পলাশ ফোটে, পলাশের লাল রঙে সেজে ওঠে মাঠ পাথার

সেই রঙে রেঙে ওঠে মানুষের মনও।

আজ কোথাও কোনো মাড়াই ছিল। যেখান থেকে দলে দলে নারী পুরুষ উঠে পড়েছে বাসে। এখানে এখনো মাতৃতান্ত্রিক ব্যবস্থা পুরোপুরি বিনষ্ট হয়ে যায়নি। ফলে মেয়েরা অনেক স্বাধীন সাবলীল আড়ষ্টতাবিহীন। শহরের কিছুজনের মত পুরুষসমাজকে তারা প্রতিপক্ষ বলে মনে করেনা। পুরুষ মানেই মনে করেনা অচ্ছুৎ, অস্পৃশ্য। পুরুষ তো সেই বাঘ যার দাঁত আছে, দাঁতে ধার আছে কিন্তু কামড়ায় না। কাছে এলে পোষ মানা নেড়ির মত লেজ নাড়ে। মাথায় হাত বুলিয়ে দিলে পায়ের কাছে বসে পড়ে। তাই সেই অসম্ভব ঠাসাঠাসি ভিড়ে নারীপুরুষ, বালকবালিকা সব ভেদভাব মুছে গিয়ে সব একেবারে পাটকাঠির আঁটির মত হয়ে গেছে। এটাই আজকের শেষ বাস, তাই কারো না উঠে কোনো উপায়ও তো ছিলনা।

'ম্যায় বস্তারকা নারী হু, ফুল নেহি চিঙ্গারী হু'!

মেয়েরা এখানকার রুক্ষ মাটি, পাহাড় জঙ্গল আর আবহাওয়ার কারণে অন্যদের তুলনায় অনেক সাহসী। পুরুষভীতি তাদের নেই বললেই চলে। বরং পুরুষেরাই তাদের দেখে ভয়ে ভয়ে থাকে। যদি কোনো কারো ব্যবহারে সে অসম্মানিত বোধ করে চিঙ্গারী মুহুর্তে দাবানল হয়ে যেতে পারে। সেই যে রানী দুর্গাবতী একদিন হাতে খোলা তলোয়ার নিয়ে ঝাঁপিয়ে পড়েছিল শত্রুসেনাদের উপরে, মনন চিন্তনে, প্রবহমান রক্ত কনিকায় এরা বহন করে চলেছে সেই উত্তরাধিকার। যদি বন্ধু হয়ে যাও আমি তোমার কোনো ক্ষতি করবো না। কিন্তু শত্রু হয়ে গেলে 'জিনা হারাম' করে দেবো।

স্বাধীনতা আর স্বেচ্ছাচারের মাঝে একটা সূক্ষ্ম দেওয়াল আছে। পাগলামি আর মাতলামির মধ্যেও প্রভেদ আছে। উৎকট রসিকতা আর ভব্য বদামোর মধ্যেও একটা পার্থক্য আছে। দাতা বা গ্রহীতা উভয়েই অনেক সময় অজান্তে বা জেনে বুঝে সেই সীমা অতিক্রম করে যেতে পারে। তবে স্থানভেদে কালভেদে যার পরিমাপ নির্ধারণ হয়ে থাকে।

সভ্যসমাজে বউয়ের বোন, হিন্দিতে যাকে বলে শালী– আধা ঘরবালি, এখানে কিন্তু শালী মানে সম্মাননীয় ব্যক্তিত্ব। সে ছোট হোক বা বড়– কিছু যায় আসে না। যখন তার সঙ্গে দেখা হবে হাঁটু ছুয়ে প্রণাম করতে হবে। আর ইয়ার্কি রসিকতা চলবে ভাগ্নীর সঙ্গে। এমন কি মামা চাইলে ভাগ্নীকে বিয়েও করতে পারে। ভাগ্নীকে বিবাহ করার ক্ষেত্রে মামার দাবী সবার আগে। সে যদি বিয়ে করবে বলে অন্য কারো সঙ্গে আর বিয়ে দেওয়া যাবেনা।

অন্য এক ঠিকাদারের অধীনে এক রাস্তা নির্মানের কাজে মুন্সিগিরি করতে গিয়ে দেখেছিল অভিরাম, মামা মাটি কেটে ঝুড়িতে ভরে ভাগ্নীর মাথায় তুলে দিচ্ছে। যতবার মামা ঝুড়ি ভাগ্নীর মাথায় তোলে, হাত নিচে নামাবার সময়ে ভাগ্নীর কিশোরী বুকে ছোবল মারে। আর ভাগ্নী প্রতিবারই একহাতে ঝুড়ি আর এক হাতে বুক সামলায়, হাসে আর গাল দেয়। অন্য যারা কাজ করছে তারাও হাসে তবে গাল দেয়না।

ওইসময় আর একদিন দেখেছিল অভিরাম, দুপুরের খাওয়া দাওয়ার পর যখন গাছতলায় শুয়ে সবাই বিশ্রাম নিচ্ছে, একটি শায়িত মেয়ের বুকের উপর ঝাঁপিয়ে পড়লো

একটা ছেলে। যাকে সভ্য ভাষায় পিয়াস পান বলে, জোর জবরদস্তি সেটাই করে নিল সে খানিকক্ষণ। ভেবেছিল অভিরাম এবার মেয়েটা নিশ্চয় ছেলেটার দিকে পাথর– মাটির ঢেলা ছুঁড়ে মারবে! মেয়ে সেটা না করে খিল খিল হেসে উঠে বলল-হেই মা, সনু জুঠা দুধ খেয়েছে। এর আগে নাকি অনুরূপ ভাবে তার দুধ অন্য আর একজন খেয়ে গেছে!

এই হচ্ছে এখানকার মেয়েদের মন মানসিকতা। তারা সরল সোজা আর ভনিতাহীন। সাহসী কিন্তু সহনশীল আর মোটেই আক্রামক নয়। তারা যেমন নির্মল আনন্দ উপভোগ করতে জানে উপভোগ দিতেও জানে। ফলে শহরাঞ্চলে যেমন ফাঁকা রাস্তায় একা কোনো মেয়েকে যেতে দেখলে 'মজনু মার্কা' যুবকেরা সিটি দিয়ে ওঠে– যেটাকে একটা অসামাজিক কর্ম বলে চিহ্নিত করা হয়, এখানে এই ভূমিকা পালন করে উচ্ছল রঙ্গিলা মনের যুবতীরা। তবে সেটাকে আর যে যাই বলুক কেউ 'অসভ্যতা' বলে না। নির্মল প্রমোদ বলেই ধরে নেয়।

আদিবাসী সমাজে চোর নেই, ভিখারি নেই, বেশ্যা নেই। যদি কেউ কোনো মেয়েকে পয়সার প্রলোভন দেখায় সে অতীব ঘৃণ্য হিসাবে চিহ্নিত হবে। কোনো ঘুষ, উৎকোচ চলবে না। মাত্র ভালোবাসা দিয়েই ভালোবাসাকে হাসিল করা যাবে।

অভিরামকে নারী শক্তির এই রকম হাসি মস্করার সামনে কোনো কোনো সময়ে পড়তে হয়েছে বই কি! এখানকার বনাঞ্চল জুড়ে ব্যাপক তেন্দুপাতার ফলন। যে পাতায় বিড়ি বানানো হয়, যে পাতা সংগ্রহের জন্য ঠিকাদাররা দুরদুরান্তের বনগ্রামে গিয়ে ডেরা বানায়। এক দুবার ঠিকাদারদের মুন্সি হয়ে বনের গভীরের আদিবাসী বস্তিতে গেছে অভিরাম। তখন খুব কাছ থেকে এদের সমাজ সংস্কৃতিকে দেখেছে। পড়তে হয়েছে নারীবাহিনীর প্রবল হাস্য পরিহাসের সামনেও।এখানকার সব মেয়ে যেমন নাচায় দক্ষ– দক্ষ তৎক্ষণাৎ কোনো বিষয় নিয়ে গান বেঁধে ফেলতেও। 'কায় রে টুরা, তু কাহে এতিক বুরা! মানে– কী রে ছেলে তুই এত খারাপ কেন? 'তোর মুহোমে লাই হাসি, হামন ক্যা তোর– মৌসি?' আমাদের সাথে হাসছিস না খেলছিস না কেন রে? আমরা কি তোর মাসি পিসির হই নাকি?

এখানকার যুবতীরা প্রাণপ্রবাহে টইটুম্বুর, পাহাড়ি ঝর্নার মত উদ্দাম উচ্ছল। এই সমাজ যুবক যুবতীদের অবাধ মেলামেশায় বাধার প্রাচীর খাড়া করেনি। এখানকার প্রায় প্রতি গ্রামে রয়েছে ঘোটুল নামক বিনোদন গৃহ। যেখানে আকাশে চাঁদ উঠলে-সেই যেমন মসজিদ থেকে আজান দেয়, সেভাবে কেউ একজন হাঁকা পারবে, 'বীরহোড়, চান্দা আঞ্জোর, সাঙে সাঙে ঘোটুল আ'। আর তখন স্নান করে কাচা কাপড় পড়ে মাথার চুলে বনজ ফুল গুঁজে ঘোটুলে এসে জমা হয় গ্রামের প্রতিটা যুবতী। এখানে তারা সম্পূর্ণ স্বাধীন। তারা তাদের ইচ্ছামত নাচবে গাইবে আমোদ আহ্লাদে মেতে উঠবে। ইচ্ছা হলে সারারাত কাটিয়ে দেবে সঙ্গীর সঙ্গে। পরের দিন সকালে এই নিয়ে কেউ তার দিকে তির্যক আঙ্গুল তুলবে না। সে নিজেও কাউকে কিছু বলবে না। ঘোটুলের নিয়ম– রাত গ্যায়া তো বাত গ্যায়া। রাতের কথা যে দিনের আলোয় মুখে আনে সে বেশরম।

যে কোনো কিশোরের গোঁফের রেখা দেখা দিলেই ঘোটুলে প্রবেশের ছাড়পত্র পেয়ে

যাবে। ধরে নেওয়া হবে সে যুবক হয়ে গেছে। নারীদের ক্ষেত্রে নিয়ম-ঋতুমতী হওয়া। গ্রামের যুবক যুবতীদের যেমন ঘোটুলে আসা এক ধরনের– অলিখিত নিয়ম,বাধ্যতামূলক বিধান– তেমনই কঠোরভাবে নিষেধ আছে বিবাহিত নরনারীর এর ধারেকাছে আসার। সমাজের চোখে সেটা খুব নিন্দার।

ইচ্ছা হলে কোনো যুবক যুবতী ঘোটুলে নাও আসতে পারে। সে ক্ষেত্রে গ্রামের আর কোনো যুবক যুবতী তার সাথে খেলবে না, মিলবে না। একা একাই তাকে যাপন করতে হবে জীবন। তুমি যখন আমাদের নও আমরা তোমার হবো কেন!

বনবাসী সমাজে এর চেয়ে বড় সাজা আর কিছু হয়না। হাটে, মাঠে, পথে কেউ যার সাথে মেশেনা, কথা বলেনা, বেঁচে থাকাই তার কাছে দুষ্কর। আর বিবাহিতদের ক্ষেত্রে কঠোরতার কারণ– এখন তুমি মাত্র একজনের প্রতি বিশ্বস্ত আর দায়বদ্ধ। স্বেচ্ছায় তুমি সেই জীবন বেছে নিয়েছো। কাজেই ওতেই সন্তুষ্ট হয়ে থাকো। যখন বিবাহিত ছিলেনা তখন ঘোটুলে এসেছো আনন্দ উৎসবে অংশ নিয়েছো। সেই ছেলেখেলার জীবন পার হয়ে তুমি এখন সংসার ধর্মে মনোনিবেশ করেছো। তাই আর তোমার জন্য ঘোটুলের দ্বার খোলা হবে না।

এই যে অবাধ মেলামেশা, এতে কোনো কোনসময় কোনো কোনো নারী গর্ভবতী কি হয়ে পড়ে না? হয়, হতেই পারে। তবে সে নিয়ে এই সমাজের কোনো মাথাব্যথা নেই। যদি কেউ সেই নারীকে বিবাহ করতে চায় ওই সন্তানসহ বিবাহ করতে হবে। কেউ করবে না? না করলে বয়েই গেল। জঙ্গলে আছে অগাধ বনজসম্পদ, বাপ ভাইয়ের আছে চাষের জমি। হাসি, খেলা, মনোরঞ্জনের জন্য আছে ঘোটুল। বেঁচে থাকার জন্য আর কী চাই?

সভ্যসমাজে মেয়ে বড় হয়ে গেলে বিবাহ চিন্তায় মেয়ের মা বাপের চোখের ঘুম চলে যায়। এর কাছে তার কাছে কাতর হয়ে হাত জোরে– আমার মেয়েটাকে আপনার শ্রীচরণে একটু জায়গা দেন। এখানে মেয়ে যত বড় হয়ে যাক, কোনো বাপ কারো কাছে অমন বিনয়ে বিগলিত হবে না। সে মেয়ের বাপ– সেই অহংকার নিয়ে গ্যাঁট হয়ে বসে থাকবে। ছেলের বাপকেই আসতে হবে মেয়ের বাপের কাছে গলবস্ত্র হয়ে। আর বলতে হবে কত কন্যাপণ দেবে। আমার মেয়ে, আমি তাকে জন্ম দিয়েছি, কষ্ট করে পালন পোষণ করেছি, আমার ঘরের সম্পদ একেবারে বিনামুল্যে তুমি নিয়ে যাবে সেটা কেমন করতে হবে! তার জন্য উপযুক্ত মূল্য তো দিতেই হবে। দেখা যায় কোনো কোনো বিবাহতুর পাত্র কন্যাপণের টাকা জোগাড় করতে না পেরে মেয়ের বাপের বাড়িতে এসে জমিতে খেটে সেই অর্থ পরিশোধ করে থাকে। বাংলায় এদের বলে ঘরজামাই, এখানে তার নাম 'লামসেনা'। লামসেনা থাকা এই সমাজে খুবই নিন্দার– খুবই লজ্জাজনক ব্যাপার। কিন্তু কী করবে বেচারা? বিয়ে না করলে জীবন যে চলছে না। ঘর-দুয়ার, গোরু-বাছুর, জমি-জায়গা কে সামলে রাখবে! কে দুবেলা রান্না করে দেবে? বউ পাবার জন্য তাই বাধ্য হয়ে এক দু বছর শ্বশুরের জমিতে জিরেতে ঘাম ঝরাতে হয় তাকে।

সেই যে সভ্যসমাজে বলে, 'মেয়ের নাম ফেলি, পরে নিলেও গেলি, যমে নিলেও

গেলি’ এই সমাজ সেই সমাজ নয়। মেয়ে মানে গৃহলক্ষ্মী, মেয়ে মানে সম্পদ। বিয়ে করা তো অনেক দূরের ব্যাপার এখানে বিবাহিত কোনো মেয়েকে স্বামী আদর না করলে সম্মান না দিলে এক মুহূর্তে তাকে ছেঁড়া কাপড়ের মত ছুঁড়ে ফেলে বাপের বাড়ি চলে আসবে। একবার দুবার নয় আঠারো বার বিবাহ করার সামাজিক অধিকার আছে তার। আর সে একবার বাপের বাড়ি এসে গেলে তাকে ফিরিয়ে নিয়ে যাওয়া খুব কঠিন ব্যাপার। গ্রাম সভা ডাকতে হবে, কেন মেয়ে চলে আসতে বাধ্য হয়েছে কে তার জন্য দায়ী শোনা হবে, যদি মেয়ের দোষ হয় তাহলে তাকে বুঝিয়ে ফেরত পাঠাবার একটা চেষ্টা করা হবে। আর ছেলের দোষ থাকলে ফিরতে হবে তাকে খালি হাতে।

এখানে দু রকমের ঘোটুল দেখতে পাওয়া যায়। একটায় যে যার নৈশসঙ্গী নিজেই বাছাই করে নিতে পারে। তবে প্রতি রাতে খেলার জন্য একই সঙ্গী বাছাই করা– সেটা স্বার্থপরতা– সেটা অন্য কাউকে বঞ্চিত করা। যেটা খুবই নিন্দনীয় ব্যাপার। অন্যটায় জোড়ি বাছাই করে দেবার দায়িত্ব থাকে মোটিয়ারীন আর চেলিকের উপরে। সমস্ত যুবতীকুলের যে প্রধানা তার নাম মোটিয়ারীন আর যুবকদের প্রধানের নাম চেলিক। এরাই ঘোটুলের সর্বমান্য নেতা-নেত্রী। যা তাদের সিদ্ধান্ত হবে সবাই সেটা মানতে বাধ্য।

প্রায় কিশোরীকাল থেকে ঘোটুলের সদস্যা হবার কারণে খুব স্বাভাবিক ভাবেই নারীদের পুরুষ ভীতি খুব কম। পুরুষের ক্ষমতার দৌড় কতটুকু তা তারা জানে। জানে কতটুকু শক্তি আর সাহস।

আর একটা কথাও এখানকার ক্ষেত্রে সত্য– নারী মাত্রেই এখানে সম্মাননীয়। তাকে অবজ্ঞা অবহেলা অপমান যেমন কেউ করে না ধর্ষণ করার মত দুঃসাহসও কেউ দেখায় না। নির্জন পথে বা বনে বনান্তরে তাই সে নির্ভয়ে চলতে পারে কাঠকুটো আনতে, মহুয়া কুড়াতে। একাই যেতে পারে নিজের গন্তব্যে। নদীর পারে বস্ত্রটি খুলে রেখে নেমে পড়তে পারে জলে। এখানে নারীর ‘না’ মানে না-ই হবে, অন্য কিছু নয়। তবে কোনো নারীকে কোথাও বনে জঙ্গলে একা পেয়ে কোনো পুরুষের যদি ভোগবাসনা জাগে সে কাকুতি মিনিতি কান্নাকাটি করতে পারে। আত্মহত্যার কথা বলতে পারে! বরফ গলাবার যত পদ্ধতি আছে প্রয়োগ করতে পারে। তাতে সে যদি সম্মত হয় আলাদা ব্যাপার। সমাজ সেখানে নাক গলাবে না। কিন্তু বলপ্রয়োগ মোটেই চলবে না। বলপ্রয়োগ করলে গলায় টাঙ্গির কোপ পড়তে পারে। এখানকার নারী পুরুষ হাটে, বাজারে, বনে, জঙ্গলে যেখানেই যাক কাঁধে কিন্তু ধারালো টাঙ্গি রাখে। যখন কাঁধে টাঙ্গি নেই, তখন কিন্তু সেটা তার মনের মধ্যেই রাখা আছে।

তার না-এর অন্য কোনো অর্থ করা যাবে না। তবে এইসব নিয়ম কিন্তু মাত্র কুমারীদের জন্য, বিবাহিত নারী হলে তার দিকে লোভ করলে স্বামী কিন্তু ছাড়বে না। না না, সে তার স্ত্রীকে কিছু বলবেনা। কারণ মেয়ে মাত্রেই মায়ের জাতি, তাদের মন খুব নরম কোমল দুর্বল। তাই সে তোমার পাতা ফাঁদে না বুঝে পা দিয়ে ফেলেছে। তোমার কাতর কান্না দেখে ভুলে গেছে। সে না হয় বুঝতে পারেনি কিন্তু তোমার তো বোঝা উচিৎ ছিল যে সে একজনের স্ত্রী! তার গলায় মঙ্গলসূত্র আছে।

তাই অপরাধী তুমি! এর জন্য তোমার মরতেই হবে। বেচারা স্বামীকে তোমার গলায় টাঙ্গি চালাতেই হবে। না হলে মরার পর আঙ্গা দেবতার কাছে গিয়ে সে কী জবাব দেবে? যখন তাকে দেবতা জিজ্ঞাসা করবে, যাকে তুই বিয়ে করে আনলি তার শখ আহ্লাদ কেন মেটালি না? আমার কাছে তুই তো প্রতিজ্ঞা করেছিলি তার সব শখ সুখ মেটাবি! তাহলে কেন তাকে অন্য পুরুষের কাছে যেতে হলো? আর যে তোর সরল সোজা বউটাকে খারাপ করে দিল। সেই অপরাধী পুরুষকে কেন কোনো সাজা না দিয়ে ছেড়ে দিলি? স্বামী কী জবাব দেবে তার? আছে তার কাছে এর কোনো জবাব?

এই কারণে এখানকার কোনো কারো সাহস হবেনা পরস্ত্রীর দিকে কামতাড়িত হয়ে ছুটে যেতে। ধারালো টাঙ্গির কথা মনে পড়লেই সব তাড়না নেতিয়ে যাবে। ঘোটুল এখানকার সমাজ সংস্কৃতির অঙ্গ সেটা একান্তই আদিবাসীদের নিজস্ব সামাজিক ব্যাপার। সব তাদের নিজের মধ্যেই সীমাবদ্ধ। অনাদিবাসী মানুষের এখানে কোনো প্রবেশাধিকার নেই।

মেয়েরা সাহসী, মেয়েরা নির্ভয়- ফলে বাজার-হাটে, মেলা-মাড়াইতে মেয়েদের যোগদান থাকে সবচেয়ে বেশি। আজও তেমনটা ছিল। ফলে বাসে তাদের সংখ্যা এখন খুব বেশি। ভিড়ের চাপে তিল মাত্র জায়গা আর অবশিষ্ট নেই। এদিককার বাসের সিটগুলো বেশ বড় বড়। দুই সিটের মাঝখানে দাঁড়াবার জায়গা খুব কম। আর দাঁড়াবার জায়গা থেকে সিট অনেকটা উঁচুতে। জায়গাটার নাম মনে নেই কিন্তু সেখানে বাসটা সজোরে ব্রেক মেরে দাঁড়িয়ে যাবার পরে আচমকা অভিরামের চোখ খুলে গেল। তাকিয়ে দেখলো তার সিটের সামনের অপরিসর জায়গায় একটি মেয়ে কোনক্রমে ঢুকে দাঁড়িয়ে পড়েছে। মেয়ে নয়– মনে হলো যেন অন্ধকার পাহাড় জঙ্গল চিরে দুরন্ত বেগে ছুটে চলা বাসের মধ্যে তার সামনে যে এসে দাঁড়িয়েছে সে কোনো পাথর কুঁদে দক্ষ শিল্পীর গড়ে তোলা কোনারকের কোনো অপরূপা ভাস্কর্য। মেদবিহীন পাহাড়ি বাঁশের মত টানটান দেহবল্লরী। গায়ের রঙ পাকা মহুয়ার মতো। সেই পাকা মহুয়া যার ধবল দেহ প্রখর রোদের ঝাপটে খানিক লালচে। যার উপরে উল্কির নানান কারুকার্য। অতি সামান্য সাধারণ অলংকারে সজ্জিত সেই বনবালা। আরও দেখতে পেল অভিরাম ঠিক তার ঠোঁট থেকে ছয় ইঞ্চি দূরে একটি মসৃণ কোমল উন্মুক্ত–আকর্ষণ আমন্ত্রণ মাখা সুগভীর নাভিকুণ্ডলী। যেন কোনো মরণফাঁদ, যেন কোনো অমৃতকুম্ভ!

অভিরাম আদিবাসী নয়, সেই যে উনিশশো একাত্তর সালে বাংলাদেশের মুক্তিযুদ্ধের সময় ওপার বাংলা থেকে পালিয়ে দলে দলে লোক এপার বঙ্গে চলে এসেছিল, যাদের ভারত সরকার পাঠিয়ে দিয়েছিল এখানকের দন্ডকারণ্যে। যুদ্ধ শেষ হবার পর কিছু পরিবার আবার বাংলাদেশে ফিরে গেছে কিছু আর যেতে চায়নি নানা কারণে। তাদের পুনর্বাসন দেওয়া হয়েছে এখানে। দন্ডকারণ্য পুনর্বাসন প্রকল্প তো শুরু করা হয়েছিল উনিশশো ছাপান্ন সাল নাগাদ। দেশভাগের কারণে যে বিপুল উদ্বাস্তু স্রোত ওপার বাংলা থেকে এপারে এসেছিল তাদের জন্যই বানানো হয় এই প্রোজেক্ট। এখানকার মাটির নিচে আছে লোহা, তামা, বক্সাইট আরও বহু খনিজ সম্পদ। মাটির উপরে আছে শাল, সেগুন,

বীজা, মহুয়া, বাঁশ, বিড়ির পাতা এমন অনেক বনজ সম্পদ। তখন আবার বয়লাডিলা লৌহ আকরিক খাদান চালু করার খুব দরকার হয়ে পড়েছিল আকরিক আপুর্তির জন্য। এত কাজ কিন্তু সেই তুলনায় এখানে শ্রমিক পাওয়া যাচ্ছিলো না। আদিবাসী মানুষেরা সেভাবে শৃঙ্খলাবদ্ধ শ্রমজীবনে অভ্যস্ত নয়। তাই সরকারের পরিকল্পনা ছিল দেশত্যাগী উদ্বাস্তুদের দিয়ে সস্তায় ওইসব শ্রমের কাজ করিয়ে নেবে। তাই তাদের এনে ফেলা হয় এখানে। কিন্তু তারা জল দিয়ে ঘেরা অপেক্ষাকৃত নরম আবহাওয়ার মানুষ। এখানকার রুক্ষ আবহাওয়ায় মানিয়ে নিতে না পারায় অল্প কিছুদিন পরেই পালিয়ে চলে যেতে আরম্ভ করে দিয়েছিল। যে কারণে প্রায় প্রতি 'ভিলেজে' অর্ধেক ঘর খালি পড়েছিল।

একাত্তরের যুদ্ধের সময় আবার যারা এপারে আসে তাদের এনে প্রথমে কিছুকাল ফেলে রাখা হয় ক্যাম্পে। তারপর যারা আর ওপারে যেতে চায়নি তাদের এনে ঢুকিয়ে দেওয়া হয় সেই সব খালি ঘরগুলোতে। আগের উদ্বাস্তুদের ফেলে রেখে যাওয়া জমি জায়গা দিয়ে দিয়ে হয় নবাগতদের। অভিরামের বাবা এই ভাবেই পুনর্বাসন পেয়েছে দণ্ডকারণ্যে।

যখন অভিরাম এখানে আসে সে একেবারে ছোট নয়, কিশোরকাল ছাড়িয়ে পা ফেলেছে যুবাবস্থার দিকে। এতকাল একটা অন্যরকম সমাজ দেখে আসা চোখে এখানকার আদিবাসী সমাজ অসহ্য ঠেকতো। সে এতকাল লাজবতী বাংলার মেয়ে বউ দেখেছে। সব যেন এক একটা কাপড়ের পুঁটুলি। দশহাত কাপড়ে সারা অঙ্গ মোড়া। তারপর আবার সায়া ব্লাউজ, তবু যেন তার আব্রু রক্ষা হচ্ছে না। মুখের সামনে ঝুলিয়ে রেখেছে এক বিঘৎ ঘোমটা।

আর এখানে– যারা একটু বেশি বয়স সবার উর্ধাঙ্গ অনাবৃত। গ্রামবাংলায় অনেক মা পথে ঘাটে বক্ষ উন্মুক্ত করে বটে বাচ্চাকে দুধ দেবার প্রয়োজনে– কিন্তু যতটা পারে ঢেকে ঢুকে। এখানে সে বালাই নেই। কোনও অবস্থায় তারা বুক যে ঢাকার মতো একটা ব্যাপার মনেই করে না। আর যুবতীরা? শহরের আশেপাশের বাজার হাটে যাবার সময় যদি বা এক টুকরো বস্ত্র দিয়ে ঢাকা বাধা থাকে বক্ষ, স্নান করার সময়ে সেটা আর রাখেনা। পারে খুলে রেখে উদোম হয়ে নেমে পড়ে জলে।

কৃষ্ণকাহিনীতে জানা যায় মথুরার মেয়েরা নাকি যমুনার পারে বসন খুলে রেখে স্নান করতে নেমেছিল আর কৃষ্ণ সেই বসন লুকিয়ে রেখেছিল। ব্যাপারটা কেমন যেন তখন অলীক বলে মনে হতো। কিন্তু এখানে এসে, এখানকার মেয়েদের দেখে আর মনে হয়না অবাস্তব, অস্বাভাবিক। এখানেও মেয়েরা ওইভাবেই স্নান করতে জলে নামে।

তবে এটাও ঠিক যে মেয়েদের আর পুরুষদের স্নানঘাট আলাদা আলাদা। মেয়েদের ঘাটের দিকে কোনো পুরুষ যায় না, এমন কী তাকায় না। মেয়েরাও পুরুষদের ঘাটের দিকে আসেনা। কারণ পুরুষরাও স্নান করে উলঙ্গ হয়েই। বড় গরীব এরা, মাত্র পরিধানের ওই বস্ত্রটুকুই সম্বল। ভিজিয়ে দিলে পরবার অন্য বস্ত্র নেই, হতে পারে সেই অসুবিধার কারণে বস্ত্রখানি ভেজাতে চায় না।

এখানকার আদিবাসী মানুষেরা যে মন মানসিকতা নিয়ে বড় হয়ে ওঠে সেখানে

কোনো বিকৃতি নেই। সভ্যসমাজ পুরুষ আর নারীর মাঝে যে সংস্কারের দেওয়াল তুলে দিয়েছে– এখানে তা নেই। তাই তারা পরস্পরের সঙ্গে হাসে, খেলে, গান গায়, গল্প করে। হাস্য পরিহাস, জড়াজড়ি, ঠেলাঠেলি সব করে। যার মধ্যে থাকে আনন্দ পাওয়া আর আনন্দ দেবার নির্মল সরলতা। নিরাবরণ, অভিসন্ধিহীন আমোদ প্রমোদ।

বাঙালীর ছেলে অভিরাম সেই আদিবাসী সারল্য পাবে কোথায়? যে সমাজে সে জন্ম নিয়েছে, বড় হয়েছে সেই সমাজের যা কিছু অবগুণ্ঠন সব যে তার রক্তস্রোতের সঙ্গে মিশে আছে।

এক দার্শনিক বলেছেন নিষেধ মানে আমন্ত্রণ! আজ যে পথ দিয়ে লোক হেঁটে যাচ্ছে কোনদিকে তাকাচ্ছে না, কাল সেখানে কোনো বাড়ির দরজায় লিখে টাঙ্গিয়ে দেওয়া হোক এদিকে তাকাবেন না, দেখা যাবে যার না তাকাবার সেও তাকাচ্ছে। কথিত সভ্য সমাজে এটাই হয়েছে সমস্যা। নারীদেহ মানে অসম্ভব দুর্লভ কোনো পদার্থ। যাকে স্পর্শ করা অন্যায় যার দিকে তাকানো অপরাধ আরও বহু বিধিনিষেধ। যে কারণে নারী নিয়ে মানুষের কৌতুহলের অন্ত অবশেষ নাই। সুযোগ পেলেই সে বস্ত্রের আড়ালে কী আছে দেখে নেবার জন্য উদগ্রীব হয়ে ওঠে। নারীদেহ ছুঁয়ে দেবার সুযোগ খুঁজে ফেরে।

অভিরামও সেই রোগে আক্রান্ত। সে আদিবাসীদের মতো নয়। উদোম নারী অঙ্গ দেখলে তার আরও দেখতে ইচ্ছা করে। সারা শরীর কেমন যেন শিরশির করে ওঠে। ফলে আজ এই রাতের আঁধারে একটি নারীর উন্মুক্ত অঙ্গ যেন তার 'ঈশ্বরের' আশীর্বাদের মতো বলে মনে হল। মনে হল যেন জীবন কোনো মহার্ঘ্য উপহার নিয়ে উপস্থিত হয়েছে আজ এই নির্জন নিশুতি রাতে। খুব– খুব ইচ্ছা করছে মাত্র এক বিঘৎ দূরের ওই নাভীকুণ্ডলীতে ঠোঁট ছুঁইয়ে দিতে।

সেই ভয়ংকর সময়ে তার মনের মধ্যে শুরু হয়ে গেল শুম্ভ আর নিশুম্ভের যুদ্ধ। ন্যায় আর অন্যায়ের দ্বন্দ্ব। একজন পিছনে টানছে আর একজন সামনে ঠেলছে। একজন বলছে তুমি একজন অন্য সমাজের মানুষ-আদিবাসী নও। তোমার ব্যবহারে মেয়ে ক্ষুব্ধ হলে, অপমানিত বোধ করলে খুব বিপদ হতে পারে। তাই তোমার সতর্ক সংযত থাকা উচিৎ।

অন্যজন বলছে– এই রাতে একটু পাপ করে নেওয়া কোনো পাপ নয়। যে পাপের জন্য সারাজীবন প্রাপ্তির আনন্দে আনন্দিত হওয়া যায় তা করে নিতে দ্বিধা করা উচিৎ নয়। 'কুছ পানেকে লিয়ে কুছ তো খোনা হি পড়তা হ্যায়'। প্রাপ্তির পিছনে একটু ঝুঁকি তো থাকবেই। ঝুঁকি না নেবার সাহস থাকলে তার শূন্যহাত শূন্যই থেকে যায়।

এখানে গোণ্ড মুড়িয়া সামাজে নারীর অঙ্গস্পর্শ কোনো ভয়ংকর অপরাধ বলে বিবেচিত হয়না। যে কেউ যাকে ইচ্ছা মুখে বুকে আলতো স্পর্শ দিতে পারে। মেলায় মাড়াইয়ে বাজার হাটে আকছার দেখা যায়– তারা মোটেই রেগে ওঠেনা। এমন স্পর্শসুখকে তারাও সমান ভাবে উপভোগ করে। উপভোগ করে ততক্ষণ– যতক্ষণ সে স্পর্শে মুগ্ধতা থাকে-নিবেদন আর ভালোলাগা থাকে। কিন্তু সেই স্পর্শের মধ্যে যদি কোনো বিকৃতি প্রকাশ পায় আর সেটা যদি সেই নারী বুঝে ফেলতে পারে তাহলে তার খুব বিপদ আছে।

প্রকৃতি নারীকে সেই ক্ষমতা দিয়েছে যার মধ্য দিয়ে সে খুব সহজে বুঝে যেতে পারে কোনটা ভালো স্পর্শ কোনটা ভালো নয়।

অবশেষে মনে হলো অভিরামের যা আছে ভাগ্যে তা হবে– আজ আমাকে একটু ঝুঁকি নিতেই হবে। কিছুতে আজকের এই অভাবনীয় প্রাপ্তিকে বিফলে যেতে দেওয়া যাবে না। তাই সে প্রস্তুত হলো পাপ করার জন্য। চোখ বুজে নিলো অভিরাম। আবার ঘুমিয়ে পড়লো গভীর ঘুমে আর প্রতীক্ষা করতে থাকলো সেই পাপ মুহূর্তের।

কথায় বলে যদি কোনো জিনিস তুমি গভীর ভাবে কামনা করো ঈশ্বর সেটি তোমার কাছে পৌঁছে দিতে তৎপর হয়ে ওঠেন। অবশেষে এক সময় এসে গেল সেই চরম আর পরম মুহূর্ত। আবার বাসটা সজোরে ব্রেক মারলো আর অভিরাম সটান পিছলে গেল তার অবস্থান থেকে। আর তার সুযোগসন্ধানী দুই তৃষ্ণার্ত ঠোঁট চেপে বসে গেল দণ্ডায়মান অপরূপ অনিন্দ্য নাভীগহ্বরের উপর।

... এরপর? মেয়েটির ডান হাত দিয়ে বাসের রড ধরে রাখা ছিল কিন্তু বাঁ হাত ছিল সম্পূর্ণ খালি। সেটা শূন্যে উঠলো আর সজোরে এসে নামলো তার ডান গালে! হয়তো এমনটা হবার কথা ছিল, এমনটা হলেই গল্পটা এখানে সমাপ্ত হয়ে যেতে পারতো। এমনটা হতে পারে আগেই ভেবে রেখেছিল অভিরাম, কিন্তু সে সব হয়নি। মেয়ে তার হাত উর্দ্ধে উঠেছিল, নামিয়েও এনেছিল– সে তবে তা অতি ধীরে। যে হাত নামিয়ে দিয়েছিল অভিরামের মাথার উপরে। এলোমেলো করে দিয়েছিল তার মাথার আঁচড়ানো চুল। মেয়ের হাতের চুড়ি বেজে উঠেছিল রিনিঠিনি করে। যাতে ছন্দ ছিল বার্তা ছিল। চোখ মুখ সারা শরীর হেসে উঠেছিল বনবালার। অভিরামের দিকে তাকিয়ে দু চোখে ভ্রুকুটি ফুটিয়ে বলে উঠেছিল– 'শালে, তু বহুত চালু চিজ হ্যায়! মওকা মিলতে হি ফায়দা উঠালিয়া'! মেয়ে বুঝে ফেলেছে– আমার অনিন্দ্যকান্তি দেহবল্লরীর আকর্ষণ অস্বীকার করে অটল থাকতে পারেনি 'মনচলা টুরা ' নিজের অবস্থানে। সেই যেমন আগুনের আমোঘ আকর্ষণ উড়ন্ত পতঙ্গকে টেনে নিয়ে আসে পুড়ে মরবার নেশায়, তেমনভাবে ও ছুটে এসে ঝাঁপিয়ে পড়তে চেয়েছে, মরতে চেয়েছে– তাই পিছলে গেছে।

ভুল করে ফেলেছে, খুবই অন্যায় করে ফেলেছে, এর জন্য ধারালো টাঙ্গির কোপ গলায় পড়তে পারে। আমার মাত্র একটা গর্জন ওকে একটা মাংসপিণ্ডে পরিণত করে দিয়ে পারে এই রাত্রির অন্ধকারে। আদিবাসী মানুষ অন্য সমাজের মানুষকে বন্ধু ভাবে না। বিশ্বাস তারা খুব করেছিল। মন আর ঘরের দরজা তারা খুলে দিয়েছিল বহিরাগতদের জন্য। কিন্তু সেই খোলা দরজা দিয়ে প্রবেশ করে বহিরাগত মানুষ বেইমানি বিশ্বাসঘাতকতা ছাড়া আর কিছুই দেয়নি। এখানকার নারীদের তারা যৌনসামগ্রী ছাড়া আর কিছু মনে করেনি। তারও যে একটা মন আছে সেও যে ভালবাসতে জানে তার কোনো মূল্য দেয়নি। উপভোগের পর এঁঠোপাতার মত ছুড়ে ফেলে পালিয়ে চলে গেছে। সরলতার সুযোগ নিয়ে তারা বারবার ঠকিয়েছে আদিবাসী মানুষকে। যে কারণে অনাদিবাসীদের সহ্য করতে পারেনা আদিবাসী মানুষ। তারা যদি কোনো আদিবাসী মেয়ের দিকে লোভের হাত বাড়ায় সেটা অপরাধ শুধু নয়, ঘোর অপরাধ।

বাসে এখন থিকথিকে ভিড়, একবার মেয়ে যদি গর্জে ওঠে, সেই ভিড়- যেমন ভাবে তারা শিকারে গিয়ে বন্য বরাহকে ঘিরে ধরে হামলে পড়ে- এর উপরে হামলে পড়বে। মেয়ের সেটা করতে এখন ইচ্ছা করে না। তার মনে হয় 'টুরা' যা করেছে এটা তো তার দেহকান্তির একটা স্বীকৃতিও বটে। আমার আগুন অঙ্গ- পতঙ্গের মতো পুরুষ পোকাদের মৃত্যু ভয় ভুলিয়ে-পুড়ে মরবার জন্য টেনে আনতে পারে, এটা তারই একটা বড় প্রমাণ। এর জন্য রাগ করা উচিত নয়।

ভালো লাগার ভাষা অনেক রকমের হয়। তার প্রকাশভঙ্গিও এক একজনার এক এক রকম। সবাই আমি যেমন ভাবে ভাবি- আমি যেমনটা চাই তেমন হবে- তা না-ও হতে পারে। মানুষ যেমন আলাদা আলাদা তাদের প্রকাশ ভঙ্গিও আলাদা আলাদা। কারো মনোভাব প্রকাশে প্রেমের ভাগ বেশি থাকে কারো কামের। কেউ একটু ছুঁয়ে দিতে পারলেই ধন্য, কেউ চায় আরও বেশি কিছু।

সেই যে দোঁরদে গাঁওয়ের ঝড়ুরামের বোন পুনিয়া- যে বাঁশবল্লী, বিড়ির পাতা নিতে ট্রাক চালিয়ে আসা যুবা ড্রাইভারদের দিকে তাকিয়ে গান ছুঁড়ে দেয়- ও গাঁড়িবালা, পাতা লে যা রে, পাতা দে যারে- তোর নামকে তোর গাঁওকে! আর একটু চেনাজানা হয়ে গেলে সরাসরি বলে- খাঙ্গে তো মাঙ্গ। অর্থাৎ কম পড়ে গিয়ে থাকলে চেয়ে নে! এর উৎস তো মনের আন্তরিক কামনা বাসনা।

আদিবাসী সমাজে যেমন চোর নেই, ভিখারি নেই- যৌনকর্মীও নেই। অর্থের বিনিময়ে কেউ নারীকে ভোগ করতে চাইলে সেটা অপরাধ। খুব ঘৃণা নিন্দার বিষয়। নারীর নারীত্বের পক্ষে চরম অপমানকর! তাই যদি কেউ কারো সঙ্গে লিপ্ত হয় হতে চায়, তার মূল্যমান হবে পারস্পরিক সম্মান, শ্রদ্ধা আর ভালোবাসা।

আদিবাসী সমাজ বর্ণশঙ্কর চায়না, সমাজ দেহকে দুষিত রক্ত থেকে রক্ষা করতে কঠোর বিধান দিয়েছে- অনাদিবাসী কাউকে সঙ্গ দেবেনা কোনো আদিবাসী ললনা। কিন্তু সেই বিধিনিষেধের বেড়া ভেঙ্গে কখনও কোনো দুর্বল মুহূর্তে বাইরে যে বের হয়ে যায় না- যাবে না তেমন কোনো গ্যারান্টি নেই। প্রেমের ফাঁদ পাতা ভুবনজোড়া। কে যে কার পাতানো ফাঁদে পড়ে যাবে, কে যে কখন কার মনে আসন পেতে নেবে বলা খুব কঠিন। পুনিয়ার সেই দুর্বলতা আছে। আদিবাসীদের চাইতে তার কেন কে জানে অন্যদের খুব পছন্দ।

সে আদিবাসী হোক বা না হোক নর আর নারী প্রাকৃতিক কারণে একে অপরের প্রতি আকৃষ্ট হবে। কেউ নিজেকে মুক্ত রাখতে পারবে না সেই অমোঘ আকর্ষণ থেকে। কে কার দিকে আগাবে, কখন আগাবে, নারী নরের দিকে, না নর নারীর দিকে এগিয়ে যাবে- সেটা নির্ভর করে সময় সুযোগ পাত্র আর পরিস্থিতির উপর। এখানে কেউ কারো শত্রু নয়, প্রতিপক্ষ নয়, ভালোলাগার ভালোবাসার- খেলা করার সঙ্গী। এবং এটাও নিশ্চিত করে বলার উপায় নেই- ঠিক কত সময়ের জন্য টিকবে সেই সম্পর্ক।

সেই যখন কোনো বস্তির কারো দূর গাঁয়ের কারো সঙ্গে বৈবাহিক সম্পর্ক স্থাপিত হয়, দলবেঁধে এক গাঁয়ের মানুষ যায় আর এক গাঁয়ে। বিবাহ সম্পন্ন হয়ে যাবার পরে

যখন সবাই পান করে নেয় উগ্র মহুয়ার মদ কিংবা টাটকা সলফি, নেশায় দুলে ওঠে মন আর প্রাণ, পা নেচে ওঠে উদ্দাম ছন্দে, তখন কে যে কার সঙ্গে জোড়া বেঁধে নাচবে আর নৃত্য শেষে কে যে কার সঙ্গে রাত্রিযাপন করবে কিছুই পূর্বনির্ধারিত থাকে না। সবটাই হয়ে থাকে সাময়িক ভালো লাগার আবেশ থেকে। পরদিন সকালে আর তা কারো মনেই থাকে না, মনেই রাখেনা। 'রাত গ্যায়া বাত গ্যায়া' হয়ে যায়। হতে পারে কোনো যুবা সেই নৈশসঙ্গী-তে মুগ্ধ হয়ে গেছে, বিয়ে করতে চাইছে, তাহলে তাকে পুরাতন কথা ভুলে গিয়ে, নতুন করে মেয়ের বাপের কাছে আবেদন নিয়ে যেতে হবে আর বলতে হবে কত কন্যাপণ দিতে সক্ষম।

হয়তো সেইসময় এমনটা ভেবে থাকতে পারে সেই মেয়ে– যখন কোনো সুন্দর যুবা বনপথে একা হেঁটে যায় আর আমরা থাকি অনেকজন, তখন আমাদের মুখ থেকে যে খিল্‌খিল হাসির তীর ছুটে যায়, সেটাও তো একটা অন্যরকমের ভালোলাগার বহিঃপ্রকাশ। আমরাও তো নিজেদের মধ্যে বলাবলি করি 'চল টুরাটাকে চটকাই'। যদিও 'হলি তিওহার'– বিয়ের মরশুম ছাড়া এমন সুযোগ নাগালে খুব একটা আসে না। কিন্তু সত্য তো এটাই যে ওদের যেমন, আমাদেরও এমন ইচ্ছা জাগে। ওরা চাপা দিতে শেখেনি কিন্তু আমরা সেটা চাপা দিতে পারি, চাপা দিয়ে রাখতে বাধ্য হই। ওরা যখন তখন ছুঁয়ে দেবার ছলছুতো করে নিতে পারে আমরা পারলেও সব এমনটা সময় করি না।

এই যে এখন টুরা কায়দা করে আমাকে স্পর্শ করে দিল, সেটাও তাই, ভালো লাগার একধরনের প্রকাশ। পুরুষ যে – সালে লোগ মওকাকা ফয়দা উঠাবেই! যা করার সে তো তা করে দিয়েছে। পরিণতির কথা না ভেবেই করেছে। এখন কী আর করা যাবে! যখন রূপ যৌবনের একটা নিষ্পাপ স্বীকৃতি এসেছে সেটাকে উপভোগ করাই নিলে মন্দ হবেনা। বাস থেকে নামার পরে তুই চলে যাবি তোর পথে, আমি চলে যাবো আমার পথে। তখন কে আর কার কথা মনে রাখবে!

এইরকম ভেবেই কি মেয়ে ক্রুদ্ধ হয়ে ওঠেনি? তাই তখন তার চোখ, মুখ, সারা শরীর হেসে উঠেছিল? প্রশ্রয়ের সুরে বলে উঠেছিল সালে...। আর আদর দিয়েছিল মাথায় হাত বুলিয়ে! জানিয়ে দিয়েছিল তোর এই বদমায়েসী আমারও ভালো লেগেছে। কিছুক্ষণ পরে হাসি হাসি মুখ করে অভিরামের কাছে জানতে চায় সেই মেয়ে– তে কাঁহা যাবে?

ভয়ে ভয়ে বলে অভিরাম– রায়পুর।

-কা বর?

-লেইবার পেমেন্টকা পইসা লায়েবর।

-তে কায় কাম করথস?

-ঠেকেদার কা মুন্সি।

মেলা থেকে ফিরছে মেয়ে, সে একা নয়, তার সঙ্গে রয়েছে গোটা বনগ্রামের সব যুবক যুবতী। যারা যেটুকু সময় নিজের জমি জিরেতে কাজ করে তার বাইরে যে অবশিষ্ট সময় পায় বনবিভাগ বা ইরিগেশান জঙ্গল কাটাইয়ে দল বেঁধে কাজে যায়। ওখান থেকে

যা পয়সা পাওয়া যায় সেগুলো দিয়ে মেলা মাড়াইয়ে মজা কেনা যায়। সাজগোজের 'সামান' আনা যায়। একেবারে জঙ্গলের মধ্যে সে সব গ্রাম, সভ্য মানুষদের সমাজ থেকে বহুদূরের যে আদিম মানুষ সেখানে তারা তাদের পুরাতন ধ্যানধারণা নিয়ে আজও বহাল তবিয়তে আছে। কিন্তু বেড়ে ওঠা নগরসভ্যতার আগ্রাসনে যে সব আদিবাসী অঞ্চল এসে গেছে সেখানকার মানুষরা কিছু কিছু শহরের অনুকরণ শুরু করে দিয়েছে। শহরসংলগ্ন অনেক আদিবাসী গ্রামের ঘোটুলে আগে যেখানে তারা তাদের নিজস্ব নৃত্য-সঙ্গীত দ্বারা নৈশ প্রমোদ করতো আজকাল হিন্দি সিনেমার চটুল গান গাওয়া হচ্ছে।

অপরূপা সেই মেয়ের পাশেই দাঁড়িয়ে রয়েছে তারই সমবয়সী আর একটি মেয়ে, যে গোটা ব্যাপারটা দেখছিল আর মজা নিচ্ছিল। যে মুহূর্তে অভিরাম বলেছে সে মুন্সির কাজ করে– ইয়ার্কি মারার সুযোগ পেয়ে সে আর ছাড়তে চাইলো না। সে গলা ছেড়ে গেয়ে উঠল– আলে মুন্সি বানালে পুলিয়া, তোর পুলিয়া ভসক গেইল হাসোতে দুনিয়া।

বন অঞ্চল, এখানে সরকার দ্বারা আজকাল ব্যাপক উন্নয়নের কর্মকান্ড চলছে। রাস্তা, বাঁধ, ব্রীজ কত কী নির্মাণ হচ্ছে! তার নজরদারী করার তেমন লোক না থাকায় অফিসারদের অনুমোদনে ঠিকাদাররা বাঁধ, পোল যাই বানাক তা খুব বেশিদিন টেকেনা। তবে এলাকার মানুষ সেই সব ঠিকাদার অফিসারকে তো সামনে পায় না, পায় মুন্সিকে। তাকে বিদ্ধ করে ব্যঙ্গবিদ্রূপে।

হতে পারে এদের গাঁওয়ে কোনো পুল তৈরি হয়েছিল, যা বানাবার পর ভেঙ্গে গেছে। তখন যে মুন্সি ছিল তাকে বিদ্ধ করতে কোনো গায়িকা গানখানা বানিয়ে থাকবে যা এখন অভিরামের উপর বর্ষিত হল।

গানের গুঁতোয় কাহিল অভিরাম মিন্‌মিন করে বলে –হাম বো মুন্সি নাহি! হাম তো তেন্দু পাত্তাবালে-!

এখানে অঢেল তেন্দুপাতা ফলে। যে পাতায় বিড়ি বানানো হয়ে থাকে। এইসময় সে গাছ মাটি থেকে সবে মাথা উঁচু করেছে তাকে আবার কেটে দেওয়া হয়। কিছুদিন পরে আবার যখন নতুন গাছ গজাবে তার পাতা পোক্ত ও সুন্দর হবে।

কিছুক্ষণ অভিরামের মুখে অভিরামের গল্প শুনতে শুনতে পথ হাঁটছিল রাজিন্দর। গল্প শুনতে রাজিন্দরের ভাল লাগে। এতে পথ চলার শ্রম যেমন লাঘব হয়, জানা যায় অনেক নতুন তথ্য। সেই যে বলে যেখানে দেখিবে ছাই উড়াইয়া দেখ তাই, মিলিলে মিলিতে পারে অমূল্য রতন। কে জানে কার মুখ থেকে কখন কোন সময় কী নতুন খবর বের হয়ে যাবে যা পরে অনেক কাজে লেগে যাবে। যখন সে থেমে গেল তার দিকে তাকিয়ে জানতে চেয়েছিল –তারপর কী হল?

তারপর! মুচকি হাসি দিয়ে বলেছিল অভিরাম– পরে সেই মেয়ের সঙ্গেই বিয়ে করে ফেলি।

-কিন্তু কীভাবে সেটা তো বলো।

আবার নিজের গল্প বলা শুরু করেছিল অভিরাম।

সেই যে প্রবল এক ধাক্কা দিয়ে বাস থেমে গেছে–থেমেই গেছে আর নট নড়ন

চড়ন। দেখা গেল সবার আগে বাসের ড্রাইভার কণ্ডাক্টর নিচে নেমে গেল। তারপর একে একে নামা শুরু করলো যাত্রীরা। জানা গেল বাসের এক্সেল নামের কী একটা পার্টস থাকে– সেটা কেটে গেছে। এখন কী উপায়? উপায় একটাই–কাঁকেরে বাস গ্যারাজের মিস্ত্রিকে খবর পাঠাবার পর সে একটা এক্সেল নিয়ে আসবে। সেটা লাগিয়ে দেবার পর আবার বাস সচল হবে। এইটুকু সময় যাত্রীদের অপেক্ষা করতে হবে।

অপেক্ষা না করেই বা কী করবে! যাবার অন্য কোনো বাস যে আর নেই। সন্ধ্যে সাতটায় কাঁকের থেকে শেষ বাস ছেড়ে এসেছে। এটাই সেই বাস। এরপর আর আবার বাস ছাড়বে সকালে। কিন্তু কাঁকের থেকে পার্টস নিয়ে আসতে আসতে যে ভোর হয়ে যাবে! কি আর করে যাত্রীরা– একে একে বাস থেকে নেমে পড়ে নিচে। কয়েকজন কিছু শুকনো পাতা জড়ো করে তাতে আগুন জ্বেলে দেয়। অন্ধকার দূর করার এই উদ্যোগ। অভিরামও বাস থেকে নিচে নেমে আসে। অনেকের মতো সেও কিছুটা দূরে হেঁটে গিয়ে প্রস্রাব সেরে ফিরে এসে দেখে সেই মেয়ে আর তার সঙ্গীসাথীরা সবাই নেমে গোল হয়ে দাঁড়িয়ে কী যেন শলা পরামর্শ করছে। পরে জানা গেল তাদের গ্রাম লাখনপুরী এখান থেকে মাইল পাঁচেক দূর। হাঁটলে মিনিট চল্লিশের মধ্যে পৌঁছে যেতে পারবে। সকাল পর্যন্ত এখানে বসে না থেকে সেটাই তাদের পক্ষে উত্তম।

যখন সেই সাত আট জনের দল চলে যাবার জন্য উদ্যোগ নিচ্ছে অপরূপার সেই সখী অভিরামের দিকে তাকিয়ে ফাজিল হাসি দিয়ে জিজ্ঞাসা করে– যাবে?

-কাঁহা? ভ্যাবাচ্যাকা খেয়ে পাল্টা প্রশ্ন করে অভিরাম।

-মোর গাঁও!

-কাবর? কেন?

-এহা বইঠকে কায় করবে! মচ্ছর মারবে কায়?

যেতে তো মন চায়! মন তো চায় ওই অপরূপা নারীকে কাছে থেকে দেখতে, বার বার দেখতে। কিন্তু ...।

মিনমিন করে বলে অভিরাম, -তেয় বোলেমে কা হই? যেকর বোলেকে বোঁ কুছ নাহি বোলতে! তুই বললে কী হবে? যার বলার, যে বললে আমার না বলার উপায় নেই, সে তো কিছু বলছে না!

লাজাথে! বলে সখি– ওই যে তোর চাহনেবালি, ও লজ্জা পাচ্ছে বলতে। ম্যায় যো বোলথন, আমি যে বলছি তাতে কি হচ্ছে না? চল আমাদের সঙ্গে।

যদি বাস ঠিক হয়ে যায়, বাস তো চলে যাবে!

যাক না! আর কি বাস নেই নাকি? সকালে যখন প্রথম বাস যাবে আমরা তোকে বাসে তুলে দেব।

বড় লোভনীয় আমন্ত্রণ-এড়াতে পারেনা অভিরাম। সেই সদ্য চেনা–সাত আটজন আদিবাসী নবীন যুবক যুবতীর পিছনে পিছনে সেও হাঁটা দেয় লাখনপুরী নামক গ্রামের দিকে। জানে অভিরাম লাখনপুরী গ্রামটাকে। অনেকবার রায়পুর যেতে যেতে দেখেছে গ্রামটাকে। একেবারে বনগ্রাম ওটা নয়,ওখানে আবার একটা খৃষ্টান মিশনারী স্কুল আছে।

ভেবেছিল চল্লিশ মিনিট সময় লাগবে কিন্তু লাখনপুরী যেতে সময় লেগেছিল তার ডবলের চেয়েও বেশি। অল্পবয়স্ক সেই সব ছেলেমেয়েদের দঙ্গল শুধু তো হাঁটছিল না, হাঁটতে হাঁটতে এ ওর গায়ে ঢলে পড়ছিল এ ওর গায়ে ধাক্কা মারছিল। নাচছিল গান গাইছিল, ছেলেদের কেউ কেউ রাস্তার উপর বসে পড়ছিল, কেউ শুয়ে পড়ছিল। অন্ধকার নির্জন পথ কাঁপিয়ে হাসিতে ফেটে পড়ছিল। আলিঙ্গন, কোলাকুলি, জড়াজড়ি -যৌবন জলতরঙ্গে ফুটছিল সবাই। মেলা থেকে যে আনন্দ আহরণ করে এনেছিল সারা রাস্তায়, তা ছড়িয়ে ছড়িয়ে যাচ্ছিল। অভিরামও বঞ্চিত থাকছিলনা মোহক প্রাপ্তি থেকে।

প্রথম কিছু জড়তা ছিল- ভয় ভয় করছিল। প্রতিটা পা সামনে পড়ছিল অনিশ্চিত উৎকণ্ঠায়। দূরত্ব বজায় রেখে হাঁটছিল। সে ভয় ভেঙ্গে দিয়েছিল খিলখিল হাসি আর অপরূপার সহেলির শায়েরিতে- নাহানা হ্যায় তো তরিয়ামে আ,কিনারা মে ক্যা রাখ্যা হ্যায়! প্যার করনা হো তো নজদিক আ, দুরিয়ামে ক্যা রাখ্যা হ্যায়!

তখন আর মনে করতে পারেনি অভিরাম সে আদিবাসী সমাজের কেউ নয়, মনে করে এরা তাকে দূরে সরিয়ে দেয়নি।

একসময় হাঁটতে হাঁটতে অপরূপা সেই মেয়ে- ইতিমধ্যে যার নাম জানা হয়ে গিয়েছিল। জানা হয়ে গিয়েছিল সে গ্রামসমাজের- প্রমোদ ভবনের এক সম্মাননীয়- মোটিয়ারিন পদাধীকারী। যে কারণে গোটা দঙ্গলের উপর তার কর্তৃত্ব আর নিয়ন্ত্রন মান্যতা পাচ্ছে।

সেই শোনবতী বলেছিল- তে কাঁহা রথস? কোন গাঁওকে তে?

বলেছিল অভিরাম-আমি কাঁকেরে নগরপালিকার ধর্মশালায় থাকি। বাসস্ট্যান্ডের পাশেই।

-ধরমশালা মে কা বর রথস? তোর কী ঘর বাড়ি নেই?

-বাড়ি মানায়- রায়পুরের কাছে। আমি এক ঠেকেদারের কাছে কাজ করছি। বুটা কাটাই চলছে। পাতা ভাঙা হবে। তারপর কাজ শেষ। তিন মাস মত থাকবো কাঁকেরে।

-আমি যাবো একদিন তোর সাথে দেখা করতে! আমি আর আমার এই সহেলী সুখবতী যাবো।

-কাঁকেরে? সত্যি যাবি?

-হাটবারে হাটবারে আমরা তো কাঁকের যাই। এবার আমি তোর সঙ্গে পাহাড়ের মাথায় যে মন্দির আছে ওখানে যাবো। শুনেছি খুব সুন্দর বুড়হা নীলকণ্ঠ মন্দির। দেখাতে নিয়ে যাবি?

কথা বলতে কেঁপে গিয়েছিল অভিরামের গলা। কাঁপা কাঁপা গলায় বলেছিল,যাবো যাবো, তুই যেখানে বলবি সেখানে নিয়ে যাবো। হাজার কাজ থাকুক যখন ডাকবি তখনই চলে আসবো।

যতক্ষণে ওরা লাখনপুরী পৌঁছাতে পেরেছিল তার আগেই কাঁকের থেকে এক্সেল এসে বিকল বাস সারাই হয়ে গিয়েছিল। আবার সে রওনা দিতে পেরেছিল রায়পুরের উদ্দেশ্যে। অন্ধকারের বুক চিরে ছুটে আসতে দেখা গিয়েছিল সেই বাসের তীব্র আলো।

যদিও মন চাইছিল না, মন চাইছিল শোনবতীর সঙ্গে আরও অনেকক্ষণ থাকে। সম্ভব হলে সারাজীবন। ছুটে আসা বাসের আলো দেখে কাতর গলায় সেটাই বলেছিল অভিরাম –তোকে ফেলে যেতে মন চাইছে না রে!

হাসতে হাসতে বলেছিল শোনবতীর সখি সুখবতী– কা বর? কেন রে? মোটিয়ারিনের প্যারে পড়ে গেছিস নাকি!

-খুব!

তো মাৎ যা-! লামসেনা বনকে রহ যা হামারে গাঁও মে!

এটা একটা রসিকতা! ওরা জানে সেটা হবার নয়। আদিবাসী সমাজ অনাদিবাসীকে এই জায়গা দেবে না। এটা সম্পূর্ণ আদিবাসীদের জন্য সংরক্ষিত স্থান। যেহেতু নগরসভ্যতা বাড়তে বাড়তে অনেক গ্রাম গ্রাস করে নিয়েছে। নগর সভ্যতার চাপে প্রাচীন গ্রামীন সংস্কৃতি রীতি রেওয়াজ অনেকটা কোনঠাসা। তাই কেউ কেউ হয়তো পালিয়ে চলে যাচ্ছে কোনো অনাদিবাসীর সঙ্গে। অনেক ট্রাকচালক এখানকার মেয়ে ফুসলে নিয়ে ভেগে গেছে। সে আর কী করা যাবে! কিন্তু কোনো আদিবাসী কোনো অনাদিবাসীকে আদর করে ঘরে নিয়ে গিয়ে লামসেনা– মানে ঘরজামাই করে রাখবে সেটা এখনও হয়নি। আর যতই পঞ্চাশ যাট বছর এখানে বাঙালিরা বাস করুক না কেন কোনো আদিবাসী কন্যাকে বধূ হিসাবে বরণ করে ঘরে তুলবে এতটা উদার মনোভাবাপন্ন হয়ে ওঠেনি। কাজেই সমস্যা দু দিক থেকে সমান।

বাস ক্রমে এগিয়ে আসছে ক্রমে অভিরামের মুখ কালো হচ্ছে চোখের কোনে জল ভরে আসছে তা দেখে আবার তার মাথার চুলে হাত দিয়েছিল শোনবতী। তারপর বলেছিল– তে ঝন চিন্তা মাৎ কর হামন হপ্তাদিনকে আন্দর যাবোন তোর সঙ্গরা মিলেবর।

সবাই বলে 'রেল কা দোস্তি স্টেশন তক!' কিন্তু আজকের বাসের বন্ধুত্ব বাসের মধ্যেই শেষ হয়ে গেলনা। মাত্র সেই কয়েক ঘণ্টার দেখাশোনা কথাবার্তা কোথাও না কোথাও শোনবতীর মনের গভীরে স্থায়ী একটা দাগ কেটে দিয়েছিল। ফলে সত্যি এক সপ্তাহের মধ্যে কাঁকেরের ভিড়ে অভিরামকে খুঁজতে এসে খুঁজে বার করেছিল। তারপর থেকে সে আসতেই রইল। কোনো সপ্তাহ বাকি থাকতো না। শেষে তাকে একদিন বলে বসল অভিরাম– চল আমরা বিয়ে করি। তোর লাখনপুরিতে আর যাবার দরকার নেই, আমিও মানাতে যাবোনা। দুজনে কাঁকেরের দুধনদীর ধারে একটা ঝুপড়ি বানাই। সেখানেই দুজনে থেকে যাই। যে কথার জবাবে শোনবতীর জবাব ছিল-হাম তো সোচে রহে আজ তোলা এহি বাত বাতাউ। তেহি বাতা ডারে। আমি ভেবেছিলাম আজকে তোকে এই কথাটাই বলবো। তা দেখছি তুই আমার আগে বলে দিলি।

৩

অনেকক্ষণ পরে চোখ খুলতে হল রাজিন্দরের কারো কোমল হাতের মৃদু ধাক্কায়। সে যে কী বলছে তার একবর্ণ বোঝবার উপায় নেই। এই ভাষা ওর একেবারেই আজানা। দৈত্যাকার লোকটার মিশ্র বুলিতে সে অসুবিধা ছিলনা। খানিক না বুঝলেও যা বুঝতে পারছিল তাতে কাজ চলে যাচ্ছিল। তবে চোখ খুলে সামনে দাঁড়ানো দেখতে পেল এক আদিম বনবালাকে। তার হাতে তুম্বায় ভরা পাহাড়ি ঝর্নার স্বচ্ছ জল। বুঝতে পারলো–মুখ হাত ধুতে বলছে। সেই যেমন গোণ্ড মানুষেরা সামনে জল ভরা ঘটি রেখে দেয়–এরা দিচ্ছে তুম্বায় ভরা জল। –অর্থাৎ খাবার বেলা হল।

রাজিন্দর হাত বাড়াতেই বনবালা তার হাতের তালুতে কলকল করে ঢেলে দেয় ঠান্ডা জল। অঞ্জলিবদ্ধ ঠান্ডা জলের ঝাপটা চোখে মুখে দিতে মাথাটা বেশ হালকা বলে মনে হল। এরপর সেই মেয়েটি পাতার ঠোঙ্গায় এগিয়ে দিল বাকি থাকা সেই আধঠোঙ্গা মদ। আর অন্য একটা ঠোঙ্গায় কুট্টিদানার সাবু সাবু সাদা ভাত সাথে কুলতির কালো ডাল ও কচি বাঁশভাজা। যার স্থানীয় নাম করিল ভাজি। খিদে পেয়েছিল খুব। রাজিন্দর ডাল দিয়ে মেখে ভাত মুখে তোলে। মেয়েটা ওকে দেখে! নির্মোহ, সরল, অনাভরণ, বনজ দৃষ্টি। যাতে কোনো আধিক্য নেই, আছে কৌতূহলহীন করুণা, আড়ম্বরহীন অতিথি আপ্যায়ন।

রাজিন্দর মেয়েটার দিকে সোজা চোখে তাকাতে পারেনা। ভয় ভয় করে। কেননা তার চোখ বনবাসী চোখ নয়, সরল নয়। সে চোখে আছে সভ্যজগতের কদর্যতা, পাপ, লোভ, অন্যায়। যা উন্মুক্ত যুবতী দেহ লেহন করতে চায়– কামুক অভীপ্সায়। তাই ভয় করে। স্বল্পবসনের আড়ালে থাকা সুডোল শরীর ওকে নাড়িয়ে দিতে পারে। শরীর নয়–পাহাড় পাথর কঠিন মাটির সঙ্গে কঠোর শ্রমে গড়ে ওঠা একটা যেন কালো পাথরের নিটোল মূর্তি। যার দেহের প্রতিটি বাঁক, মোড়, আনাচ কানাচে জমা হয়ে আছে এক মাদক আমন্ত্রণ। তাই ভয়ে চোখ ফিরিয়ে রাখে, সতর্ক হয়ে থাকে।

ওর ঠিকমতো জানা নেই এই আদিবাসী গোষ্ঠীর কাছে কোনটা ন্যায় আর কোনটা অন্যায়। নহরুদের গ্রাম হারানগড় হলে এখন মেয়েটাকে আদর করতে গাল টিপে দিত। ভারী নিতম্বে হালকা চাপড় মেরে রসিকতা করতে পারতো। নহরুর দিদি সুকারোর মত একটু বেশি চেনা হলে স্তনে হাত রাখাও দোষাবহ হতোনা। গোণ্ড সমাজ এইটুকু স্বাধীনতা স্বীকার করে নিতে আপত্তি করে না। তবে সে নিয়ম আবার শহরঘেঁষা গোণ্ড গ্রামে চলবে না। যে সব গোণ্ড মানুষ লেখাপড়া শিখে কিছু ভদ্রমত হয়ে গেছে তারা আবার নিজেদের মত করে মানসম্মানের ব্যাপারটা বানিয়ে নিয়েছে। কথা তাদের ঠিকও–তোমরা যখন তোমাদের সমাজের কোনো মেয়ের বুকে হাত দিলে সহ্য করতে পারোনা, সেটাকে অনৈতিক অন্যায় বলে মনে করো –আমাদের মেয়েদের মুখে, বুকে হাত দেবে কেন? কাজেই এই বনগ্রামের মানুষ তাদের জন্য কী রীতি, রেওয়াজ, ধর্ম, আচার আচরণ

বানিয়ে রেখেছে না জানা থাকায় নিজেকে খানিক গুটিয়ে রাখে রাজিন্দর।

খাওয়া শেষ হলে মুখ হাত ধোবার জন্য আবার জল ঢেলে দেয় মেয়েটা। নড়াচড়ার জন্য তার হাতের চুড়ি রিনিঠিনি বাজনা বাজায়, পায়ের মল ঝুমঝুম করে বাজে। শান্ত কোমল মেয়ের মুখ যেন সেবাব্রতী চিত্রের মত। সে এবার এগিয়ে গিয়ে শুয়োরের চর্বি মাখানো একটা মশাল জ্বেলে হাতের মুদ্রায় রাজিন্দরকে ডেকে আগে আগে মল বাজিয়ে হেঁটে চলে। পিছন থেকে গৃহকর্তার গলার আওয়াজ শোনা যায়– থকে হস! যা, ঘোটুল যাকে আরাম কর।

ঘোটুল! আদিবাসী সমাজ সংস্কৃতির সঙ্গে অঙ্গাঙ্গীভাবে জড়িত একটা নাম। বংশ পরম্পরায় আঁকড়ে রাখা একটা একেবারে নিজস্ব আচার অনুষ্ঠান কেন্দ্র। গ্রামের এক পাশে, লোকালয় থেকে অনেক দূরে – গ্রামের যুবাদের স্বেচ্ছাশ্রমে তৈরি এই বিনোদন গৃহ। যা তাদের অবসর বিনোদন, মনোরঞ্জন, এবং সাংস্কৃতিক মিলনক্ষেত্র। প্রতি শুক্লপক্ষের সন্ধ্যায় গ্রামের সমস্ত যুবক যুবতী এখানে এসে মিলিত হয়। যতক্ষণ আকাশে চাঁদ থাকে, গল্প, গান, হাসি, তামাশায় আনন্দ হুল্লোড়ে সময়টাকে ভরিয়ে তোলে। চাঁদ ডুবে গেলে কেউ কেউ ঘরে ফিরে যায়, আর কেউ কেউ সঙ্গীর সঙ্গে ঘোটুল ঘরে থেকে যায় সারারাত।

আগেই বলা হয়েছে ঘোটুল ঘরে কোনো বিবাহিত রমণীর প্রবেশ নিষেধ। পুরুষ যেতে পারে তবে নাচ গান সমাপন হলে তাকে ঘরে ফিরে যেতে হবে। এখানে রাত কাটানো চলবে না। এটা সম্পূর্ণভাবেই অবিবাহিতদের আপন ভুবন। নিজস্ব জগতের জন্য আছে তাদের নিজস্ব নিয়মনীতি, আইনকানুন। যা প্রত্যেকটি সদস্য সদস্যার কঠোর ভাবে মেনে চলতে হবে। এখানে তারা যা খুশি তা করার স্বাধীনতাপ্রাপ্ত। তবে কেউ কারো উপর কোনো বলপ্রয়োগ করতে পারবে না। কারণ সেও স্বাধীন। তুমি তার স্বাধীনতায় হস্তক্ষেপ করতে পারবে না। এখানে যা কিছু হবে তা পারস্পরিক সহমতের ভিত্তিতে, নিয়মনীতির মধ্যে থেকে।

এখানে যুবকদের মধ্যে একজন আর মেয়েদের মধ্যে একজন সর্বমান্য সঞ্চালক আছে। মেয়েদের প্রধানের পদের নাম মোটিয়ারিন, ছেলেদের প্রধানের নাম চোলিক। এই দুজনের উপর ন্যস্ত ঘোটুলের নিয়ন্ত্রণভার। মোটামুটি ভাবে 'সিনিয়ারিটির' ভিত্তিতে পদপ্রাপ্তি হয়ে থাকে।

এইসব অঞ্চলে সাধারণতঃ দু ধরনের ঘোটুল দেখতে পাওয়া যায়। যার একটায় সদস্য সদস্যারা নিজেরাই নিজেদের নৈশসঙ্গী নির্বাচন করে। অন্যটায় চোলিক আর মোটিয়ারিন আলোচনা করে জোড়ি বানিয়ে দেয়। তবে উভয় ঘোটুলেই একাধিক রাতে একই সঙ্গী বাছাই করে নেওয়া চরম স্বার্থপরতা। আর এটা কে না জানে স্বার্থপরতা সব সমাজেই চরম নিন্দনীয় ব্যাপার।

নহরুদের বস্তিতে অনেকবার –'বীর হোড়, চান্দা আঞ্জোর, সান্ডে সান্ডে ঘোটুল আআআআআ'– হাঁকা শুনে ঘোটুলে নাচতে গেছে রাজিন্দর। আকাশে চাঁদ দেখা গেলেই 'হাকারু' একটা উঁচু জায়গায় উঠে হাঁক পেড়ে সবাইকে আমন্ত্রণ জানায়। তার কথার

সম্পূর্ণ মানে– বীর হোড়, অর্থার হে অরণ্যের মানুষ, চাঁদ আলো ছড়াচ্ছে। এখনও তোমরা ঘরে বসে আছো! সময় বয়ে গেলে জীবনটাকে উপভোগ করবে কখন! আর দেরি নয়, –সান্ডে সান্ডে, মানে তাড়াতাড়ি ঘোটুলে চলে এসো। আমরা তোমার প্রতীক্ষায় বসে আছি।

রাজিন্দর নাচতে গেলে নহরুর দিদি সুকারো বাই ওর সঙ্গী হতো বেশির ভাগ সন্ধ্যায়। এটা একান্তই আদিবাসীদের নিজস্ব অনুষ্ঠান। নিজেদের গোষ্ঠীর বাইরে অন্য কারো এই আনন্দমেলায় অংশ নেবার অধিকার নেই। তবু রাজিন্দর সুযোগ পেয়ে যেতো নহরুর সাথে ব্যক্তিগত ঘনিষ্ঠতার কারণে একেবারে আইনবহির্ভূত ভাবে। আর এই অন্যায় সুবিধা গ্রহণ করার জন্য তাকে গ্রামের যুবাদের পটিয়ে রাখতে হতো নানাভাবে। রাজিন্দর হারানগড়ের যুবক যুবতীদের পছন্দের তালিকায় এই কারণে স্থান করে নিতে পেরেছিল– সে শহর থেকে ওখানে যাবার সময় প্রত্যেকের মাথায় বাঁধবার জন্য একটা করে রঙিন রুমাল কিনে নিয়ে যেতো। যুবতীদের জন্য নিয়ে যেতো লাল নীল পুঁতির মালা, রঙবেরঙের কাঁচের চুড়ি, চুলের ফিতে। আর একটা শিশিতে করে কী যেন আনে যা গায়ে ছেটালে ফুল ছাড়াই ফুলের মত গন্ধ বের হয়। আদিবাসী জীবনে এসব নবতম সংযোজন। এতেই বস্তির সবাই তাকে ভালোবাসে। সে শুধু যুবক যুবতীদের খেয়াল রাখে তা নয়, বয়স্কদের কথাও মাথায় রাখে। তাদের জন্য খইনি, চা পাতা, গুড়, নুন এসব এনে দেয়। 'আংরেজি দারঘো' সেও এনে খাওয়ায়।

রাজিন্দরের কাছে একটা অদ্ভুত বাক্স আছে। যা থেকে আপনাআপনি কথা গানবাজনা বের হয়। একটা ছোট বাক্স আছে যা থেকে যে কোনো মানুষ গরু গাছ পাহাড় হুবহু তার ছবি বের করা যায়। এমন সব চমকপ্রদ অনেক কিছু আছে ওর কাছে। ওই রেডিও আর ক্যামেরার প্রতি নহরুর খুব লোভ ছিল,তাই যতরকম ভাবে পারে সে রাজিন্দরকে খুশি রেখে চলতো। ওর জন্যই রাজিন্দর ঘোটুলে সেই সম্মান পেত যা এই গ্রামের যুবকরা পায়।

ঘোটুলের আইনকানুন খুব কড়া। তা ভাঙবার ক্ষমতা কারো নেই। ভাঙলেই জরিমানা –সামাজিক বয়কট। তখন আর তার সাথে গ্রামের কোনো ছেলেমেয়ে মিশবেনা, কথা বলবে না। বিয়ের সময় নাচতে যাবে না।– বিদায়বেলায় কাঁদতে যাবে না। বন রাজ্যে এ বড় কঠিন সাজা। এখানে কেউ– সে যতবড় শক্তিমান হোক, একা একা বাঁচতে পারবে না।

নিয়ম হচ্ছে আকাশে চাঁদ উঠলেই প্রত্যেকটি যুবক যুবতীর এখানে হাসতে খেলতে নাচতে গাইতে আসা বাধ্যতামূলক। উপযুক্ত কারণ ব্যাতিরেকে অনুপস্থিত থাকলে তখন কৈফিয়ত তলব করা হবে। কৈফিয়ত সন্তোষজনক না হলে মদ মুরগি জরিমানা হবে। জরিমানা অনাদায়ে – বহিষ্কার।

অনুপস্থিতির কারণ হতে পারে মাত্র দুটো–রোগ আর শোক। ঘোটুলের সদস্য সদস্যাদের কথা তো বাদ, গ্রামে যদি কারো কোনো কঠিন রোগ হয়– তার প্রতি সহমর্মিতা দেখিয়ে সে সময় ঘোটুলের কোনো অনুষ্ঠানও করা হবে না। আর শোকের

ব্যাপার হলে সবাই সেখানে গিয়ে শোকে সামিল হবে।

গোণ্ড ও মুরিয়া সমাজে যে কোনো কিশোর গোঁফের রেখা দেখা দিলেই ঘোটুলের সভ্য হবার উপযুক্ত বিবেচিত হবে। কিশোরীদের ছাড়পত্র মিলবে ঋতুমতী হবার পর। সদস্য হবার প্রথম দিন তাদের নামকরণ করা হবে কোনো গাছ, কোনো ফল বা প্রিয় কোনো ফুলের নামে। যে নাম ঘোটুলের সদস্য সদস্যারা ছাড়া আর কেউ জানতে পারবে না। কঠোর অনুশীলন পর্বে তাদের এই কথাটা খুব ভালোভাবে বুঝিয়ে বলে দেওয়া হবে– আমরা সবাই সবার জন্য। পুনিয়ার বাবা ও সোনুর বাবার মধ্যে যে ঝগড়া চলছে সেটা যেন ঘোটুলের কুসুমফুল ও চারুফলের মনের উপর কোনো প্রভাব বিস্তার না করে। বুড়োগুলো বদমাশ হয়। কথায় কথায় ঝগড়া বিবাদে জড়িয়ে পড়ে। ঘোটুলে আমাদের সে ঝগড়ায় নাক গলাবার দরকার নেই। আর বুঝিয়ে বলে দেওয়া হবে – নারকানা পোলে পিয়াল বড়কানা আয়ো। রাতের কথা দিনে বলা বারণ। অনেকবার রাজিন্দর গেছে ওদের সালিশি সভায়। তখন বলতে শুনেছে অনেকবার– রাত গ্যায়া বাত গ্যায়া– ফির ক্যায়া বাত! কাবর গাঁড়া মুর্দা উছালতোস! ছোড় না ইয়ার।

রাজিন্দর যদিও ঘোটুলের সভ্য নয়, তার উপর নিয়মিত ঘোটুলে যাবার বাধ্যবাধকতা নেই। একান্তই অনিয়মিত– বলতে গেলে অনাহূত। সবার সঙ্গে নাচ গানের সমানাধিকারও তাকে দেওয়া হয়নি। একমাত্র নহরুর দিদি সুকারো ছাড়া কেউ তাকে জোড়ি বানায় না, তবু সবাই ওর একটা নাম দিয়েছিল ফলের নামে। উপকারি বন্যফল আওলা। আওলা মানে আমলকি। কিন্তু সুকারোর ঘোটুলের নামটা যে কী এত মেলামেশার পরেও সেটা জানতে পারেনি। কেন কে জানে, এখানে কোনো মেয়েই কী আসল আর কী নকল কোনো নামই সহজে বলতে চায় না লজ্জা পায়-'নাম সে কায় করবে, কাম সে মতলব। কাম কুছ হ্যায় তো বাতা'।

আদিবাসী সমাজে পুরুষ প্রাধান্য এখনও প্রবল হয়ে উঠতে পারেনি। মেয়েরা তাই অনেকবেশি নির্ভয় আর স্বাধীন। খোলামেলা আর উদার। প্রাণচাঞ্চল্যে ভরপুর ও পরিহাস প্রিয়। এবং ভীষণরকম হাসতে জানে। অবাধ উদ্দাম প্রাণখোলা সে হাসি স্রোতস্বিনী ঝর্নার মত। 'কাম কুছু হ্যায় তো বাত্তা' বলে যে রকম মুচকে হাসবে– যে বোঝার সে বুঝে যাবে এটা পুরুষের সুপ্ত অভিপ্রায়কে উস্কে দেওয়া একটা তরল ইয়ার্কি।

নাম দিয়ে তুই কী করবি রে পাগলা, নামে তোর কোনো কাম নেই, সে তুইও জানিস, আমিও জানি। এইসব খেজুর করে তুই যেখানে পৌঁছাতে চাইছিস– সবাই শেষ পর্যন্ত যেখানে পৌঁছাবার ধান্ধা করে– নে, আমি তোকে এক ধাক্কায় সেখানে এনে দাঁড় করিয়ে দিলাম। বল তোর কী কাজ!

সেই যে একজন বিখ্যাত মানুষ বলে গেছেন অনাত্মীয় নরনারীর মধ্যে আর কোনো সম্পর্কই হতে পারেনা– একমাত্র যৌনসম্পর্ক ছাড়া! এরা কোনো বই না পড়েও সেই সত্য তথ্যটা জানে। এই যে তুই আমার দিকে তাকাচ্ছিস, হাসছিস– তোর মনের মধ্যে কী চলছে আমি সব জানতে বুঝতে পারছি। তাহলে আর এত লুকাছাপার কী দরকার– সোজাকথা সোজা করে বলেই ফ্যাল।

একবার এই রকম তীক্ষ্ণ প্রশ্নের সামনে পড়ে –হেরে যাবার ইচ্ছা না থাকায় পাল্টা বলেছিল রাজিন্দর– বাত্তায়েসে মোড় কামলা করবে?

ওদিক থেকে তখন ভেসে এসেছিল খিলখিল হাসির উত্তাল ঢেউ– কেইসে নাহি করবোন গা! এক্কেবার বাতাইকে তো দেখ! সে সময় সেই 'টুরি' একা ছিলোনা। দঙ্গল ছিল সাথে। সেদিক থেকে ছুটে এসেছিল শ্লোক– খাঙ্গে তো মাঙ্গ, লাজায়ে তো ভাগ। অর্থাৎ যদি কিছু কম পড়ে থাকে চেয়ে নে, লজ্জা পেয়ে গেলে পালা এখান থেকে।

৪

এখন সেই পাথরকোঁদা নারীমূর্তি মশালের আলোয় পথ চিনে চিনে ঘোটুল ঘরের দরজার সামনে এসে দাঁড়ায়। খাপরার ছাউনি আর মাটির দেওয়াল দেওয়া বিশাল ঘর। এই ঘরে অনায়াসে পঞ্চাশজন ধরে যাবে। রাত্রিযাপনে তাদের কোনো অসুবিধা হবে না। ঘরের চারদিকে প্রায় দু একর জায়গা জুড়ে আস্ত গাছ কেটে দেওয়া উঁচু ঘেরা। পাশের জঙ্গল থেকে যেন কোনো জন্তু-জানোয়ার এসে ঢুকে না পড়তে পারে তেমন ব্যবস্থা করা। ঘেরার মধ্যে কোনো ঘাস আগাছা নেই। একেবারে ঝকঝকে তকতকে। অনেক মানুষের অনেক পরিচর্যার সুফল। এই ঘেরা জায়গায় ওরা নাচে খেলে ছোটাছুটি করে।

ঘোটুল ঘরের মধ্যে আগে থেকেই এনে জড়ো করে রাখা আছে শুকনো কাঠ পাতা। মেয়েটা সেই স্তূপাকার কাঠে আগুন ধরিয়ে দেয়। গনগনে আগুনের আভায় ঘরটা আলোকিত হয়ে ওঠে। ঘরটা যেহেতু বেশ বড়, চারদিকে চারটে মোটা দেওয়াল– মাঝে দাঁড় করিয়ে দেওয়া মোটা মোটা গাছের খুঁটি– যার মধ্যে কমপক্ষে এক কাঠা মত জায়গা তাই আগুন জ্বালালেও ঘর তেমন গরম হয়ে উঠছে না। আলো ছাড়া এখন আগুনের আর কোনো উপকারিতা নেই।

দেখা যায়, ঘরের একটা দেওয়ালের কাছে দড়ির দোলনায় অনেকগুলো ভেড়ার লোমের কম্বল রাখা। প্রয়োজনে এগুলো বিছিয়ে শোবার কাজ চলে। ঘরের অন্য এককোনে জল রাখা বড় মাটির পাত্র। মেয়েটা দুটো কম্বল নামিয়ে এনে ধুলো ঝেড়ে আগুনের পাশে আবার ধুলোর মধ্যে পেতে দেয়। এটা কৃষ্ণপক্ষের রাত বলে ঘোটুলে আর কেউ নেই, মাত্র ওরাই দুজন। শুক্লপক্ষ হলে এই সময় ঘোটুল কাড়া নাগাড়ায় ধামসা মাদলে গমগম করার কথা। দ্রিমি দ্রিমি বাজনায় মাতাল হতো জোড়া জোড়া পা। খিলখিল গমকে দমকে থরথরাতো বদ্ধ বাতাস। আশেপাশের জঙ্গল পাহাড় অদূরে বহমান নদী সব নেচে উঠত নাচিয়েদের পায়ের ছন্দে, গলার স্বরে-সুরে। সুর এখানে কোনো বড় কথা নয়, গাইতে পারলেই হলো, নাচ এখানে কোনো বড় ব্যাপার নয়, পায়ে পা মেলাতে পারলেই চলবে। কে একটু কম কে একটু বেশি সে নিয়ে কেউ মাথা ঘামাবে না। সম্মিলিত জীবন– এখানে অংশগ্রহণ করাটাই সবচেয়ে বড়কথা। যে গাইতে জানে না সে হয়তো নাচতে পারে, যে নাচতে পারে না সে হয়তো ছুটতে পারে। কোনো কিছু পারেনা তেমন মানুষ কেউ নেই। যার যা আছে সেটাই সম্মানের।

এখন সব শুনশান– নিঝুম। দূর পাহাড় থেকে মাঝে মাঝে কোনো জন্তুর ডাক ভেসে আসছে। চারদিকে একটানা ঝিঁঝি পোকার কোরাস আর কাঠের আগুনের চড়বড় চড়বড় ছাড়া আর কোনো শব্দ নেই।

ঘরের মাঝখানে জ্বালানো আগুনের আলোয় দেখা গিয়েছিল ঘরের কোনে রাখা জলের জালাটাকে। তেষ্টা পেয়েছে রাজিন্দরের তাই কম্বল ছেড়ে টলোমলো পায়ে সেদিকে যাবার চেষ্টা করতেই মেয়েটা দ্রুত ছুটে গিয়ে সেই জালায় একটা তুম্বা ডুবিয়ে

জল তুলে নিয়ে এলো। তুম্বা থেকে সেই জল ঢেলে দিল রাজিন্দরের হাতের তালুতে। অঞ্জলি ভরে জল পান করে মুখ মুছে ভাল করে একবার দেখলো মেয়েটাকে। তার কালো কালো বড়বড় দুটো চোখের তারায় যেন শান্ত নীরব মহিমান্বিত সাম্রাজ্ঞী দৃষ্টি। যে চোখে আধিপত্যবাদী অহমিকা নেই– আছে আর্ত অনুগতকে অনুকম্পার ঔদার্য্য। সে পাতানো কম্বলের উপর বসে একটা কাঠের টুকরো দিয়ে জ্বলন্ত অঙ্গার নিয়ে খেলছে। যেন আগুনকে শাসন করছে অবলীলায়। তার বসার ভঙ্গীতে ফুটে উঠেছে অসীম সাহস। যেন গনগনে আগুনকে হাতের তালুতে লোফালুফি করার ক্ষমতা তার করায়ত্ত। কাঠের টুকরো দিয়ে অঙ্গারে ঠোকা মারছে, চারধারে ছড়ছড় করে ছড়িয়ে যাচ্ছে কেন্দু বাকলের আগুন ফুলকি। যেন দীপাবলির ফুলঝুরি।

কিন্তু ও এখানে এভাবে বসে আছে কেন! কতক্ষণ আর বসে থাকবে! কখন শেষ হবে এই আগুনখেলা! ঘরের মেঝেয় আগুন, সেই আগুন খেলছে মেয়ের চোখের মণিতে। মেয়েটা চলে না গেলে যে রাজিন্দর শুতে পারছে না। শোওয়াটা এখন যে খুব জরুরি। সারাদিন খুব ধকল গেছে। পেটে খাবার পড়ার পর চোখে নামছে ঘুমের আক্রমণ।

আগুনের ওপারে নিরাপদ দূরত্বে কম্বলের উপরে বসে ঘরের চারদিকে চোখ ঘোরায় রাজিন্দর। সেই অল্প আলো-আঁধারিতে নজর পড়ে মাটির দেওয়ালের দিকে। মাটির দেওয়ালে মাটি দিয়ে গড়া অনেকগুলো অপূর্ব মিথুনমূর্তি। বহুকাল ধরে বহু শিল্পীর পরম নিষ্ঠায় সৃষ্ট নানান ভঙ্গিমায় সঙ্গমরত আদিম মানব মানবীর অনেকগুলো মৃন্ময় মূর্তি। যেগুলো এখনও যেন সজীব এবং সক্রিয়। এক-দুই প্রজন্ম নয় যখন থেকে আদিম সমাজ ঘোটুলের প্রয়োজনীয়তা স্বীকার করে নিয়েছে – সংস্কৃতির অঙ্গ হিসাবে স্বীকৃতি প্রদান করেছে তখন থেকে জনে জনে সৃষ্ট হয়েছে এইসব ভাস্কর্য। কিছু শিল্পকর্ম নির্মিত হয়েছে সেগুনগাছের গোড়াশুদ্ধ তুলে আনা শেকর বাকরকে চেঁছেছুলে। যার প্রায় প্রতিটি শেকর হয়ে উঠেছে অনবদ্য শিল্প নিদর্শন। একটি নারীদেহকে পেঁচিয়ে ধরেছে বিশাল একটা ফণাতোলা সাপ। কিছু শিল্প আছে সম্পূর্ণ পাথরের। এগুলো কারো বানানো নয়, প্রাকৃতিক কারণে ভেঙ্গে পড়া পাথর আপনা আপনি বানিয়ে দিয়েছে এইসব মূর্তি যা পাহাড়ে গিয়ে দেখতে পেয়ে তুলে এনে কেউ বসিয়ে দিয়েছে এই ঘরের মধ্যে।

বহু পুরুষের সযত্নে সংগ্রহ করা এই সব শিল্পের সংরক্ষক বর্তমান প্রজন্ম। একদিন এরা ঘোটুল ছেড়ে চলে যাবে, বিয়ে শাদি করে সংসার জীবনে প্রবেশ করে নেবে, তখন তাদের সন্তান সন্ততিরা দায়িত্ব নেবে এই সংগ্রহশালার।

সমস্ত গ্রাম এসময়ে গভীর ঘুমে ঢলে পড়েছে। আদিবাসী জীবনে কাজের সময় শুরু হয় সকালে সূর্যোদয়ের সঙ্গে সঙ্গে। যা চলে সূর্যাস্ত পর্যন্ত। মাঝে কিছুসময় দুপুরের খাওয়ার জন্য বিরাম। সূর্যডোবার পর পরবর্তী সূর্যোদয় পর্যন্ত আরাম, বিরাম, বিশ্রাম, ঘুম।

মেয়েটা জেগে বসে আছে তাই চোখে ঘুম আসছে না রাজিন্দরের। কোথায় যেন গরগর একটা শব্দ হচ্ছে। হয়তো কোনো আক্রামক জন্তু কারো উপর ঝাঁপিয়ে পড়বার

প্রস্তুতি নিচ্ছে। হয়তো কোনো শিকারের পিছনে ধাওয়া করেছে কোনো শিকারি জীব। হয়তো কোনো ময়াল সাপ পেঁচিয়ে ধরেছে কোনো হরিণ শাবককে। দম ফেলতে না পেরে শাবকের গলা থেকে বের হচ্ছে কাতর মরণ গোঙ্গানী। কী হচ্ছে, কেন হচ্ছে কিছুই বোঝার উপায় নেই। নিকটে কোনো এক গাছের ডালে যেন গলা ভাঙা একটা পাখি কর্কশ গলায় ডাকছে। খান খান হয়ে ভাঙ্গছে নৈশ নিস্তব্ধতা।

মেয়েটা এখন কাত হয়ে কম্বলে শরীর এলিয়ে দিয়েছে। বাঁ হাত দিয়ে মাথাটা উঁচু করে রাখা। চোখ আগুনের উপর নিবদ্ধ। রাজিন্দরের লোভী চোখ নিষেধ মানেনা। ঘুরে ফিরে আছাড় খায় আগুন জ্বালানো মানবীর নিটোল নিরাভরণ উত্তেজক অঙ্গপ্রত্যঙ্গের উপর। আগুন কী শুধু বাইরে জ্বলছে! টের পায় রাজিন্দর তার মনের মধ্যেও আগুন দাউ দাউ। আহঃ কী ভয়ংকর বন্য সৌন্দর্য! মনে হচ্ছে যেন মেরে ফেলবে! ওর মনের মধ্যের পোষ না মানা একটা বুনোমোষ শিং বাগিয়ে আঁকুপাকু গজরায়। মনে হয় যেন সামনে শায়িত নিশ্চিন্ত বিশ্বাসকে এক্ষুনি ছিন্নভিন্ন – ফালাফালা করে ফেলবে। আহার, আশ্রয় দিয়েছে যে আদিম সারল্য সেই তার প্রতি বিশ্বাসঘাতকতা করে ফেলবে। সব পুরুষের বুকের ভিতরে ঘাপটি মেরে বসে আছে একটা নারীমাংসলোভী শয়তান। মানুষ যাকে তার শিক্ষা, সংস্কার, সহবত দিয়ে দমন করে রাখে। কিন্তু কখন যে কার বুক ফেঁড়ে সেই শয়তানটা বাইরে বের হয়ে আসবে –কেউ জানে না।

এখন নিজের সঙ্গে নিজে রাজিন্দরকে ভয়ানক একটা যুদ্ধ করতে হয়। নিজেকে নিজে ভয় দেখাতে হয়। কল্পিত একটা ধারালো টাঙ্গির নিচে নিজের পেতে দেওয়া গলা, ছিন্ন মুণ্ড, মুণ্ডহীন দেহ দেখাতে হয়। তবেই একটা ভীষণ ভয় ওকে আঁকড়ে ধরে। ভয় রাজিন্দরের মনস্কামনার চারদিকে উঁচু একটা দেওয়াল তুলে দেয়। সংযত করে রাখতে সাহায্য করে ভিতরের শয়তানটাকে। কঠিন দেওয়ালের মধ্যে মাথা খোঁড়ে বুনো মোষটা। নেশার মধ্যেও বুঝতে পারে, ঝুঁকি নিলে বিপদ আছে। এটা হারানগড় নয়, যেখানে ভুল ত্রুটি হলে সামলে নেবার জন্য নহরু থাকে। আজ সে সাথে নেই।

এখন যতই মনের মধ্যে উথালপাথাল হোক মেয়েটার দিকে নজর দেবার দরকার নেই। অন্যদিকে মুখ ফিরিয়ে চোখ বন্ধ করে রাজিন্দর। ঘুমাবার চেষ্টা করে। হঠাৎ প্রবল একটা খটাশ করে শব্দ। শব্দ শুনে মুখ ঘুরিয়ে দেখে–মেয়েটা উঠে দাঁড়িয়েছে। দেওয়ালে পড়া তার ছায়াটা যেন আহত অজগরের মত দুলছে। ফোঁস ফোঁস নিঃশ্বাস পড়ছে। নিঃশ্বাসের তালে তালে ওঠা নামা করছে ফণিনীর উদ্যত ফণা। উতঙ্গ উদ্ধত বুক। সেই অপমানাহত নাগিনী আক্রশে আছাড় মেরে ভেঙ্গে ফেলেছে তুম্বা জল পাত্রখানা। তারপর বেড়িয়ে যাচ্ছে ঘোটুলঘর ছেড়ে। শরীরে কোথাও আর তার সেই নারীসুলভ নমনীয়তা নেই– দাউদাউ হিংস্রতা।

৫

পরের দিনের সকাল।

মাঝারি উচ্চতার ডোঙ্গরী, অর্থাৎ পাহাড়ের মাথায় তখন সবে দেখা দিয়েছে সকালবেলার শিশুসূর্য। রোদ তখন তেমন তেজময় হয়ে ওঠেনি। দাহ দীপ্তি ছড়ায়নি। ওর ঘুম ভেঙ্গে গেল ধামসার ডিডাং ডিডাং বাজনায়।

এত সকালে এই বাজনা কেন! আদিবাসী মহল্লায় গ্রাম প্যাটেলের কোনো জরুরি বৈঠক ডাকবার প্রয়োজন পড়লে গ্রাম কোতবারকে দিয়ে ধামসায় এই রকম শব্দ তুলে হাঁকা পারায় প্যাটেল।

আগে– অনেক আগে যখন এক গোষ্ঠীর সাথে আর এক গোষ্ঠীর তুমুল বিরোধ ছিল, হামলা করতো একদল আর এক দলের উপর, কেড়ে নিয়ে চলে যেত গরু, ছাগল, ভেড়া আর নারীদের, তখন জনে জনে খবর দেওয়া সম্ভব হতোনা। সময়ে কুলাতো না। আদিবাসী বস্তিতে একটা ঘর থেকে আর একটা ঘর অনেকটা দুরে দুরে। এতে পশুপালনের অনেক সুবিধা হয়। কিন্তু বহিরাগতের দলবদ্ধ আক্রমণের সামনে পেরে ওঠা যায় না। তাই আক্রমণ হলে প্রথম ঘর থেকে এভাবে পাশের ঘরকে জানান দেওয়া হতো, সেই ঘর থেকে আবার বাজনার আওয়াজে জেনে যেত অন্য ঘর। আজকাল সে সব হামলা আর হয় না, তবে বাজনার ব্যাপারটা বিলুপ্ত হয়নি। ওটা প্যাটেল সবাইকে জরুরি প্রয়োজনে ডাকার জন্য কখনো সখনো বাজিয়ে থাকে। কিন্তু এখন ঝড়ে কোনো লোক গাছ চাপা পড়েনি, জন্তু-জানোয়ার আসেনি, কোনো ঘরে আগুন লাগেনি! তাহলে এত সকালে এমন জরুরি তলব কেন!

ব্যাগপত্র গুছিয়ে ঘোটুল ঘরের বাইরে এসে দাঁড়াতেই একজন রাজিন্দরকে এসে খবর দিয়ে গেল– জলদি বইঠকামে আ। প্যাটেল তোলা বুলাথে। এগিয়ে এসে দেখতে পেল সে ঘোটুলের ঘেরার মধ্যের প্রশস্ত জায়গায় এক গাছের তলে ইতিমধ্যে বিশ বাইশজন লোক জমা হয়ে গেছে। তাদের সবার পাথরকোঁদা থমথমে মুখ। যেন কোনো বিরাট বিপর্যয় ঘটে গেছে গতরাতে।

আদিবাসী সমাজ কাঠামো এখনও অনেকটা মাতৃতান্ত্রিক বলে মহিলারা তুলনামূলকভাবে অনেক স্বাবলম্বী ও স্বাধীনচেতা। স্বাভাবিক কারণে বৈঠক সালিশিতে তাদের আধিপত্য। সমমর্যাদায় বিশ্বাসী আদিবাসী মানুষ মহিলাদের কথা শুনবে আর বলার জন্য সময় দেবে। এখন এই ভিড়ের অধিকাংশ তাদেরই দখলে।

রাজিন্দর কাছে যেতেই একজন কিছু ঝাঁঝের সঙ্গে বলে ওঠে তাকে – বইঠ! তোরবর বইঠকা!

মোরবর! রাজিন্দর বিস্মিত।

তে কায় করে হস! কী করেছিস তুই? তোর বিচার হোহি।

বিচার! ঝাঁ ঝাঁ করে ওঠে রাজিন্দরের মাথাটা। আমার বিচার কেন! কী করেছি

আমি! কোনো অন্যায় করেছি বলে তো মনে পড়ছে না। রাতে মেয়েটা ছিল আমার ওখানে কিন্তু ওর কোনো অসম্মান আমি তো করিনি। ছুঁইনি পর্যন্ত। যখন জল ঢেলে দিয়েছিল যাতে ছোঁয়া না লেগে যায়– খুব সতর্ক ছিলাম।

সেই লালচোখের বিশালদেহী লোকটাও এখন এখানে এসে গেছে। যার কথাবার্তায় হাত আর মাথা নাড়ানোয় পরিলক্ষিত হচ্ছে এমন একটা ছবি যেন সে অসহায়। অপরাধবোধে আক্রান্ত। দৈত্যাকার দেহের মধ্যে যেন এখন আশ্রয় নিয়েছে কোনো বিব্রত বালকের আত্মা। মুখ দেখে মনে হয় সে যেন বলছে –কেমন করে বুঝবো ভাই! মানেতুন, পোড়া নুড়চি পুনা আয়োবের বাদানু – মানে সচ কী গলত পুনা আয়ো! মানুষের উপর থেকে দেখে তো কিছুই বোঝার উপায় নেই কে ভালো আর কে মন্দ। লোকটা এসে দাঁড়িয়েছিল আমার দরজায়। তখন রাত! দেখে বুঝলাম ভিনদেশি! কোথায় থাকবে, সাপে কাটে না ভাল্লুকে মারে –। তাই থাকতে দিলাম,সেবা যতন দিলাম। তখন যদি বুঝতাম তো দুর করে দিতাম।

মহুয়া গাছের নিচে ভিড় ক্রমে বাড়ছে। সারা গ্রামের জনতা জমায়েত হয়েছে এসে। যা এখন সংখ্যায় তিরিশ চল্লিশ হয়ে গেছে। কয়েকজন খুবই বৃদ্ধ। এরাই গাঁও বুড়হা। খুব সম্মাননীয়। মাথায় যাদের শনের মত সাদা চুল, চামড়া ঝুলে গেছে, মুখে দাঁত নেই, চোখ ঘোলা, কোমর বাঁকা, যাদের আর এক নাম সেয়ান– সামনের সারিতে এরাই। সমাজে এদের অসীম ক্ষমতা। এদের কথাই চরম এবং চূড়ান্ত। যার উপরে কোনো আপিল হবে না। যদি এরা বিচার করে কাউকে দোষী সাব্যস্ত করে – সে অবশ্যই দোষী। যদি সাজা ঘোষণা করে-পাঁচ বোতল মন্দ আউর এক কুকরা, তাহলে তাকে ওই পাঁচ বোতলই দিতে হবে কোনভাবে পৌনে পাঁচ হবে না।

মেয়েরা পুরুষদের চেয়ে একটু দূরে আলাদা একটা গাছের ছায়ায় বসা। এরাই জুড়ি। পুরুষদের তুলনায় তারা অনেক বেশি সরব এবং ক্রুদ্ধ। কারণ মহিলাদের সম্মান বলে কথা! যেখানে একটি মেয়ের মানহানি হয় গোটা মহিলা সমাজেরই মান যায়। আজ সেটাই হয়েছে, একটি বহিরাগত লোক দ্বারা মহিলা সমাজের সম্মান মাটিতে মিশিয়ে দেওয়া হয়েছে। –এর শাস্তি দিতেই হবে।

কালকের রাতের সেই মেয়েটি মহিলাদের একেবারে মাঝখানে বসা। সে হাত নেড়ে নেড়ে সবাইকে কী যেন বলছে আর ক্রোধভরে রাজিন্দরকে দেখাচ্ছে। ও-ই কি তাহলে বিচারপ্রার্থী? –কেন! কী এমন অশোভন আচরণ করা হয়েছে তার সাথে?

মহিলারাই তাকে সমবেদনা দেখিয়ে নিজেদের মাঝখানে এনে বসিয়েছে। যেন এই বার্তা দিতে চাইছে –তুই একা নোস বোন, আমরা সবাই তোর সঙ্গে আছি। যাতে তুই ন্যায়বিচার পাস সেটা আমরা দেখবো। কোনো চিন্তা করিস না।

মেয়েটির চোখ থেকে যেন আগুন ঠিকরোচ্ছে। যেন অপমানের যন্ত্রণা ঝরে ঝরে পড়ছে। চোখ দেখে মনে হয় সারারাত ঘুমাতে পারেনি। কখন সকাল হবে আর সে বিচার পাবে সেই প্রতীক্ষা করেছে। তার যা কিছু বলার ছিল বলা হয়ে যাবার পর সে অন্যদিকে তাকিয়ে বসে রইল। রাজিন্দরের দিকে একবার ফিরেও তাকাল না। একটা গোটা মানুষের

অস্তিত্বটাই অস্বীকার করে দিল।

সেয়ানদের একজন ডাক পারলো রাজিন্দরকে– আ, আকর এহা বোঁইঠ। সবার মাঝে এসে বোস।

মাঝখানে একটা মোটা গাছ, যে গাছের গোড়াটায় মাটি দিয়ে বানানো একটা গোলাকার বৃত্ত। দলের মধ্যে যে সবার চেয়ে বুড়ো সেই গাঁওসেয়ান এক হাত বৃত্তের মধ্যেকার ভূমি স্পর্শ করে মন্ত্র পড়বার মত সুর করে জোরে জোরে নিজের ভাষায় উচ্চারন করে– হে জঙ্গলের অধিপতি বুড়হাদেও, তোমার নামে– হে রোগ, শোক, ব্যাধির নিয়ন্ত্রক মাতা দাই– তোমার নামে– হে আদিবাসী মানুষের পরম ত্রাণকর্তা আঙ্গাদেও, তোমার নামে, সম্পদ শস্যসমৃদ্ধির দেবী মাতা দন্তেশ্বরী, তোমার নামে, আকাশে আগুনদেব, নিচে মাতা বসুমাতা, তোমার নামে আমরা শপথ নিচ্ছি, এই নকল চোখ, ন্যাকড়ামোড়া শরীর, আর জুত্তাপড়া কেন্দুরঙের যে বিদেশি লোকটা পথ হারিয়ে বিপদে পড়ে আমাদের গাঁয়ে এসেছে, সে জ্ঞানে হোক কী অজ্ঞানে, জেনে হোক আর না জেনেবুঝে হোক আর না বুঝে রাতে হোক কী দিনে, মায়ের জাতির মান রাখেনি, ইজ্জত করেনি, তার প্রতি আমরা কোনো অনেয্য বিচার করবো না। যেমন দোষ করেছে, যতটুকু দোষ করেছে পাঁচপঞ্চ তার বিচার করে উপযুক্ত সাজাই দেব।

কথা শেষ করে মাটির উপর সজোরে থাপ্পর মারে সেয়ান, আর সবাই গাঁওবুড়োর কথায় সমস্বরে হো হো করে সম্মতি জানায়। আধ মিনিটের নীরবতা। যে যার কোমরের কাঠের ডিব্বা, যার নাম গোট্টা তা থেকে মাক্কুর অর্থাৎ খইনি বের করে মুখের মধ্যে রাখে। তারপর সেই বৃদ্ধ রাজিন্দরের দিকে তাকায়– যো সচ বাত বোহি বাত্তা। রাতকুন কায় কায় হইস – বাত্তা। সচ বাতাবে সাজা কম হোহিও, গলত বাতাবে– ডবোল!

কী বলবে এখন রাজিন্দর! কোথায় যে তার অপরাধ, কী অপরাধ সেটাই তো মাথায় ঢুকছে না। সে তখনও জেগে তখনই তো মেয়ে চলে গেল! ঘুমঘোরে, নেশার খেয়ালে উঠে এসে সে যে মেয়ের গায়ে হাত ফাত দিয়ে ফেলবে তেমন কোনো সুযোগ তো ছিলই না। ফলে এখন তাকে চুপ করে থাকতে হয়।

একজন ওকে অভয় দেয়,-ডর মাৎ। যো হোনা থা বো হো গিস। আব যো হোনা হ্যায় বো তো হোহি। বাতা দে সব কুছু।

ওই অভয় বাণী রাজিন্দরের কানে এসে বাজে– আমরা তোর জন্য ফাঁসির দড়ি পাকাচ্ছি। তুই ভয় না পেয়ে বল– কীভাবে ঝুলতে চাস। তাই নির্ভয় দেওয়া সত্ত্বেও রাজিন্দর কোনো কথা বলতে পারছে না দেখে বৃদ্ধ মাথা ঝাঁকায়। তার শনের মত চুল থেকে ধুলো ওড়ে। যে ধুলো খানিক আগে-বিচারকের আসনে বসার পূর্বমুহূর্তে মুঠো করে মাথায় রেখেছে। মাটি মাথা শান্ত রাখে, বুদ্ধি বাড়ায়। হে মাতা ধরিত্রী, তোমার কোনো রাগ, দ্বেষ, হিংসা, ঈর্ষা নেই। তুমি ধীরস্থির, শান্ত আর সহনশীলা। বিচার করার সময় আমি যেন তোমার মত শান্ত, নম্র, সহনশীলা থাকতে পারি। কোনো কারণে যেন- নবাতাল্লা কাসোহং ওয়াই মাকিদেন– আমার মাথা গরম না হয়।

রাগী লোক নিরপেক্ষ থাকতে পারেনা, ন্যায় বিচার দিতে পারেনা। আমার বাক্য

এখন পাথরের চেয়ে ভারী। যা অপরাধীর উপর সজোরে নামিয়ে দিলে ওর প্রাণ পর্যন্ত চলে যেতে পারে যা মোটেই কাম্য নয়। আমি যেন সেই মারাত্মক বাক্য বলে না ফেলি।

বোল বোল –। কায় তে বলবে!

তবু রাজিন্দর নীরব দেখে মাথা আর ঠান্ডা রাখতে পারেনা বৃদ্ধ। মনে মনে বলে– বোঝাই যাচ্ছে তোমার নিজের পক্ষে কিছুই বলার মত নেই। কী আর তুমি বলবে! যা করেছো সেটা যে ভয়ানক অন্যায় সে তো তুমি নিজেই বুঝতে পারছো। তবে হ্যাঁ, যদি যা করেছি না বুঝে, নেশার খেয়ালে করে ফেলেছি বলে ক্ষমা চাইতে, অপরাধের গুরুত্ব কিছুটা কমে যেতো। তা যখন করছো না, তোমার এই ঔদ্ধত্বের জন্য তোমাকে ভীষণ সাজা পেতে হবে। গতকালকের অপরাধের সঙ্গে আজকের এটাও যুক্ত করা হবে। – হে মাতা বসুমতী, তুমি নারী, যে পাখণ্ড নারীর সম্মান দিতে জানে না, সেই পাখণ্ডকে কঠিন সাজা দিলে তুমি যেন রাগ কোরোনা। মাথা আমার গরম হয়ে যাচ্ছে, সেজন্য যেন আমার উপর রাগ করে আমার জমির ফসল কমিয়ে দিও না। যেন ফসলে কিড়া মাকোড়া লেলিয়ে দিও না।

এই বস্তির সবচেয়ে সেরা সুন্দরী রামবতী বাই। পাকা জামের মত গায়ের রঙ, কাড়বাঁশের মত টিকালো নাক! সে এমন নাচে যে তার পায়ের থিরকন দেখলে বনময়ূর নাকি নাচ থামিয়ে অবাক হয়ে দেখে! কে বলেছে? বলেছে গাঁওয়ের টুরারা। তারা তো ঝুঠা বলবে না! ঘোটুলের যে যুবকের দিকে সে কৃপাদৃষ্টিতে তাকাবে সে মোমের মত গলে কাদার তাল হয়ে যা্বে। যদি ও বলে বাঘের চোখ চাই, তখুনি তাকে খুশি করতে দশটা জোয়ান প্রাণ হাতে করে দৌড়ে জঙ্গলে চলে যাবে।

তো সেই রামবতী– যে এই গাঁওয়ের সবচেয়ে বলবান যুবার বোন, কেন সে সামান্য একটা পরদেশি টুরার কাছে পরাজিত,অপমানিত হবার যন্ত্রণা নীরবে সয়ে নেবে! নালিশ ঠুকে দিয়েছে পাঁচপঞ্চের দরবারে।-মোলা ন্যায় দিলা।

বৃদ্ধ এবার গ্রামবাসীর দিকে তাকায়। –ভাই হো, গেল দিন এই ভিনদেশি আমাদিকের গাঁয়ে এলো। তা আসুক। আসতে কুনো মানা লাই। বহত সাল রাজার সাথে আমাদের মুখিয়া পরধানদের বহুত বিবাদ চলেছিল। আমার দাদা পরদাদা, মানে বাবা ঠাকুরদা মহারাজ প্রবীরচন্দ্র ভঞ্জদেওয়ের কাছে ধরতীর উপর দাঁড়িয়ে বচন দিয়েছিল– আর কুনো বিবাদ লয়– আমরা তাকে আমাদের রাজা বলে মান্যতা দেব। আর রাজার জাতের যে আমাদের গাঁয়ে আসুক আমরা তাকে কোনো দুশমনি দেবনা।

ছোটবেলা থেকে আমি দেখেছি পাঁচ দশ বচ্ছরে রাজার জাতের লোক কেউ কেউ এখানে আসে। নাম উম পুছে আউর দু পাঁচ রোজ থাকে। জঙ্গলে শিকার খেলতে যায়। তারা গাঁও সেয়ানদের পা ছোঁয়, জুত্তা খুলে ঘোটুলে ঢোকে। মায়ের জাতকে বহুত ইজ্জত করে। তারা এই লোকটার মত কেউ ঘমণ্ডি নয়।

অন্য একজন হাত উপরে তুলে বলা শুরু করে– এই মানুষটা গেলদিন সাঁঝের বেলা পেরথম সব পহেলে আমার ডেরায় যায়। তখনই একে দেখেই আমি বুঝতে পারি- লোক ভালো নয়। গাঁওবুড়হা হই। পা ছোঁও, নমস্তে বল! কিচ্ছু করেনি। তাই তখনই

ঠোঙ্গা ভরে দারঘো দিয়েছি, বিদাই বলেছি।

ঠিক এই একই কথা বলার জন্য চার পাঁচটা হাত একসঙ্গে উপরে ওঠে। এক ধমকে সব হাত নিচু করে দেয় বৃদ্ধ। -চুপ রহ, মোকে শুন! তা লোকটা এলো! ভালো কথা, আসুক। গাঁও বুড়হাকে মান দেয়নি, না দিক। গেল কোথায় লোকটা? না গেল ডোঙ্গারামের ডেরায়। যাক, কোনো মানা নেই। তা ওকে তখন কে পেজ পসিহা দিলো? দিলো ডোঙ্গারাম। দিলো ঠিক করল। ধর্মকাম করল। ডোঙ্গারাম ভকত লোক, ধুল পায়ে অতিথি ফিরে যায় এটা অধরম কাম। তারপর ঘোটুলে ঢোকার অনুমতি দিলো। দিলো তো দিলো। দেওয়া লেয্য কাম। ঘোটুল কারও একার নয় তো। যখন ও বিহা করেনি ঘোটুলের জন্য শ'ফোঁটা পসিনা ঢেলেছে। ঢেলেছে শ'ফোঁটা লহু। সেই যেবার খুব বাদল বারিষ হয়, ঘোটুল ঘরের চাল ভেঙ্গে পড়েছিল তখন জঙ্গল থেকে খুঁটি কেটে এনে আবার নতুন করে ঘর বানাবার জন্য ও যা পরিশ্রম করেছিল আমরা কেউ করতে পারিনি। সে হয়ে গেল বিশ বাইশ বারিষ আগের কথা। আজকের টুরিটুরা কারো তখন জনম হয়নি।

কথা থামিয়ে ফচাৎ করে থুতু ফেলে সেয়ান। ডানহাতের তর্জনী দিয়ে ঠোঁটের নিচের 'মাক্কুর' অর্থাৎ খইনি বের করে ফেলে দিয়ে হাতটা মাথায় মুছে নেয়। তারপর আবার বলে-সে যাক, ইবার তুমরা বলো এই যে ভিনদেশি, একে ঘোটুলের পথ কে চেনালো?

সেয়ানের প্রশ্ন আসা মাত্র সবাই বুঝে গিয়েছিল তার কী জবাব হবে। তাই ভিড় থেকে জবাব এল, -রামবতী বাই!

পরের প্রশ্নের জবাব কী আসবে তা সেয়ান জানে। তবু নিয়ম মেনে পুনঃ প্রশ্ন করে – পিয়াস পেলে পানি কে দেয়?

-রামবতী।

প্রশ্ন আর উত্তর অনেকটা সেই শ্লোগানের মত। একজন ইনকিলাব বললে সবাই গর্জায়– জিন্দাবাদ। একজন বন্দে বললে সবাই বলে ওঠে মাতরম্।

-পা কে ধুয়ে দেয়?

-রামবতী।

-আগুন কে জ্বালায়?

-রামবতী।

-যদি এ উল্টি করে কে সাফ করে?

-রামবতী।

-সাপ বিচ্ছু যদি কাটে কে বেইগা বুলায়?

-রামবতী।

একটু দম নেয় বৃদ্ধ। বয়স হয়ে গেছে! এই বয়সে একবারে এত কথা বলা কষ্টের। তবু না বলে কোনো উপায় নাই। গ্রামের সমস্যা যে। খকখক করে কেশে ফের বলে বৃদ্ধ– তাহলে বুঝে দেখো ভাই হো, রামবতী এর জন্য সব কিছু করতে তৈয়ার! কেন

তৈয়ার? না, ডোঙ্গারামের মানের জন্য। পরদেশি ডোঙ্গারামের মেহমান! রামবতী সেই মেয়ে যে জান থাকতে ভাইয়ের– গাঁওয়ের– মান যেতে দেবে না। লোকটা যেন দেশে ফিরে গিয়ে বলতে না পারে রাবনভাটায় ডোঙ্গারাম আমার ইজ্জত করেনি। অথচ দেখো এই লোকটা ...।

ঘৃণা না খইনি ফেলার জন্য–ঠিক বোঝা গেলোনা, কয়েকজন এক সাথে ছিঃ ছিঃ করে থুতু ফেলল। হতে পারে যেমন গানের সঙ্গে বাজনা, এই ধরনের বিচারসভায় কোন ধরনের শব্দ কোন ধরনের আওয়াজ করতে হবে তার একটা অলিখিত শর্ত আছে। শহরের মঞ্চে যেমন বক্তা বক্তৃতা রাখার সময়ে তালি দিতে হয়।

আবার বলা শুরু করে সেয়ান– এই লোকটা– সূর্য ডোবাকাল থেকে তিন পহর– রামবতী এর কাছে ছিল। কিন্তু তবু মেয়েটা কোনো ইজ্জত পায়নি! কেন লোকটা তার ইজ্জত করেনি? কিসের ওর এত ঘমণ্ড? রামবতী তো ওর গ্রামে যায়নি! ওর ঘরে গিয়ে পেজ পসিহা দারঘো খায়নি! ও এসেছে ডোঙ্গারামের ডেরায় বলো ভাই হো– রামবতী কী ওর ডেরায় গেছে?

-নন।

-লোকটা নিজেই এসেছে। কেউ নেউতা দেয়নি। ধরেবেঁধে আনেনি। বিলকুল নিজে থেকে এসেছে। ঠিক কিনা?

-ঠিক ঠিক।

-তাহলে যেখানে তুই এসেছিস সেখকার মায়ের জাতকে ইজ্জত করা মান দেওয়া তোর কর্তব্য। তুইও তো কোনো মায়ের সন্তান! তোর মায়ের সঙ্গে, বোনের সঙ্গে যদি কেউ এমন ব্যবহার– তার প্রাপ্য মান তাকে না দেয় কেমন লাগবে তোর? তা সে করেনি। কেন করেনি?

সেয়ান উপস্থিত জনতার কাছে আবার জানতে চায়– কেন করেনি? ভিড় এবার মুখ চাওয়াচাওয়ি করছে। এই কেন'র জবাব তাদের জানা নেই। কে যে কেন কী করে তা তারা কেমন করে জানবে! বনরাজ্যের মানুষ বনের নিয়মকানুন জানে! এর বাইরে যে বিশ্বজগত সে তাদের জানা চেনার বাইরে। লোক অপরাধ করে,আর তার সাজা হয়। এটুকু তাদের মাথায় আসে, কিন্তু কেন অপরাধ করে তার বিচার বিশ্লেষণ করার মত বুদ্ধিবৃত্তি তাদের নেই।

মহিলারা কিছু বেশি চঞ্চল। মনে হচ্ছে যেন এই উত্তরটা তাদের কাছে আছে। তাদের কাছে জিজ্ঞাসা করা মাত্রই বলে দিতে পারবে। কিন্তু এখনও সেই সময় আসেনি। সেয়ান তাদের কাছে প্রশ্নের উত্তর চায়নি।

বেলা বেশ চড়চড় করে বাড়ছে। গাছের পাতার ফাঁক থেকে ছুঁইয়ে নামছে সোনালি রোদ। রাজিন্দর অধৈর্য হয়ে উঠছে। কতক্ষণে যে শেষ হবে এই বিচারপর্ব। কতক্ষণে রেহাই পাবে এই বিচারব্যবস্থার লম্বা প্রক্রিয়া থেকে! কেমন করে পাওয়া যাবে মেন্ডরাগাঁওয়ে যাবার পথের হদিশ, আর না হয় সেই পলাচুরে ফিরে যাবার দিক নিশানা।

সেই যে বলে খোঁদা পাহাড় –নিকলা চুহা। এত বিচার-বিবেচনা, তর্ক-বিতর্কের পর

শেষপর্যন্ত যে ফলাফল বের হবে তা হয়তো অতি সামান্য– তুচ্ছ। অবশ্য সভ্যসমাজের মানুষের বিচার বিবেচনায় যে সব ঘটনা অতি তুচ্ছ অতি সাধারণ আদিবাসীদের কাছে তা বিরাট বিশাল ব্যাপার। হারানগড় নিবাসী রবিরাম নেতামের কন্যার সাথে আলোয়াড় গ্রামের বুদ্ধুরাম কুরেটির ছেলের বিয়েতে কন্যাপক্ষের লোককে কেন জল মেশানো মদ পরিবেশন করা হয়েছে সেই নিয়ে একাদিক্রমে বারো ঘণ্টা বইঠকা চলেছিল। এটাও যদি বারো চৌদ্দ ঘণ্টা চলে– সমূহ বিপদ।

৬

এইরকম এক সকালবেলায় শুরু হয়েছিল সেই বইঠকা। আজ যে এই বইঠকা হবে সেটা আগেই ঘোষণা করা হয়েছিল। তখন দুই গ্রামের প্রাজ্ঞ-বিজ্ঞ সেয়ানরা এসে বসেছিল মুখোমুখি। সারা গ্রাম উৎকণ্ঠায় কাঁপছিল– কি জানি, কী হয়। গত প্রায় এক সপ্তাহ ধরে সারা গ্রামে যে নাচাগানা হৈ হুল্লোড় চলছিল,সব থেমে গিয়েছিল সেইসময়। গ্রামের সবাই পাথর পাথর মুখ নিয়ে বসেছিল বিচারের অন্তিম রায় কী হবে সে দিকে তাকিয়ে। কোনো বাচ্চা কেঁদে উঠলে মা তার মুখ চেপে ধরছিলো 'চুপ যা, চুপ যা' করে।

হারানগড় নিবাসী সেয়ানদের বক্তব্য ছিল–আমরা মদ খাই, এটা নয় যে জীবনে আজ প্রথম খেলাম। যারা নতুন নতুন খাওয়া ধরে তাদের কাছে আসল নকলের ভেদ বোঝা মুশকিল হতে পারে কিন্তু আমরা পোড় খাওয়া পিঅক্কর। আমাদের বোকা বানানো ধোঁকা দেওয়া অত সহজ নয়।

হ্যাঁ, মানছি যে আমাদের একটু নেশা মত হয়েছিল। কিন্তু এত নেশা নয় যে কোনটা আসল মদ আর কোনটা জল মেশানো মদ তা বুঝতে পারবো না। তোমরা আমাদের কী মনে করেছিলে? ভেবেছিলে মদের বদলে জল খাইয়ে দেবে? আমাদের এত বোকা ভাবা তোমাদের উচিৎ হয়নি। এই যে তোমরা আমাদের ঠকিয়েছো এটা অন্যায়। এই যে তোমরা আমাদের বোকা ঠাউরেছো, এটা অন্যায়, আমাদের উপযুক্ত মান দাওনি এটা বড় অন্যায়। এবার তোমরা বলো, তোমরা নিজেরাই বলো– এর জন্য কী সাজা হওয়া উচিৎ।

ছেলের বাবার পক্ষ নিয়ে একজন বলে– বুদ্ধুরামের ছেলের বিয়ে, তোমাদের অনেকের ছেলের বিয়ে হয়েছে, ছেলের বিয়ে যে কী ঝামেলার তা তোমরা সবাই জানো। কোথায় দারঘো, কোথায় কুকরা, কোথায় বাদিয়া মানে বরা সব তাকে জোগাড় করতে হচ্ছিল। বুদ্ধুরামের তো ছেলে নেই, মাত্র ওই একটা। তাহলে সে দায়িত্ব নিয়ে কাজটা করতে পারতো। বুদ্ধুরামের পক্ষে সাফাই দিতে গিয়ে বুঝতে পারে লোকটা নিজের কথার জালে সে নিজেই জড়িয়ে যাচ্ছে। চেপে ধরলে পালাবার পথ পাবেনা। আদিবাসী সমাজ যৌথসমাজ। বুদ্ধুরামের মেয়ে একা বুদ্ধুরামের ছেলে নয়, গোটা গ্রামের ছেলে। গ্রামের সব ঘর থেকে চাল এসেছে, মুরগি, মদ এসেছে। সব কাছে সবাই সহযোগ দিচ্ছে। বুদ্ধুরামের আর ছেলে নেই তো কী হয়েছে গাঁওয়ে আরও তো ছেলে আচ্ছে। যে কেউ গিয়ে কাজটা করে আসতে পারে। তাই নিজের জাল থেকে নিজে বাইরে আসার চেষ্টায় বলে, নিজের ছেলে নাই, যার ফলে কেউ যে তাকে সাহায্য করবে– মানে গ্রামের লোক তো করেই, করবেই কিন্তু সেভাবে বুঝে সুঝে যে করবে তা তো করবে না। কোথাও কেউ করে না। তা কন্যাপক্ষের অভ্যর্থনার জন্য মদ তো সে জোগাড় করেই রেখেছিল। কিন্তু ঘরে বানানো সে মদে কুলায়নি। গ্রামের যার ঘরে যা মদ ছিল তাতেও কুলায়নি। আগেভাগে আন্দাজ করা যায়নি হারানগড়ের লোক কী পরিমান পান করতে পারে।

এখন বোঝা যাচ্ছে খুব দমদার লোক সবাই। কলিজায় খুব জোর আছে। ফলে যখন আবার তারা 'দারঘো লাও' বলে হুঙ্কার ছেড়েছিল একজনকে পাঠাতে হয় দারঘো কিনে আনতে। তো সেই যে সাহু, গড়বড় যা করার সেই করেছে। বেশি লাভের আশায় মদে জল সেই মিশিয়ে দিয়েছে।

এটা কোনো কথা হলো না। বলে কন্যাপক্ষের একজন– কোচিয়া, সাহুকার এরা তো ধান্ধা করে। বেচবার সময় মদে জল মেশাবে আবার কেনবার সময় ধান, ভুট্টা, তিল মাপার সময় পাল্লায় হেরাফেরি করবে। কিন্তু যখন তুমি বেচবে আর তুমি কিনবে তোমার দেখেশুনে নিতে হবে না? যা তোমাকে দিয়ে দিলো, নিয়ে চলে আসবে এ কেমন কথা! তার বোঝা উচিৎ ছিল যে এই মদে কন্যাপক্ষের সম্মান রক্ষা হচ্ছে। তার উচিৎ ছিল খানিকটা চেখে দেখে আনা। কেন চেখে দেখলো না?

মানে ইয়ে– আমতা আমতা করে বরপক্ষের সাফাইকারী– সে খুবই কমবয়সের ছেলে। এখনও মদের ভালোমন্দ বোঝবার বয়স হয়নি।

রাগত গলায় কন্যাপক্ষের জবাব-এর সোজা মানে এত বড় ব্যাপারটাকে তোমরা গুরুত্ব দাওনি। একটা বাচ্ছা ছেলে পাঠিয়ে দিয়েছো মদ আনতে! যে মদের গুণমান কিচ্ছু জানেনা তাকেই পাঠিয়ে দিলে! আমাদের মান সম্মান তোমাদের কাছে এত হালকাপলকা ঠুনকো বলে মনে হয়েছে! যে কেউ গেল আর যা খুশি তা এনে দিল।

না না, তা নয়, বরপক্ষের জবাব– সবাই তো নানা কাজে লেগে ছিল। ও ছিল খানিক ফাঁকা। আর তা ছাড়া ও অন্যদের চেয়ে কিছু ভার বেশি বহন করতে পারে! এক বস্তা মকাই নিয়ে সেই বান্দে পর্যন্ত যাওয়া সোজা কথা তো নয়।

এটা মানতে হয় সবাইকে যে এক বস্তা মকাই খুব ওজনের। কোচিয়ার মদের খুব দাম। এক বস্তা মকাইয়ের বদলে যেটুকু মদ পাওয়া যায় সেটা চাইলে চারজনেই সাবরে দিতে পারে।

সকাল থেকে শুরু হয়ে বিকেল গড়িয়ে সন্ধ্যা পর্যন্ত চলেছিল সেই বৈঠকা। মাঝে কিছু খাওয়া দাওয়া মদ্যপান সেও চলেছিল। সব শেষে সিদ্ধান্ত হয়েছিল সেদিনের সেই ক্ষতিপূরণ করতে আগামীকাল আর একবার কন্যাপক্ষকে ভরপেট মদ মাংস খাওয়াতে হবে। তবেই নববধূ নিয়ে সংসার করবার অনুমোদন মিলবে। এটাও সেই রকম দশ বারো ঘন্টা চলবে কিনা কিছুই অনুমান করা যাচ্ছে না।

এখন সবার দিকে তাকিয়ে আবার বলে সেই সেয়ান– এই পরদেশি কেন রামবতীকে ইজ্জত করেনি? পুছো সবাই – তার গায়ে কি শুয়োরের বিষ্ঠা লেপা ছিল? মুখে কি মড়ি পচা বাস? [দুর্গন্ধ] নাকি কুড়িয়া [কুষ্ঠ] রোগের রোগী? তার চুলে কি চিল্লর [উকুন]?

ফচ্ করে আবার ধুলোর উপর থুতু ফেলে বৃদ্ধ। চারদিকে ঘোলা চোখ তুলে তাকায়। তার চোখের দৃষ্টিশক্তি খুব ক্ষীন, সে সবার মুখ দেখতে পাচ্ছে না। তবে এটা বুঝতে পারে, সে যখন থুতু ফেলেছে তার দেখাদেখি সবাই থুতু ফেলেছে। এর অর্থ গোটা বিচার সভায় সবাই সহমতে আছে। কোনো কথার কেউ বিরোধিতা করছে না।

-আব বাতাও কায় কিয়া যায়!

মহিলা সমাজ থেকে এবার জোরালো চিৎকার ভেসে আসে – দণ্ড! দণ্ড করো!

আগের কথার সূত্র ধরে বলে চলে বৃদ্ধ– চার কুড়ি বয়স আমার! দু কুড়ি আগে গিয়েছিলাম একবার কোতরির ওপার– হেই কোণ্ডাগাঁওয়ে। অনেকবার শুনেছিলাম কোণ্ডাগাঁওয়ের কথা। ওখানে নাকি বড় বড় মকান, হাটবাজার, আর চিকনাই টুরাটুরি থাকে। তা গেলাম একদিন দেখতে। মাত্র একটা জিন্দা হরিণ দিয়ে বোরা ভর নমক আর এত্তো মাক্কুর [খইনি] এনেছিলাম সেই সনে-। কোণ্ডাগাঁওয়ে এই এদের কয়েক ঘর থাকে। তখন জেনেছিলাম এরা নাকি জারা বারিস হররোজ নাহায়। সে নাহাক, যার যা মর্জি। তবে এদের মায়েরজাত নাকি নদী নহরে গিয়ে খার [সাবান] দিয়ে গা ঘসে– আর গা ধোয় হররোজ। এই জন্যই বেমার লেগে সবকে সব পাক্কা তেন্দু ফলের মতোন প্যাটপেটে। সেইজন্যই চিকনাই। আর কারো গায়ে কোনো উল্কি চিহ্ন আঁকা নেই! বলো অপসগুন হবে না?

তা সে যা হয় হোক! যা হোক আর যেমন হোক ওদের মায়ের জাত! নিন্দা করবো না, ওতে পাপ লাগবেক। তা, তোদের যা পছন্দ তা নিয়ে থাক। কিন্তু আমাদের গাঁয়ে এসে আমাদের মায়ের জাতকে অসম্মান করার আস্পর্দ্ধা কেন?

-দণ্ড, জুরমানা! আবার মহিলা হুঙ্কার।

সেই লাল চোখের দৈত্যাকার লোকটা এগিয়ে এলো রাজিন্দরের কাছে। – ব্যথিত গলায় বলল, বুরা করেছিস, বহুত বুরা! তোর তো যা হবার তা হবে, আমার খুব অপমান করে দিয়েছিস। গাঁওয়ের লোগ হামাকে দুষছে!

এতক্ষণে রাজিন্দর কথা বলতে পারে– ম্লান গলায় বলে সে, আগে আর কখনও তোমাদের এদিকে আসিনি। আমি একেবারে আনকোরা। এদেশের রীতি রিবাজ কিছু জানা নেই। গোণ্ডদের জানি, মুড়িয়া হলবাদের কিছু কিছু জানি। যদি কিছু হয়ে থাকে অপরাধ হয়নি, ভুল হয়েছে। এবার তোমরা বলো ভাই কোথায় আমার ভুল। ভুল করে থাকলে আমি সেটা মাথা পেতে মেনে নেবো। আর যা সাজা দেবে ভোগ করবো।

দৈত্য লোকটা রাজিন্দরের কথার সত্যতা খানিকটা মেনে নিয়ে বলে– মায়ের জাত মরদ জাতের কাছে আর কী চায়! চায় একটু খোসামোদ, দুটো মন ভালো করা– মনভোলানো কথা। একটু বশ্যতা, একটু নতিস্বীকার। -ঠিক এই ভাষাতে সে বলতে পারেনি, এটা একান্তই অন্যজগতের ভাষা, এ ভাষা তার অনায়ত্ত। কিন্তু সে যা বলেছিল তার অর্থ এই– চালচলনে, হাবভাবে যদি বুঝিয়ে দিতিস -রামবতীকে তোর ভালো লেগেছে, তার সঙ্গ তোর ভালো লাগছে, যদি নামটা একবার পুছতিস, কী হাতটা একটু ধরতিস তাহলে ও এত রাগ করতো না। তিন পহর কম সময় নয়! তোর কত্তো সেবা যতন করেছে। একদম কিছু বলসনি, ওকি এত ফেলনা মেয়ে নাকি! পাঁচ বস্তির সেরা টুরি। সে তোর অহংকার– দেমাক সইবে কেন? – মায়ের জাত যে!

একটু থেকে আবার বলে সে– আরে ওকে তো আমি বলে কয়ে পাঠিয়েছি। নাহলে ও কি যেতো নাকি! মাড়াই থেকে নেচে গেয়ে থকে এসেছে। সে সময় খেয়েদেয়ে জিরোবার সময়। খালি আমার কথা ফেলতে পারেনি তাই তোর সঙ্গে গেছে। তা যাকে

মেহমানের যতন সেবা দেবার জন্য ডাকা হল তাকে কিছু মান ইজ্জত দিবি তো! 'বেহনাড্ডা ইচোক হিতান নিজনাক বাতাং হিতোন?' -বল, তুই তাকে কী দিলি? অনাদর অসম্মান! তুই সাহাব লোক আছিস, দেমাকি আছিস, তোর দেমাক তোর কাছে রাখ। ওকে কেন দেখাবি! তার খাবার খেলি, তার জল খেলি, আর তাকেই ঘৃণা! এ সব যেখানে চলে সেখানে চলে – বনগাঁয়ে চলে না। এখানে মায়ের জাত সবার উপরে, তাকে কেউ বেইজ্জত করে না।

কাতর গলায় বলে রাজিন্দর-যা হবার তা তো হয়ে গেছে। এখন আমি কী করবো? তোমরা যা বলবে আমি তা মেনে নেব।

তোর ব্যবহারে রামবতী বহুত নাখুস হয়েছে। বহুত গোঁসা হয়েছে। এমন অপমান এই গাঁয়ে কোনো মেয়েকে কেউ করেনি। কোনো বনগাঁয়ে কেউ করে না। উপরে আঙ্গাদেব, নিচে পাঁচপঞ্চ– যা রামবতীর কাছে। হাত পাকড়ে, পা পাকড়ে মাফি মেঙ্গে নে-তাহলে দণ্ড কম হবে। নাহলে পাঁচপঞ্চ একবার রায় দিয়ে ফেললে তোর খুব মুশকিল হয়ে যাবে। সামান্য মাত্র ব্যাপার –কাল যদি রামবতীর গালটা একটু ধরে বলে দিতি– 'তোলা বহুত বড়িয়া লাগথে, হাম তোহকে বহুদ পসন্দ করথন' আজ এত ঝক্কি ঝামেলার কিছুই হতোনা।

আমতা আমতা করে বলে রাজিন্দর – আসলে ঘোটুলে তখন তো আর কেউ ছিলোনা। আমি আর ওই মেয়ে। আমি ভাবলাম যদি গিয়ে কথা বলি – যদি মেয়েটা কিছু মনে করে, যদি আমার কোনো বদ উদ্দেশ্য আছে সেই ভেবে রেগে যায় –সেই ভয়ে কিছু বলতে পারিনি।

দৈত্যাকার সেই লোকটা যার নাম ডোঙ্গারাম যার বিশাল দেহকান্ডের মধ্যে বাস করে রাগদ্বেষশূন্য শিশুতুল্য সরল একটা মানুষ, সে বড়োই অবাক হয় রাজিন্দরের কথায়! একজন সুস্বাস্থ্যের অধিকারী যুবক, সে একজন যুবতীর সাথে কথা বললে সে তো খুশিই হবে। রাগ করবে কেন! আর সে তো আজেবাজে কিছু বলছে না, তার রূপের প্রশংসা করছে, আর এক ধাপ এগিয়ে– মনে মনে তাকে কামনা করছে! এটা তো মেয়ের গর্ব অহংকারের বিষয়। তাহলে রাগ কেন করবে? কেউ কথা বলছে, কথা বলা মানেই তো তার ইচ্ছার বিরুদ্ধে জোর করে কোনো ঘটনা ঘটিয়ে ফেলা নয়! তেমন চেষ্টা অবশ্যই অপরাধ। তার কঠিন সাজা আছে।

অন্ধকার রাত আর লোকালয় থেকে অনেক দূরে একটা ঘর। ঘরে একজন নারী একজন পুরুষ। বলা চলে আগুন আর পেট্রোল! দুজনের ঘনিষ্ঠতা বড় বিপজ্জনক। যে কোনসময় মনের মধ্যে দাউ দাউ হয়ে যেতে পারে। তখন কী হবে? তেমন হয়ে গেলে কী হতো?

সেটাই জানাবার জন্য বিনম্রভাবে ডোঙ্গারামকে বলে রাজিন্দর– আমি আমার কথা বলছি না। ধরো আমার মতো অন্য আর কেউ একজন – যার নিজের উপর নিজের কন্ট্রোল নেই। সে এখানে এসেছে আর রামবতীর মত কেউ তাকে সেবা যতন দেবার জন্য ঘোটুলে নিয়ে গেছে। এইবার আলাপ সালাপ হলো। ঘনিষ্ঠতা বাড়লো। মানুষের

মনের গতি প্রকৃতির কথা তো কিছুই বলা যায় না, তখন দুজনের মধ্যে একটা কিছু – মানে ছেলে মেয়েতে যা হয় আর কী! তেমন কিছু মিছু একটা হয়ে গেল – তখন কী হবে?

-তখন কী হবে মানে?

-মানে আমি বলতে চাইছি যে তখন কি সেই ভিনদেশি লোকটার দোষ ধরা হবে না? বলা হবেনা যে তুই আমাদের গাঁয়ে এসে এসব কেন করেছিস?

আদিবাসী অনেক বেশি কথা বলতে পারে না,প্যাঁচালো কথার মানে বুঝতে পারে না। তাই আবার প্রশ্ন করে,- তে কায় বোলথস?

-বলছি যদি কিছু হয়ে যেতো?

-হয়ে যেতো! কী করে হয়ে যেতো? কী করে কী হয়? তোর ইচ্ছা হলেই কি সব কিছু হয়ে যাবে নাকি? যদি বলিস এখন বৃষ্টি হোক, হবে? যদি বলিস রোদ উঠুক, উঠবে? যদি ঘরের মধ্যে বসে বলিস, আয়, হাওয়া আয়, সে কি আসবে? হ্যাঁ, তুই খিড়কি খুলে রাখতে পারিস। খুব কামনা করতে পারিস। কিন্তু হাওয়া আসা আর না আসা সবটা তো হাওয়ার মর্জি। সেখানে কি কারো কোনো জোর চলে? কথাটা বুঝলি না? বুঝবি কী করে? তুই তো সাহাব লোক। সাহাব লোক সহজ কথা বোঝে না। আরে– রামবতীর আসল মালিক তো রামবতী! শরীরটা তো তার। সে হ্যাঁ বলবে, কি না বলবে – সে যা করবে তাই তো হবে। কেউ কি তার উপর কোনো জোর করতে পারবে? তা যদি না পারে তাহলে কিছু মিছু– যা তুই বলছিস তা হবে কী করে?

মহিলা ভিড় থেকে যে শব্দটা এখন প্রচণ্ড হয়ে উঠতে চাইছে তা হল–একজন মেয়ের অপমান অসম্মান সমস্ত মাতৃজাতির অপমান অসম্মান! একটা মেয়ের অনাদর মানে গোটা মহিলা সমাজের অনাদর। মাতা দন্তেশ্বরীর আশীর্বাদ প্রাপ্ত বনভূমে এই অনাচার কেউ যেন সহ্য না করে। তাহলে তাদের উপর মায়ের অভিশাপ নেমে আসতে পারে। যারা মাতৃবক্ষের দুগ্ধ পান করেছে, তাদের উচিৎ বদমাশটাকে কোনো কঠিন সাজা দেওয়া। যা দেখে আর কেউ যেন কোনদিন এমন কর্ম করার সাহস না পায়।

অনেকক্ষণ সুযোগ দেওয়া হয়েছে আর দেওয়া যাবে না। সবাইকে কাজে কর্মে যেতে হবে। তাই রাজিন্দর নিজের স্বপক্ষে আর কিছু বলার সুযোগ পেলনা। তার আগেই উচ্চারিত হল পাঁচপঞ্চের নির্মম রায়-পাঁচ বটল মন্দ আউর এক কুকড়া। যতক্ষণ অপরাধী জরিমানা প্রদান না করছে গ্রামের কেউ তার সঙ্গে কোনো কথা বলবে না, কোনরকম কোনো সহায়তা করতে পারবে না। আশ্রয় দেবে না। আদিবাসী বিচারব্যবস্থায় এটা হলো সর্বোচ্চ দণ্ড।

৭

আর একটা রাত এসেছে রাজিন্দরের জীবনে। বনরাজ্যের বড় নিঃসীম আর ভয়ার্ত রাত। কেউ এখন কাছে নেই। আজ সে একেবারে একা। অতিথি হয়ে সে অতিথি হয়ে অতিথির মর্যাদা রক্ষা করতে পারেনি। তার ব্যবহারে অপমানিত হয়েছে সেবিকা। তাই বুক বোঝাই বেদনা নিয়ে দূরে সরে গেছে। অতিথির প্রবল অন্ধকারে অসুবিধা হবে জেনেও আগুন জ্বালাতে আসেনি। বুকের আগুনে ধিকিধিকি পুড়ছে তাই কালকের মত ধুলো ঝেড়ে কম্বল পেতে দেয়নি। তৃষ্ণা পেলে আজ আর কেউ তাকে জল এগিয়ে দেবে না। কাল ছিল রাজিন্দর এই গাঁয়ে আগত– সম্মাননীয় এক মেহমান। আর আজ সামাজিক বিচারে ঘোর অপরাধে অপরাধী। যার সারা দিনমান কেটে যাবার পরেও জরিমানা রয়ে গেছে অনাদায়ী। যতক্ষণ জরিমানা প্রদান করা না হবে কেউ তার সাথে কথা বলবে না, ধারেকাছে আসবে না। জরিমানা আদায় দিলে– এই রাতে সেই মদ মুরগার মাংস খেয়ে, অসময়ে শুরু হয়ে যেতো জনতার উৎসব। কিছু নাচ, কিছু গানে, গল্প, হাসি, মস্করায় রঙিন হোত কৃষ্ণপক্ষের রাত।

সকালবেলায় যখন বিচারপর্ব সমাপ্ত হয়েছিল মনে মনে খুশি হয়েছিল সে। পাঁচ বোতল মদ আর একটা মুরগি এমন কিছু কঠিন দণ্ড নয়। এক বোতল মদ কুড়ি টাকা করে হলে একশো আর একটা মুরগি একশো হলে মাত্র দুশো টাকায় বিপদ কেটে যাবে ভেবে পুলকিত হয়েছিল সে। কিন্তু একটু বেলা বাড়ার সঙ্গে সঙ্গে ওগুলো জোগাড় করতে গিয়ে তার মাথার চুল খাড়া! কে এখানে দেবে তাকে ওই দুটো দ্রব্য! কেন দেবে?

দ্রুগকোন্দল, কোণ্ডাগাও, এমন কী নহরুদের পারায় যে জিনিস মাত্র ষাট সত্তর টাকায় কেনা যেতো এখানে তা হাজার-পাঁচ হাজার টাকায় পাওয়া মুশকিল। টাকা এখানে মাটি– না, মাটির চেয়েও মূল্যহীন। মাটি হচ্ছে বসুমাতা। যে ফুল দেয়, ফল দেয়, ফসল ফলায়। যেখানে একমুঠো দানা ফেললে হাজার মুঠো ফিরিয়ে দেয়। আর ওই ছোট ছোট কাগজের টুকরোয় কী হয়? বড় জোর এক পুরিয়া খইনি মুড়ে ট্যাকে গুঁজে রাখা যায়। জলহীন জঙ্গলপথে যেতে যেতে যদি পায়খানা পায়, শাল গাছের পাতা দিয়ে নিজেকে সাফ সাফাই করা চলে, এই কাগজ এত ছোট যে সে কাজও করা যাবে না। সভ্যসমাজের মানুষের যে কাগজের জন্য এত তাকত, যে কাগজ যার কাছে যত বেশি থাকে সে সমাজে তত সম্মাননীয়– এখানে তার মূল্য শালপাতার চেয়েও কম।

এটা ঘন গভীর বনাঞ্চল। এই সমাজে– বনজঙ্গল, পাহাড়, নদী ঘেরা দুর্গম বনরাজ্যে রিজার্ভ ব্যাঙ্কের ছাপ মারা নীল কাগজের কোনো দাম নেই। এরা কে সরকার, কার নাম ভারত কাউকে চেনে না। বহুযুগ আগে কে যেন একজন এদের দাদা পরদাদাদের কাছে বলেছিল– আকাশে যেমন সূরজদেও চান্দাদেও– আঙ্গাদেব থাকে, সেই রকম আমাদের একরাজা আছে। একচাঁদে রওনা দিলে দূর-দুর্গম পথ পার হয়ে আর চাঁদে হেঁটে হেঁটে যেখানে গিয়ে পৌঁছানো যায় সেখানে আছে রাজার মহল। যেমন সবাইকে আঙ্গাদেবের

সামনে নত হতে হয়, আদেশ মানতে হয়– তেমনই রাজার আদেশও মানতে হয়। বছরে একবার রাজার দরবারে ভুট্টা, গেহু আর যা কিছু আনাজ তা পৌঁছে দিয়ে আসতে হয়। দাদা পরদাদাদের সময় সে নিয়ম মানা হতো। সেও প্রায় বিশ পঁচিশ বারিস আগের কথা। তখন সবাই নদীর ওইপারে অনেক দূরের আর এক অঞ্চলে থাকতো। রাবনভাটা বস্তি গড়ে উঠেছে তারপরে। সেই যেবার ওই পুরাতন বস্তিতে আঙ্গাদেবের অভিশাপ নেমেছিল। মানুষ, গোরু, বাছুর, মুরগি, শুয়োর সব পটাপট মরে যাচ্ছিল। তখন গাঁও পূজারী গুনেগেঁথে হিসেব করে মত দিয়েছিল –আরো গহিনে যেতে হবে। তিন নদী পার করে বসত বানাতে হবে।-কার আদেশ? আঙ্গার আদেশ! তাই সেখান থেকে কোনমতে বেঁচে থাকা বারো পরিবারের পালিয়ে এখানে এসে স্থাপন করে এই নতুন বস্তি– রাবন ভাটা। এখন যা প্রায় চল্লিশ পরিবার হয়ে গেছে।

কাঁকের শহরের একধারে দুধ নদীর ওপারে এখনও সেই মহা প্রতাপশালী রাজার রাজপ্রাসাদের কিছু ভগ্নাবশেষ এখনও অবশিষ্ট আছে। শোনা যায় এই প্রতাপশালী রাজার নাকি পাঁচজন রানী ছিল– আর ছিল প্রায় ছেলেপুলে নাতি নাতনি মিলিয়ে সত্তর আশি জনের পরিবার। রানীদের আনীত হয়েছিল পাঁচটি আলাদা আলাদা আদিবাসী গোষ্ঠীর মধ্য থেকে। যে সব জনগোষ্ঠী অনেক যুদ্ধ বিগ্রহের পর রাজার বশ্যতা স্বীকার করে নিয়েছিল। তারা রাজাকে আত্মীয়তার বন্ধনে আবদ্ধ করার জন্য এই পদ্ধতি গ্রহণ করেছিল রাজারই ইচ্ছা অনুসারে।

এছাড়া রাজার ছিল প্রায় দেড় দুইশত গোরু মোষ, একটা ঘোড়া আর একটা বন্দুক। যে বন্দুক তাকে কোনো এক ইংরেজ সাহেব খুশি হয়ে উপহার দিয়েছিল। তার সেনাবাহিনীতে ছিল প্রায় একশত সাহসী খড়্গ ভাল্লাধারী সেনা।

মাঝে মাঝে রাজার প্রসাদে আংরেজ সাহাবরা এসে অতিথি হতো। শিকার খেলতে যেতো। তারা রাজাকে বন্দুকটা যেমন দিয়েছিল আবার কেমন করে চালাতে হয় শিখিয়ে দিয়েছিল। এমনও শোনা যায় যে যে সব গোষ্ঠীপতি রাজার বিরুদ্ধে বিদ্রোহ করে সেনাদের হাতে ধরা পড়ে যেতো রাজা ওই বন্দুক দিয়ে নিজে গুলি করে তার মাথার খুলি ফুটো করে দিতেন।

আপামর আদিবাসীর আজও বিশ্বাস– রাজা এখনও বেঁচে আছেন। যতদিন আকাশে সুরজ চান্দ থাকবে রাজার মরণ নাই। তার নাম নিয়ে পূর্ব, পশ্চিম, উত্তর, দক্ষিণ যে দিকে ইচ্ছা চলে যাও, কোনো বিপদ বালাই হবে না।

– এরা সবাই রাজার অনুগত প্রজা। সে তাকে দেখুক আর না দেখুক, তার কী? ক্ষমতা প্রভাব পরখ করুক আর না করুক মনে প্রাণে রাজার প্রজা হয়ে আছে– হয়েই থাকবে। ক্ষেত থেকে তোলা প্রথম ফসল হোক, কী শিকার করে আনা মাংসের প্রথম টুকরো, আঙ্গাদেব ও রাজার নামে উৎসর্গ না করে কেউ মুখে তোলে না।

– এখানে কেউ ভারত সরকারের কারেন্সি নোটের ব্যবহার এরা আজও শেখেনি। এই বনরাজ্যে চলে বিনিময় প্রথা! আমার ক্ষেতে অঢেল কন্দ্রু ফলেছে, তোমার দরকার হলে অবশ্যই নিতে পারো। তবে তোমাকে দিতে হবে তোমার ক্ষেতের ওই তুম্বা, যেটা

আমার ক্ষেতে ফলেনি। ওটা আমার তরকারি বানাবার কাজে লাগবে। রাজিন্দরের কাছে যা আছে সভ্যজগতের কাছে তার যতই কদর থাক আদিবাসী জীবনে অর্থহীন অনাবশ্যক বস্তু।

এখন অবশ্য রাতের ঘন অন্ধকারে কোনো জরিমানা না দিয়ে চুপচাপ পালিয়ে যাওয়ায় কোনো বাধা নেই। চারদিকে ঘন জঙ্গল যার মধ্যে প্রবেশ করে গেলে আর কেউ খুঁজে বের করতে পারবে না। কিন্তু সে যাত্রা কোথায় গিয়ে শেষ হবে তা কে বলতে পারে! হয়তো হারাবে আরও ভয়াবহ আরও বিপজ্জনক অরণ্যের গভীরে। কিংবা কোনো নরভক্ষীর পাকস্থলীতে প্রবেশ করে যাওয়াও অসম্ভব নয়। যেখানে এসে পৌঁছেছে রাজিন্দর গ্রামের কারো সহায়তা ছাড়া একা একা নিজের ডেরায় ফিরে যাওয়া খুব কঠিন। আর সেই সহায়তা পেতে হলে জরিমানা আদায় দিয়ে গাঁওবুড়োদের হাঁটু ছুঁয়ে মার্জনা চেয়ে নিতেই হবে।

এখন আর ব্যাপারটা একা রামবতীতে সীমাবদ্ধ নেই। সমস্ত গ্রামের মান সম্মান আর স্বার্থ জড়িয়ে গেছে এর সাথে। এমনিতে কেউ কোনদিন আদিবাসীকে স্বার্থপর বলতে পারবে না। এই সমাজে এর চেয়ে বড় গালাগালি আর নেই। কিন্তু মদ –! সাথে আবার চাট! এখানে ওরা ভীষণ রকমের দুর্বল। একফোঁটা মদের জন্য এরা পাঁচফোটা রক্ত খরচ করতেও আপত্তি করে না।

আদিবাসী সমাজ জীবনে মদের গুরুত্ব অপরিসীম। জন্ম থেকে মৃত্যু, শোক কিংবা সুখ,যে কোনো তেহার পরব আয়োজন উৎসবে, আলাপচারিতা বা অতিথি আপ্যায়নে, বিবাহবিচ্ছেদ, পুনর্মিলন সব কিছুতে সবার আগে চাই মদ। মদ ছাড়া সব পানসে, জোলো আর স্বাদ-বর্ণহীন। আদিবাসীকে যে মদ দান করে তার মত মহাদানী আর কেউ নেই। এটা জানা ছিল বলেই রাজিন্দর হারানগড়ের হৃদয় জয় করেছিল বোতল বোঝাই অমৃত পরিবেশন করে। যেহেতু হারানগড়ের সঙ্গে নহরুদের কারণে সভ্যজগতের সামান্য হলেও যোগাযোগ আছে– তাই ওখানে ভারত সরকারের টাকা সামান্য হলেও চলাচল করে। যে কারণে নগদ টাকায় মদ কিনতে অসুবিধা হয়নি। অতি স্বল্প দামের মহুয়ার মদ দিয়ে সারা গ্রাম বশীভূত করে ফেলেছিল রাজিন্দর। দুবার সে শহর থেকে দামী মদ কিনে এনেছিল নহরুদের জন্য। যা পান করে তাদের তৃপ্তি আসেনি। 'এ কায় লায়েহস সাহাব বিলকুল পানি বরাবর'! হোক দাম দিয়ে কেনা হুইস্কি, রাম এ আবার কোনো মদ নাকি! গলা দিয়ে চড়চড় করে নামবে আর পেটে গিয়ে তাথৈ নৃত্য করবে সে না হলে মদ খেয়ে কী লাভ!

......মাঝে মাঝে– তা প্রায় পাঁচ সাত বছর ধরে রাজিন্দর এই বনরাজ্যে আসা যাওয়া করে। আসে নানা ধরনের শেকড়-বাকড়, গাছপাতা, ফলমূল সংগ্রহ করতে। এইগুলো আয়ুর্বেদ রিসার্চ সেন্টারে দিয়ে প্রচুর লাভ পায়। আগে এটা এটা ছিল নিছক পেশা। এখন বনে জঙ্গলে ঘোরা একটা নেশায় দাঁড়িয়ে গেছে। নিঃসীম সবুজ আর মায়াবী অন্ধকারে মৌন বনস্পতির সান্নিধ্যে ও যেন এক অন্যরূপে নিজেকে আবিষ্কার করার সুযোগ পায়। এই যে অগণন প্রাণ যারা নির্বাক শান্ত অথচ ভীষণ বাঙ্ময়– যেন তারা কানে কানে বহু

শতাব্দীর ইতিহাসের রহস্যকথা পত্র পল্লব মর্মরে বলে যেতে থাকে। ওই যে পাতার সঙ্গে পাতার ঘর্ষণে মৃদু ফিসফিস,শুকনো পাতায় হাওয়া লেগে খসখস, তার সঙ্গে বিবিধ পাখপাখালির ভিন্ন ভিন্ন কোরাস, সব যেন এক অনাস্বাদিত সুরের মূর্ছনা।

তবে সবচেয়ে ভালো লাগে এখনকার শিশুতুল্য মানুষজন। যাদের জীবন এখনও আধুনিক নাগপাশ আঁকড়ে ধরতে পারেনি। যন্ত্রসভ্যতার নিষ্পেশনে হাঁপিয়ে, যান্ত্রিক সমাজ থেকে পালিয়ে পাহাড়, জঙ্গল, আকাশ, নদী আর এই সহজ সরল অকপট বনবাসীদের সান্নিধ্য পাবার জন্য তাই ছুটে ছুটে আসে এখানে। এর চেয়ে অন্য কিছু প্রিয়তর লাগে না।

সেবার হঠাৎ করে কাঁপুনি দিয়ে জ্বর এসে গিয়েছিল রাজিন্দরের। বনাঞ্চলে আসার সময় ব্যাগে সামান্য কিছু ঔষধ নিয়ে আসে। সে ঔষধে কাজ না হওয়ায় রক্তপরীক্ষা করাতে হল। পরীক্ষায় ধরা পড়ল– ম্যালেরিয়া। এ অঞ্চলে ম্যালেরিয়া আমাশয় ও আন্ত্রিকের প্রকোপ খুব বেশি। প্রতি বছর বহু লোক মারা যায় ওইসব রোগে। কাঁকেরের এক বন্ধু নবীন বলল–ঝুঁকি নেওয়া ঠিক হবে না। হাসপাতালে ভর্তি হয়ে যাওয়া উচিৎ। রাজিন্দর অবশ্য হাসপাতালে থাকতে অনিচ্ছুক ছিল। কিন্তু তার কোনো কথায় কান না দিয়ে নিজেই নিজের জিপে তুলে ওকে হাসপাতালে পৌঁছে দিল। কাঁকের হাসপাতালের রাজীব শ্রীবাস্তব নবীনের বন্ধু। সে অভয় দিল– ফিকির মাৎ করনা। যিতনা জলদি হো স্যাকে ঠোক ঠাককে ঠিক কর দুঙ্গা।

নবীন ভুপালের লোক। ফরেস্টে চাকরি করে। এক মেয়ের বাপ। সরকারি কোয়ার্টারে সস্ত্রীক বাস করে। জঙ্গল তার মোটেই ভালো লাগেনা। কিন্তু কী করবে– চাকরি যে! রাজিন্দরকে দিনের পর দিন পাগলের মত জঙ্গলে ঘুরতে দেখে বড় অবাক হয় সে– কী আছে এই ঘাসপাতায়?

প্রাণ আছে, প্রাণ! জবাব দিয়েছিল রাজিন্দর, এই বৃক্ষ, বন-বনানী জীবজগতের আদি জননী।

বলেছিল নবীন-আমি তো ভাই জঙ্গলে একেবারে হাঁপিয়ে গেছি। এখানে কোনো ভদ্রসভ্য মানুষজন নেই। যে দিকে যাও খালি কতগুলো কালো কালো জংলী। যাদের না বোঝা যায় ভাষা, না জানা যায় আচার আচরণ। তেমন কোনো ভালো চাকরি পেলে এখানে আর একদণ্ড থাকতাম না। এখানে কি কোনো ভদ্রলোক বাস করতে পারে! প্রথম প্রথম তো ভীষণ মনখারাপ লাগতো। ভয় ভয় করতো। এখন–! এখন আর কী করা যাবে ভেবে মেনে নিয়েছি। তা আমার না হয় কিছু বাধ্যবাধকতা আছে। কিন্তু তোমার ব্যাপারটা ঠিক বুঝতে পারিনা। কেন মাসের পর মাস এখানে পড়ে থাকো?

হেসে হেসে বলেছিল রাজিন্দর– আমার ব্যাপারটা আমি তোমাকেও বোঝাতে অক্ষম। আমি বলবো আমার ভালো লাগে, তুমি বলবে কেন ভালো লাগে? ভালো লাগার মত কী আছে এখানে? আসলে কেন ভালো লাগে তা আমিও অনেক সময় বুঝে উঠতে পারিনা। এখান থেকে চলে গিয়ে কিছুদিন শহরে থাকার পর আবার মনের মধ্যে উচাটন শুরু হয় আসার জন্য। তখন কাঁধে ব্যাগটা নিই আর বেড়িয়ে পড়ি।

তো সেই সেবার রাজিন্দরের পাশের সিটে সিট ছিল নহরুর। ভালুকের আক্রমণে ভীষণরকম আহত। ফালা ফালা হয়ে গিয়েছিল শরীর। ক্ষতস্থান থেকে অনেকটা রক্ত ঝরে গিয়েছিল তার। কোতরির নদীতে যারা বালি ছানে তারা দলবদ্ধ হয়ে থাকে। জঙ্গলের দিকে পাহারা রাখে। জন্তু জানোয়ার সহসা তাদের কাছে আসেনা। যারা সেই বালি বাঁকে বয়ে আনে তারাও একসাথে অনেকজন থাকে। সেদিন বনপথে বালি বাঁকে করে বয়ে আনবার সময় নহরু কিছুটা পিছিয়ে পড়েছিল। একা পেয়ে তখনই ভালুকটা ওকে আক্রমণ করে দেয়। প্রথম আঘাতে হতচকিত হয়ে গেলেও সে সাহস করে ঘুরে দাঁড়ায়। আর অসীম সাহসে লড়ে যায়।

এই অঞ্চলে কোনো আদিবাসী কখনও নিরস্ত্র পথ চলে না। জঙ্গলে জন্তু-জানোয়ারের সামনে পড়বার জন্য প্রস্তুত হয়েই থাকে। সর্বক্ষণ শিখধর্মের লোকেরা যেমন কৃপান, নেপালিরা যেমন কুকরি সঙ্গে রাখে, এদের সঙ্গে থাকে ধারালো টাঙ্গি বা ফারসা। বাকের গাঁয়ে ঝোলানো সেই ফারসা নিয়ে ঘন জঙ্গলের মধ্যে একা এক অসম লড়াইয়ে ঝাঁপায় নহরু। যে লড়াইয়ে হেরে যাবার একটাই অর্থ– যন্ত্রণাদায়ক মৃত্যু। কিন্তু শেষ পর্যন্ত সে বেঁচে যায়। ফারসার কোপে আহত ভালুক রণে ভঙ্গ দিয়ে ছুটে পালায়। তবে খুব বেশিদূর সে যেতে পারেনা, রক্তচিহ্ন বেয়ে কিছু দুরে তাকে একটা ঝোপের মধ্যে খুঁজে পায় নহরুর সঙ্গীরা। বালি বোঝাই বাঁক কাঁধে অনেকটা পথ এগিয়ে গিয়ে যারা নহরুকে না দেখতে পেয়ে আবার পিছনে ফিরে এসেছিল। আর দেখতে পেয়েছিল পতিত আহত নহরুকে। তারা তখন জঙ্গলের বাঁশ কেটে মাচা বানিয়ে সেই মাচায় করে নহরুকে বহন করে আনে।

সম্বলপুরের সোনারু শেঠ জিপে ভরে নুন এনে গাদা মেরেছিল কোন্ডাগাঁওয়ের শেষ সীমায়। উবর খাবর পথে অতি কষ্টে জিপ যে পর্যন্ত আসতে পারে। সেখান থেকে আবার নুনের বস্তা সাইকেলে চেপে বারো ঘন্টার পথ পারি দিয়ে পৌঁছায় হারানগড় গ্রামে। সামনে আর সাইকেল যাবার পথ নেই। তাই হারানগড় থেকে বাঁকে বহন করে সে বস্তা পৌঁছানো হয় পলাচুর। ফের পলাচুর থেকে বাঁকে বাঁকে নানান কাঁধে চেপে কোতরির বালুময় শরীর বেয়ে মাইলের পর মাইল– যেতে থাকে বনের আরও গভীরে। পথে যদি কোনো বাধাবিঘ্ন নাও আসে তবু বালুমাখা সোনার ঠিকানা পর্যন্ত পৌঁছাতে পৌঁছাতে সোনার মত দামী হয়ে যায় সমুদ্রজাত সাধারণ নুন। নুন ছাড়া সব খাদ্য বিস্বাদ। তাই নুন পাবার জন্য মানুষের এত আতুরতা।

কোতরির এই চকচকে বালুতে কী আছে তা তেমন জানেনা নহরু। তার কাজ শুধু এক বস্তা নুন দিয়ে এক বস্তা বালু বাঁকে করে হারানগড় পর্যন্ত নিয়ে আসা। সেখান থেকে অন্য কেউ সাইকেলে অন্যত্র নিয়ে যাবে। তবে সে শুনেছে বালুতে নাকি একরকম জিনিস থাকে যার নাম সোনা। যা দিয়ে গহনা হয়। কিন্তু কোথায় হয়, কেমন করে হয়, কেমন সে গহনা?– আর কারা বা পরে এত কিছু তার অজানা।

আদিবাসী সমাজে নানা রকমের গোষ্ঠী উপগোষ্ঠী। গোণ্ড বা হলবা গোষ্ঠীর মেয়ে যাদের কিছু সম্পন্ন অবস্থা, যারা কিছু শহরের সন্নিকটে থাকে, তাদের অনেককে মোটা

মোটা গহনা হাতে গলায় কোমরে পায়ে পড়তে দেখা যায়। সে সব যা দিয়ে বানানো তার নাম চাঁদি। চাঁদের মত চক চক করে বলেই হয়তো চাঁদি নাম।

এইবারের খেপে পাঁচজন সঙ্গী নিয়ে কোতরি নদীর পার ধরে গিয়েছিল নহরু সেই সোনার খাদানে। যখন সোনার বালু নিয়ে ফিরছে তখনই পথে বিপদ। সঙ্গীরা ঝোপের মধ্যে বালুর বস্তা লুকিয়ে রেখে জঙ্গল থেকে বাঁশ কেটে এনে মাচা বানিয়ে তাতে করে বয়ে নহরুকে নিয়ে আসে। হারানগড়ে প্রতীক্ষারত সাইকেল চালকেরা সোনা না পেয়ে খালি হাতে ফিরে যায়। তাদের মুখে সব সংবাদ শুনে সোনার শেঠ বড় বিচলিত হয়ে ওঠে।– আহা রে এমন সোনার টুকরো ছেলে! একটু চেষ্টা করলে যদি বাঁচানো যায়! শেঠই সাইকেল দলকে আবার হারানগড়ে ফেরত পাঠায়– যে করে হোক ওকে তুলে কোণ্ডাগাও নিয়ে আয়। আর তার ফলে চার সঙ্গীর কাঁধে চেপে বারো ঘণ্টার পথ পারি দিয়ে নহরু যায় কোণ্ডাগাও। কোণ্ডাগাও থেকে কাঁকের খুব বেশি দূর নয়। জিপের পক্ষে চার পাঁচ ঘণ্টা পথ। কাঁকেরে বড় সরকারি হাসপাতাল। সেখানেই ভর্তি করা হয় ওকে।

মাস দেড় দুইয়ের মধ্যে সুস্থ হয়ে গেল নহরু। আর যেদিন সে গ্রামে ফিরে গেল– একা ছিলোনা, একজন বন্ধু জুটে গিয়েছিল– যার নাম রাজিন্দর সিং। রাজিন্দরের পূর্বপুরুষ পাঞ্জাবের মূলনিবাসী হলেও তাদের শেষ প্রজন্ম বর্তমানে মধ্যপ্রদেশের ইন্দোরের বাসিন্দা।

হাসপাতালের পাশের বেডে সে সময় রাজিন্দর না থাকলে বেশ অসুবিধায় পড়তে হতো নহরুকে। এখানকার কেউ গোণ্ডী বুলি জানে না। আর নহরু ছত্তিশগড়ি ভাষা বলতে পারেনা। তাই যখন সে বুকফাটা তৃষ্ণায় ‘এড়, এড়’ বলে কাতরাচ্ছিল ডাক্তার নার্স কেউ সে বাক্যের মর্মোদ্ধার না করতে পেরে বিরক্ত হচ্ছিল। তখন তাদের ডেকে বলে রাজিন্দর-জল চাইছে। পানি মাঙ্গ রহা, উসে থোরকন পানি পিলাইয়ে!

গোণ্ডী বুলিতে জলকে বলে ‘এড়’। হারানগড়ের পশ্চিমদিকে অনেক গুলো ছোট ছোট পাহাড়। যার একপাশে সবুজ বন-বনানী ঘেরা প্রাকৃতিক জলাশয়। যার নাম-এড়দা! অর্থাৎ জলদানকারী।

ওখানকার আদিবাসী বস্তির মানুষ কখনও দুপুরে স্নান করেনা। সারাদিন ক্ষেতে জমিতে কাজ করে নারী পুরুষ সবাই সন্ধ্যেবেলায় ‘গা ধোয়’। ওরা নাগালে জল থাকায় রোজই স্নান করে। আসলে মানুষ স্থান কাল হিসাবে নিজের জীবনধারণের নিয়ম পদ্ধতি গড়ে নেয়। নিতে বাধ্য হয়। যেটা পরে সংস্কার, লোকাচার, দেশাচার, রীতি রিবাজ হয়ে দাঁড়ায়।

রাজস্থানে ভীষণ জলকষ্ট। ফলে ওখানকার মানুষ নিতান্তই জলাভাবে রোজ স্নান করতে পারেনা। না হলে যা গরম অঞ্চল দিনে চার পাঁচবার জলে ঝাঁপাবার কথা। নিরুপায় হয়ে মাসের পর মাস অঙ্গমার্জনা থেকে বিরত থাকতে থাকতে সেটা একটা অভ্যাসে পরিণত হয়ে যায়। আর সে অভ্যাস থেকে বাইরে আসতে পারে না।

দেখেছে রাজিন্দর এই বনাঞ্চলে রাজস্থান থেকে অনেক যাযাবর সম্প্রদায়ের মানুষ বিশাল বিশাল ভেড়ার পাল নিয়ে চড়াতে আসে। তাদের সাথে থাকে বউ বাচ্চা, ঘর

গেরস্থালির সামগ্রী, উট, মোরগ, পোষা শিকারি কুকুর। তারা সাধারণতঃ কোনো নদীর পারে ডেরা বানায়। কারণ জল না পেলে ভেড়া কি করে বাঁচবে! উট কী খাবে! রান্নাবান্না কী করে হবে! এর বাইরে তাদের জলের প্রয়োজন খুব একটা পড়ে না। তখনও সেই সাত দশ দিনে একবার স্নান! ধুলো ময়লা পোষাক আর বিকট দুর্গন্ধযুক্ত দেহ নিয়ে তারা খুশমেজাজে দিব্যি বেঁচেবর্তে থাকে।

এই হারানগড় গ্রামে এসে একবার সেই অদ্ভুত লতার কথা শুনেছিল রাজিন্দর। যে লতার কথা একমাত্র জানে ধনিরাম বেইগা। কীভাবে ব্যবহার করতে হয় সে-ই জানে। এই লতা তাকে চিনিয়ে গেছে তার 'ডোকরা' –অর্থাৎ বুড়ো বাপ। যে ধনিরামের আপন বাপ। সে কার কাছে কীভাবে জেনেছিল তা আজও কেউ জানেনা। কাউকে তার নাম বলেনি সেই ডোকরা।

ধনিরাম বেইগা অর্থাৎ কবিরাজ। জংলা গাছ-গাছড়ার প্রয়োগ আর উপযোগিতা এই গ্রামে একমাত্র সে জানে। কোন অসুখে কী গাছের পাতা শেকড় থেঁতে বেটে খাওয়ালে অসুখ সারে সেটা তার নখদর্পণে। কিন্তু সে কোনদিন সেই গুপ্ত জ্ঞান সার্বজনীন করতে পারবে না। ওতে নাকি দ্রব্যের গুণমান নষ্ট হয়ে যাবে। আর তার প্রয়োগে অভীষ্ট ফলদান করবে না। তাই সেটা গুপ্ত রাখা আছে বংশপরম্পরায়। যখন ধনিরামের মৃত্যুর সময় আসবে সে তার অধীত জ্ঞান নিজের ছেলেকে দান করে যাবে। কিন্তু যদি কোনো কারণে ছেলেকে শেখাবার আগেই কোনভাবে মারা যায়! সেটা সত্যিই সবার জন্য খুব খারাপ ব্যাপার হবে। চিরতরে লুপ্ত হয়ে যাবে সেই মহাজ্ঞান। তাই বেইগাকে বাঁচিয়ে রাখা সুস্থ সবল করে রাখা সামাজিক দায়। তার ঘর ভেঙ্গে গেলে গ্রামবাসী গায়ে খেটে সে ঘর সারিয়ে দেবে, তার জমিতে চাষ সে-ও গ্রামের লোকের দায়িত্ব। গ্রামের মাত্র দুজন 'সেয়ানের' পর তার সম্মান সবচেয়ে বেশি। প্রথম সেয়ান হচ্ছে গাঁও প্যাটেল। যাকে গ্রামের সুপ্রীম কোর্ট বলা যেতে পারে। গ্রামের যে কোনো সমস্যায় বিচার করে সে যে রায় দেবে তার উপর আর কারো কোনো কথা চলবেনা। আর তারপর হচ্ছে পূজারী। যে দেব দেবতাকে সন্তুষ্ট করার উপাসনা জানে। কবে কোনদিকে শিকারে গেলে শিকার মিলবে, কবে জমিতে হাল নামালে ভাল ফসল ফলবে– গুনে গেঁথে সে বলে দেবে। প্যাটেল, পূজারী আর বেইগা এ সব বংশপরম্পরায় সংরক্ষিত পদ।

আদিবাসী সমাজের অনেক বেইগা-ই এ রকম কোনো কোনো মহৌষধির খোঁজ খবর রাখে। সেটা সে কোনদিন কাউকে বলে না। তার মৃত্যুতে অনেক সময় বিনষ্ট হয়ে যায় যুগ যুগ সঞ্চিত একটা প্রাণদায়ী পরম আবিষ্কার।

ধনিরাম ভাঙা হাড় জুড়তে জানে। পাহাড় থেকে পা পিছলে পড়ে যাওয়া গরুর দু টুকরো হয়ে যাওয়া হাড়ে সে বেঁধে দিয়েছিল বনজ লতাপাতার বাঁধন। যা রাজিন্দরের মত চিকিৎসাশাস্ত্রবিদদের কাছে অকল্পনীয়– সেটাই ঘটে গিয়েছিল সেই বনগ্রামে। ভাঙা হাড় জোড়া লেগে গিয়েছিল অপারেশন ছাড়াই। পরের বছর হাল টেনেছিল সেই গরুতে।

ধনিরামের কাছ থেকে সেই লতার সুলুক সন্ধান পাবার জন্য মাসের পর মাস চেষ্টা করেছে রাজিন্দর। কিছুতে সফল হতে পারেনি। আকণ্ঠ মদ গিলে নেশায় চুর হয়ে গিয়েও

প্রকাশ করেনি সেই বিশল্যকরণীর বর্ণন বা সামান্যতম সূত্র।

সেবার বোধহয় তৃতীয় কী চতুর্থবার হারানগড়ে এসেছিল রাজিন্দর। শহর থেকে সঙ্গে করে নিয়ে এসেছিল মেয়েদের চুলে বাঁধবার সস্তা কিন্তু মনমোহন রঙিন ফিতে। রিনিঠিনি বাজনার কাঁচের চুড়ি। সুগন্ধী তেল আর সাবান। ছেলেদের জন্য নাচের সময় মাথায় বাঁধবার রুমাল আর আঙ্গুর মার্কা মদ। আর একটা জিনিস এনেছিল সে- সেটা একা সুকারোর জন্য।- একটা মাঝারি মাপের আয়না।

ঝর্নার- ডোবার থিতানো জলে নিজের প্রতিচ্ছবি দেখেছে সুকারো। তখন ঠিকমতো বুঝে উঠতে পারেনি সে কত সুন্দর! পাহাড়, পাথর, কর্কশ প্রকৃতির সঙ্গে লড়াই করা আদিবাসী সব মেয়েই সুন্দর। থলথলে চর্বিযুক্ত এখানে কেউ থাকে না। কিন্তু যেদিন ওর উন্মুক্ত সর্বাঙ্গ ফুটে উঠেছিল দর্পণে- নিজের রূপরাশি দেখে মুগ্ধ হয়ে গিয়েছিল সে নিজেই। এই আমি আর ওই আমি যে একই আমি সেটা বুঝে নিতে অনেকটা সময় লেগে গিয়েছিল। তখন তার আর একটা মুখ মনের পর্দায় প্রতিফলিত হয়েছিল- সেটা রাজিন্দরের। ‘আমাকে তুই এত ভাল একটা উপহার দিলি! আমিও তোকে দেবো একটা উপহার। চাঁদ যেদিন রূপোর থালার মত গোলাকার হবে, মাঠ পাথার ভেসে যাবে রূপোগলা জোছনায়, থম মেরে যাবে বিশ্ব চরাচর, আমি আমার উপহার নিয়ে তোর কাছে যাবো’। তুই ঘরের আর মনের দরজা খুলে রাখিস।

গ্রামবাংলায় যাকে বলে খামারবাড়ি- এখানে তার নাম লাড়ি। গ্রাম থেকে খানিক দূরে- কিন্তু খুব বেশি দূরে নয়,একলপ্তে নহরুদের পনেরো একর মত আবাদি জমি। অন্যদিকে এমন জমি আর কিছু আছে। সব মিলিয়ে হয়তো এক দেড়শো একর হবে। এমন একশো দুশো একর জমি বলতে গেলে এখানকার সবারই আছে। তবে এখানে কেউ চাইলেও হাজার হাজার একর জমির মালিক হতে পারবে না। চারদিকে বিশাল বিশাল জঙ্গল, জঙ্গল সাফ করে নিলেই জমি –। অতখানি জমি জঙ্গল সাফ করে যদি বা দখল পেতে পারে, চাষাবাদ- রক্ষণাবেক্ষণ করবে কীভাবে! সেই জন্য যার পরিবারে যত সদস্য তার জমির পরিমান তত বেশি। কোনো কাগজ পত্রের বালাই নেই।

নহরুর ‘পরদাদা’ ডোকরাকে কেউ যদি জিজ্ঞাসা করে তোমার জমি কতখানি? সে হাত উঁচু করে জঙ্গলের ওপাশে যে ধু ধু পাহাড়, সেই পর্যন্ত দেখাবে-। –হামার পরদ্দাদা বলকে গিস হুই ডোঙ্গরি তক হাম্মর জমিন। তার ঠাকুরদা তাকে দেখিয়ে গেছে যে পর্যন্ত সেও সেই পর্যন্ত দেখাবে। আর গ্রামের সবাইও সেটা মেনে চলছে, মেনে চলবে।

এখানে কারও কোনো জমির দলিত পরচা নেই, শুধু কার কোন জমির অধিকার সে জানে আর জানে গ্রামের লোক। নহরুর ডোকরা বাপ একর পনেরো জমিতে সাফ সাফাই আর ঘেরা বেড়া দিয়ে রাখতে পেরেছে। যা পারেনি তাতে এখন মাথা তুলেছে বড় বড় গাছগাছালি। নহরু তার ডোকরা বাপ আর যুবতী বহিনকে নিয়ে কোনক্রমে ওই একর পনেরো জমির কিছু অংশে চাষাবাদ করে। এরা এখনও উন্নত চাষাবাদ শিখে উঠতে পারেনি, গোছ মেরে কী করে ধান রুইতে হয়- জানেনা। রাসায়নিক সারের ব্যবহার- জানেনা। একবার দুবার হাল দিয়ে ধান গম ভুট্টার বীজ ছড়িয়ে দেয়। তাতেই যা ফসল

ওঠে বছর চলে যায়। বছরের খোরাক উঠে এলে আর কী চাই?

নহরুর আর কোনো ভাই বোন নেই। ডোকরার ইচ্ছা ছিল গত বছরই ছেলের সগাই করে ফেলবে। পিত্তেপুরিয়া গ্রামের বুধুরাম একটা বরহা একটা বকরা ও গ্রামবাসীদের ভরপেট ভাত মদ দেবার শর্তে তার মেজ মেয়েটাকে দেবার বচনও দিয়েছিল। নহরু ভালুকের আক্রমণে আহত না হয়ে পড়লে এতদিনে হয়েও যেতো সগাই-সাঙ্গা। সগাই মানে প্রথম বিবাহ– যেটা হয় মেয়ের পিত্রালয়ে আর সাঙ্গা হয় মেয়ে বউ হয়ে শ্বশুর বাড়িতে আসার দিন। এই দুই বিয়ের মাঝের বিরতির সময় স্থির হয় দু পক্ষের আলোচনার ভিত্তিতে। সেটা কয়েক মাস থেকে এক দু বছরও হতে পারে।

নহরুর বিয়ে হয়ে গেলে পরিবারে আর একটা শ্রম দেবার লোক বেড়ে গেলে পুরো জমিটায় অন্ততঃ মকাই কুলতি চুরচুরা সাগ বোনা যেতো। জমি হচ্ছে বসুমাতা, বছর বছর যাকে অনাবাদি ফেলে রাখলে অনাদৃতা বসুমাতা বিরূপ হয়। পরিবারের উপর অভিসম্পাত দেয়।

রাজিন্দর হারানগড়ে এলে নহরুদের লাড়িতেই রাত কাটায়। লাড়ির একধারে যে ঘরটা ওরা জমি ক্ষেতে কাজ করবার অবসরে সাময়িক বিশ্রাম নেবার জন্য বানিয়ে রেখেছে –এটাই তখন হয়ে যায় অতিথিনিবাস। লাড়ির কিছু দুরে একটা এড়দা অর্থাৎ জলাশয় তার ওপাশে নাতিউচ্চ পাহাড়। যে পাহাড়ের মাথাটা একদম ফুটবল মাঠের মত সমতল। যেটার নাম মুর ডোঙ্গরি। মুর মানে নেড়া আর ডোঙ্গরি মানে পাহাড়।

সেদিন ছিল শুক্লপক্ষের রাত। ফাল্গুনি পূর্ণিমার ঢলঢলে জোছনায় ভেসে যাচ্ছিল মুগ্ধ চরাচর। দূর পাহাড়ের কোল ঘেঁষে দাঁড়িয়ে থাকা ঘন বন থেকে কী এক মরমী মায়াবী সংগীত ভেসে আসছিল। মনে হচ্ছিল যেন পাহাড়ের সমতল মাথায় বসেছে কোনো সুমধুর নৃত্যগীতের আসর। অপ্সরা-অপ্সরী, কিন্নর-কিন্নরীরা আজ যেন আকাশ থেকে নেমে এসেছে– ধরণীর ধূলিকনায় স্বপ্নের বাসর সাজাবে বলে। নিজেকে তখন রাজিন্দরের মনে হচ্ছিল যেন বহুযুগ আগের সেই ফেলে আসা অধ্যায়ের কোনো তপোবনবাসী ব্রহ্মচারী বালকের মত। যে নির্মোহ নিরাসক্তিতে প্রকৃতির কোলে বসে পরম নিশ্চিন্তে আহরণ করতে এসেছে সেই জ্ঞান– যার চেয়ে বড় আর কিছু হয়না। যে জ্ঞান আহরিত হয়ে যাবার পর বিনয়ী ঔদ্ধত্যে ঘোষণা করা যায় আমি জানি জীবন কী! সত্য আর মোক্ষই বা কী!

পুরো জমিটার চারদিকে এক মানুষ সমান উঁচু করে আস্ত গাছের মোটা মোটা খুঁটি ঘেরা বেড়া দেওয়া। বোঝা যায় এই ঘেরা বেড়া দিতে মাস নয়– মাসের পর মাস লেগে গেছে। বুনো শুয়োর, হরিণ, সম্বর – শ্রমের ফসল নষ্টকারী এই সব বন্যপ্রাণীদের গতিরোধ করবার জন্যই এই রকম ব্যবস্থা। লাড়িতে ঢোকা আর বের হবার জন্য মাত্র একটা দরজা। সেটা একমাত্র মানুষের পক্ষেই খোলা আর বন্ধ করা সম্ভব। ফলে এখানে বন্যপ্রাণী থেকে ভয় পাবার কিছু নেই। ঘেরার মাঝখানে মাচানে শুয়ে আকাশের অগণিত গ্রহপুঞ্জের ঝিকিমিকি আলো দেখছিল রাজিন্দর। তখনই বাতাসে ভর করে মন মস্তিষ্কের উপর আছড়ে পড়ল সেই আকাঙ্ক্ষিত আমন্ত্রণ। যা শোনবার জন্য সূর্য

ডোবার সময় থেকেই উন্মুখ হয়ে রয়েছে হারানগড়ের প্রতিটা যুবপ্রাণ– বীরহোড়... ঘোটুল আআআআআআআ।

রাজিন্দর যে একা একা লাড়িতে থাকে এটা সুকারো, নহরু বা তার মা বাপ কারোই তেমন পছন্দের নয়। 'এতিক বড়া বড়া ঘর মোর, কা বর তে লাড়িমে একেলে রথস'? এটা সত্যি– আদিবাসীদের ঘরে আসবাবপত্র না থাক– বড় বড় ঘর সবার একটা দুটো আছে। মাটির মোটা দেওয়াল, মাটি পুড়িয়ে বানানো খাপরার ছাউনি, আর জঙ্গল থেকে কেটে আনা বাঁশ বল্লি গাছে বছর ভরের চেষ্টায় যে ঘর বানানো হয়েছে তার মধ্যে বলতে গেলে দৌড়ানো যায়।

এত বড় ঘর তবু ঘরে কেন থাকতে চায় না রাজিন্দর সে কথা খুলে বলা যায় না। বলে ফেললে ওরা মনে দুঃখ পাবে। প্রথমত সারা বস্তিতে শত শত শুয়োর, মুরগি, গোরু, মোষ, ভেড়ার দঙ্গল। যারা অবাধে যত্রতত্র বিচরণ করে বেড়াচ্ছে আর মলমূত্র ত্যাগ করছে। যার ফলে ভয়ানক দুর্গন্ধি! গন্ধে নাক জ্বালা করে। এই সব জীব নহরুদের বাড়িতে কমপক্ষে শ'দুয়েক। যে কারণে মশা মাছি আর বোঁটকা গন্ধে গা ঘিনঘিন করে, বমি উঠে আসতে চায়। সেই তুলনায় লাড়ি অনেক পরিষ্কার পরিচ্ছন্ন। চারদিক থেকে পাওয়া যায় মুক্ত আর শুদ্ধ বাতাস। উঁচু মাচানে উঠে বসলে মশাও লাগে না।

লাড়িতে থাকার দ্বিতীয় কারণ হচ্ছে এইসব রাতে একেবারে একা হয়ে নিজের মত করে রাতটাকে উপভোগ করা যায়। শহরে যে নির্জনতা অকল্পনীয়। জীবন তো এক জটিল আবর্তে ঘুরপাক খাওয়া যন্ত্রযান। আর যদি কোনদিন এখানে এই নিভৃত বনবাসে আসা না হয়! আবদ্ধ হয়ে যেতে হয় জনবহুল শহরের যন্ত্রসভ্যতার নাগপাশে, তাহলে কি আর পাবার সুযোগ হবে এই নির্জনতার মহতী আনন্দ আরাম?

ফিরে তো যেতেই হবে। না গিয়ে কোনো উপায় যে নেই। 'দাও ফিরে সে অরণ্য লহ এ নগর' যতই প্রাণের মধ্যে এই আর্তস্বর ধ্বনিত হোক বাস্তব জীবনে সে সত্য প্রতিষ্ঠিত হবার নয়।

এখন আকাশে চকচকে থালার মত পূর্ণিমার চাঁদ। তার গাঁ ছুঁইয়ে নামা পবিত্র সাদা রঙে ঢাকা পরে গেছে আদিম প্রকৃতির সব সবুজতা। দুরের গাছপালা যেন রূপালী চাদরে মাথা মুখ ঢেকে ঘুমিয়ে পড়েছে। কোথায় কোন বনে যেন ট্রিট্রি করে ডাকছে একটা নাম না জানা পাখি।

হঠাৎ এইসময় রাজিন্দরের নাকে এসে লাগে একটা অতি চেনা–অতি প্রিয় মন কেমন করা সুগন্ধ। ঘাড় ঘুরিয়ে সে অবাক। কখন যেন নিঃশব্দে মাচানের কাছে এসে দাড়িয়েছে সুকারো। মাথার খোঁপাটি বেশ পরিপাটি করে বাঁধা হয়েছে রাজিন্দরের এনে দেওয়া লাল ফিতেয়। হাতে সেই রিনিঠিনি বাজনার কাঁচের চুড়ি। আর মাথায় জবজবে কেয়োকার্পিন তেল। যে তেলের গন্ধে ধরা পরে গেছে ওর অস্তিত্ব।

কী ব্যাপার! আজ আকাশে পূর্ণ চাঁদ, ঘোটুলের আনন্দোৎসব ফেলে এই অসময়ে মহাশয়া এখানে কেন! শোয়া থেকে উঠে বসে রাজিন্দর। স্বাভাবিক ভাবেই তার মুখ থেকে বের হয়– কী রে!

ফিক করে হেসে লজ্জিত গলায় বলে সে-আয়েহন! কিছু না-এই এলাম আর কী!

-এলি যে সে তো দেখতেই পাচ্ছি! কিন্তু কেন এলি?

-এমনি!

এমনি! অবাক রাজিন্দর- নাচতে যাবি না? তোদের তো ঘোটুল ডাকছে।

-তুকে ভি বোলাচ্ছে।

-বলিস কী! আমাকে কেন ডাকবে! আমি তো পরদেশি!

-মোক পাঠালে-।

-কে! কে পাঠালে?

-সব্বোজনা।

সবাই আমাকে ডাকতে পাঠিয়েছে! এত আদর সম্মান ভালোবাসা!

সুকারো উঠে রাজিন্দরের পাশে মাচানের উপর বেশ গুছিয়ে বসে কী যেন বলবে বলে উশ্‌পাশ করে। নির্জন বনগ্রামের রাত্রি। বহুদূর দুর পর্যন্ত জনমানবহীন। বন্য যুবতীর মাথা থেকে চারদিকে ছড়িয়ে যাচ্ছে যে সুগন্ধ তাতে কোনো বন্যতা নেই। -বনজ হিংস্রতা নেই। এ গন্ধ সভ্য জগতের একান্ত চেনা। যে গন্ধ কবিকে দিয়ে কবিতা লিখিয়ে নেয়, গায়ককে বাধ্য করে গুনগুন করে উঠতে।

বলে রাজিন্দর- কিছু বলবি নাকি সুকু? সুকারো অন্য সময় অন্য কারও কাছে। রাজিন্দরের কাছে শুধু সুকু। যে ডাক সুকারোর বুকের অতলে গিয়ে ধাক্কা মারে।

নরম আর সমর্পন মিশিয়ে বলে সে-ঘোটুলে চল!-তোর সঙ্গে লাচবো। আজ তু হাম্মর জোড়ি!

-আমাকে কি ওখানে ঢুকতে দেবে!

-সব্বো টুরি টুরা হ্যাঁ করেছে! ... মোক পাঠালে।

আদিবাসী সমাজ সহজে কাউকে বিশ্বাস করে না। বিশ্বাস এখানে বড় মুল্য দিয়ে কিনতে হয়। আর যাকে ওরা একবার বিশ্বাস করে- তাকে সব কিছু দিয়ে বিশ্বাস করে। ভালোবাসা,আন্তরিকতা, আন্তমাধুর্য, এ এমন একটা ভাষা যা অনুবাদ ছাড়াই যে কোনো দেশের যে কোনো প্রান্তের মানুষের বোধগম্য। আদিবাসী যেমন বিশ্বাসঘাতকতা করতে জানে না, বিশ্বাসঘাতককে ক্ষমাও করতে শেখেনি। রাজিন্দর এই প্রথম মনের সেই দরজাটা একটু খুলতে পেরেছে। সামনে এখনও অনেক পথ বাকি। তবেই আদিবাসী মনে আসন পাততে পারবে।

অনেকদিন ধরেই ওর মনে এমন একটা কামনা ছিল, গ্রামের সবাই ওকে আপন করে নিক। অন্যান্য বহিরাগতের তালিকায় ফেলে পর না ভাবুক। দূর হোক সন্দেহঘন কুটিল দৃষ্টিভঙ্গির। সেই লক্ষ্যে খুব সর্ন্তপনে পা ফেলে সামনে এগিয়েছে। কিন্তু একেবারে ঘোটুলে যাবার আমন্ত্রণ- না এতটা আশা সে কোনদিন করেনি।

ঘোটুল একটা কঠোর নিয়মনীতির নিগড়ে বাঁধা ব্যক্তিগত অনুষ্ঠান। যার সবটাই অনুশাসনের গোপনগ্রন্থিতে আটোসাঁটো বজ্রবাঁধুনি যা সহজে শিথিল হয় না। রাজিন্দরের জন্য আজ কতটা ছাড় দেওয়া হয়েছে তা জানে একমাত্র চোলিক আর মোটিয়ারিন। তা

সে যতটুকুই ছাড় দেওয়া হোক একজন অনাদিবাসী ভিনদেশি মানুষের পক্ষে বিশাল সম্মানের।

লে চল! আর কোনো কথা না বলে মাচা থেকে নেমে সুকারোর পিছন পিছন হাঁটে রাজিন্দর। মনের কন্দরে তার অদ্ভুত দোলাচল। যেন রাজ্যাভিষেক হতে চলেছে পর্ণকুটিরবাসী কোনো দীন ভিখারির। যা তার দূরতম কল্পনায় কোনদিন উঁকি দিতে সাহস পায়নি। আজকের এই রাতের পর মুছে যাবে তার পূর্বপরিচয়। ঘোটুলে নবজন্ম হবে তার, হবে নতুন একটা নাম। আগামীর সূর্যোদয় তার জীবনে নিয়ে আসবে ঝলমলে নতুন সকাল।– পা জড়িয়ে আসে খুশির ভারে। বুকে নাচে বহুবর্ণ পেখম ময়ূর। সুকু –! রাজিন্দরের গলায় থরোথরো আবেগ!

-কায় বোলথস?

-আমি যে নাচতে জানিনা।

ফিক ফিক করে হেসে বলে সুকারো– লাচতে জানিস না?

হায় রে! খালি লাচাতে আর লাজাতে জানিস! স্বগত উচ্চারণে বলে সুকারো-এই যে আমাকে নাচিয়ে ফেলেছিস! আমার অঙ্গের প্রতি অনু পরমানু তোকে দেখে উদ্দাম বিভঙ্গে নেচে নেচে উঠছে। রক্তের লোহিত কণিকায় শুরু হয়ে গেছে ছন্দিল নৃত্যতরঙ্গ। ভেঙ্গে যাচ্ছে। ভেসে যাচ্ছে প্রচলিত পুরাতন মূল্যানুমান। আদিম পরম্পরা চূর্ণ হয়ে যাচ্ছে উদ্দাম পায়ের তলে পড়ে থাকা মাটির ঢেলার মত। বদমাশ রে! আমাকে নাচিয়ে দিয়ে বাহানা বানাচ্ছিস,নাচতে জানি না। আমি তো আছি নাকি! আমি তোকে নাচতে শেখাবো! লজ্জিত হচ্ছিস? ধামসা মাদলের তালে তালে লাজ হরণ করে তোকে নিলাজ বানিয়ে দেবো। একেবারে সরল বনবাসী বানিয়ে দেবো। এমন একটা অনাড়ম্বর অকপট আদিম জীবন পেয়ে নকল আর মেকি সভ্যতার বিষ ভুলে প্রকৃত মানুষ, প্রকৃতির মানুষ হয়ে যাবি।

এ সব কোনো আদিবাসী বালার মুখের ভাষা নয়,না বলতে পারা বিরহী বুকের ভাষা! এ এক মোহঘোর প্রমীলার প্রমত্ত আভিলাষা। নির্বাক নিঃশব্দ মৌন প্রকাশ।

-আমাকে শেখাবি সুকু?

-কী!

-কেমন করে তোদের মত বাঁচা যায়,হাসা যায়!

-তোর গাঁওকে লোগ হাসে না?

-হাসে!

-তো! সুকারোর চোখের তারায় অবুঝ জিজ্ঞাসা!

-সে হাসি –নকলি হাসি। বনিবনাই– যান্ত্রিক হাসি! মাপাজোপা হাসি! তোদের হাসির মত এমন প্রাণবান নির্মল ঝর্নাধারার মত নয়।

একটা ছোট্ট নালা-এখন শুকনো। যা বিধিনিষেধের চাপে শুকিয়ে গিয়েছিল। যে-বর্ষার পাহাড় থেকে নেমে আসা খরস্রোতা জলধারায় মাটি কেটে কেটে নিজের বয়ে চলার পথ বানিয়ে নিচ্ছে।

-সামালকে চল! আছাড় খাস না যেন! পথ উবর-খাবর! রাজিন্দরকে সাবধান করে সুকারো। রাজিন্দরের মনটা এখন নির্ভার, নিরুত্তাপ, চিন্তারহিত। পরিবেশ প্রভাব বিস্তার করেছে তার মনের উপর।

বলে সে- নিমা নওরা সঙ্গ আতোন- তুই তো আমার সঙ্গে আছিস! নন্যা নিয়া সঙ্গ মানতোন- মুডতেক তেহেবি? যদি আমি পড়ে যাই ধরে তুলবি না?

-আর আমি পড়ে গেলে?

-আমি তুলবো!

-সাচ্ছি মুচ্ছি? সত্যিই আমাকে তুলবি?

-সাচ্ছি মুচ্ছি!

আদিবাসী অঙ্গনার বক্ষপিঞ্জরে কঁকিয়ে ওঠে যেন কোনো তৃষাতুর বিহঙ্গম। – আমি তো কবেই পড়ে গেছি রে পরদেশি! হাত বাড়িয়ে দে, আমাকে ধরে তোল। তোর সেই দর্পণে যতবার নিজেকে দেখি কেমন যেন এক মাতাল অনুভূতি আমাকে আচ্ছন্ন করে দেয়। তখন তোকে বড়ই মনে পড়ে। খুব মনে পড়ে!

ওরা যতই ঘোটুলের নিকটবর্তী হচ্ছে ততই স্পষ্ট হয়ে উঠছে সেখানকার কলগুঞ্জন। নবীন প্রাণ প্রস্তুত হয়েই ছিল; হাঁক শোনবার পর আর সময় নষ্ট করেনি, এক ছুটে চলে এসেছে ঘোটুল অঙ্গনে। এখনই জমে গেছে জোড়া জোড়া নগ্ন পা। থিরকন এসেছে সেই পায়ে।

এই ঘোটুলের সর্বমোট সদস্য সদস্যা একত্রিশ। যুবাদের সংখ্যা তেরো বাদবাকি সব মেয়ে। তবে আগামী চাঁদে রোমিলার বিয়ে হয়ে যাবে। আর একজন কমে যাবে মেয়েরা সংখ্যায়। বিয়ে হয়ে যাবার পরে আর সে কোনদিন আসতে পারবে না ঘোটুলে। বাকি আছে মাত্র শেষ কটা দিন। বিচ্ছিন্ন হয়ে যাবে বাল্যের খেলার সাথীদের কাছে থেকে। এখনই সবার মনে বাজছে বিদায়ের বিষাদবীনা।

–অনেক খেলা হলো ভাই। অনেক গান গল্প হলো। এবার আমাকে সংসার নামক দায়িত্বের বোঝা বইতে যেতে হবে। দুঃখ পাসনা তোরা, আজ আমি যাচ্ছি, কাল আর কেউ যাবে। আমরা চলে যাবো– আমাদের জায়গা এসে পূর্ণ করবে আবার নতুন কেউ। এটাই নিয়ম। পুরাতনকে জায়গা ছেড়ে দিতে হবে নতুনদের জন্য। সে নিয়ে দুঃখ করিস না ভাই। চলে যাবার আগে সবার সব ঋণ আমাকে শোধ করে যেতে হবে। আমার কাছে তোদের কারো যদি কিছু পাওনা থেকে থাকে চেয়ে নে। আমার কারো কাছে কিছু পাওনা থাকলে মিটিয়ে দিতে কার্পণ্য করিস না ভাই। হাতে আমার আর খুব বেশি সময় নেই। এই চাঁদ– এর পরের চাঁদেই চিরদিনের জন্য আমাকে ঘোটুল থেকে বিদায় নিতে হবে! যেখানে আর যত দুরেই যাই তোদের থেকে, এই ঘোটুল থেকে দূরে যেতে পারবো না। সারাজীবন আমার মন জুড়ে থাকবে তোদের উষ্ণ সান্নিধ্য আর ঘোটুল ঘরের স্মৃতি। জীবনের আর যৌবনের যা কিছু শ্রেষ্ঠ প্রাপ্তি– সব পেয়েছি এখান থেকে। যাবার আগে তাই তোদের প্রতি কৃতজ্ঞতা জানিয়ে যাচ্ছি।

আজ রোমিলার মনের মধ্যে খুশির তুফান উঠেছে। প্রাণখুলে হাসছে সে, তার সারা

শরীর উদ্দাম হয়ে নাচছে। ঠমকে গমকে বিচ্ছুরিত হচ্ছে আবেগী হিল্লোল। একাই সে আজ যেন শতেক হয়ে গেছে। আদর আলিঙ্গন সোহাগ চুম্বন অকৃপণ উদারতায় বিলিয়ে দিচ্ছে। কয়েকদিন আগে একটা ঝগড়া হয়ে গিয়েছিল সোনপতের সাথে। কথা বন্ধ ছিল। আজ সবার আগে তাকেই বুকে জড়িয়ে ধরেছে রোমিলা। উষ্ণ বুকের উত্তাপে বলে দিয়েছে– কার দোষ কার ভুল আর সে সব কথা নয়,সব ক্ষমা– সব মাফ।

সামনে একটা শুকনো নালা। নালা পার হয়ে কিছুটা সমতলভূমি। গত বর্ষায় এখানে চুরচুরিয়া সাগ বোনা হয়েছিল। এই সাগ টক। এর লাল লাল ফুল হয় সেও খুব টক। যা দিয়ে চাটনি বানানো যায়। এক চুটকি চাটনি আর একটা কাঁচা লংকা হলে একঠোঙ্গা ভাত খেতে আর কিছু লাগেনা। চুরচুরিয়া ক্ষেতের মাঝখান থেকে একটা সরু আলপথ। সেই পথে হাঁটছে ওরা দুজন। হাঁটতে হাঁটতে পা পিছলে যাচ্ছে। ঢলে পড়ছে একজন আর একজনের গায়ের উপর। আর তাই– দোহের শরীরে দৌড়াচ্ছে স্পর্শসুখের নির্দোষ শিহরণ।

সুকারো সুন্দরী। সে সৌন্দর্য্য একান্তই বন-উপজ। তার চোখ দুটোয় যেন সবুজ বন বনানীর গভীর নিবিড় শীতল ছায়া। হাসিতে যেন ছুটে চলা দুরন্ত হরিণীর স্বাচ্ছন্দ আর পাহাড়ি ঝর্নার জলতরঙ্গের মত মিষ্টি বাজনা। দেহকান্ডখানি যেন পুরুষ্টু পেঁপে গাছের মত ফলগর্বে সমুন্নত। ভারী নিতম্ব সুগভীর নাভি আর নীলগিরি গাছের মত দুটো মাংসল উরু। দুটো ঠোঁট যেন কুসুম ফুলের মত পাপড়ি মেলে রাখা। ওর এত রূপ– কিন্তু সে রূপে কোথাও কোনো উগ্রতা নেই। তবে তীব্রতা বড় মারাত্মক। সে তীব্রতায় মিশে আছে মদ আর মধুর মাদক মিশ্রণ।

চলতে চলতে ঢলে পড়ে আবেগী গলায় বলে সুকারো – হেই পরদেশি, কেইসে বনবায়ে হস?

কী!

এই তেল! যাতে ফুল ছাড়াই ফুলের সুগন্ধ। আর মাথায় দিলেই মনটা কেমন উথাল পাথাল! কেমন করে কী দিয়ে তোরা এসব বানাস?– এর মধ্যে কোনো জাদুটোনা নেই তো?

বুঝতে পারেনা সুকারো, জাদুমন্ত্র ছাড়া এমন আশ্চর্য জিনিস কেমন করে হয়! যা মাথায় দেওয়া মাত্র চারপাশে তৈরি হয়ে যায় অদৃশ্য একটা সুগন্ধী বলয়। যার মধ্যে ভাসতে থাকে একটা অল্পচেনা প্রতিকৃতি। সেটা এক পরদেশি যুবার। যার সাথে ভাষা ভাবনা সংস্কৃতির পোষাক আশাকের কোনো মিল নেই। সে ছেয়ে থাকে সারা মন জুড়ে।

বল না কী দিয়ে তোরা বানাস, ওই যে গা ধোবার– কায় তো বলথে! –যা ঘষে চান করলে শরীরটা একদম ফুরফুরে হালকা পলকা হয়ে যায়– ডানা মেলে উড়াল দিতে সাধ জাগে!

সাবান?

হ্যা হ্যা সাব্বুন, আর কী করে বানাস–ওই যে পরিষ্কার ছোট্ট জলভাণ্ডের মত একটা পাথর, যার সামনে দাঁড়ালে আর একটা আমিকে দেখা যায়?

-আয়না।

-কায় বোলথস?

-আয় না।

-আয় না! রাজিন্দরের গলার স্বর সুকারোর কানে করুণ আহবানের মত শোনায়। একমুহূর্ত থমকায় সুকারো। তারপর লজ্জিত হেসে রাজিন্দরে বুকের উপর ঝাঁপিয়ে পড়ে- আ গ্যায়ে! আব বোল।-বল এবার কী বলতে চাস! আমি এসেই গেলাম। এবার তোর যা ইচ্ছা বলতে পারিস। সব কথা শুনবো তোর, আমি কোনো বাধা দেবোনা।

এই অঞ্চলে একরকমের গাছ দেখা যায়। অসম্ভব শক্ত-যার গোল গোল পাতা। থোকা থোকা করমচার মত ফল ফলে। এরা বলে কুসুম ফল। সেই ফল থেকে তেল হয়। সেই তেল এরা গায়ে, পায়ে মাখে। যাতে ঘা, পাঁচড়া, চুলকানি, দাদ, হাজা হয় না। উষ্ণ গরম করে মাখলে বাত পর্যন্ত সেরে যায়। তবে সে তেল মাথায় মাখা বারণ। মাখলে কিন্তু সব চুল ঝরে যাবে। আর খেয়ে ফেললে রক্ষা নেই-দাস্ত বমি। গতবারের খেপে কুসুম ফলের কিছু নমুনা নিয়ে গিয়েছিল রাজিন্দর। আয়ুর্বেদ রিসার্চ সেন্টারে যা নিয়ে রিসার্চ চলছে।

এবারের অনুসন্ধানের বিষয় ছিল রাজিন্দরের সেই বিশেষ গাছের বিশেষ শেকড়ের- যা বেটে নাভি আর যোনীদ্বারে পট্টি বেঁধে দিলে অবাঞ্ছিত বা অনভিপ্রেত ভ্রূণ তরল হয়ে যায়। বাইরে বের হয়ে আসে।

কী যেন নাম মেয়েটার?-পুনিয়া! একটু রোগাধরনের সদ্য যুবতী। গতমাসেই সে সবে ঘোটুলের সদস্যা হয়েছে। সব কিছু জেনেবুঝে শিখে নেবার আগেই ঋতুবন্ধ। প্রকৃতির এ এক অদ্ভুত খামখেয়ালি বা কিছুটা একপেশে নীতি নিয়ম। যে চাইছে তার গর্ভ হোক- সন্তান আসুক কোলে, তার কিছুতে ইচ্ছাপূরণ হচ্ছে না। আর যে চাইছে এখন নয়- তার গর্ভে এসে যাচ্ছে অঙ্কুর।

বেচারা পুনিয়া এই তো সবে জীবন শুরু করেছে। এখন ওর হাসবার খেলবার সময়। এত তাড়াতাড়ি সে মা হয়ে গেলে জীবনটাই যে বরবাদ হয়ে যাবে। বাচ্চা কোলে করে কীভাবে ঘোটুলে আসবে, নাচবে গাইবে! যে ভাবেই হোক ওকে এই সমস্যা থেকে মুক্তি তো দিতেই হবে। বেইগা তার ব্যবস্থা অবশ্যই করবে।

একজন পুরুষ লোক ষাট সত্তর বা তারও বেশি বয়স পর্যন্ত নারী এমনকি বহু নারীগমনও করতে পারে। তাতে তার বিশেষ কোনো শারীরিক ক্ষতি বা পরিবর্তন হয় না। সন্তান জন্মদানের ক্ষমতা অটুট থাকে। কিন্তু নারীর বেলা এমন নাও হতে পারে। বহুগমন ঘটলে তার গর্ভধারণ ক্ষমতা হ্রাস পায় এমন কী অনেক সময় বন্ধ্যাত্বও আসতে পারে। ঘোটুলের সদস্যাদের যে কারণে গর্ভ প্রায় হয়না বললেই চলে। একটা দুটো যা হয়ে যায় সে ব্যতিক্রম।

এই কারণেই এত অবাধ মেলামেশার পরও ঘোটুলজাত সন্তানের জন্মসংখ্যা খুবই কম। তবে এই সমাজে অবৈধ সন্তান বা জারজ সন্তান বলে কিছু হয় না। সমাজ অন্যান্য আর পাঁচটি সন্তানের মতই ঘোটুলজাত সন্তানদের স্বীকার করে নেয়। বেজন্মা বা জারজ

বলে সামাজিক বঞ্চনা অবহেলার শিকার হয়না। পরবর্তী সময়ে যে সেই মাকে বিবাহ করতে চাইবে সন্তানের সব দায় তাকেই বহন করতে হবে। যদি মায়ের বিয়ে আর না হয়? না হলে না হোক! কী আসে যায় তাতে? এই সমাজে মেয়ে কোনো ফ্যালনা জিনিস নয়। বনে প্রচুর ফলমূল আছে, মাংস, মধু আছে, ধরতী মায়ের আঁচল আছে। যেখানে একদানা বীজ ফেললে শত দানা বানিয়ে ফিরিয়ে দেয়। আর সঙ্গ দেবার জন্য-নাচ, গান, হাসি, তামশার জন্য আছে ঘোটুলের আবাল্য সাথীরা। একটা জীবন কাটিয়ে দেবার জন্য এর বেশি আর কী চাই?

সেই যে মেয়ের নাম ফেলি, পরে নিলেও গেলি, যমে নিলেও গেলি– এই সমাজ তেমন ঘৃণিত সমাজ নয়। মেয়ে এই সমাজের সম্পদ। গৃহের লক্ষ্মী। নারী এই সমাজে কামধেনুর মত মূল্যবান। তার কদর চিরদিন আছে এবং থাকবে। সেই জন্য সমাজ এক দুইবার নয়, তাকে আঠারোবার বিয়ে করার অনুমোদন গিয়েছে। যে তোমাকে ভালোবাসে তোমার কষ্ট বোঝে আদর সম্মান দেয়, থাকো তার কাছে। যে তা না করে–বদলে নাও। বদলে নিতে কোনো দ্বিধা সংকোচ কোরোনা। তুমি নারী, কারও দাস নও। কারও দাসত্ব স্বীকার করোনা। নারী মানে মায়ের জাতি, শস্যপ্রসবিনী বসুমাতার শ্রেষ্ঠ সন্তান। যে মাতা পৃথিবীর অন্ন-প্রাণ-বায়ু- জলদাত্রী। সমাজে তোমার স্থান সবার উপরে।

যে কারণে পুনিয়ার মাতৃত্ব অবাঞ্ছিত বা নিন্দনীয় নয়, কিন্তু তার অপরিণত শরীর প্রসবযন্ত্রনার ধকল সইবার পক্ষে অনুপযুক্ত। তাই দরকার ভ্রূণ বিমোচন। এ ছাড়া সেই আগে যা বলা হয়েছে– কতই বা বয়েস! কী দেখেছে! কী খেয়েছে! এখন এই হাসবার খেলবার বয়সে যদি কোল জুড়ে বাচ্চা শুয়ে থাকে সে নাচবে গাইবে কেমন করে?

বেইগা ধনিরাম তার নাভিমূলে আর যোনিতে বেঁধে দিয়েছিল সেই 'অচেনা' গাছের খেঁতলানো শেকড় বাকর। চারঘন্টা পরে কলকল করে বাইরে বের হয়ে এল জমাট রক্তের তরল–অনর্গল ধারা।

কী গাছ, কেমন তার শিকড় কিছুতেই বলবে না কারও কাছে ধনিরাম বেইগা। বললে গুণমান নষ্ট হয়ে যাবে যে। সে শুধু তার ঔরসজাত সন্তানকে বলতে পারে, যেমন তার বাপ তাকে বলে গেছে। তার বাইরে আর কাউকে নয়। কিন্তু ধনিরাম নিঃসন্তান। পাঁচবার অনেক দাম দিয়ে আনতে হয়েছে পাঁচ পাঁচটা বউ। কেউ টেকেনি। দুটো মারা গেছে, তিনটে ভেগে গেছে। ছয় নাম্বার বউটা এখনও আছে বটে কিন্তু কবে ভেগে যায় কিছুই বিশ্বাস নেই। তাকে খুব কড়া পাহারার রেখেছে ধনিরাম। পাহারা শিথিল হলে কী হবে সেই ভয়েই সে অস্থির।

ধনিরামের ষষ্ঠতম বউয়ের নাম ভেজা। যার অর্থ– প্রেরিত। ভেজা তার মায়ের বিবাহপূর্ব সন্তান। বিয়ের পর সে তার মায়ের সঙ্গে এসেছে।– তাই তার নাম ভেজা। রাজিন্দর যাকে ডাকে ভেজা ভাবি বলে। বয়সে যে রাজিন্দরের চেয়ে সামান্য বড় হলেও ধনিরামের অর্ধেক।

ধনিরাম বেইগা– আর আঙ্গাদেবের পূজারী। তার গৃহে অধিষ্ঠিত আছে আঙ্গাদেবের আসন। এই দেব বড়ই চমৎকারী ক্ষমতার অধিকারী। মাঝে মাঝে বনাঞ্চলের নানা গ্রাম-

বস্তি থেকে তার কাছে আঙ্গাদেবের পূজার জন্য আবেদন আসে। দৈব দুর্বিপাক, রোগ-শোক-মহামারি, অপদেবতার কুদৃষ্টি, অনাবৃষ্টি,অতিবৃষ্টি এই সব আপদ বিপদ থেকে রক্ষা করতে বনবাসী মানুষের আঙ্গা ছাড়া আর বা কে আছে! তখন চারজনে পালঙ্কের মত আঙ্গার আসন বহন করে সেই গ্রামে নিয়ে যেতে হয়। কোনো কোনবার আসা যাওয়ায় চার ছয়দিনও সময় লেগে যায়। সেই সব দিনে বড় ভয়ে ভয়ে থাকে ধনিরাম বেইগা। কে জানে, বাড়ি ফিরে হয়তো দেখবে পাখি ফুড়ুৎ হয়ে গেছে।

গ্রাম না ছাড়তে হলে অত ভয় করেনা। কারণ সে যথেষ্ট সাবধানতা অবলম্বন করে রেখেছে। বড় আদর আর সাবধানতার জন্য ভেজাকে পায়ে পড়িয়ে দিয়েছে পেতলের মল। যা হাঁটলেই ঝমর ঝমর করে বাজতে থাকে। মল পায়ে ভেজা যত দূরেই যাক-টের পাওয়া যায় তার অস্তিত্ব।

ধনিরামের বিশ্বাস–তার কাছে এমন জড়িবুটি আছে যার প্রয়োগে যে কোনো রমণীর বন্ধ্যাত্ব বিলোপ হতে পারে। কিন্তু সমস্যা একটাই যে তা কেবলমাত্র অন্যের জন্য প্রয়োগ করা চলবে– নিজের পরিবার পরিজনের উপর প্রয়োগে অভীষ্ট ফল দেবে না। এমন করলে উল্টোও হয়ে যেতে পারে। তখন আর সেই ঔষধের গুণমান অক্ষত থাকবে না। আর কারো কোনো উপকারেই আসবে না। মন্ত্রের শক্তি দ্রব্যের গুন দুটোই চিরতরে নষ্ট হয়ে যাবে।

আদিবাসী স্বার্থপর হয় না। যে স্বার্থপর সে আর যাই হোক কোনদিন আদিবাসী নয়। হয় বেজন্মা নয় বর্ণসংকর। তার রক্তে অবশ্যই কোনো ভেজাল হয়ে গেছে। ধনিরাম আদিবাসী! সে আর যাই করুক নিজের জন্য কোনদিন অধীত বিদ্যার অপপ্রয়োগ করতে পারবে না। আজ যার দেশ সমাজে যা কিছু মান সম্মান সব ওই জ্ঞান আর বিদ্যার জন্য। যেদিন তার সে সব থাকবে না আর তাকে কে ডাকবে? কে মানবে? সে রকম অনাদৃত জীবনযাপন করার চেয়ে অপুত্রক থাকা অনেক ভালো। মরে যাওয়াও মঙ্গলের। তাই ধনিরামের কোনো সন্তান নেই। যে কারণে ভেজার মনে খুব দুঃখ। যে কারণে আগের বউগুলো দুঃখ নিয়ে পালিয়ে গেছে।

ওরা ঘোটুলের সামনে আসতেই একটা সোল্লাস আহ্বান, আহঃ আহঃ! আমাদের সমবয়সী, মিত্র, উপকারি, এমন একটা আনন্দঘন সময়ে একা একা লাড়িতে শুয়ে কেন মনোকষ্টে ভুগবে! হোক 'গের' হোক পরদেশি! কেউ যখন টের পাচ্ছে না, কাউকে যখন আমরা বলবো না– রাতের কথা তো রাত্রির আঁধারে চাপা পড়ে থাকবে– তখন ওর এখানে এসে নাচতে গাইতে বাধা কিসের! এমনিতে ঘোটুলে টুরিদের সংখ্যা টুরাদের চাইতে বেশি, সবরাতে সবাইকে নাচের জন্য 'জুড়ি' দেওয়া যায় না-। এমত অবস্থায় কেউ যদি ওর সাথে জোড় বাঁধতে চায়, নাচতে রাজি হয়– হোক না। এতে আমাদের তো কারও কোনো ক্ষতি হবার নয়। নদীতে কত জল! কোনো তৃষ্ণার্ত যদি অঞ্জলি ভরে খানিক জল খেয়ে নেয়, জঙ্গলে কত গাছ– কোনো পথিক যদি কোনো গাছের ছায়ায় দুদণ্ড বসে প্রাণের আরাম পায়– পাক না!

ঘোটুলে যে সব রাতে সব কিছু হয়– তা নয়। কোনো রাতে গল্প চুটকুলা, কোনো

রাতে নাচ গান তো কোনো রাতে হুটোপুটি ছোটাছুটি– খেলা। ওই যে ধাওরা গাছ-ওখান থেকে ছুটে কে আগে ওই কুসুমগাছ পর্যন্ত যেতে পারে! একা গেলে হবে না, কাউকে পিঠে করে বয়ে নিয়ে যেতে হবে। যে যার সঙ্গী বাছাই করে নিতে দিলে সবাই দৌড়াবে পুনিয়ার দিকে। অন্য সবার চাইতে সে কিছু রোগা–হালকা পলকা। তাই তোমার ইচ্ছা মত সঙ্গী পাবে না, লটারিতে যার ভাগ্যে যা জুটবে-! হ্যাঁ, সে যদি সুকলিও হয় তাকেই পিঠে নিতে হবে। সুকলি সবার চেয়ে খানিক মোটা-সবার চাইতে ভারী। ওকে পিঠে বইতে সবার ভয়। এই জন্য সব ছেলেদের পছন্দ নতুন সদস্যা পুনিয়াকে। ও নতুন আর হালকা যে। অনেকের ইচ্ছা ওকে পিঠে নিয়ে এক দৌড়ে কুসুম গাছ ছাড়িয়ে আরও দূরে চলে যাওয়া।

কোনো কোনো রাতে লুকোছাপা খেলা হয়। সবচেয়ে মজার খেলা ওটাই। সঙ্গীকে নিয়ে যেখানে ইচ্ছা লুকিয়ে পড়া যায়। লুকাও– তবে ওই মুরডোঙ্গরির দিকে যেন ভুলেও যেও না। ওখানে অপদেবতারা থাকতে পারে। তারা যদি একবার দেখে ফেলে আর রেহাই নেই। এমন জাদু মারবে যে সারারাত আর ঘোটুলে ফিরে আসার রাস্তা খুঁজে পাবে না। এই তো গেল চাঁদে– না না তার আগের চাঁদে 'মোঙ্গরা' ভুল করে ওই দিকে চলে গিয়েছিল 'কড়ড়্যা' ফুলকে পিঠে নিয়ে, আর কি তারা ফিরে আসতে পেরেছিল! এলো তখন যখন চাঁদ ডুবে গেছে। মোঙ্গরা আর কড়ড়্যা ফুল কে? সে যে হোক না তাতে তোমার কী দরকার! একটা টুরি আর একটা টুরা। যাদের ঘোটুলে ওই নাম।

আজ রাজিন্দর এসে ঘোটুলের সদস্য হয়েছে, ওর একটা নতুন নাম দেওয়া দরকার প্রথম দিনেই। আচ্ছা ওকে সেই নামটা দিলে কেমন হয় যেটা একটা ফলের নাম! সেই যে– আরে বাবা যার মাঝখানে থাকে মিষ্টি জল আর চাঁদির মত ফরসা শাঁস। হাটে কিনতে পাওয়া যায়, যা পূজার সময় লাগে, যাতে সব দেব তুষ্ট হয়!

সপ্তাহে একদিন হাট বসে নদীর ওপারে– প্রতাপগড়ে। দূরদূরান্ত থেকে শেঠ বেনিয়ারা জিপে করে চা পাতা, গুড়, খইনি, শুকনো মাছ, নারকেল, কাপড়চোপড় আরও কত কী বেচতে আসে। প্রতি হাটে মোরগ লড়াই হয়। অনেকটা দূর বলে সব হাটবারে এই গ্রামের লোক বিকিকিনিতে অংশ নিতে পারে না। যেতে একদিন আসতে আর একদিন– সে বড় কষ্ট! বড়েগাঁওয়ে একটা কিরানা দুকান– মানে মুদিখানা আছে। এক মাড়োয়ারি শেঠ ওটা খুলেছে। সেই যে বলে না, এমন ব্যবসায়ী জাতি এরা যে হিমালয়ের শীর্ষে উঠে আর কিছু না পাওয়া গেলেও একটা মাড়োয়ারির দোকান নিশ্চয় পাওয়া যাবে। সেই নিয়মে বড়েগাঁওয়েও ঘন জঙ্গলে মধ্যে একটা মাড়োয়ারির দোকান আছে। তার সব জিনিসের দাম একটু চড়া। তবে সেই বেশি দাম দিলে নুন, চা পাতা, চিনি, গুড় সব মেলে। গ্রামের নব্য যুবকরা তেমন কিছু বেশি দরকার পড়লে দল বেঁধে বড়েগাঁও যায়। ওরা কেউ কেউ সাইকেল চালানো শিখে নিয়েছে। এক বস্তা ধান, কী এক বস্তা ভুট্টা, গোটা কয়েক মুরগি বা একটা পাঁঠা ছাগল দিলে শেঠ যা নুন, গুড়, খইনি দেয়– অনায়াসে একমাস দেড়মাস চলে যায়।

এই ঘোটুলের চেলিক নহরু নিজেই। তার বাক্যই চরম ও চূড়ান্ত। কিন্তু সে

স্বৈরতান্ত্রিকতায় বিশ্বাস করে না। সবার মতামত নেয়, সবার মতামতকে সম্মান মর্যাদা দেয়।-কায় বোলথো তুমন? বলো তোমরা কে কী বলে চাও? রাজিন্দরকে ঘোটুলে ডাকার সময় যেমন সবার মত নিয়েছিল এখন নামকরণের ব্যাপারেও সবার মত চায়– নামটা কী তোমাদের পছন্দ? রাজিন্দরের পছন্দ অপছন্দের এখানে এখন কোনো দাম নেই। বাচ্চার যখন জনম হয় বাপ মা আর পাড়ার লোক তার নাম দেয়। ভালো হোক আর মন্দ সেই নাম তাকে আজীবন বহন করে যেতে হয়। এখন এখানে রাজিন্দরের নবজন্ম হতে চলেছে।

তাহলে ওই ঠিক হলো। নারিয়েল। তবে অত বড় নাম ধরে তো সব সময় ডাকা যাবে না, সে ক্ষেত্রে নারিল বলেও ডাকা যেতে পারে কী বলো? টুরাদের কোনো আপত্তি ছিলোনা, মৃদু আপত্তি এলো টুরিদের দিক থেকে। –নারিয়েল দেবপ্রিয় ফল। সব পূজায় যার ব্যবহার। দেবতার প্রিয় ফলে মানুষের লোভ এলে দেও যদি নারাজ হয়! এর চেয়ে আওলা নামটা ঠিক হবে! আমলকি তার স্বাদের কারণে মেয়েদের বিশেষ পছন্দের। আর গুনের কারণে সব মানুষের।

–ঠিক হ্যায়! নামমে ক্যা রাক্ষা হ্যায়। তাহলে আওলাই নাম রইল।

ঝাড়ুরাম আজ মদ এনেছে –ঘরে তৈরি মহুয়ার মদ। আগুনে ফেললে পেট্রোল জ্বলে, গলায় ঢাললে চড়চড় করে নামে। পেটে গেলে শরীরে বল আর মনে স্ফুর্তি আসে। অঙ্গের অনু পরমানুতে জাগে অনঙ্গ উন্মাদনা। এখন পাতায় পাতায় ঢালা হয় মহুয়ার মদ। মাপা আঙ্গুর দিয়ে বানানো মোলায়েম পানীয় নয়-! কড়া, একেবারে দুর্বিনীত।

-খাবো? সুকারোর দিকে তাকিয়ে জানতে চায় রাজিন্দর।

পিলে –!

-আগে কোনদিন খাইনি যে!

-আগে যা করিসনি কোনদিন তা করবি না! খিলখিল করে কথাটা এক সহচরীর গায়ে ঢলে পড়ে বলে সুকারো।

-যদি নেশা হয়ে যায়! মাতলামো করি!

-কর না মাতলামো! কে তোকে বারণ করছে? মতলামো করবি বলেই তো তোকে ধরে আনা। মদ খেয়ে মাতলামো করবি না তো কী দুধ খেয়ে করবি!– হাম তো হন! আমি তো আছি, বলে সুকারো।

আদবাসী মেয়ে মদ্যপ মাতাল দেখে ভয় পায় না। সবারই বাপ, ভাই, স্বামী মদখোর। কারো কারো তো নানি দাদিও মদ খায়। যুবতীরা কালেভদ্রে খায় বটে– তবে পরিমিত। কখনও মাতাল হবার মত খায় না। আদিবাসী সমাজ জীবন মদ ছাড়া এক পা চলে না। জন্ম থেকে মৃত্যু সবখানে মদ লাগে।

আজ তাহলে কী হবে? নাচ গানা, নাকি খেলা– গল্প?

সব্বো! –সব হবে আজ।

ফাল্গুনি পূর্ণিমার এই রাত অকৃপণ ও উদার। রূপোগলা মায়াবী জোছনার উপরে ছড়িয়ে দিয়েছে পেঁজা তুলোর মত হালকা কুয়াশার মৃদু প্রলেপ। এই রাতের শরীরে না

আছে গরমের বিষ নিশ্বাস, না শীতের ধারালো দাঁতের দাপট। গত অনেক রাতের মতো এই রাত স্বল্পায়ু নয়– যা শুরু হতে না হতেই শেষ। সূর্যাস্ত থেকে আগামী সূর্যোদয়– প্রায় বারো ঘন্টা জেগে থাকবে এই রাত। তাই সারারাত নতুন অতিথির সম্মানে নাচগান, গল্প, খেলা সব হবে। আগে গল্প হোক! মদ মুখের আর মনের বাঁধন আলগা করে দেয়। আওলা তার গল্প বলুক। ওদের দেশ, দেশের মানুষ, আর বিশেষ করে ওর দেশের টুরি টুরা– তাদের গল্প।

পাঁচ মহুয়ায় লুড়কে যাওয়া নেশারু– রাজিন্দর জড়ানো আর বেদনাহত গলায় বলে– আমার কোনো গল্প নাই। আমাদের সমাজে কোনো গল্প হয়না। সে সমাজের এমন এক পরিবেশ যেখানে কোনো গল্প জন্মাতেই পারেনা। তেমন কোনো সম্ভাবনা দেখা দিলেই অনেক লাল চোখ হামলে পড়ে গলা টিপে মেরে দেয়।

কায় বোলথস? এ নিম্বা বাদাম ইনতোন ইঁদু বাদানা দেশ ইনতোন? –এ তুই কী বলছিস! সে আবার কেমন দেশ! কেমন সেখানকার মানুষ!

এমনই দেশ আমার। যেখানে আকাশে চাঁদ ওঠেনা, নদীতে জোয়ার আসে না। বাগিচায় ফুল ফোটেনা। লোকের গলায় গান– মুখে হাসি থাকেনা।

আহা রে! বড়ই দুঃখী বেচারা! গোল হয়ে ওকে ঘিরে বসেছে সবাই। একটা নতুন কিছু শোনবার প্রত্যাশায় হোঁচট লাগায় তারা বিস্মিত– আহত! এক ব্যর্থ, বঞ্চিত, হতভাগা যুবার জন্য তাদের চোখে চিকচিক করে সহানুভূতির জল।

জিজ্ঞাসা করে একজন-তোর দেশতুন ঝাড়ঝাড়ি ইল্লে? জঙ্গল নেই তোদের ওখানে?

–আছে। সে ইট, কাঠ, পাথরের জঙ্গল। সেখানে ঘুরে বেড়ায় হিংস্র সব জন্তু জানোয়ার। সুযোগ পেলেই এ ওর ঘাড়ে ঝাঁপিয়ে পড়ে রক্ত চুষে খায়। খেয়ে খেয়ে একেবারে ছিবড়ে করে ছেড়ে দেয়।

বুকটা ভীষণ মোচড়ায় রাজিন্দরের। মদ না এখানকার মানুষের প্রভাব তা কে জানে! আবার বলে সে– তোদের এখানে বাঘ মানুষ খায় না। আমাদের ওখানে মানুষ মানুষকে খায়। কে যে তোকে খেতে আসছে কিছুই বুঝতে পারবি না। তাই বার বার আমি পালিয়ে তোদের দেশে চলে আসি। এত সরল নিষ্পাপ মানুষ আর কোথাও নেই রে! তাই তোদের কাছে থাকতে চাই।

-তো নিডর হয়ে থেকে যা ইখানে! থাকবি?

-তোরা তাড়িয়ে না দিলে সারা জীবন থাকবো। নদীর ধারে ছোট্ট একটা ঘর বানাবো!

-ঝুঠ কায়কো বোলথস! এই গলাটা সুকারোর। তার সমর্পিত আস্থার কেন্দ্রবিন্দুতে সংশয়ের ছোট্ট হুল –কেন রে পরদেশি, মিথ্যা কথা বলে মানুষকে ভ্রমে ফেলছিস! তুই থাকবিনা! তোদের মত কেউ থাকে না। সব আসে আর যায়। যাবার পরে আর তার কোনো দাগ চিহ্ন থাকে না।

রাজিন্দর সুকারোর খোলা পিঠে নিজের ডান হাত রাখে– আমি থাকতে এসেছি। স্পর্শের মধ্য দিয়ে এমন একটা বার্তা চারিয়ে দিতে চায়। সুকারো হাতটা সরিয়ে দেয়না।

তার উল্কি আঁকা পিঠময় ছড়িয়ে থাকা উষ্ণতায় চলাচল করে লোভী সেই হাত।

পুনিয়া সবার চেয়ে ছোট। কৌতূহল তার সব চেয়ে বেশি। ভয় আর বিস্মিত চোখে সে রাজিন্দরকে দেখছে। কথা শুনছে। দূর থেকে বেশ কয়েকবার দেখেছে পরদেশি লোকটাকে। এত কাছে কখনও আসেনি। ওর বড় জানতে ইচ্ছা করে লোকটার গায়ের রঙ ও রকম ডিমের কুসুমের মত হলো কী করে! সুযোগ করে সে একবার আঙ্গুল ছুঁইয়ে দেখে নেয়, গায়ে কিছু লেপে রাখা হয়নি তো!

রাজিন্দর ফরসা। তবে এখন আর তত ফরসা নেই। রোদে পুড়ে খানিক তামাটে বর্ণ। একসময় যোগাভ্যাস করার দরুন স্বাস্থ্য বেশ মজবুত। উচ্চতা পাঁচ ফুট আট ইঞ্চি। সবমিলিয়ে সে একজন সুপুরুষ।

তবে আদিবাসী ললনার চোখে সে তেমন একটা আকর্ষক পুরুষ নয়। পুরুষ মানুষ হবে পেশীবহুল আর পাকা জামের মতো কালো। মাথায় থাকবে কাঁধ পর্যন্ত লম্বা কোঁকড়ানো চুল। নাচ আর শিকার যাত্রার সময়ে বা রমণী রমণের আগে –একমুঠো ধুলো নিয়ে চুলে মাখলে ফণাতোলা সাপের মত ফুলে ফেঁপে উঠবে চুল।

গল্পটা ঠিক জমে উঠলো না। তবে আর কী করা যাবে –এবার তাহলে নাচই হোক! রাজিন্দর নাচতে জানে না। চিন্তিত চোলিক – কৌন বনবে ওকর জোড়ি! এমন আনাড়ির সঙ্গে কে পা মেলাতে চাইবে! তে বনবে? নহরু তার বোনের দিকে তাকিয়ে প্রশ্নটা ছোড়ে– সকবে? পারবি গাওয়ারটাকে শিখিয়ে টিখিয়ে একটু চলনসই করে নিতে? পারলে দেখ চেষ্টা করে!

সুকারো আগে থেকেই প্রস্তুত হয়ে ছিল এই দায়িত্ব নেবার জন্য। যদি তার উপর এই ভার না দেওয়া হতো মন খারাপ হতো তার -রাগ হতো। সে এগিয়ে গিয়ে রাজিন্দরের হাত ধরে – আ যা।

ছেলেমেয়েরা কোমর ধরাধরি করে লাইন দিয়ে দাঁড়ায়। কয়েকজন ধামসায় কাঠি মারে। ডিডাং ডিডাং বোল ওঠে। শুরু হয় নাচ আর গান। এই গানে সুরের প্রাধান্য থাকেনা – থাকে মাত্র প্রলম্বিত শব্দ। আর যে নাচ তার নাম ধুলোট। মূলতঃ এটা রণনৃত্য। উদ্দাম এই রণনৃত্যে পায়ের নিচে পতিত মাটির ডেলা ধুলো ধুলো হয়ে যায়। শরীরের গ্রন্থি বেয়ে নেমে আসে শক্তি সামর্থের ফল্গুধারা। যেন কোনো অকুতো তুরঙ্গম বর্শা হাতে ধাবমান কোনো শত্রু বা শিকারের দিকে। লাফ দিয়ে তাকে পার হতে হচ্ছে নদীনালা,পার হতে হচ্ছে পাহাড় টিলা। আর আক্রমণের পর আক্রমণ হেনে পর্যুদস্ত করতে হচ্ছে প্রবল প্রতিপক্ষকে।

এ নৃত্য মূলতঃ পুরুষদের ; প্রলয়, প্রচণ্ড, তাণ্ডব, উদ্ধত, উদণ্ড এই নাচে মেয়েদের অংশগ্রহন করা অসম্ভব। তাদের নমনীয় কোমল শরীরের জন্য আছে কারবা, রাবট–জাতীয় মৃদু অঙ্গ বিক্ষেপন নাচ। সে নাচ হবে এরপরে! এখন তারা আছে মাত্র সহচরী বা অনুপ্রেরণাদাত্রীর ভূমিকায়। তারা একপাশে লাইন করে দাঁড়িয়ে সুর করে রণগীতি গায়–তালে তালে সামান্য এগিয়ে সামান্য পিছিয়ে যোদ্ধাদের সাহস যোগায়। যোদ্ধারা আগালে পিছু পিছু তারাও আগায়, পাশে পাশে থেকে মনোবল বাড়ায়। আর– সবাই

মিলে নেচে গেয়ে গোটা উঠোন জুড়ে পাক খায়।

রাজিন্দর এখন দর্শক। একটু চেষ্টা করেছিল পায়ে পা মেলাবার। পেরে ওঠেনি। এই নাচে অংশ নিলে যতই সুগঠিত শরীরের মালিক হোক, সাতদিনে বিছানা ছাড়তে পারবে কিনা সন্দেহ। এ তারাই পারবে যারা পাথর, পাহাড়, মুরোম মেশানো মাটিতে হামাগুড়ি দিয়ে বড় হয়েছে। পাথরের মত কঠিন মাটি ফাটিয়ে খুঁজে বের করেছে ধরিত্রীর বক্ষসুধা। বছরের পর বছর শরীর পেতে নিয়েছে অরুণদেবের দারুণ অগ্নিবর্ষীবান। মুখোমুখি হয়েছে বন্য হিংস্রতার। যে ভীষণ শারীরিক সক্ষমতায় এরা প্রকৃতিকে বশ করেছে, নৃত্যের ছন্দে সেই বীরভাব প্রদর্শিত হচ্ছে।

প্রায় এক ঘন্টার উন্মত্ততার পর ক্লান্ত ধামসা নীরব হলো। থেমে গেল রে-লে রে-লে পাহাড় জাগানিয়া সুর আর মাটি চূর্ণ-বিচূর্ণ করা বলবান পদবিক্ষেপন। পেশীবহুল উদণ্ড পায়ের সংঞ্চালন। -তখন সবার শরীর বেয়ে নামছে কলকল ঘামের স্রোত।

সকবে? রাজিন্দরের ধরে রাখা হাতে মৃদু চাপ দিয়ে জানতে চায় সুকারো- পারবি?

-কী!

-এই রকম নাচতে?

-তুই আমাকে শেখাবি? শেখালে পারবো!

-আমাকে গুরু মানছিস?

-মানছি।

-পরনামি দে-!

-সুকারোর ধনুকের মত বঙ্কিম ভুরুতে ঝিলিক, চোখে অভীক প্রশ্রয় আর অপাঙ্গ বিলোল- দে পরনামি!

-কায় লেবে?

-যো তু দেবে?

-নারাজ তো নাই হোবে?

-নাহি।

-সচ?

-সচ!

রাজিন্দর তার সবল দুই হাতের তালুতে সুকারোর মুখটা চেপে ধরে ঠিক দুই ভুরুর মাঝখানে রেখে দেয় বিনম্র গুরুপ্রণামীর উপচার- একটা নিবিড় চুম্বন!

রাত বাড়ছে! মধ্যগগনে বিরাজিত বর্তুল চাঁদের শরীর গলে গলে অকৃপণ ধারায় নামছে মায়াবী জোছনা। সেই দুধ সাদা রঙে পৃথিবী ভেসে যাচ্ছে। বহুদূরের যে ঘুমন্ত পাহাড়- সেটা যেন পায়ে পায়ে হেঁটে এসে পড়েছে অনেক কাছে। পাহাড়ের গাঁয়ে হেলান গিয়ে দেবদারু বনটা ঘুমাচ্ছে। একটা নাম না জানা পাখি থেকে থেকে বড় বিরহী কাতর গলায় ডাকছে।

এখন নাচিয়ের দলটা আর তেমন আঁটোসাটো নয়। সবাই ক্লান্ত দেহ নিয়ে কিছু ছড়িয়ে ছিটিয়ে বসা। পরিশ্রান্ত দেহ কেউ কেউ এলিয়ে দিয়েছে ধুলিশয্যায়। মাটির

মানুষের কাছে মাটি কোনো ময়লা বস্তু নয়। যেন মমতাময়ী মায়ের আঁচল। গায়ে যদি লাগে তো লাগুক। নহরু পুষ্পার পিঠটাকে বালিস বানিয়ে আকাশের চাঁদ দেখছে। ময়াল সাপের মত দণ্ডীরাম সুকুলিকে পেঁচিয়ে ধরেছে, না সুকলি দণ্ডীরামকে তা বোঝা যাচ্ছেনা। উপুর শোয়া সোনউয়ের পিঠে চিতশোয়া ছোট্ট পুনিয়া। ঝাড়ুরাম তিন চারটে মেয়ের মধ্যে এমনভাবে নিজেকে গুঁজে দিয়েছে যেন খইনির মধ্যে চুন।

এক সময় শরীরের ঘাম শুকিয়ে যায়। রাত্রির ফুরফুরে হাওয়ায় উড়ে যায় দেহ মনের সব ক্লান্তি। নবীন মন আরও কিছু পাবার আকাঙ্ক্ষায় আকুলতা প্রকাশ করে! ধামসায় কাঠি পড়ে আবার। ডিডাং ডিডাং –জাগ যাও, জাগ যাও! ডিডাং ডিডাং! এবার কী হবে? খেলা হবে –খেলা। কী খেলা? লুকোছাপা!

এটা বড় প্রাণের খেলা। কী করতে হবে এখন? সবাই গিয়ে লুকাবে। যার যেখানে ইচ্ছা। নহরু আর পুষ্পা ওদের খুঁজে বার করবে। যাকে প্রথম খুঁজে পাবে সে তারপর খুঁজবে অন্য কাউকে। কিন্তু– ওদের দু জনার চোখ মুখ দেখে বোঝাই যাচ্ছে– সবাই লুকিয়ে পড়লে ওরা আর খুঁজতে যাবে না। ওরাও গিয়ে কোথাও লুকিয়ে পড়বে। লুকিয়ে পড়ার জন্য ওরা আতুর!

রাজিন্দরের হাত ধরে টানে সুকারো– চল।

-কাঁহা?

ছুপবো।

রাজিন্দর কোনো কথা বলে না। সুকারোর পিছন পিছন লুকাতে বনের দিকে চলে যায়। কিন্তু সুকারোর পা হাঁটে সেই নেড়া পাহাড়ের দিকে– যেখানে গেলে মন মস্তিষ্কে শরীরে অপদেবতা ভর করে। যেখান থেকে পথ চিনে সারারাতে আর ফিরে আসা যায় না।

সেটা বোধহয় রাজিন্দরের চতুর্থবার হারানগড়ে আসা। যেটা ছিল ঘনঘোর অমাবস্যার নিকশ কালো এক সূচিভেদ্য অন্ধকার রাত। লাড়ির এককোনে আগুন জ্বেলে আলোকিত করা হয়েছিলো চারপাশ। বড় বড় গাছের গুঁড়িতে জ্বলছিল দাউ দাউ আগুন।

রাত তখন অনেক গভীর। কোথাও কোনো প্রাণের সাড়া ছিলনা। সারাদিনের কঠোর শ্রমের পর সব মানুষ ঢলে পরেছিল গভীর ঘুমে। চারদিকে যে শব্দ ছিল তা একান্তই অসভ্য আরণ্যক।

বনের ভিতর থেকে–কোনো এক পাহাড়ের গুহা থেকে– ঘনপাতা ছাওয়া আকাশের উপর স্তর থেকে, যে ধ্বনি, রব, নাদ, আওয়াজ, গর্জন, হুঙ্কার ভেসে আসছিল তা মোটেই সুখশ্রাব্য ছিলনা। ছিল ভীষণ ভীতিকারক-হাড় হিম করা।

রাজিন্দর উঁচু মাচার উপর শুয়ে শুয়ে সেই শব্দ নাদধ্বনি শুনছিল আর ভাবছিল আগামীকালের করণীয় যা কিছু। এখানে সে শুধু ভ্রমণ করার উদ্দেশ্য নিয়ে তো আসেনি, কিছু কাজও করার জন্য এসেছে।

আসবার সময় শহর থেকে ধনিরামকে উপহার দেবার জন্য একটা তিন ব্যাটারির টর্চ এনেছে। তাকে মাঝে মাঝে আঙ্গা নিয়ে অনেক দুরদুরান্তে যেতে হয়। পথে সাপ বিছে কত কী থাকতে পারে! সাথে একটা টর্চ থাকলে চলাচলে সুবিধা হবে। ওকে পটাবার সব রকম চেষ্টা করে যাচ্ছে রাজিন্দর। যদি সে সন্তুষ্ট হয়ে শেষ পর্যন্ত সেই ভ্রূণনাশক লতাটার নাম বলে আর চিনিয়ে দেয়!

রাজিন্দর শুয়ে ছিল মাটি থেকে অনেক উঁচু মাচানের উপর। হঠাৎ সে অনুভব করল নিঃশব্দে কেউ একজন অনুপ্রবেশ করেছে তার প্রায়ান্ধকার লাড়ি অঙ্গনে। দীর্ঘদিন বন বনান্তরে ভ্রমণের সুফল এটা। ষষ্ঠ ইন্দ্রিয় এখন অনেক বেশি সংবেদী এবং সজাগ। শুকনো পাতার উপর পা পড়লে সেই শব্দ কানে শুনে বুঝে যেতে পারে রাজিন্দর মানুষ হাঁটছে না কোনো বন্যজন্তু। সে এখন চট করে পিছন দিকে ফিরে দেখার চেষ্টা করে কিসের শব্দ!

বনগ্রামে ভ্রমণে এসে এই লাড়িতে রাজিন্দর যে থাকে এটা সবাই জানে। রাজিন্দরের সঙ্গে দেখা করতে–গল্প করতে কেউ কেউ কখনও সখনও আসে বইকি! নহরু দণ্ডীরাম, সোনোউ যেমন আসে, আসে সুকারো, সুকলি, পুনিয়া। কিন্তু তারা আসে হৈ হৈ করতে করতে। কেউ এমন নিঃশব্দে– অন্ধকারে মিশে অপরাধী পায়ে হেঁটে আসে না। তাদের আসা আর চলে যাওয়ার সবটা জুড়ে থাকে প্রচন্ড শব্দময়তা। তাদের হাসিতে বন পাহাড় সব কাঁপে!

এখন তবে এভাবে চুপি চুপি কে এল? কেন এল! কোনো বন্য বিক্ষুব্ধ প্রাণী কী! তড়াক করে রাজিন্দরের হাত চলে যায় পাশে রাখা ধারালো ফারসায়। যে এসে থাকুক, ক্ষতি করার কোনো বাসনা নিয়ে এসে থাকলে তার মুশকিল আছে! তখনই তার চোখে

স্পষ্ট প্রতীয়মান হয় একটি মহিলা আদল– কৌন?

হাম হন!- আমি হই।

এতো সেই বাঁশপাতার মধ্যে দিয়ে ছুটে যাওয়া বাতাসের মত খসখসে শব্দ। এ অতি চেনা স্বর। এই গলা তো ধনিরামের ছয় নাম্বার বাই–ভেজা ভাবির!– ক্যা বাত?

কাঠজ্বলা আগুন আলোয় দেখা যায় ভেজার সারা কপাল জুড়ে বিনবিনে ঘাম। অবিন্যস্ত চুল, আলথালু বেশবাস। হাঁপাচ্ছে সে। তার সারা শরীরে জড়িয়ে আছে কেমন এক উদ্বেগ, অস্বাভাবিকতা। মদ খেয়েছে সে কিন্তু মদের মত সাধারণ নেশা তাকে এই অন্ধকারে সাপ বিছের রাজত্বের উপর দিয়ে রাজিন্দরের লাড়িতে মাতলামো করতে টেনে এনেছে –এমন প্রত্যয় হয় না। তবে কী কোনো বিপদ! ধনিরামের কিছু হয়ে গেল নাকি!

আলো থেকে অন্ধকারের দিকে সরে যায় ভেজা। যেন নিজেকে লুকিয়ে ফেলে ঘন তমসার মধ্যে।

তোর কাছে একটা দরকারে এসেছি।

কী দরকার? ভাইয়া কোথায়?

ভাইয়া মানে ধনিরাম। বলে ভেজা– তোর ভাইয়া গিস ঝাপুরা। চারদিন বাদ আহি। –দেও ধরমের কাম। ও নেই, সেইজন্যই তো আজ তোর কাছে আসতে পারলাম। অনেকদিন ধরেই আসবো আসবো ভাবছিলাম। সুযোগ হচ্ছিল না।

অন্ধকারে পা ছড়িয়ে ধুলোর মধ্যে বসে পড়ে ভেজা। তারপর বলে–তোর কাছে একটা জিনিস চাইতে এসেছি। না বলতে পারবি না। দিতেই হবে!

থাকলে কেন দেবো না!

আছে। দৃঢ়তার সঙ্গে বলে ভেজা– তোর কাছে আছে।

কী, সেটা না বললে ...।

বলবো! বলবো বলেই তো ছুটতে ছুটতে এলাম।

ভেজার গলার স্বর সুকলি সুকারোর মত তীক্ষ্ণ এবং স্পষ্ট নয়। তারা যা চায় জোরালো গলায় দাবী করে। ভেজার গলার স্বর কেমন যেন জড়ানো জড়ানো– অস্পষ্ট। চাওয়ায় সেই জোর নেই।

-বল কী চাই!

এইখানে নেমে আয়। বলছি। চিল্লিয়ে বলা যাবে না। অন্ধকার থেকে যেন অন্ধকার হতে, ফ্যাঁসফ্যাঁসে মাতাল গলায় ডাকে ভেজা- আয়, বলতে একটু সময় লাগবে। আয়, বোস এখানে এসে। তবু রাজিন্দর দ্বিধা করছে দেখে অভয় দেয় ভেজা– আমি বাঘ না যে তোকে খেয়ে ফেলবো।

আদিবাসী মেয়েদের মদ্যপান সীমিত-আচরণ সংযত। তারা মদ খেলেও পুরুষদের মত মাতাল হয়না, মাতলামো করে না। নেশায় এখানে সেখানে পড়ে থাকে না। কিন্তু আজ যেন ভেজার মদের পরিমান ঠিক থাকেনি। যেন সে টলে গেছে।

-এত মদ কেন খেয়েছিস!

-পিয়ে গা নেহী তো জিইয়ে গা কেইসে! এক বিষন্ন হাসিতে ভেজার মুখমন্ডল

বিতিকিচ্ছিরি হয়ে যায়। -তুই জানিস তোর ভাইয়ার কটা বিহা?

-শুনেছি।

-বলতে পারিস একটা মেয়েও কেন ওর ঘর করেনি? পারবি বলতে?

-আমি কী করে বলবো!

আবার খিন্ন হাসে ভেজা- তোর ভাইয়া ধনিরাম বেইগা- না-মর্দ! কোনো ক্ষমতা নেই তার। বিলকুল না-মর্দ। শতেক বিমারের ইলাজ জানে, খালি বহু বশ করার ইলাজ জানে না। তো, তারা পালায়! পালাবেনা তো কী করবে? একটা জিন্দা লাশ নিয়ে কেন সংসার করবে? করে কী পাবে?- তাই সব পালায়।

একী শুনছে রাজিন্দর! ধনিরাম নপুংসক! চমৎকার মজবুত একখানা শরীরের মালিক ধনিরাম বেইগা। এখনও এক তুম্বা মহুয়ার মদ এক চুমুকে টেনে নেবার মত যার কলিজায় দম, যে একা জঙ্গলে ঢুকে বরহা শিকার করে আনতে পারে-সেই লোকটা পুরুষত্বহীন! একটা মেয়েকে তৃপ্ত করার মত ক্ষমতা নেই তার!

বলে ভেজা-যে জমিন বঞ্জর-কী তার কিম্মত! বল, কী তার মূল্য যে জমিতে ফসল ফলে না, যে বৃক্ষ ফুল দেয়না, ফল দেয়না। তার কী প্রয়োজন যে স্বামী দিতে পারেনা স্ত্রীকে শয্যার সুখ আর কোল জুড়ে কোনো সন্তান! সে স্বামী তো একটা গলার কাঁটা। নদী থেকে জল আনো, জঙ্গল থেকে জ্বালানি কাঠ আনো, মাঠে খেটে ঘরে ফসল তোলো, ঘরে এসে রাঁধো, বাড়ো- খাওয়ায়। বমি করলে সাফ সাফাই করো, রোগভোগ হলে সেবা দাও, এত কষ্ট করার কী মানে! এর চেয়ে আমার 'মাইকে' মানে মাতুলালয়ে কুমারী হয়ে থাকা অনেক ভালো ছিল। যেখানে সব কষ্ট শ্রম হাসি মুখে মেনে নেওয়া যেতো কারণ দিনান্তে হেসে ওঠার অনেক উপকরণ নাগালে পাওয়া যেতো, অনেক সঙ্গী সঙ্গ দিতে এগিয়ে আসতো! এখানে কী আছে আমার? শুধু বন্ধন শুধু বিধিনিষেধের ঘেরা বেড়া! বিয়ে হয়ে যাবার ফলে না ঘরকা না ঘাটকা হয়ে গেছি আমি।

ভেজা ভাবি এখন ফুঁপিয়ে ফুঁপিয়ে কাঁদছে। কী বলে তাকে সান্ত্বনা দেবে কিছু বুঝে উঠতে পারেনা রাজিন্দর।

এই সমাজে মেয়েরা অন্য সমাজের চেয়ে অনেক বেশি স্বাধীন। তবে সে সব মিলবে পিতৃগৃহে বাস কালে। বিয়ে হয়ে যাবার পরে সে হয়ে যাবে একজনের অধীন। তখন সেই বিবাহোত্তর জীবনে যে স্বাধীনতা ভোগ করা যাবে সেই স্বাধীনতায় স্বামীর অনুমোদন আবশ্যক।

একটি কুমারী মেয়ে নিজেই নিজের প্রভু বা সংরক্ষক। যে নিজেকে ছাড়া আর কারো কাছে কোনো কাজের জন্য জবাবদিহি করতে বাধ্য নয়। কিন্তু বিবাহিতদের ক্ষেত্রে ব্যাপারটা সম্পূর্ণ ভিন্ন। তাকে সমাজের এবং তার পালক পালিকার কাছ থেকে অনেক মুল্য দিয়ে সংগ্রহ করা হয়েছে। যাতে তারও সহমতি ছিল। কেউ তাকে কোনো জোর জবরদস্তি তো করেনি। সে স্বেচ্ছায় বেছে নিয়েছে এই জীবন। এখন সে মাত্র একটি পুরুষের সুখ স্বাচ্ছন্দ্য- মনোরঞ্জনের সামগ্রী। তারই অনুমতিতে তুমি ততটুকু হাসবে নাচবে গাইবে খেলবে যতটুকুতে স্বামীর স্বার্থ ক্ষুণ্ণ না হয়। এই কারণে কোনো বিবাহিতা

নারী ঘোটুলে যাবার অধিকারী নয়। নয় অন্য কোনো পুরুষের আনন্দভাগী হবার বৈধতা প্রাপ্তা।

মানুষ মাত্রেই ভুল হয়ে যায়। যদি কেউ মনের ভুলে তেমন কিছু করে ফেলে?

না- আদিবাসী মননে এটা কোনো ভুল নয়- এটা একটা ক্ষমার অযোগ্য অপরাধ। যার একমাত্র সাজা-মৃত্যু। যদি কেউ এই ভুল বা অন্যায় করে বসে স্বামী সেই উপপতিকে স্বহস্তে হত্যা করবে। কোনো দয়া, ক্ষমা দেখানো চলবে না। তা না হলে মৃত্যুর পর সে যখন সৃষ্টিকর্তার কাছে যাবে সেখানে গিয়ে কী জবাব দেবে? যখন সৃষ্টিকর্তা জিজ্ঞাসা করবে- যাকে তুই অন্নবস্ত্র দিয়ে রক্ষা করবি বলে গৃহে এনেছিলি- তাকে যে নষ্ট করে দিলো সেই পাপীকে সাজা না দিয়ে ছেড়ে দিলি কেন? থাকবে তখন এর কোনো জবাব?

না, পুরুষ পাপীর প্রতি যতই কঠোর হোক, মহিলার প্রতি সমাজ এত নিষ্ঠুর হতে পারবে না। কেননা নারী মাত্রেই অবোধ-আর দুর্বল মনের। তার শরীরে ঈশ্বর এমন একটা মন দিয়েছে যে মনে আছে দয়া, মায়া, স্নেহ, মমতা। যা পুরুষ জাতির তুলনায় হাজারগুন বেশি। তাই সে অল্প কথায় কাতর হয়ে পড়ে, মনভোলানো কথায় নিজেকে স্থির রাখতে পারে না। তাই তার ভুল হয়ে যায়। অন্যায় কাজ করে বসে। দোষ সব পুরুষ প্রাণীটির। তুমি কেন জেনে বুঝে অবোধ প্রাণীটিকে এই জায়গায় টেনে নিয়ে এলে! সে বোকা, কিন্তু তুমি তো বোকা নও। তোমার তো জানা বোঝা উচিৎ ছিল যে সে একজনের বিবাহিত স্ত্রী!

তবে যদি কোনো প্রত্যক্ষ সাজা নাও হয় -অপ্রত্যক্ষ একটা সাজা মেয়েটার তো হয়েই যাচ্ছে! যাকে সে দয়া করেছে- 'ইজ্জত' করেছে, সেই প্রিয় পুরুষটির প্রাণ চলে যাচ্ছে তারই জন্য। এটা কী কম সাজা! সারা জীবন তাকে অনুশোচনার আগুনে জ্বলে পুড়ে খাক হতে হবে না? সারা জীবন লোকে তার দিকে আঙ্গুল তুলবে-ধুমড়ি মুস্কি বলে।

এই কারণে-প্রাণ হারাবার ভীতির কারণে এই সমাজে পরদারাসক্ত পুরুষের সংখ্যা শূন্যের কোঠায়। সে যতই আয়েশি হোক না কেন, ধরা একবার পড়ে গেলে যে ভয়াবহ শাস্তির সম্মুখীন হতে হবে সেই ভেবে যে কোনো পুরুষের নপুংসকতা আসতে বাধ্য। জীবনের ঝুঁকি নিয়ে বিবাহিতার গৃহে গমনের চাইতে কোনো কুমারীর দিকে দৌড়ঝাঁপ লাগালে তাতে অনেক বেশি লাভের সম্ভাবনা। এমন ভাবনাও আসতে পারে তার মনে।

অবশ্য এ সব বলা সেই পুরুষের কথা মাথায় রেখে যে আজও অবিবাহিত। যদি সেই পুরুষ বিবাহিত হয়- কোনো কুমারী সহবাসের পর ধরা পরে গেলে সামাজিক জরিমানা কিছু হোক বা না হোক যে বিড়ম্বনায় তাকে বেশি পড়তে হবে সেটা তার নিজের সংসারের অশান্তি। যদি সে সেই অশান্তি সহ্য করতে পারে তাহলে তার আর কোনো সমস্যা নেই।

এই সমাজে কোনো ভিখারি নেই, চোর নেই, বেশ্যা নেই। -ধর্ষকও নেই। যে কারণে একটি মেয়ে নির্ভয়ে গহীন বনের মধ্যে একা একা মহুয়া 'বিনতে' চলে যেতে পারে। কেউ তাকে একা পেয়ে উত্যক্ত করার মত সাহস পাবে না। তবে হ্যাঁ, মানুষের পক্ষে যা অতি স্বাভাবিক-সেই নির্জন বনমধ্যে একা একটি যুবতী কন্যার লোভনীয় শরীর

দেখে কেউ পঞ্চবানে আহত হয়ে পড়তে পারে। কামনা করতে পারে তার আকর্ষক তনুখানি। তখন তার সামনে মাত্র একটাই পথ খোলা থাকবে, সে মেয়েটির কাছে গিয়ে মনমুগ্ধকর হাজার একটা বুলি বলতে পারে। তাতে সে রাজি না হলে আত্মহত্যার হুমকি দিতে পারে। এতে যদি ভবি না ভোলে তাহলে তার আর কিচ্ছুটি করার জো নেই। তার ইচ্ছা যতই তীব্র হোক, দেহে যতই শক্তি থাক, দেখতে যতই দারুণ আর নিদারুণ হোক, বনগ্রামে যতই প্রভাব প্রতিপত্তি থাকুক– কোনো কিছুতেই কিছু হবে না। শরীরটা যখন মেয়ের –তখন সব সিদ্ধান্ত নেবার অধিকারী সে। তাই তার 'ইক্লে' মানেই 'না'। সেখানে কারো কোনো গা জোয়ারি করা চলবেনা।

ভেজাভাবি সেই কুমারীবেলায় ওই স্বাধীন জীবনের স্বাদ সারা শরীর মন দিয়ে খুব উপভোগ করে এসেছে। চাইলে আরও অনেককাল উপভোগ করতে পারতো। কিন্তু কী থেকে যে কী হয়ে গেল! আশা ছিল আর ছোটাছুটি না করে একটি গাছের ছায়ায় নিশ্চিন্তে বসার– দিনমান অন্তে সেই গাছের ফল নিয়েই সন্তুষ্ট হয়ে থাকার। কিন্তু এ গাছ কী গাছ! যার কোনো ফুল ফল ছায়াই নেই। হায় এ দিয়ে আমি কি করবো!

বহুদূর– যেন কোন পাহাড়চূড়া থেকে ভেসে আসে ভেজার ভেজা ভেজা কাতর গলা– বলতে পারিস আমি এখন কী করবো?

এতক্ষণ খেয়াল করেনি রাজিন্দর ভেজা ভাবির পায়ের মল দুটো খোলা। তাই সে এমন পা টিপে টিপে এখানে আসতে পেরেছে। না হলে তার ঝমর ঝমর পদশব্দে সচকিত হতো নিশুতি রাত। অভিগমনের অভিপ্রায় অপ্রকাশিত থাকতে পারতো না।

জানতে চায় রাজিন্দর– মল কী হলো?

-তোড় দেন।

-কেন!

-তোর এখানে আসবো বলে।

এখানে আসার জন্য শুধু পায়ের মলই ভাঙ্গেনি ভেজা, জড়তা, জাড্যতা, লৌকিক সংস্কার– সব কিছু ভেঙ্গে দু পায়ে মাড়িয়ে চলে এসেছে।

-তা, আমার কাছে কেন এলি সেটা তো বল।

-বলবো?

-বল না!

-নিম্মা বোনে ইদপোলে কেনে ওহেল আয়ো, কাউকে তুই কিন্তু বলতে পারবিনা। –বচন দে।

-দিলাম। কাউকে বলবো না।

একটু থামে ভেজা। বড় করে নিঃশ্বাস ছাড়ে তারপর বলে – আমি মা হতে চাই। সেই জন্য তোর কাছে এসেছি। তুই আমাকে মা বানিয়ে দে।

ভেজার কথাটা কানে যাওয়া মাত্র সারা শরীর থরথর করে কেঁপে ওঠে রাজিন্দরের। ধনিরামের হাতের সেই রক্তাক্ত খাঁড়াটা,আর বাবা বুঢ়াদেওয়ের বেদীতে বলি দেওয়া মোষের কাটা মাথাটা চোখের সামনে ভেসে ওঠে। কাঁপা কাঁপা গলায় বলে রাজিন্দর–

আমি এটা পারবো না ভেজা ভাবি। আমাকে তুই মাফ কর।

ভেজার চোয়াল শক্ত হয়ে ওঠে। দৃঢ় গলায় বলে– আর কাউকে সামনে দেখছি না। শেষ ভরসা আমার তুই। আমাকে মদত কর!

কিন্তু কী-ক্-কী করে যে-।

রাজিন্দরকে থামিয়ে দিয়ে বলে ভেজা-কী করে বাইলোগ মাইলোগ হয় তুই জানিস না!

যেন ফুঁপিয়ে কেঁদে ওঠে সে– ইচ্ছা করলে আমি তো পালিয়ে 'মাইকে' চলে যেতে পারি। গিয়ে আর একটা বিহাও করে নিতে পারি। তেমন কিছু করলে তোর ভাইয়া আর বাঁচবেনা। আধবুড়ো হোক আর না-মর্দ হোক, লোকটা কিন্তু আমাকে খুব পেয়ার করে। আমি চলে গেলে সেই শোকে ও ঠিক মরে যাবে। পাঁচবার শোক পেয়েছে। আবার শোক পেলে আর সহ্য করতে পারবে না। আমি ওকে ফেলে যেতে চাইনা। – তাই তোকে বলছি, তুই একটা উপায় কর!

সমস্যা, বড়ই বিকট সমস্যায় বিব্রত হয়ে পড়ে রাজিন্দর। ভেজা জানে ওর প্রস্তাবে এই গ্রামের কেউ সম্মত হবেনা। কে নেবে প্রাণের ঝুঁকি! কেন নেবে? ধনিরাম বেইগা, সে হাত গুনে বলে দিতে জানে– এই বছর ফসল কেমন হবে। খরা-বন্যা আসবে কি আসবেনা। যা কেউ জানে না তা বেইগা জানে! সে যদি কোনদিন গুনে বুঝে যায় কোন রাতে কী ঘটেছিল, হাতে মারবে না– তার দরকারও নেই। মাত্র একটা মন্ত্র মেরে দিলেই কাম তামাম।

এখানকার নিয়মানুসারে প্রতিটা বিবাহিত নারী মাতৃ সমতুল্য। তাদের দিকে কুদৃষ্টি তো দূরস্থান– হাস্য পরিহাসেও– কুকথা বলা বারন। বউয়ের বোন, তা সে বিবাহিত অবিবাহিত যাই হোক, এমনকী বালিকা হলেও সে নমস্য। যখন দেখা হোক যেখানে দেখা হোক পা ছুঁয়ে প্রণাম করতে হবে। অন্য কারো সাথে নয়, হাস্য পরিহাস, রঙ্গ রসিকতা করা চলবে একমাত্র মামা আর ভাগ্নীতে। এই সমাজে মামা আর ভাগ্নীর সম্পর্ক একটা মধুর সম্পর্ক।

ভাগ্নী চলেছে হাটে। পথে দেখা মামার সঙ্গে। মামা মুচকে হেসে চিৎকার করে উঠেছে– কাহা যাথস ভাচি? কোথায় যাচ্ছে এটা মামার না জানার কথা নয়। তবু যে জিজ্ঞাসা করছে– এটা একটা ইয়ার্কি! ভাগ্নী বা কম যায় কীসে? সেও পাল্টা জবাব ছুড়ে দেবে – হাট যাথন মামা, ভাটা খোঁজেবর!

ভাটা সেই বেগুনের নাম যা কালো আর লম্বা– যেটি একটি পুরুষ অঙ্গের আকৃতি। কোনো কোনো সময় আবার উল্টাও হতে পারে। মামা যাচ্ছে হাটে– ভাগ্নী বলে উঠবে– মোর বর একঠোন ভাটা লানবে মামা।

এমন কী এই সমাজ এটাও স্বীকার করে– মামা যদি ভাগ্নীকে বিয়েও করতে চায় তাও করতে পারবে। ভাগ্নীর ক্ষেত্রে মামার দাবী সর্বাগ্রে বিবেচিত হবে। সে যদি কদাকার কুৎসিত পঙ্গুও হয় তার অধিকার অবহেলা করা যাবে না।

দেখতে গেলে এই দাবীর মধ্যে ওদের যথেষ্ট যুক্তিও আছে। এই পরিবার থেকে

পূর্বে একটি মেয়েকে বুকে পাথর রেখে ওই পরিবারে দেওয়া হয়েছে। আজ সেই লক্ষ্মী মেয়ের জন্য ওই পরিবার ফুলে ফলে ভরে উঠেছে। এবার এই পরিবারের সেই যে শূন্যতা সেটা একটু ভরাট করে দেওয়া–ওদের তো এটা একটা মানবিক দায়িত্ব!

এত সব আঁটোসাটো নিয়ম নিগড়ে বাধা– আদিবাসী সমাজের মানুষ কেন ভেজার মরণ আমন্ত্রনে সাড়া দেবে! আর এখানকার যুবাদের তো ভেজার প্রতি অনুকম্পা দেখাবার অবকাশই নেই। ঘোটুলে প্রতিবার জোড় বাধার পর পাঁচটি মেয়ে উদ্বৃত্ত হয়। সে সময় তাদের কাতর মুখের দিকে তাকানো যায় না। বুক কাঁপানো শ্বাস সহ্য হয়না।

এই কারণেই কী ভেজা আজ দ্বারস্থ হয়েছে রাজিন্দরের! সবচেয়ে নিরাপদ, নির্ভরযোগ্য এবং পরদেশি।

–তুই আমাকে মা বানিয়ে দে। আর কিছু চাইনা আমি! আমার কোলে একটা বাচ্চা খেলুক। মাত্র একটা বাচ্চা!

আমতা আমতা করে বলে রাজিন্দর– কিন্তু তা কী করে সম্ভব!

একটু থেমে বলে ভেজা– তুই কতরকমের জড়িবুটি জানিস! কোনো দাবা দারু এনে দে! যেন খেলেই আমি মা হয়ে যাই। ধনিরাম তার নিজের ওষুধ নিজের জন্য ব্যবহার করতে পারবে না। কিন্তু তোর ওষুধে তো সেই বাধা-নিয়ম নেই! এনে দে আমাকে কোনো দাওয়াই। আমার কোল ভরে যাক।

যেন রাজিন্দরের বুকের উপর থেকে একটা ভারী-জগদ্দল পাথর নেমে যায়। যেন ক্রমশঃ গিলতে থাকা অজগরের হাঁ মুখ থেকে ছিটকে যায় কোনো শিশু শিকার। হাঁপ ছেড়ে বলে রাজিন্দর– এনে দেবো।

-কবে?

-এরপর যখন আবার আসবো।

ভেজা এবার উঠে দাঁড়ায়। যা বলার ছিল– বলা হয়ে গেছে। এবার যেতে হবে। আসবার সময় যে পথটাকে বিষম অন্ধকার বলে মনে হচ্ছিল এখন আর তত অন্ধকার লাগছে না। যেন সে পাখির মত উড়ে চলে যেতে পারবে!

জীবজগতের পক্ষে বৃক্ষের মত পরম মিত্র আর কেউ নেই। সে এমন এক বন্ধু যে কিছুই চায় না, অথচ দু হাত ভরে দেয়। আর যা দেয় তার কোনো মূল্য হয়না। সে অমূল্য! প্রবল কাশি! একটা দুটো বাসকপাতা, কটা তুলসিপাতা আর শিউলিপাতা, একটু লবন একটু মিছরি পেসাই করে খেয়ে নিলেই আরাম। কেটে গেছে? দুর্বাঘাস থেঁতো করে রসটা লাগিয়ে দাও –সাথে সাথে রক্তপড়া বন্ধ। গাঁদা ফুলের পাতায়ও এই ক্ষমতা আছে। আনারস গাছের গোড়ার দিকিটা থেঁতো করে তার রস খেলে আমাশয় সেরে যায়। কত তুচ্ছ গাছ গাছালি– কিন্তু কী ভীষণ উপকারি! মাথা ধরায় ওলটকম্বল ডাঁটি, কৃমিতে চিরতার জল, অনিদ্রায় শুশনি শাক, কামশক্তি বৃদ্ধির জন্য শিমুলের মূল, ন্যাবা হলে কাঁচা হলুদ আর আখের গুড়, গায়ের ব্যাথায় গরম ভাতে রসুন, স্মৃতিশক্তি বৃদ্ধির জন্য ব্রাহ্মীশাক, চোখওঠায় হাতিশুঁড় ডাঁটা, গর্ভনাশ করতে হলে জিওলের ছাল-নামী কোম্পানির দামী ওষুধের চেয়ে কম কার্যকরী নয়।

দেশের নানা প্রান্তে এমন কত না জানা-অজানা গাছগাছালি ছড়িয়ে আছে– যার সন্ধান মানুষ জানেনা। রাজিন্দর গাছপালা ভালোবাসে। বনজঙ্গল তার ভালো লাগে। আবিষ্কারের নেশায় সে পাগলের মত বন বনান্তরে ঘুরে বেড়ায়। মানুষ কত দুঃখী আর দরিদ্র। রোগ, শোক, ক্ষুধায় কাতর। যদি তারা বনজ জড়িবুটিকে চেনে আর ব্যবহার করতে শেখে– অতি অল্পমূল্যে সুস্থ ও নীরোগ থাকতে পারবে।

... যদি রাজিন্দর খুঁজে পায় সেই অমৃতদানা যার নাম চিরঞ্জীবী, তাহলে মানুষ অনায়াসে জয় করে ফেলতে পারবে ক্ষুধা, জরা বার্ধক্য। তার শরীর হবে সুস্থ সবল সক্ষম নীরোগ। যৌবন থাকবে আমৃত্যু অটুট।

অবশ্য রাজিন্দর এখনও একেবারে সম্পূর্ণ নিঃসন্দেহ নয় –যে ফলটা সে দেখেছিল মেন্ডরাগাঁওয়ের জঙ্গলে অঢেল ফলে থাকতে– ঠিক সেটাই সেই চিরঞ্জীবী কিনা! চরকসংহিতার বর্ণানার সাথে মিলে গেলেও যথেষ্ট পরীক্ষা নিরীক্ষার আগে– এটাই সেই চিরঞ্জীবী– সেই দাবী করা যাবে না। তাই আগেভাগে কাউকে কিছুই প্রকাশ করা সঠিক হবেনা বলে মনে করে– নিজের মনের মধ্যে সব কিছু গোপন করে রেখে দিয়েছে। এখান থেকে চিরঞ্জীবী সংগ্রহ করে নিয়ে গিয়ে সবার আগে সে নিজের উপর প্রয়োগ করবে। পরীক্ষায় ভালো ফল পাওয়া গেলে তখনই সেটা প্রকাশ করবে জনসমক্ষে।

সেই দুঃসহ কালো রাত্রি কোনভাবে পার করার পরের দিন একটু বেলা হবার পর ঘোটুল ঘর থেকে বাইরে বের হয় রাজিন্দর। হাঁটতে থাকে সামনে দিকে আনমনে। কী করবে কোথায় যাবে কিছুই তার আর মাথায় আসছে না। যেন তাকে কেউ হাত পা বেঁধে কোনো কুয়ার মধ্যে ফেলে দিয়েছে, যেখান থেকে বাইরে বের হবার কোনো উপায় নেই।

...বেশ কিছুটা হেঁটে পথটা বাদিকে বাঁক খেয়েছে। আসবার সময়ে এক দুজন মহিলা ওকে পাশ কাটিয়ে জলপাত্র বহন করে চলে গেল। কিন্তু কেউ কোনো কথা বলেনি। কেউ

ওর মুখের দিকে চোখ তুলে তাকায়নি পর্যন্ত। মনের মধ্যে ঘাপটি মেরে থাকা একটা বিজাতীয় বিদ্বেষ সবাইকে এমন কঠোর করে রেখেছে। না হলে এই অঞ্চলের মহিলারা বিশেষ করে মেয়েরা এমন নয়। একটা যুবক সামনে থেকে হেলতে দুলতে চলে যাবে– নয়নের আর বাক্যের মৌ ছোবল দিয়ে তাকে বিদ্ধ না করে অনায়াসে চলে যেতে দেবে, সেটা কেমন করে হয়! বিশেষ করে কাল সকালে যে নাস্তানাবুদ হয়েছে গ্রাম্যবিচারে, তাকে ঠেস মেরে দু কথা বলে অপদস্থ করা এখন একটা পবিত্র কর্তব্য। মেয়েরা তেমন সুযোগ পেলে না ছাড়ার কথা।

এখানকার মেয়েরা যেমন যখন তখন কলবল করে হেসে উঠতে জানে–হঠাৎ করে গান গেয়েও উঠতে পারে। আর যে কোনো একটা বিষয় নিয়ে তাৎক্ষণিক গান বানিয়ে ফেলাও এদের একটা বিশেষ প্রতিভা। কোনো গান হয়তো বহুদিন আগে কেউ একজন বানিয়েছিল, এরা সময় উপযোগী কয়েকটি শব্দ এদিক ওদিক করে নিয়ে দুম করে গেয়ে মাতিয়ে দেবার ক্ষমতা রাখে।– 'আলে বেইগা, পিলালে দারু দাবাই– তোর বিমারু টসক গেইল,সব্বো– করথে হাই হাই'।

প্রথমরাত্রি ঘোটুল যাপনের পর– যখন ঘোটুলে কী হয়েছে না হয়েছে তা চারদিকে চাউর হয়ে গেছে, আর তারপর যেটা নিয়ে রামবতী পাঁচপঞ্চের দরবারে বিচারের আবেদন জানিয়েছে, সে বিচারে রাজিন্দর দোষী সাব্যস্ত হয়ে গেছে। যখন নিজের ব্যবহারে রাজিন্দর নিজেই লজ্জিত হচ্ছে, তার সেই লজ্জাকে অনেকগুন বাড়িয়ে দিতে– একযোগে অনেক মেয়ে কোরাসে গেয়ে উঠেছিল নবনির্মিত গান– আলে বেইগা...। যার অর্ন্তনিহিত অর্থ ছিল– রাজিন্দর এমন এক কবিরাজ, তার ওযুধ খেয়ে রোগী– অবশ্যই সে রোগী রামবতী– যে সুস্থ হয়নি, সোজা মারা গেছে।

কয়েক মিনিট চলবার পর ওর চোখে পড়ল সেই 'এড়দা'। খুব বড় নয়– মাঝারি ধরনের পাহাড়ি নদী। এই নদীতে সব সময় জল থাকেনা। তবে এখন আছে। তিরিতিরি একটা জলের ক্ষীণধারা বয়ে চলেছে উত্তর থেকে দক্ষিণে। সে ধারায় পায়ের গোড়ালি ডুববে না। এই নদী কি কোতরিতে গিয়ে মিশেছে? ভাবে রাজিন্দর– তাহলে তো নদীর অববাহিকা বেয়ে হেঁটে চেনা সীমানায় পৌঁছে যাওয়া যেতে পারে! কিন্তু যদি তা না হয়ে থাকে? যদি অন্য কোনদিকে চলে গিয়ে থাকে, তাহলে যে আরও বড় বিপদে পড়ে যাবার ভয় আছে!

নদীর পার ধরে কিছুটা এগিয়ে যেন বুকে বিছার কামড় খেল রাজিন্দর। এ কোথায় কোন নিষিদ্ধ উপবনে অনুপ্রবেশ ঘটে গেল তার! এতো সেই স্থান যেখানে কোনো পুরুষ প্রজাতির প্রবেশাধিকার নেই।

নদীর মাঝখানে একটা জলাবর্ত! যার চারধারে ডালাপালা মেলা অনেক গুলো গাব গাছ। গাছে কিছু কাঁচা পাকা গাব। নিচে– সবুজ চিকন পাতায় এমন আড়াল আর ছায়া যে সূর্যালোকের প্রকাশ তেমন প্রখর–উজ্জ্বল নয়। কেমন যেন একটা মোহ, মায়া, ছায়া জড়ানো ছড়ানো। তারই নিচে কয়েকটা কালো কালো বেশ বড় মসৃণ পাথর। যে পাথরে ধাক্কা খেয়ে কুল কুল করে বাজছে জলের স্রোতস্বিনী ধারা। আর সেই চাট্টাল পাথরে পা

ছড়িয়ে বসে নদীর জলে শরীর ধুচ্ছে সেই ক্রুদ্ধ নাগিনা, যার ফণায় ছোবলে আছে তীব্র বিষ-নাম রামবতী।

হারানগড় থেকে জেনেছে রাজিন্দর, মেয়েদের স্নানঘাটের দিকে যাওয়া পুরুষের অনুচিৎ। স্নানরতা মেয়েদের দিকে তাকানো ঘোর অপরাধ। তাই আর পা সামনে আগাবার সাহস পেল না। পাছে রামবতী দেখে ফেলে– সে চট করে পাশের ঝোপের মধ্যে গিয়ে আত্মগোপন করে। ভয়ে আর নিঃশ্বাস পর্যন্ত ফেলার সাহস পায়না। সামান্য নড়তে চড়তে পারেনা। যেন সামান্যতম কোনো শব্দে প্রকাশিত না হয়ে পড়ে তার গোপন করে রাখা অস্তিত্ব। কে জানে তখন কোন বিপদ ছোবল দেবার জন্য ফোঁস করে উঠবে।

রামবতী এখন নিঃশঙ্ক নিঃসন্দেহ–সে ছাড়া আর আশেপাশে কেউ কোথাও নেই। আর কেউ এখানে আসবার কোনো সম্ভাবনাও নেই। শেষ জল কলসি এতক্ষণের মধ্যে পৌঁছে গেছে যেখানে পৌঁছাবার– সেই তৃষিত অঙ্গনে। তার চারপাশ ঘিরে রেখেছে গাছ গাছালির দৃষ্টিরোধ্য পাতার আড়াল। তাই নির্ভয়ে নিরাবরণ সেই বনরাজ্যের মহারানী মগ্ন হয়ে গেছে অবগাহন আত্মরতিতে। এই প্রাকৃতিক দৃশ্যপটে, আবহ অনুষঙ্গে, ভাষ্যময় শারীরিক চিত্র বড়ই বিস্ফোরক বিভঙ্গে উপস্থাপিত। রাজিন্দরের রিরংসী ইন্দ্রিয়ের কন্দরে ইচ্ছের জ্বালামুখ ফেটে শুরু হয় ভয়ংকর অগ্ন্যুৎপাত। অভিচার তাড়িত আর ক্ষিপ্ত করে দেহকোষের লোহিত কনিকা। যেন একটা পাগলা আর বাঁধনছেড়া বুনো ষাঁড় মাথা নাড়ায় বুকের হিমবাহে। জলকেলিরত অনুপম দেহটিকে ধারালো শিংয়ের আঘাতে ক্ষতবিক্ষত করে দেবার প্রবল ইচ্ছা জাগে। কিন্তু সময় অনুকুল নয়। জায়গাটা নয় হারানগড় আর ওই স্নানরতা নয় পরম প্রশ্রয়দাত্রী বনবালা সুকারো বাই। এখন সে যে পথের উপর দাঁড়িয়ে আছে আর যেদিকে যেতে হবে সবটাই এক বিপদসংকুল যাত্রাপথ। একটা সামান্য সাধারণ ভুল তার ফেরার পথ চিরতরে মুছে দিতে পারে। তাই অভিবাসনার গলায় ফাঁস টেনে, দম চেপে মেরে দিয়ে সামনের দিকে চেয়ে থাকে। অপেক্ষায় থাকে কখন রামবতী স্নান সেরে চলে যাবে আর সে স্নানটা করে নিতে পারবে।

হারানগড়ের সবাইও এই রকম বস্ত্রহীন হয়েই স্নান করে। এই সব অঞ্চলের মানুষ বয়নশিল্পের কারিগরি দক্ষতা প্রাপ্ত করতে পারেনি। তুলা অবশ্য জঙ্গলে প্রচুর পাওয়া যায়। চারদিকেই শিমুল গাছের ছড়াছড়ি, যাতে তুলা জন্মায়। জায়গাও অঢেল– চাইলে কার্পাস তুলার চাষ করায়ও অসুবিধা নেই। কিন্তু বস্ত্রবয়নের জ্ঞান দক্ষতা অনায়ত্ত হয়ে থাকায় সে সব কোনো কাজে আসবেনা।

এখানে বাইরে থেকে যে সব ব্যাপারীরা কাপড়চোপড় বিক্রি করতে আসে তার খুব দাম। ফলে অনেক দাম দিয়ে মানুষ পুরুষদের জন্য একটা মাফলার তুল্য কাপড়ের টুকরো, আর মেয়েদের জন্য একটা গামছার সাইজ-এর বেশি কাপড় কিনতে পারেনা। সেই একটা মাত্র কাপড়ের টুকরো যা ভিজিয়ে ফেললে স্নানের পরে পড়বার মত কিছু কাছে থাকে না। বাধ্য হয়ে সেটি জলাশয়ের পাশে খুলে রেখেই জলে নামে। এটা সবাই করে বলে কাউকে দেখে কেউ লজ্জা পায়না। সবটাই একটা নিয়ম বা অভ্যাসের মধ্যে পড়ে গেছে।

আমাদের পুরাণ কাহিনীতে এই রকম বস্ত্রহীন অবগাহনের বর্ণন আছে। মথুরার গোপবালারা সব এই ভাবেই স্নানবাসনায় জলে নেমে পড়ত। যার ফলে একবার কৃষ্ণ সেই বসন চুরি করে নিয়ে তাদের খুব বিপাকে ফেলতে পেরেছিল।

তবে এক নদী হলেও মেয়েদের স্নানঘাট আলাদা পুরুষদের আলাদা। গ্রীষ্মপ্রধান অঞ্চল। জলে নামলে আর জল ছেড়ে কারো পারে উঠতে প্রাণ চায়না। ফলে নিজস্ব জলঘাটে নিজস্ব প্রাণপ্রবাহের মাতনে– দলবদ্ধ ভাবে ইচ্ছামত জলখেলা করে তারা। ছেলেদের জলঘাটের দিকে যেমন কোনো মেয়ে যায় না, মেয়েদের জলঘাটের দিকে ছেলেরা ভুলেও যাবেনা। তবে অসাবধানে –মনের ভুলে এক দুবার রাজিন্দর সেদিকে গিয়ে পড়েছে। তখন দূর থেকে সেই জলকেলি দেখতে পেয়েছে রাজিন্দর।

প্রথম প্রথম ঘাটে স্নানের সময় সভ্যজগতের নিয়মানুসারে –নিম্নাঙ্গে গামছা তোয়ালে কিছু একটা জড়িয়ে নিতো রাজিন্দর। পরে যা নিজের কাছেই কেমন অশোভন –দৃষ্টিকটু বলে মনে হতে থাকে। সবার সঙ্গে–সবার মত হয়ে যাবার অভিপ্রায়ে পরে সেও উদোম নেমে পড়া শুরু করে দেয় জলে।

......ঝোপের লতাপাতার মধ্যে থেকে সামান্য মাথা উঁচু করে বিবসনা রামবতীকে আবার দেখে রাজিন্দর। বার বার দেখে...তার শরীরের বাঁকে বাঁকে মরণমাদক স্তূপাকার। ...চোখ ফেরাতে দেয় না। হারানগড়ের সুকারো যদি সামুদ্রিক ঝড় হয় এ মেয়ের দেহজুড়ে তবে আগ্নেয় লাভার স্রোত। এখন ওকে এই অবস্থায় যে পুরুষ দেখবে তার প্রবৃত্তির পরমানুতে বিস্ফোরণ অবশ্যম্ভাবী। লক্ষ বছরের ব্রহ্মচর্য একমুহূর্তে জলাঞ্জলি দিয়ে দেবে।

নারীদেহ অপরিচিত নয় রাজিন্দরের কাছে। হারানগড়ের অযাচিত অনুকম্পায় সাধ্যমত কুড়িয়েছে সেই অভিজ্ঞতা। অকৃপণ উদারতায় ঘোটুল সঙ্গীরা ঋদ্ধ করেছে রাজিন্দরকে। গুরু হয়ে যেমন সে ছোট্ট পুনিয়াকে শিখিয়েছে অনেক কিছু, গুরুমাতা হয়ে সুকারো ওকে শিখিয়েছে অনেক কিছু। কিন্তু সেইসব খেলাঘরের সঙ্গীদের কার কী শারীরিক অপূর্ণতা আজ এভাবে রামবতীকে না দেখতে পেলে জানাই হতোনা। নারী নয়– রক্ত মাংসের মানবী নয়, যেন কোনো শিল্পীর নিভৃতে বসে বহু সাধনায় পাথর কেটে গড়ে তোলা অপূর্ব ভাস্কর্য।

এই নদীর নাব্যতা কম। বর্ষার সময় ছাড়া তেমন একটা জল থাকেনা। সর্বক্ষণ তিরি তিরি বহে চলা জলধারা দেখে কবে কোনকালে কে যেন এর নাম দিয়েছিল লিঙ্গধারা। সে নামের কী মানে আদিবাসী মানুষ জানেনা। কোথাও কোথাও পাথর আর খণ্ড পাহাড়ের আড়াল দিয়ে আগলে রাখা অগভীর জলাবর্ত। মনে হয় এতে জলের উচ্চতা দুই কি আড়াই ফুট হতে পারে। যা কাঁচের মত স্বচ্ছ আর নীল। যার নিচে ছোট বড় মাঝারি নানান সাইজের পাথর আর পাথর। একটা জলাবর্তে রামবতী স্নানরতা। সে সোজা হয়ে উঠে দাঁড়ালে তার হাঁটু পর্যন্ত জলে ডুবছে। কখনও সে দাঁড়িয়ে আঁজলা ভরে জল তুলে গাঁয়ে ঢালছে কখনও লম্বা হয়ে শুয়ে পড়ছে জল পাথরের উপরে। চারদিকে দৃকপাত নেই– সে এখন আপনাতে আপনি মগ্ন।

নিজেকে নিয়ে নিজে বড় নির্মম খেলা খেলছে রামবতী। সে জানে না –লুকানো

এক জোড়া বিস্ফারিত চোখের দৃষ্টি তার সর্বাঙ্গ লেহন করে চলেছে। রামবতী উবু হলে ভারী নিতম্বে আছাড় খায় ক্ষীনতোয়া নদীর মৃদুমন্দ ঢেউ, আর চিৎ হলে জলের উপর ভেসে ওঠে বিশাল বর্তুল উদ্ধত দুটো নারীত্বের সম্পদ। স্রোতা জলে পদ্ম ফোটেনা। মনে হয় রাজিন্দরের –এখন কিন্তু সে জল উদ্ধত অহংকারে বলতে পারে– পদ্ম, তুমি দূর হঠো, এখানে রামবতী আছে।

রামবতীর তলপেট নিভাঁজ– মসৃণ। নাভিকুণ্ডলী সুগভীর। স্তনঅলিন্দে আঁজলা ভরে ঢালা জল নাভিকুণ্ডলী ভিজিয়ে মসৃণ তলপেটের উপর দিয়ে গড়িয়ে হারিয়ে যাচ্ছে উরুসন্ধির গুচ্ছ কেশদামের মধ্যে। বয়ে যাওয়া এই জলের তরঙ্গ রাজিন্দরকে ভিজিয়ে স্যাঁতস্যাঁতে করে দেয় প্রবল ঘামে। সে ঘামছে আর কাঁপছে–যাকে শিহরণ বলে। মাথার চুল থেকে পায়ের পাতা পর্যন্ত শিহরিত হচ্ছে তার এক অদ্ভুত উত্তেজনার আঘাতে।

আদিবাসী ঘড়ি পরেনা। আধুনিক সমাজের মত– সময় তাদের অনবরত তাড়া করে ফেরে না। এখানে প্রবল রোদের দাপট। তাই জলে নামলে রোদের তেজ কম না হলে জল ছেড়ে উঠতে মন চায়না। অনেক সময় ধরে অনেক অঙ্গভঙ্গি সহকারে স্নান সমাপন করে ধীরে ধীরে জল থেকে ওঠে রামবতী। দু হাতে সারা শরীরের জল কাঁচিয়ে ফেলে চুল নিংড়ে– জলাশয়ের কাছে রাখা সামান্য বসন, যা সভ্য মানুষের বিচারে একটা গমাছার চেয়ে বড় নয়, তাতে অঙ্গ ঢেকে সামনের দিকে আগায়।

এবার কী করবে রাজিন্দর? সে বেশ কিছুক্ষণ ঝোপঝাড়ের মধ্যে নিশ্চুপ বসে মনস্থির করে নেয়-কী করা দরকার! ডুবন্ত মানুষ যেমন হাতের কাছে যা পায় তাকেই আঁকড়ে ধরে ভেসে থাকতে চায়, রাজিন্দরের সামনে ভেসে থাকার বা বেঁচে যাবার একটাই মাত্র উপায় আছে- সে রামবতী। এই বনরাজ্যে আর তাকে বাঁচাবার মত কেউ নাই। তাকেই মরণপন করে আঁকড়ে ধরতে হবে।

কিছু সোজা পথ ধরে গিয়ে সামনের বাঁকে অদৃশ্য হয় রামবতীর অনুপম তনু। এখন ঝোপ থেকে বের হয়ে দ্রুত সেদিকে ছোটে রাজিন্দর। পথের দ্বিতীয় বাঁক আসবার আগেই ছুটে গিয়ে দাঁড়িয়ে পড়ে তার সামনে-। কাতরতা মাখিয়ে বলে– থোরকন ঠাহার যা বাই!

বাই! না ভুল বলেনি। এখানকার সব মেয়েকে বাই বলা যায়। মাই বললে সেটা ভুল হতো। মাই তাদের বলতে হয় যাদের বয়স কিছু বেশি।

রামবতীর দু চোখে আগুন জ্বলে ওঠে– কায়কো! কেন আমি দাঁড়াবো। আমার কী কাজ নেই নাকি? পথ ছাড়।

বিনয়ে ভেঙ্গে পড়ে রাজিন্দর– একঠো গোঠ গোঠিয়া চাহতন! একটা কথা তোকে বলতে চাই। একটু শোন!

কায় বোলবে! গোঠিয়া জলদি জলদি। রামবতীর চোখের আগুন তখনও দপদপে। ভীষণ আবগাহনেও দাহ তাপ কমেনি। যেন মারমুখো ভঙ্গিতে ফুঁসে ওঠে সে-বল বল জলদি বল!

আমি তোর কাছে হাত জোড় করে ক্ষমা চাইছি রামবতী। এবারের মত আমাকে

মাফ করে দে! চোখ থেকে জল গড়ায় রাজিন্দরের নিদারুণ ভবিতব্যের কথা ভেবে। সাহস করে হাত চেপে ধরে রামবতীর-বল তুই আমাকে মাফ করলি! আমি এক পরদেশি। এখানে আমাকে বাঁচাবে তেমন কেউ নেই আমার। আমাকে বাঁচালে তুই বাঁচাতে পারিস, মারলে মারতে পারিস। এখন তুই আমার কাছে মাতা দন্তেশ্বরী। আমাকে বাঁচিয়ে নে রামবতী।

-হাথ ছোড়!

রামবতীর হাত ছেড়ে দেয় রাজিন্দর। সম্রাজ্ঞীর সামনে ক্রীতদাসের মত হাত জোড় করে দাঁড়িয়ে থাকে। রামবতী অপলক চোখে রাজিন্দরের আপাদমস্তক নিরীক্ষণ করে। নাহ্, কাল রাতের সেই দর্প দম্ভ অহংকার এখন আর অবশিষ্ট নেই। ভেঙ্গেচুড়ে দুমড়ে গেছে। নত হয়ে গেছে পরদেশি যুবা। তবে এখনও যথেষ্ট নত হয়নি। আরও নত করতে হাবে। ওর মনের মধ্যের উদ্ধত পুরুষটাকে- একেবারে ভেঙ্গেচুরে চূর্ণ বিচূর্ণ করে দিতে হবে। আর কখনও যেন কাউকে এভাবে অপমান অপদস্থ করার সাহস না দেখায়-এমন শিক্ষা দিতে হবে। - সে পাশ কাটিয়ে সামনে আগায়।

-কায় বোলথস? করেহস মাফ?

সে কথার কোনো জবাব না দিয়ে রামবতী হাঁটতে থাকে। পরদেশি আসুক তার পিছনে পিছনে গিড়গিড়াতে গিড়গিড়াতে। বস্তির টুরি টুরা সবাই নিজের চোখে সে দৃশ্য দেখুক। মাফ বলে দিলেই তো হয়ে গেল। আর তখন হাতে কী থাকবে! ধনুক থেকে যেমন তীর বের হয়ে গেলে আর কারো কিছু করার থাকে না, তেমন মুখ থেকে একটা কথা বের হয়ে গেলে আর ফেরত নেওয়া যাবে না। সেই মোক্ষম কথাটা বলে দেবার আগে কিছুক্ষণ নাচানো যাক!

রামবতীর পিছনে পিছনে হাঁটতে হাঁটতে কাঁদো কাঁদো কাতর গলায় বলে রাজিন্দর- তুই খুব সুন্দরী রামবতী। আমি অনেক জায়গায় ঘুরেছি, কিন্তু তোর মত অসাধারণ শরীর কারও দেখিনি। সত্যি বলছি বিশ্বাস কর- মাতা দাইয়ের কিরিয়া! তোর মত মেয়ের সাথে কথা বলতে- নাচতে, হাসতে, খেলতে -ঘোটুল জাগতে কার না ভালো লাগবে বল!-আমি তো ছাড়-! তুই যাকে কৃপিয়া দিবি তার জীবন ধন্য হয়ে যাবে। আসলে কি জানিস, আমি তো এখানে একেবারে নতুন, বস্তির কী রীতি রিবাজ তা জানি না। তোর সাথেও আগে কোনো চিন পরিচয় ছিলনা। তাই ঠিক সাহস করে উঠতে পারিনি। - নিম্মা উচুন ওয়াড়কুই আদেনা ওড়ু হোং আয়ও আয়েড-যদি তুই আমার আগের চেনা হতিস, বা যদি তুই নিজে থেকে আমার সঙ্গে একটা দুটো কথা টথা বলতিস- ভয় ভেঙ্গে যেত আমার। তাহলে আর এমন ভুল হতোনা।

আমি আগে কথা বলবো! মনের মধ্যে গুমড়ে থাকা রাগটা আবার গনগন করে ওঠে। তুই কে রে হরিদাস! আমি মেয়ে- মায়ের জাত! এই সমাজে সম্মাননীয়। আমি একটা অচেনা অজানা পরদেশি মানুষের সাথে যেচে কথা কলবো!-কেন রে! আমি কী অত ফেলনা নাকি! তোর মত কতজনা আমার পায়ের তালু চাটে তা জানিস!

কিছু বল রামবতী! চুপ করে থাকিস না। বল আমাকে মাফ করে দিয়েছিস! তা

না হলে কী করলে তুই মাফ করবি তাও বল। মদ মুরগি আমি কিছুতে জোগাড় করতে পারবো না। কে দেবে আমাকে? তোর কাছে দোষ করেছি তুই আমাকে বাঁচা।

রামবতীর পাথর কালো মুখের আদলে কোনো পরিবর্তন পরিলক্ষিত হয়না। সেই আগের মতই অপলক আর আক্রামক দৃষ্টি। মরিয়া হয়ে রাজিন্দর রামবতীর বাহুমূল সজোরে চেপে ধরে– সারা গ্রামের একটা মানুষও আমার সাথে কথা বলতে চায়না। চাইলে একটু জল পর্যন্ত দেয়না। না জেনে একটা ভুল না হয় আমি করে ফেলেছি তা বলে সবাই মিলে আমাকে মেরে ফেলবি! যে রকম চলছে সে রকম চললে আমি তো মরেই যাবো। মরে গেলে ভুল শোধরাবার আর তো কোনো সুযোগই পাবোনা। বল পাবো?

রাজিন্দরের চোখের চিকচিকে জল এখন গণ্ড বেয়ে নামতে শুরু করেছে। চোখের জলের একটা নিজের ভাষা– আবেদন আছে। অসহায়, বড় নিরুপায় রাজিন্দরের চোখের জলধারায় রামবতী ভিজতে শুরু করেছে। –নিরেট পাথর গলতে শুরু করেছে। রামবতীর বাহুমূল তখনও রাজিন্দরের হাতে ধরা পরে আছে। রামবতীর হাত তিরিতিরি কাঁপছে। দুটো বলিষ্ঠ হাতের স্পর্শে তার মধ্যে জাগছে নারীসুলভ স্বাভাবিক মমত্ব, দয়া আর ক্ষমাশীলতা। যেন মনিরাজ শেকড়ের স্পর্শে বশীভূত হয়ে যাচ্ছে ক্রুদ্ধ নাগিনী।

বাহুতে মৃদু চাপ দেয় রাজিন্দর– বল রামবতী, একবার বল। তোর একটা কথার উপর নির্ভর করে আছে আমার জীবন মরণ।

হাতটা ছাড়িয়ে নিল রামবতী। নারীসুলভ অহংবোধ তৃপ্ত হয়ে গেছে তার। বিদ্ধস্ত হয়ে গেছে প্রবল প্রতিপক্ষ। বিশাল দুর্গের ধ্বংসস্তূপ পড়ে আছে পায়ের কাছে। একটু থেমে বিজয়িনী সাম্রাজ্ঞীর মত উচ্চারণ করে–চল, তোলা ছোড় দেন। ছেড়ে দিলাম অর্থাৎ মাফ করে দিলাম। আর তুই অপরাধী নোস।

সেই শব্দ কানে যাওয়া মাত্র– মনটা এখন রাজিন্দরের যেন মৃত্যুদণ্ডাজ্ঞা প্রত্যাহত বন্দীর মুক্তি আনন্দের উচ্ছাসে আপ্লুত হয়ে ওঠে। সে সহসা স্থান-কাল-পাত্র ভুলে রামবতীকে দুই হাতে সজোরে বুকে চেপে ধরে। বর্তুল স্তন নিষ্পিষ্ট হয় দু দেহের আলিঙ্গনে।– কী বলে যে তোকে– তুই খুব খুউব ভালো। আবেগের আতিশয্যে রামবতীর সুডোল নরম ভেজা গালে একটা চুমু দিয়ে দেয় রাজিন্দর। চকাস শব্দে সচকিত হয় বন বনান্তর।

রামবতীর চোখে মুখে ছড়িয়ে যায় এক অদ্ভুত প্রশান্তি। নত করবে ভেবেছিল, এত নত হয়ে যাবে ভাবতে পারেনি। মহাযুদ্ধে বিজয়িনী বীরাঙ্গনার মত ওজস্বী ঔদার্য্য ফুটে ওঠে অঙ্গ প্রত্যঙ্গে। পরাভূত– পদে পতিত প্রাণ ভিক্ষুর দিকে ক্ষমা কৃপার মহতী দৃষ্টিতে তাকায় সে। নিজেকে আলিঙ্গন মুক্ত করার কোনো চেষ্টাই করে না। একটা নিরেট পাথরকে মোমের মত গলে কাদা হয়ে যাওয়াকে ইন্দ্রিয়ঘন উপভোগ করে।

একটা সময় বন্ধনপাশ মুক্ত করে রাজিন্দর। তখন আত্মগর্বী অথচ অনুকম্পা মিশ্রিত প্রগলভতায় বলে রামবতী-আব ক্যা! এখন আর কী! সব তো হয়ে গেল। আব মোলা ঘর যায়ে দে-। পথ ছাড়, এবার আমাকে যেতে দে।

অভিমানী তো মাফ করে দিয়েছে, কিন্তু গ্রামবাসী কি তাদের মায়ের জাতির অবজ্ঞা অপমান মদ মোরগা ছাড়া ভুলতে পারবে? বুকের জ্বালা চচ্চড়ে দারঘোর দিয়ে ধুয়ে না নিয়ে তারা কি রাজিন্দরকে রেহাই দেবে? দেবেনা। সে সব দিতে বা দেওয়াতে পারে একমাত্র রামবতী। কিন্তু এখনই কি এই নিবিড় গভীর সান্নিধ্যের উত্তাপঘন মুহূর্তে লেনদেনের– চাওয়া পাওয়ার হিসেবি খেলায় নামা যায়? সেটা কি সমীচীন হবে? তাহলে এত আবেগ এত প্রশংসার এত নিবেদন সমর্পন সবকিছুর স্থূলার্থ দাঁড়াবে– রাজিন্দর কপট ধূর্তমাত্র। বাকচাতুর্যের দ্বারা সে নিজের স্বার্থসিদ্ধি করতে উদগ্রীব।

আদিবাসী ছল চাতুরি আর স্বার্থপরতাকে তীব্র ঘৃণা করে। রাজিন্দর এখন ঘৃণিত হতে চায়না। সে বোঝে এখন কোনো কৌশল বা ব্যস্ততা বিপরীত ফলপ্রসব করতে পারে। এখন শুধু অসীম ধৈর্য ধরে অপেক্ষা করা ছাড়া কার্যসিদ্ধি হবার নয়। এখন মাত্র দীন ভিখারির মত রামবতীর দয়ার দরজায় ভিক্ষাপাত্র হাতে দাঁড়িয়ে থাকা ছাড়া আর কিছু করার নেই।

পথ থেকে সরে দাঁড়ায় রাজিন্দর। রামবতী লঘু ছন্দিল গরিমায় সামনে এগোয়। তার দৃষ্টিনন্দন নিতম্ব দ্বিমাত্রিক ছন্দে দোল খায়। সে জানে তার দরজায় রূপমুগ্ধ দাসের মত এক ভিনদেশি দাঁড়িয়ে আছে। যার মুগ্ধ চোখ পরশ দিচ্ছে আমার দেহের আনাচ কানাচের বাঁক, মোচড়, ভাঁজে। এমত অবস্থায় যে কোনো নারীর চলন বদলে যেতে বাধ্য। তারও বদলে গেলে দোষ কোথায়!

...তার পিছনে পিছনে বাধ্য আর অনুগত পায়ে হেঁটে চলে রাজিন্দর। রামবতী বনবালা হলেও একজন নারী। সে বোঝে– একটা সবল সুঠাম পুরুষের দৃষ্টিক্ষুধা তার উল্কি আঁকা উদোম পিঠকে এখন লেহন করছে। এতে তার একটা মানসিক শান্তি আসে। মনে মনে হাসে সে। নারীত্বকে সার্থক মনে হয়। ... তাহলে ব্যাপারটা এই– কোনো শৃঙ্গই অজেয় নয় তার কাছে! গতকাল যাকে মনে হয়েছিল অজেয়– অনতিক্রম্য সে এখন আমার পায়ের কাছে হামাগুড়ি দিচ্ছে। একবার পিছনে ফিরে সে রাজিন্দরকে করুণাভরা চোখে অপাঙ্গে দেখে। ...ক্লান্ত, বিদ্ধস্ত যেন কোনো ক্রীতদাস।

ঘোটুলের সামনে এসে আচমকা প্রশ্ন করে রামবতী– কা খায়েহস? কী খেয়েছিস?

মাথা নাড়ে রাজিন্দর– কাল থেকে খাইনি কিছু। কী খাবো? কে দেবে খেতে?

কায় খাবে?-গাটো? চুরচুরা সাগ?

বলে রাজিন্দর– ঝন দেবে! যা তোরা দিবি। তাই খেয়ে প্রাণ বাঁচাবো।

তে বইঠ। হাম আথন। বোস তুই, আমি আসছি; বলে দ্রুত রামবতী নিজের ঘরের দিকে চলে যায়। খানিক পরে ফিরে আসে পাতার ঠোঙ্গায় খানিকটা কুলতির কালো ডাল আর কুট্টি চালের সাদা সাদা ভাত নিয়ে। সাথে লাউ তুম্বায় মহুয়ার মদ। – সাগ ইল্লে। চুরচুরা সাগ নেই। এই যা আছে এনে দিলাম। বলে সে– খা পি লে! আহারাম কর। সব্বো ঠিক হোহী। আর তোর চিন্তা নেই। তোর যা নিয়ে চিন্তা সে আমি দূর করে দেবো। তখন সব কিছু স্বাভাবিক হয়ে যাবে।

খিদে তো লেগেই ছিল। গোগ্রাসে কুলতির ডাল দিয়ে মেখে কুট্টি চালের ভাত খায়

রাজিন্দর। অনেকটা মহুয়ার মদ পানও করে। মনের জড়তা, জাড্যতা নিবারণ করতে মদের চেয়ে বড় বন্ধু আর কেউ নেই।

চোখ লাল হয় আর মনের ভার নেমে গেলে হালকা নির্ভার মনের বনে পলাশে রঙ ধরে। এখন সামনে দাঁড়ানো রামবতীকে ঘেটুলের প্রায়ান্ধকার ঘরে আর কাল রাতের অনাবিষ্কৃত বিপজ্জনক দ্বীপের মত মনে হয়না। মনে হয় যেন সুকারোর মত অনেক চেনা অনেকদিনের নিশি নিলয় সঙ্গী। সে সাহস ভরে উঠে দাঁড়ায়, এক লাফে চড়ে বসে সেই বাঁধনছেঁড়া খ্যাপা বুনো মোষোটার পিঠে। শিং বাগানো মোষের সওয়ার হয়ে ছুটে চলে সাহস করে রামবতীর দিকে।

এখন দুঃসহ অসহ্য নয়– সময় যেন সাত ঘোড়ায় টানা স্বপ্নের রথ। কোথা দিয়ে কেমন করে যে সাত সাতটা দিন হুহু কেটে গেল কিছুই টের পায়নি রাজিন্দর। এই দিনগুলোয় আবেশঘন অদ্ভুত এক ভালোলাগার ভেলায় ভেসে –ইন্দ্রিয় থেকে এক অতীন্দ্রিয় অনুভবে সিক্ত হয়েছে তার যুবা মন। জীবন যে এত মধুর, এত শোকতাপ রহিত যাপন, লেনদেনের হিসেবি সম্পর্কের উর্দ্ধে অফুরন্ত আনন্দ অবগাহনের নাম –এর আগে তা এমনভাবে জেনে বুঝে ওঠার অবকাশ ঘটেনি। এই গভীর ঘন অনাবিল অরণ্য সেই অমৃত স্বাদে সিঞ্চিত করেছে জীবনের শুষ্ক, রুক্ষ মাটি। যার কাছে যন্ত্রসভ্যতার যান্ত্রিক সুখ যেন সদ্য গাছ থেকে পেড়ে আনা আপেল আঙ্গুরের কাছে ঔষধ কোম্পানির বোতল বোঝাই রঙ চং-য়ের ভিটামিন সিরাপ। প্রয়োজন তাতে মিটে যায় বটে কিন্তু বঞ্চিত প্রতারিত হয় জীবন।

দিনের এক অলস মধ্যাহ্নের মনকেমন করা পাখির ডাক শুনতে শুনতে পাহাড়ি নদীর বালুময় পথ ধরে হাঁটছিল রাজিন্দর। আর মনে মনে ভাবছিল –যদি কোনো পিছুটান না থাকতো এই আরণ্যক সমাজের একজন হয়ে জীবনটা কাটিয়ে দেওয়া যেতো– সেটায় খুব একটা মন্দ কিছু হতো বলে মনে হয়না। এখানে অনেক কিছু নেই যা আধুনিক সমাজে আছে। কিন্তু এখানে যা আছে সেই স্বাচ্ছন্দ্য সারল্য আর সৌহার্দ্য সভ্যমানুষের সমাজে পাওয়া অসম্ভব। জীবন সেখানে সাতমন বিধিনিষেধের শেকল পড়ানো এক বিড়ম্বনার নাম। মেপে হাঁটা, মেপে হাসা, মেপে মেপে ওঠাবসার এক সঙ্কুচিত যাত্রা।

আর এখানে জীবন যেন মুক্ত আকাশে পাখা মেলা পাখির মত অবাধ– স্বাধীন আর নির্ভয়। মানুষের সাথে মানুষের স্বাভাবিক মেলামেশায় ওখানে কত না নজরদারী আর কত না শ্লীল, অশ্লীল বেড়ি। কত আইনকানুন, নীতি-নিয়ম! আর এখানের মানুষ– এরা সব বাধা বিধি তুড়ি মেরে কী সহজ সরল ভাবে নিজস্ব সমাজ সঞ্চালন করছে। কোথাও এদের তাতে কোনো সমস্যা হচ্ছে না। বরং অনেক সমস্যা সমাজ থেকে দূরে পালিয়ে গেছে।

এই জীবনে রাজিন্দরের বড় লোভ। বছরের পর বছর এখানে থেকে যেতে মন চায়। ইচ্ছে করে এই নদীর ধারে একটা পাতা ছাওয়া কুটির বানিয়ে নিতে। ওই যে দূরে ময়ূর ময়ূরীর ঝাঁক, ওখানে রামবতী আর সে গিয়ে বসবে সন্ধ্যার আবছায়ায়। গাছ থেকে টুপটুপ করে খসে পড়বে দুধসাদা পাকা মহুয়া। আকাশ ঢাকা লাল পলাশ আর মাটি ঢাকা সাদা মহুয়ার মাঝে মহুয়ার মাতাল গন্ধে বাসর যাপন করবে ওরা। এখানকার প্রতি রাত হবে ফুলশয্যার রাত।

এসব ভাবলে বুকটা তোলপার হয় তার। কারণ সুখের রাতের আয়ু দীর্ঘ হয় না। সময় ফুরিয়ে আসছে– এবার তাকে এই স্বর্গসুখ ছেড়ে সেই রূঢ় বাস্তবের মাটিতে ফিরে যেতে হবে। সেই যান্ত্রিক মানুষ আর যন্ত্রসভ্যতার মধ্যে না গিয়ে যে উপায় নেই।

ইন্দোরের এক ছোট্ট মহল্লায় তার ফেরবার পথের দিকে তাকিয়ে বসে আছে তার আত্মীয় পরিজন। এক মাস, দু মাস– তারপর উতলা হবে তারা। কোনো বিপদাশংকায় কালো হয়ে উঠবে তাদের মুখ। রাজিন্দরের আর কোনো ভাইবোন নেই। সে মা বাবার একমাত্র সন্তান। তাই মন না চাইলেও তাদের জন্য এই সবুজ সারল্য ফেলে চলে যেতেই হবে।

মনে হয় রাজিন্দরের এখন রামবতীকে বলা যায়– অনেক খেলা, গল্প, গান হল, অনেক হয়ে গেল ভালোবাসার ভালোলাগার আদান প্রদান। এবার বুকে পাথর রেখে 'মোক বিদাই বল'। ব্যবস্থা করে দে আপনদেশে যাবার। এখন এই কথাটা বলায় কোনো অন্যায় অপরাধ হবে না। নিশ্চয় সে সহানুভূতির সঙ্গে পরদেশির বর্তমান অবস্থাটা বুঝবার চেষ্টা করবে। আর তার কোনো রাগ, অভিমান থাকার কথা নয়। সব রাগ এখন স্পর্শ আলিঙ্গন চুম্বন অনুরাগের রাগে, রঙে ধুয়েমুছে গেছে।

একটা গল্প আছে। এক বিদেশি বন্দী সেনাকে জয়ী সেনাদের হেড কোয়াটারে পৌঁছে দেবার দায়িত্ব সমর্পিত হয়েছিল অন্য এক সেনার উপরে। সে ছিল মেয়ে। হেড কোয়ার্টার কয়েকশত মাইল দূরে। যেখানে পৌঁছাতে দূর দুর্গম অনেকটা পথ পারি দিতে হবে, লেগে যাবে অনেকদিন।

তারপর যা হবার নয় তাই হয়ে গেল। একসাথে অনেকদিন থাকতে থাকতে দুজন দুজনার প্রেমে পড়ে গেল। নর ও নারী, মোম আর আগুন, আগুন আর বারুদ। বিধাতার এ এমন এক সৃষ্টি যে তারা দুজন পাশাপাশি থাকলে যে কোনো সময় আগুন তাপে মোমের মত গলে যেতে বাধ্য।

এখন তাই হয়েছে। রামবতী গলে গেছে। যাকে সে ভেবেছিল শত্রু– প্রতিপক্ষ। যাকে পরাজিত পদানত করবার বাসনা নিয়েই সে এগিয়ে এসেছিল, রাজিন্দরের পৌরুষ পেষনে সেই ক্রুদ্ধ মানবীর সব ক্রোধ গলে সোমরসের ধারা হয়ে ঝরছে।

রামবতী রাজিন্দরের জীবনে সেই নারী যার স্মৃতি আজীবন বুকে বহন করে বেড়াতে হবে। সারা জীবন ওকে স্বপ্নের মত তাড়া করে বেড়াবে। যা থেকে কোনভাবে মুক্তি মিলবে না।

এক ঘনিষ্ঠতম মুহূর্তে বাস্তবতা ভুলে, সাময়িক মোহে বক্ষলগ্না রামবতীকে বলেছিল রাজিন্দর-তোকে হামলা বহুত বেনে লাগথে। তোকে আমার খুব ভালো লাগে। তে মোর সঙরা যাবে? যাবি তুই আমার সঙ্গে?

-কাঁহা?

-মোর ডেরা। আমি থাকি যেখানে।

-সেখানে গিয়ে কী করবো?

-কিছু করবিনা। কিছু তোর করতে হবেনা। শুধু থাকবি আমার কাছে কাছে পাশে পাশে।

খানিকক্ষণ ভেবে নিয়ে বলে রামবতী– তাহলে আমার বিয়ে কী করে হবে? সব কথাবার্তা যে হয়ে গেছে দুই পরিবারে। সামনের মাসেই বিয়ে।

সারাজীবন রামবতীকে কাছে রাখা, সারাজীবন রামবতীর কাছে কাছে থাকা– সেটা

হবার নয়। কারণ রামবতী একজনের বাগদত্তা। আজ এই ঘরে রাজিন্দরের বক্ষলগ্না হয়ে রামবতী যেমন তার কথা মনে করে রাখছে, কোন এক গ্রামের কোনো এক ঘোটুলে সেও কারো বুকে মুখ গুঁজে রামবতীর স্বপ্ন দেখছে। দু জন দুজনার প্রতি বিশ্বস্ত। কেউ কারও বিশ্বাসের অমর্যাদা করবে না। কেউ কাউকে ফেলে অন্যের হয়ে যাবে না।

মনে মনে ভাবে রাজিন্দর- এখান থেকে যাবার আগে ওর একখানা ফোটো তুলতে হবে। ঝর্নার জলে পা ডুবিয়ে বসবে রামবতী, মাথার উপর থাকবে পাখি ওরা উদার আকাশ, আর পাশে সেই সবুজ পাহাড়। যদি ভাগ্য সদয় হয়- সে সময়ে চারপাশে খেলা করবে অনেক হরিণ-সম্বর। নাচবে পেখম মেলা অনেক ময়ূর।

পরক্ষণেই রাজিন্দরের ফোটো তোলার ইচ্ছাটা কেমন দুর্বল হয়ে পড়ে। স্মৃতির দংশনে মনটা ভারাক্রান্ত হয়ে যায়। সেবার এই ফোটো তোলাকে কেন্দ্র করে হারানগড়ে একটা বিচ্ছিরি সমস্যার সূত্রপাত হয়ে গিয়েছিল। যা সামলে উঠতে অনেক বেগ পেতে হয়েছে। সেই কথা মনে পড়তেই মনটা কুঁকড়ে ছোট হয়ে যায়।

সেদিন ছিল ঠিক এমনি এক অলস মধ্যাহ্নের নিখাদ দুপুর। সদ্য কেনা দামী ক্যামেরা নিয়ে জঙ্গলের দুর্লভ দৃশ্য ধরে রাখার শিকারি বাসনায় ওত পেতে বসেছিল ঝোপঝাড়ের আড়ালে। এইভাবেই সে ক্যামেরাবন্দী করতে পেরেছিল একজোড়া হরিণ হরিণীর রমণরঙিন মুহূর্ত। বিশাল ময়াল সাপের মহিষ শিশুকে পেঁচিয়ে দম বন্ধ করে গিলে নেবার ভয়ংকর দৃশ্য। যে সব ফোটো শহরের অনেক নামী চিত্রশিল্পীর প্রশংসা কুড়িয়েছিল। বলেছিল তারা –জঙ্গলে জড়িবুটি খুঁজছো তাই নিয়ে থাকো। আমাদের ভাত মারতে ফোটোগ্রাফি করতে এসো না।

সেদিন সেই দীপ্র দুপুরে একা একা ঘুরতে ঘুরতে রাজিন্দর চলে গিয়েছিল নদীর জলঘাটে। ইচ্ছা করে যায়নি, জঙ্গল পথে চলতে চলতে পৌঁছে গিয়েছিল। তখন সেখানে উদোম উদ্দাম জলকেলিতে মত্ত ছিল দুই সখী ইন্দ্রা আর রোমিলা। ইন্দ্রা ফরসা, মুখশ্রীতে মাখানো সবুজ বন-বনানীর অনাবিল সৌন্দর্য। যে রূপ কামনার উদ্রেক করে না, বুকটায় ভরে দেয় অদ্ভুত এক ভালোলাগার অমল বাতাস। তবে তার বাঁ পা খানা সামান্য একটু বাঁকা। প্রকৃতির এ এক বিচিত্র খামখেয়ালি। যার কোনো অঙ্গ অসম্পূর্ণ তার কোনো না কোনো প্রত্যঙ্গ অধিক শক্তিশালী বা সক্ষম। যে কারণে যারা দৃষ্টিহীন তাদের স্মৃতিশক্তি বা শ্রবণইন্দ্রিয় বা অন্য কোনো অঙ্গ সাধারণ মানুষের চাইতে বহুগুন বেশি বলবান। যারা মূক বধির তাদের শারীরিক সক্ষমতা বহুগুন প্রবল।

ইন্দ্রার যে সামান্য শারীরিক খুঁত-প্রকৃতি সেটা পূর্ণ করেছে অসাধারণ বক্ষসৌন্দর্য দিয়ে। পাকা আর পুরুষ্ট পেঁপের মত-বিশাল বর্তুল উদ্ধত দুটো স্তনে অহংদৃপ্ত শোভার সমাহার। জঙ্গল ফুঁড়ে স্নানঘাটার কাছে এসে ইন্দ্রার স্নান দৃশ্য দেখে আর চোখ ফেরাতে পারলো না রাজিন্দর। স্তব্ধ হয়ে দাঁড়িয়ে,অতি সংগোপনে,অনুপম নারী সম্পদ অবলোকনের নয়নসুখ তৃপ্ত করে নিতে থাকলো।

পাহাড়ি অঞ্চলের সব নদীর মত এই নদীরও নাব্যতা কম। বর্ষার কয়েক মাস দুরন্ত ফুলেফেঁপে ওঠার সময়টুকু বাদ দিলে অন্যসময় তিরি তিরি জলধারা বুকে নিয়ে

কোনক্রমে নিজের অস্তিত্বটা জানান দিয়ে যায়। ইন্দ্রা আর রোমিলা যেখানে স্নান করছে সেখানে জল হাঁটুর নিচে। ওরা সেই জলে ডুবছে ভাসছে। গলা ডুবিয়ে বসছে। আকাশমুখী স্তনের উপর দিয়ে গড়িয়ে যাচ্ছে জলের স্রোত। আবার কখনও উঠে দাঁড়িয়ে এ ওর গায়ে জল, বালি ছুঁড়ছে। হাসছে হিহি করে উচ্চস্বরে। কখনও অঙ্গ মার্জনা করছে। আজকাল ওরা সাবানের ব্যবহার শিখে গেছে। পরিষ্কার পরিছন্ন হলে মনটাও তাজা ফুরফুরে হয়ে যায়– সেটাও জেনে গেছে। এখন হারানগড়ের সবাই– বিশেষ করে যুবক যুবতীরা স্নান করতে যাবার সময়ে আর কিছু সাথে না নিক, সাবান নিশ্চয় নেবে।

ওরা দুজন জঙ্গল ফুঁড়ে রাজিন্দরকে বের হয়ে আসতে দেখে অবাক হয় না, ভয়ও পায়না। আর লজ্জিত হবার কোনো কারণও দেখে না। অবাক না হবার কারণ– এমন ভাবে বাবা, কাকা, ভাই, প্রতিবেশী কেউ না কেউ মাঝে মধ্যে বের তো হয়ই। যারা বীরহোড়, অর্থাৎ জঙ্গলের মানুষ তারা জঙ্গলে যাবে –আসবে এতে অবাক হবার মত কী আছে! এসে পড়েছে স্নানঘাটের কাছে তো কী হয়েছে? তাকাবেনা এদিকে, মাথা নিচু করে সরে যাবে!

ভয় না পাবার কারণ, এটা বনরাজ। কোনো সভ্য শিক্ষিত মানুষের আবাসভূমি তো নয়। এখানে কেউ সভ্যজগতের মত একলা মেয়ে দেখলে অবলা ভেবে তার উপর হামলে পড়বে না। বনরাজ্যে সব মেয়ে মায়ের জাত। মাতা দন্তেশ্বরীর জাত। তার ইচ্ছার বিরুদ্ধে কেউ যদি জোরপূর্বক তাকে ভোগ করে সমাজ তো তাকে কঠিন সাজা দেবেই, মা বসুধা পর্যন্ত তার উপর কূপিত হয়ে উঠবে। সে তাকে সাজা দেবে। সে যে কী কঠিন কঠোর সাজা তা কেউ জানে না। জানে না কারণ– জানবার মত কাজ বিগত শতেক বছরে কেউ করেনি।

বলেছিল সে কাহিনী নহরুর বাপ। সে শুনেছিল তার বাপের কাছ থেকে। শত সহস্র বছর ধরে জনে জনে প্রচারিত এই গাথা। বলেছিল বুড়ো– ইয়ে আসমান, ধরতী, ঝাড় ঝাড়ি ই সোব কোন বানায়? ই সোব বানায় বাবা বুড়হাদেও। বাবা বুড়হাদেওয়ের দুই বেটি। মাতাদাই, আউড় মাতা বসুধা। বসুধা বহুতই সুলখছনা আউড় বুড়হাদেওকে প্যারা। মাতাদাই একদম গুস্যেল জিদ্দি আউর কালা কুলটি। উনকা কারণ হি লোগ বিমার পড়থে আউর মরথে। তো একদিন দো বহন ভেস বদল করকে আয়ে পিরথিমি ঘুমেবর। ডোঙ্গরি এড়দা ঝাড়ঝাড়ি সব্বো দেখে। তা বাদ যায় আদমি মহল্লায়। আদমি অন্ধা। কেইসে চিন পায়ে? না চিন ভালা বুরা কায় কায় তো বোলে! গাওমে এক পহেলবান থা– নিম্মা ঘমণ্ড। যো যা কর দোনোকো হাথ পকড়কর খিঁচে! ঘমণ্ড হবস কা কারণ অন্ধা থা। অন্ধাপনকে কারণ বসুধা আউর মাতা দাইকো পহচান না সকে। তব দোনো বহন আপন ভেসমে আয়ে আউর বোলে-এক নে পাপ কিয়া সবনে দেখা। কিসিনে নেহি রোকা। ঘমণ্ডকা ইসি পাপকা সাজা সবকো লেনা পড়েগা। জঙ্গলমে আউর কই শিকার নেহি মিলেগা। নদ্দী নহরকা পানি শুখ যায়েগা। ঝাঁড় ঝাড়িমে মউহা কেন্দু নেহি বনেগা। বারিস নেহি হোগা, ফাট যায়েগি মিট্টি। কভি বাড় তো কভি শুখা আয়েগা। আদমি বেমারি-ভুখ সে তড়প তড়পকর মরেগা।

তো আদমি ডড়ে আউর খুব রোয়ে। বোলে– এক নে কসুর কিয়া ইসকে লিয়ে সবকো সাজা দেনা উচিৎ নেহি। তব বসুমাতা বোলে-ঠিক হ্যায়। ইসবার মাফ করদেন। মাগার হাম ভেস বদলকর ফিরসে পিরথিমি পর ঘুমনে আয়েঙ্গে। জঙ্গল ঘুমেঙ্গে নদ্দী নহরমে নাহায়েঙ্গে। দোবারা ফির কই হামপর আঁখ উঠাকর ভি দেখে–আউর কই জোর জুলুম করে– তো উসিদিন সবকো ডাবল সাজা দেঙ্গে।

মানুষের সঙ্গে মানুষ লড়াই করে জিততে পারে কিন্তু দেব দেবতার সঙ্গে কি পারবে? দেবী রুষ্ট হবে সেই ভয়ে বনরাজ্যের কোনো আদমি মায়ের জাতির দিকে কুনজরে তাকাবার পর্যন্ত সাহস করে না। –জোর জবরদস্তি খাটানো তো অনেক দূরের ব্যাপার। সব মায়ের জাত বসুমাতার সন্তান। তার চোখের জল মাটিতে পড়লে, কী তার দীর্ঘশ্বাস বাতাসে মিশলে মহা বিপর্যয়ের হাত থেকে জঙ্গলরাজকে কেউ রক্ষা করতে পারবে না।

এই তো মাত্র কয়েকবছর আগের কথা, কোথাও কিছু ছিলনা হঠাৎ করে দূরের ওই যে পাহাড়-ওটায় আগুন জ্বলে উঠেছিল। কেউ জানো কেন আগুন জ্বলেছিল? যাতে গোটা জঙ্গল পুড়ে ছাড়খাড় হয়ে যায়।– কেউ জানেনা। তবে আন্দাজ করতে পারে নিশ্চয় হয়েছিল কোনো অনাচার কুআচার। কেউ নিশ্চয় অপমান অসম্মান করে ছিল মায়ের জাতকে। আর সেই জন্য মাতা রাগত চোখে তাকিয়েছিল। তার চোখের আগুনে পুড়ে গেছে গোটা পাহাড়।

এই যে সেদিন গনৌয়ের পচন রোগে সারা শরীর গলে গেল–মানে কুষ্ঠ হয়েছিল, ওটা কেন? আর তো কিছু জানা যাবে না। কারণ সে মরে গেছে। কিন্তু জানতে পারলে জানা যেতো নিশ্চয় কোনো মেয়ের ব্যথিত নিঃশ্বাস ওর দেহে পড়েছিল। দুঃখী মেয়ের নিঃশ্বাস গাঁয়ে পড়লে কুষ্ঠ কী, তার চেয়েও বড় রোগ হয়ে যেতে পারে।

সেই জন্য কোনো আদমি কোনো মেয়ে দুঃখী হয় এমন কিছু করবে না। তার চেয়েও বড়– যে সেই অপরাধ করেছে গ্রামের মানুষ তাকে ক্ষমা করতে পারবে না।

এই যে দুটি মেয়ে নদীতে স্নান করছে, যাকে দেখে আমার মনে হচ্ছে একজন ইন্দ্রা আর একজন রোমিলা। সে তো ছদ্মবেশে মাতাবসুধা কী মাতাদাইও হতে পারে! আমি যদি এখন তাদের মনে আঘাত দিই তখন আমার পাপে সমস্ত মানবজাতিকে দেবীর রোষ থেকে কে বাঁচাবে? কাজেই বনরাজ্যের লোক কোনো একলা মেয়ে দেখে মাংসভুখ হায়নার মত হামলে পড়বে না। এটা সব মেয়েই জানে।

এখন ইন্দ্রা আর রোমিলা নদীতে স্নান করছে। এতে তাদের লজ্জিত হবার মত কোনো কারণ নেই। লজ্জিত হবার মত কিছুই তারা করছে না। স্নান করা লজ্জার কাজ হবে কেন! মদ খেয়ে যে বমি করে– হুঁশ আসার পর সে লজ্জিত হয়। যে অন্য কোনো যুবক যুবতীর গোপন অভিসার লুকিয়ে লুকিয়ে দেখে– ধরা পরে গেলে সে লজ্জায় মাটির সাথে মিশে যায়। যে বিবাহিত পুরুষ কোনো মেয়ের সঙ্গ কামনা করে প্রত্যাখ্যাত হয়– সে কথা প্রকাশ হয়ে গেলে সে সমাজের কাছে হাস্যস্পদ হয়। এটা তার কাছে অনেককালের জন্য অনেক বড় লজ্জার কারণ হবে। মেয়েরা তাকে উল্লেখ করে গান

বাঁধবে-ঘোটুলে গাইবে।

এই সমাজের কাছে লজ্জা পাবার অনেক কিছু আছে। কিন্তু স্নান করায় কোনো লজ্জা নেই। তা ছাড়া একেবারে বিবস্ত্র হলে নাহয় একটা কথা ছিল! তা তো নয়। ওদের কটিদেশে লজ্জা নিবারণের জন্য কিছু একটা তো জড়ানো আছে। আর তা ছাড়া রাজিন্দর তো অন্য অপর অচেনা অজানা কেউ নয়। বলতে গেলে একেবারে আপনের মতোই। তাহলে-?

প্রথম যখন রাজিন্দর এ বস্তিতে এসেছিল ওকে দেখে টুরিরা লাজাতো। পথে চলতে চলতে কেউ সামনা সামনি পড়ে গেলে ছুট মেরে পালাতো। এখন সবার গা সওয়া হয়ে গেছে। আর তাকে দেখে কেউ লাজায় না পালায় না। পারলে দুটো চটুল পরিহাস ছুড়ে হেসে আর হাসিয়ে যায়। জীবন এখানে বড় সরল সহজ আনন্দময়। হিংসা, দ্বেষ, ক্ষুদ্রতা, নীচতা থেকে এরা অনেক দূরের মানুষ।

হারানগড় বস্তিতে কখনও সখনও যে দু চারজন অচিন দেশের লোক না আসে তেমন নয়। সেই সম্বলপুরের শেঠেরা সাইকেলে নানারকম সামগ্রী চাপিয়ে ফেরি করতে আসে। এক টাকার মাল এদের কাছে পাঁচ টাকা দামে কিনতে হয়। ছেঁড়া জামা কাপড় সেলাই করার একটা সুঁচের দাম এদের কাছে দশটাকার কম নয়। যখন তারা আসে- আর এমন অবস্থায় যদি তাদের সামনে পড়ে যায় দুদ্দাড় করে ছুটে মেয়েরা আশেপাশের জঙ্গলে গিয়ে ঝোপঝাড়ের আড়ালে লুকিয়ে পড়ে।

তখন রাজিন্দর একেবারে নতুন এসেছে এখানে। একবার রাজিন্দরকে দেখেও এমন ছুটেছিল আট দশটা মেয়ে। কিন্তু বন অনেক দূরে থাকায় সেদিকে যেতে না পেরে নদীর ধারে এক জায়গায় গোল হয়ে বসে এ ওর কাঁধে মুখ গুঁজে চোখ বন্ধ করে - সম্ভবতঃ নিশ্বাসও চেপে রেখে- এমন ভাবে বালির মধ্যে বসে পড়েছিল যেন পিঠ ছাড়া আর কিছু দেখা না যায়।

এখন অবশ্য তেমন কিছু করল না ইন্দ্রা আর রোমিলা। ওকে দেখে হাসল খানিক আর জল খেলার হুল্লোড় বাড়িয়ে দিল।

নদীর দক্ষিণদিকে বন খুব গভীর। যে বনের কোনো সীমা পরিসীমা আছে কিনা তা আদিবাসী মানুষও জানেনা। যতদূর হাঁটা যায় শুধু আকাশ ছোঁয়া অগণন মহীরুহ। কত যুগ যুগান্ত ধরে এই সব বৃক্ষের বাড়বাড়ন্ত তা কেউ বলতে পারবেনা। যেন সেই আদিমকাল থেকে বনরাজার প্রজারা নির্ভয়ে নিরাপদে বাড়িয়ে গেছে নিজের আকার আকৃতি আর সন্তান সন্ততি। এই বনে নিশঙ্কায় বিচরণ করে বেড়ায় হরিণ সম্বর আর ময়ূর ময়ূরীর পেখমমেলা ঝাঁক। গাছে গাছে দোল খায় শাখামৃগের দঙ্গল। উড়ে উড়ে বেড়ায় হাজার হাজার রঙ-বেরঙের বাহারি রকমারি পাখ পাখালি। কচ্চিৎ কদাচিৎ যে বুনো বরাহ ভাল্লুক তেন্দুয়া আসে না- তেমন নয়। তবে তা ধর্তব্যের মধ্যে পড়ে না। তাদের নিবাস আরও দূরের গহীন বনের পাহাড়গুহার মধ্যে। সেই পাহাড়ের গুহা ছেড়ে রাতের আঁধারে তারা নিচে নেমে আসে। আবার দিনের আলো ফোটার আগে আহার শেষ করে যে যার ডেরায় ফিরে চলে যায়।

অনেকবার রাজিন্দরের ইচ্ছা হয়েছে ওই পাহাড়ে যাবার। একা সাহসে কুলায়নি। কেউ রাজি হয়নি ওর সঙ্গে যাবার জন্য। তাই ও ঘুরে বেড়ায় নদীর আশেপাশের বন জঙ্গলের মধ্যে। খোঁজে উপকারি উদ্ভিদ লতাপাতা ফলমূল। উদ্দেশ্য ঔষধ সংগ্রহ হলেও তেমন কোনো মনোরম দৃশ্য পেলে ক্যামেরা চালাতে দেরি করেনা।

যদিও এইসব অঞ্চলে সরকারি আদেশ অনুসারে বন্দুক ও ক্যামেরার ব্যবহার একটা দণ্ডনীয় অপরাধ। দুটোই জঙ্গল জীবন তছনছ করে দেবার পক্ষে– আদিবাসী মানুষের সাবলীল জীবনের পক্ষে সমান ক্ষতিকারক। প্রথমটা বন্যপ্রাণীদের জীবন তছনছ করে আর দ্বিতীয়টা বনের মানুষকে করে তোলে একটা বিক্রয়জাত পণ্য। আদিবাসীদের শিশুসুলভ উদোম শরীর সভ্যসমাজে ভীষণ দামে বিকোয়।

রাজিন্দর আদিবাসী মানুষকে সম্মান করে– ভালোবাসে। তাদের আর যাইহোক বিক্রয়জাত পণ্য করে তোলার কথা কখনও ভাবতে পারেনা। ওটা বিশ্বাসঘাতকতা– চরম পাপকার্য। সে আদিবাসী মানুষের কাছ থেকে পাওয়া ভালবাসার প্রতি নতমস্তকে কৃতজ্ঞ।

তবু এখন লোভ হয় রাজিন্দরের ইন্দ্রার এই নগ্ন সৌন্দর্যকে সেলুলয়েড বন্দী করার। বেচার জন্য নয়, কারও জন্য নয়– নিজের অ্যালবামে আজীবন সংরক্ষণ করে রাখার জন্য। আর যদি কখনও এমন সুযোগ না পাওয়া যায়– বড় আপশোস হবে আজকের জন্য। না না, তা হতে দেওয়া যায় না। তাই সে বড় আশা নিয়ে সামনের দিকে আগায়। আবার ওকে দেখে পাহাড়ি ঝর্নার মত মিষ্টি করে হাসে ইন্দ্রা। তার হাসিতে যেন নদী, পাহাড়, বন সব হেসে ওঠে। এমন নির্মল প্রাণখোলা হাসি আদিবাসী ছাড়া আর কেউ হাসতে জানেনা। যার মনে মলিনতা আছে তার হাসি এমন মধুর হবার নয়।

হাসার পর আবার যেমন স্নান করছিল– তেমনই করতে থাকে। আঁজলা ভরে জল তুলে উবুর হয়ে পিঠময় ছেটায়। নতমুখী বক্ষ বিধ্বংসী দোল খায়।

সে দৃশ্যে সারা শরীর জুড়ে শিহরণ জাগে রাজিন্দরের। বুকের মধ্যে বিদ্যুৎ চমকায়– তুমুল ঝড় বয়। রসালো পাকা ফজলি আমের মত ইন্দ্রার দোদুল স্তন রাজিন্দরকে অসময়ে উত্তেজিত করে তোলে। ইচ্ছা করে এখন ওকে এই জলঘাটে জড়িয়ে ধরে বুকের সঙ্গে বুক নিষ্পিষ্ট করে। কিন্তু আগুপিছু বিচার বিবেচনা করে বাসনার গলা টিপে ধরতে হয়। সামনে রয়েছে রোমিলা– সে ঘটনার সাক্ষী হয়ে যাবে। ফলে কোনভাবেই কথাটা আর গোপন থাকবে না। চাই কী ইন্দ্রাও নিজেও হেসে হেসে সবাইকে বলে দিতে পারে- এ সুকারো, এ মিনার,পরদেশি একদম পাগলা গিস রে! পাগলা যেইসে পাকড়ে রহে মোলা। বড় মুশকিল সে ছোড়াকে ভাগেন। –কাহা? এড়দামে। যায়ে রহে হাম নাহায়ে বর। বহিপর পাকড়ে। পুছরোমিলা সে! না ভাগ পাতেন তো বহিপর মোলা 'ইজ্জৎ' কর দেতিস!

এই কথা শুনে মিনার সগুনা অন্য সবাই হেসে কুটিপাটি হলেও সুকারো হাসবে না– সেটা একেবারে নিশ্চিত। তার দু ভুরুর মাঝের কাঁচপোকা টিপ পড়া কপালটা কুঁচকে যাবে। যে চিহ্নকে অনুবাদ করলে অর্থ দাঁড়াবে– নিমকহারাম, বেইমান!

ঘোটুলের ব্যাপার কিছু আলাদা। সেখানে অনেকসময় নিজের পছন্দমত খেলার

সঙ্গী বাছাই করে নেবার সুযোগ থাকে না। চোলিক আর মোটিয়ারিন যার যার সঙ্গে জোড় বেঁধে দেয় অপছন্দ হলেও সেটা সামুহিক স্বার্থে মেনে নিতে হয়। সেখানে অনেকটা ইচ্ছাবিরুদ্ধ ব্যাপার ঘটে যায়। তবে তার সঙ্গে আমি কতটা খেলবো– কতক্ষণ খেলবো, খেলাটা কোন সীমা পর্যন্ত নিয়ে যাবো– সেটা সম্পূর্ণ আমার ইচ্ছাধীন। সেখানে তো কোনো সামাজিক বিধান চলবে পারবে না। তাই ঘোটুলে রাজিন্দরের যদি সুকারো ছাড়া অন্য কারো সঙ্গে নৈশযাপন করতে হয়, সেটায় সুকারো কিছু মনে করবে না।

এখানে সে সঙ্গী বাছাই করছে নিজের ইচ্ছায়। যার সঙ্গে তার নিজের মনোভাব জড়িয়ে যাচ্ছে। তার মানে এই দাঁড়াবে যে রাজিন্দরের মনের কাছে সুকারো নয়– অন্য কারো জন্য আসন পাতা আছে। এমন ক্ষেত্রে রাজিন্দরের উপর সুকারোর রাগ হবে। সে রাগ তার হাতে টাঙ্গিও তুলে দিতে পারে। এবং তারপর যা ঘটবে তা ভাবতেই রাজিন্দরের শারীরিক উত্তেজনায় বরফ চাপা পড়ে যায়। ঘাম দিয়ে জ্বর ছাড়ার মত অভিলাষ অর্ন্তহিত হয়। যার ফলে সে আর বেশি এগিয়ে যেতে পারেনা। নদীর বালুকাবেলায় নিশ্চল দাঁড়িয়ে চাতক চোখেই দুই যুবতীর উদ্দাম জলক্রীড়া দেখতে থাকে।

'ঝাড়িয়ামে কা বর ছুপে হোস,তড়িয়ামে আকে নাহা লে'– হয় ইন্দ্রা নয় রোমিলা কেউ একজন রাজিন্দকে টোন কেটে গান ধরেছে। সেই যেমন বাংলা পল্লিগীতিতে পাওয়া যায় এমন গানের কলি– ও মাঝি ভাই, আমি হবো নদী তুমি আমাতে বাইও নাও। সেই গানের আভ্যন্তরীণ অর্থ যা– এখানে তড়িয়ার মানে তাই।

এই পৃথিবীর মানুষ– তা সে গভীর অরণ্য কন্দরের আদিবাসী বালা হোক কিংবা আধুনিক সমাজের শিক্ষিত তরুনী, প্রায় সবাই সুদর্শন পুরুষের চোখের আয়নায় নিজের প্রতিবিম্ব ফেলে নিজেকে যাচাই করে নিতে চায়– সে কতটা আকর্ষক। এই স্পৃহা মানবীমনের চিরকালীন স্পৃহা। এই জন্যই এত সাজসজ্জা– প্রসাধনের ব্যবহার। এত হাস্য, লাস্য, কটাক্ষ।

ওরা দুজন হয়তো অবচেতনে সেই অভিলাষার অন্ধকূপে বন্দী হয়ে গেছে। তবে তাদের শরীরে কোথাও কোনো পেশাদার মডেলের কলাকারী নেই। নেই সুদক্ষ অভিনেত্রীর সুনিপুণ চাতুরি। সবটাই সহজ, স্বচ্ছন্দ, সাবলীল, অনাড়ম্বর। ওরা হাসছে, হুল্লোড় করছে, ডুবছে আবার ভাসছে। রাজিন্দরকে দেখে যা আরও বৃদ্ধি পাচ্ছে। এর পশ্চাতে সেই নজর কাড়ার অভিপ্রায় অবশ্যই গোপন আছে।

ওদের জলচিকন, পেলব ত্বকে ঠিকরে যাচ্ছে দীপ্র দুপুরের উজ্জ্বল রোদ। রূপকথার জলপরীর মত মনে হচ্ছে এই জলবিহার। অবশেষ এই দৃশ্যকে দীর্ঘ পরমায়ু দিতে অভ্যাসবশে ক্যামেরায় চোখ রাখে রাজিন্দর। আঙ্গুল নিশপিশ করে ওঠে তার ক্লিক করার জন্য।

এখন পর্যন্ত সব ঠিকঠাক ছিল। এবার যা হলো তার সবটাই বেঠিক আর বেনিয়ম।– বিষম বিপর্যয়। ইন্দ্রা রোমিলারা আজকাল ক্যামেরা, ঘড়ি আর রেডিও চেনে। এ সব চিনিয়েছে রাজিন্দরই। চিনিয়েছে টর্চ, দেশলাই আরও অনেক কিছু। ওরা এখন জানে যার নাম ক্যামেরা সেই কালোমত ছোট্ট বাক্সটায় এমন জাদু আছে যে, তার সামনে দাঁড়ালে

একটা মানুষ ঠিক যেমন দেখতে তেমনই আর একটা ছোট্ট 'দুসরা' হয়ে যায়।

–এই কারণে তারা এখন লজ্জা পায়। মানুষ যখন–যখন তাদের বুড়হাদেও আঁখ দিয়েছে – সে তো সবকিছু দেখতে পাবে। আঁখ না থাকলে তারা দেখতে পেতোনা। তাই মানুষ মানুষকে দেখছে সে দেখায় কোনো দোষ নেই। –দেখানোতেও কোনো দোষ-লাজ নেই। কিন্তু এই দেখা আর দেখানোর মাঝখানে একটা মেশিন আসবে কেন! এখানে মেশিনটাই অশ্লীল, অশোভন ও আপত্তিকর। –ওরা বিরক্ত বিব্রত হয়ে দ্রুত জল ছেড়ে পারে উঠে নিজেদের ছেড়ে রাখা শুকনো কাপড়ে শরীর ঢেকে নেয়।

কী হলো! কা হইস? কিছু বুঝতে না পেরে রাজিন্দরের গলা থেকে যা বের হয় তাকে হতাশা, বিস্ময় ব্যর্থতাবোধের কষ্ট বলা যেতে পারে। আর এক মিনিট সময় পেলে সে তুলে ফেলতে পারতো একটা সেরা ছবি।

– কিরে উঠে পড়লি যে! আর চান করবি না?

হামন তো নাহাথন,তেয় কায় করথস? ইন্দ্রার গলায় অভিযোগ– তুই কি করছিলি?

কিছু না তো! হাতের ক্যামেরা দেখিয়ে বলে রাজিন্দর– কিছু করছি না। শুধু তোদের একটা ফোটো তুলছিলাম। যে রকম চান করছিলি– করতে থাক, দেখবি, কী সুন্দর ছবি উঠবে। – যা চান কর!

-নন। সপাট জবাব ইন্দ্রার। নেই নাহাথন।

-কেন রে!

-হাম্মনকে লাজ লাগথে।

অনুনয় বিনয় অনেক করে রাজিন্দর– একটা ছবি তোলার জন্য– কিন্তু কিছুতে ইন্দ্রা আর আগের মত উদোম স্নানে রাজি হয়না। সব কথার তার একটাই জবাব– লাজ লাগথে। রোমিলা তো লজ্জায় মুখ ফুটে কথাই বলতে পারছে না। সে বিব্রত মুখে আধোবদনে চুপচাপ দাঁড়িয়ে থাকে।

রাজিন্দর যতোই বন বনান্তরে ঘুরে বেড়াক, যতই আদিবাসী মানুষ দেখুক, তাদের সমাজ, সংস্কৃতি সম্বন্ধে জানুক– আসলে সে তো আপাদমস্তক তথাকথিত সভ্যজগতেরই মানুষ। মনন চিন্তনে সে তো বহন করে চলেছে এই সমাজের ক্লেদ পাঁক। যে সভ্যতায় হাজার বছর বছর ধরে ঘাঁটি গেড়ে বসে আছে নগণ্য জঘন্য মুল্যানুমান। যা প্রকারান্তরে বুঝিয়েছে পৃথিবীর সব কিছুই বিক্রয়জাত পণ্য। দামের কিছু হেরফের হতে পারে কিন্তু কোথাও এমন মহৎ সুন্দর কিছু নেই যা ক্রয়-বিক্রয় হয়না। গোরু ঘোড়া ছাগল ভেড়ার মত মানুষও একটা পণ্য। যাকে কেনা বেচা করা যায়।

এই যে শিল্পের নামে মডেল মেয়েদের নগ্ন অঙ্গ প্রদর্শন, এও তো এক ধরনের শরীর বিক্রয়। স্বল্পবসনা নায়িকাদের সিনেমার পর্দায় যে দাপাদাপি–ওটাও এক ধরনের শিল্পসম্মত বেশ্যাবৃত্তি। বেশ্যা ! এই শব্দটা আজ গালিবাচক শব্দ, কিন্তু আগে– অনেক আগে এটা ছিল একটা সম্মাননীয় পদ। রম্ভা, উর্বশী, মেনিকা– এ সব স্বর্গধামের খুবই সম্মাননীয় নারী। আজ যেটা একটা কদাকার পেশা রূপে চিহ্নিত করা হচ্ছে।

আর এত কদাকার কাজ সুন্দরী শিক্ষিত মেয়েদের দিয়ে করানো সম্ভব হচ্ছে শুধু

মাত্র অঢেল পয়সার প্রলোভন দেখিয়ে– আর শিল্পের মোড়কে মুড়ে পরিবেশন করা যাচ্ছে বলে। ওই দুটো রক্ষাকবচ না থাকলে– যে দৃশ্য বন্ধ ঘরের মধ্যে দু জনে করার কথা তা কিছুতে শত লোকের চোখের সামনে লাইট জ্বালিয়ে ক্যামেরা অন করে অনায়াসে করে ফেলতে রাজি হতোনা।

এই ধারণার বশবর্তী হয়ে রাজিন্দর ভুলে যায় যে সে যা করতে যাচ্ছে তা আদিবাসী ধর্ম, সংস্কার বা সমাজ নীতির পক্ষে বড়ই বেমানান-অসম্মানজনক। এটা সেই সমাজ যেখানে নীতি আদর্শের চাইতে কিছুই বড় নয়। পয়সা এখানে ধুলোর চেয়েও কমদামী।

সে হঠাৎ করে বলে বসে– ইন্দ্রা আমার একটা কথা মান– আমাকে একটা ফোটো তুলতে দে। এমনি এমনি দিতে হবে না। তোকে আমি তার দাম দেবো। যত টাকা তুই চাইবি –দেবো। চাইলে তোকে আমি একটা গাঁধিবাবার পাত্তি দেব।

হারানগড়ের মানুষ আজকাল রূপাইয়া চেনে। এণ্ডু, মুণ্ডু, রূণ্ডু, নাল্লু করে বিশ পর্যন্ত গুনে ফেলতে পারে। পাঁচবার বিশ হলে যে পরিমান রূপাইয়া হয় সেটা যখন একটা নোটে থাকে তাকে পাত্তি বলে। সব ঘরে তো নেই তবে কোনো কোনো ঘরে একটা দুটো পাত্তি পাওয়া যেতে পারে। যা নিয়ে 'পেরতাপপুর' হাটে গেলে কত্ত কী কিনে আনা যায়। গাঁধিবাবার পাত্তি দেখালে শেঠেরা মাল দিতে কোনো আপত্তি করে না। পাত্তির কত দাম সে ইন্দ্রাও জানে। বিশ রুপাইয়ায় এক ডজন রঙিন কাঁচের চুড়ি মেলে। বিশ রুপাইয়ায় একঠোঙ্গা মিঠাই পাওয়া যায়। চুলের ফিতে কেনা যায়। তবু সে গাঁধিবাবার পাত্তির সামনে নত হয় না। মানুষ মানুষকে দেখুক, মানুষ মানুষকে ছুঁক, কি 'ইজ্জৎ' করুক– ইজ্জৎ অর্থে এখানে সহবাস-তারপর ভালোবেসে যদি কিছু দেয় তো দিক। তার মর্যাদা আলাদা। তা যতই তুচ্ছ হোক নেওয়ায় কোনো আপত্তির কিছু নেই। কিন্তু মেশিনের মাধ্যমে জনসমক্ষে দ্রষ্টব্য হওয়া এবং তার বিনিময়ে অর্থ গ্রহণ করা –এটা আদিবাসী মননে বড়ই বেইজ্জতির ব্যাপার। আদিবাসী শরীর কোনো সওদার জিনিস নয়। সম্মানের সঙ্গে দেখার জিনিস। অতএব – 'ননও– মানে, না। ইন্দ্রার মুখ থেকে এই শব্দ বের হবার পর দুই যুবতী রাজিন্দরের বিহ্বল চোখের সামনে থেকে দ্রুত উধাও হয়ে যায়।

তখন তাদের চোখের তারায় আর মুগ্ধতার চকমকি ছিলনা, ছিল ভৎর্সনার কালো ছায়া– তুই কি রে পরদেশি! ছ্যাঃ ছ্যাঃ। এবং সন্ধার সময় ঘোটুলে গিয়ে কানে কানে, জনে জনে বিবৃত করে দেয় সেই কাহিনী– জানে মিনার সগুনা সুখবতী – পরদেশি হামলা ফোটো খিঁচেবর একঠো গাঁধিবাবা পাত্তি দেয়েবর বোল রহে থে! বাত্তা কতিক লাজকে বাত! রাজিন্দর তা জানতে পারেনি। ব্যাপারটা নিয়ে যে খুব আলোড়ন উঠেছে সেটা তার জানবার সুযোগ হয়নি। এটায় অনেকে যেমন লজ্জাজনক একটা ব্যাপারের সন্ধান পেয়েছে –অনেকের তেমন কৌতুহলের কারণ হয়েছে। এবং তারা একান্তে এটা নিয়ে নিজেদের মধ্যে আলোচনা করেছে। পরদেশি ফোটো তুলবে সে ঠিক আছে, কিন্তু ইন্দ্রারই কেন! আরও তো অনেক মেয়ে আছে। ওখানে তো রোমিলাও ছিল। সবাইকে বাদ দিয়ে একা ইন্দ্রার কেন!

দিন পাঁচ ছয় পরে এক দুপুরে লাড়ির দড়ির খাটিয়ায় শুয়ে আকাশ দেখছিল রাজিন্দর। সেদিন আকাশ ছিল মেঘমেদুর। ঝিরি ঝিরি বৃষ্টি হচ্ছিল আর বাতাস বইছিল সোঁ সোঁ করে। বনের বীজা, মহুয়া, আমলকী, কেন্দু সব গাছগুলো জলে ভিজে শীতে কাঁপছিল হু হু করে।

এ অঞ্চলের বৃষ্টির জল ভীষণ ঠাণ্ডা। যেন জল সরাসরি বরফ থেকে গলে গলে নামছে। এর এক ফোটা গাঁয়ে পড়লে সারা শরীরে ঝাঁকুনি লাগে। মনেহয় যেন সেই শীতল জল লোমকূপ থেকে শরীরে প্রবেশ করে একেবারে হাড়ে গিয়ে কামড় বসায়। বলবান দেহও সেই জলের কামড়ে কাতর হয়ে যায়। দু পাঁচ মিনিটের মধ্যে শরীর অসাড় হয়ে পড়ে।

এই জন্য এখানকার আদিবাসীরা বর্ষাকালে– জমিতে চাষের কাজ করার সময়ে গায়ে দু পাল্লার ভেড়ার লোমের কম্বল চাপিয়ে নেয়। যে কম্বল তারা পায় রাজস্থানী মেষপালকদের কাছ থেকে। বছরের প্রায় আট নয় মাস তারা এখানে হাজার হাজার ভেড়ার পাল নিয়ে চড়াতে আসে। সাথে থাকে উট, শিকারি কুকুর। থাকে পুত্র-কন্যা পুরো পরিবার। ওদের মেয়েরা বউরা সুন্দর সুন্দর কম্বল বানায়। সে কম্বলের এমন গুন যে উপরের পাল্লা ভিজে চুপচুপে হয়ে গেলেও নিচের পাল্লা থাকে শুকনো আর গরম। ওরা সেই কম্বল আদিবাসীদের দেয়। বিনিময়ে আদিবাসীরা ওদের দেয় চাল, ভুট্টা, সবজী।

কিন্তু এখন– কোনরকম কোনো আচ্ছাদন ছাড়াই দুই বনবালা বৃষ্টি মাথায় করে লাড়ির দিকে আসছে। কারা ওরা! কেন আসছে এই দুর্যোগে! কাছে এলে চিনতে পারে রাজিন্দর-এর একজন মিনু আর একজন সগুনা। মিনু কালো কিন্তু স্বাস্থ্যবতী, বড় বড় দুটো বিস্ময় মাখা চোখ আর পানপাতার মত মুখ। কথা বলে কম, হাসেও কম। গড়পড়তা মেয়েদের চেয়ে অনেক শান্ত সংযত। ঘোটুলে তাকে কখনও বিশেষ চঞ্চল হতে দেখা যায় না। সঙ্গী নিয়ে তার কোনো টালবাহানা থাকে না। যাকে জুড়ি বানিয়ে দেওয়া হয় তার সঙ্গে খেলে।

সগুনা শ্যামলা চেহারার মেয়ে। কিছু রোগা গড়ন। মুখের আদল কিছু পুতুল পুতুল। যার গাল টিপে আদর করতে হাত কাঁপে না। কথা বলে গলগল করে। হাসিটাও খুব মিষ্টি। যেন কোনো ভোরবেলার কোনো নাম না জানা পাখির ডাক। দুজনের বয়স পনেরো ষোলোর বেশি নয়। তারা কাদামাখা ভেজা শরীর নিয়ে সোজা লাড়িতে এসে ঢোকে। আর বিনা ভূমিকায় রাজিন্দরের পাশে দড়ির খাটিয়ার এক ধারে বসে পড়ে। ওদের বৃষ্টি ভেজা শরীর থেকে টুপ টুপ করে জল খসে পড়ে।

কী ব্যাপার রে? রাজিন্দর বুঝতে পারেনা এমন অসময়ে এই দুই মূর্তির এখানে আগমন কেন! -কাবর আয়েহস? জানতে চায় সে।

মিনু তাকায় সগুনার দিকে, সগুনা তাকায় মিনুর দিকে। চার চোখে সংকেতে কিছু কথা হয়ে যায় যা রহস্যের মোড়কে মোড়া। তারপর সগুনা লাড়ির হেতালপাতা ছাওয়া চালের দিকে তাকিয়ে কী যেন খোঁজে -কিন্তু খুঁজে না পেয়ে-খুঁজতেই থাকে। তখন আবার বলে রাজিন্দর-এখানে কেন এলি?

এবার জবাব দেয় সগুনা– এই যে! এই এমনি এমনি আর কী!

বলেছে বটে এমনি এমনি কিন্তু আসাটা যে অকারণ উদ্দেশ্যবিহীন তা নয়। ওদের উশপাশ করা চেহারা দেখে আন্দাজ করে নিতে অসুবিধা হচ্ছে না যে ওরা কিছু বলতে এসেছে। তা না হলে এই বৃষ্টিতে কেউ সাধ করে ভিজবে না। বোঝাই যাচ্ছে ওরা এমন একটা কিছু করতে এসেছে যা সবার সামনে করতে চায় না। কিন্তু রাজিন্দর এখন নিজের তরফ থেকে বিশেষ কোনো উৎসাহ দেখায় না। আড়চোখে ওদের দেখে মনে মনে মুখ টিপে হাসে। সময় দেয় দুই নবল কিশোরীকে মানসিক ভাবে প্রস্তুত ও প্রকাশিত হবার জন্য।

প্রায় দশ পনেরো মিনিট চুপচাপ বসে থাকার পর অধৈর্য মিনু কনুই দিয়ে সগুনার পাঁজরে আলতো খোঁচা দেয়। আর তার বসতে ইচ্ছা করছে না। শীতে ঠকঠক করে শরীর কাঁপছে! কনুইয়ের গুঁতোর জবাবে সগুনা মিনুর দিকে তাকিয়ে চোখের পাতার ওঠা নামায় বলে দেয়– ব্যস্ত হোস না। –একটু ধৈর্য ধর।

এবার রাজিন্দরকেই বলতে হয়-তোরা কি আমাকে কিছু বলবি বলে এসেছিস? তাহলে বলে ফেল।

রাজিন্দরের কথার জবাবে কিছু ঝাঁঝ মিশিয়ে প্রশ্ন করে সগুনা– হেই পরদেশি, তুই ইন্দ্রাকে নাকি গাঁধিবাবার পাত্তি দিতে চেয়েছিলি? রাজিন্দর কিছু জবাব দেবার আগেই মিনু, সল্পবাক মিনু ছুঁড়ে দেয় ঝাঁঝালো পরের প্রশ্ন– কেন দিতে চেয়েছিলি গাঁধিবাবার পাত্তি?

দুজনার আক্রমণের দাপটে প্রথমটায় হকচকিয়ে গেলেও পরমুহূর্তে নিজেকে সামলে নিয়ে প্রশংসার গলায় বলে রাজিন্দর– ইয়ে– মানে– ওর একখানা ফোটো তুলবো বলে। ও এমনিতে রাজি হচ্ছিল না তো, তাই ভাবলাম রূপাইয়া দিলে যদি...।

ওর কেন! সগুনার প্রশ্নটা ছোট বটে তবে তার অভ্যন্তরে লুকানো অর্থ অনেক বড়! ফোটো তুলবি সে ঠিক আছে। কিন্তু একা ইন্দ্রাকেই তোর পছন্দ হলো কেন? বস্তিতে আরও অনেক মেয়ে আছে। এই যে আমি আছি, মিনু, সুকলি, সুখবতী, তারপর সুকারো! সুকারো তো তোর সাথে জোড় বাঁধে, ঘোটুলে নাচে-খেলে! সবাইকে ফেলে তোর ইন্দ্রার দিকে ঝুঁকে পড়ার কারণটা কী!

নারী– আসলে সব কিছুর পরেও নারী। সে যদি অত্যাধুনিক-সংস্কৃতিবান শহরের কোনো উচ্চশিক্ষিতাও হয় বা দূর-দুর্গম যোগাযোগবিহীন গহীন বনের কোনো বনবালা– দুয়ের বাহ্যিক ব্যবহারে যতই ব্যবধান পরিলক্ষিত হোকনা কেন–মূল যে বিষয়– নারীর যে মনোজগত– সেটা অপরিবর্তনীয় হয়েই থাকবে। সে তার স্নেহ, প্রেম, ভালোবাসা– হিংসা ঈর্ষা পরশ্রীকাতরতা– সব কিছুকে অবচেতনে লালন পালন করেই চলবে।

প্রকৃতির দুই মেরুর বাসিন্দা হলেও প্রকৃতি নারীর মনের মধ্যে বপন করে দিয়েছে সেই একই অহমিকার বীজ-আমি! আমি অনন্যা, অদ্বিতীয়া, সর্বশ্রেষ্ঠ সর্বত্তোমা। আমার আগে কেউ ছিলোনা আমার পরে আর কেউ আমার মত থাকবে না। আমি এক এবং একক।

জগতের উন্নত সমস্ত মস্তক আমার পায়ে প্রণত। জগতের সমস্ত স্তব আমার জন্য রচিত। উচ্চাঙ্গের সমস্ত সংগীত আমাকে নিবেদিত। যত কিছু কাব্য, নাটক, নৃত্য, গীত, শিল্পকলা– সব আমাকে তৃপ্ত করার জন্য–আনন্দ দেবার জন্যই সৃষ্ট। আকাশে চাঁদ ওঠে, বাগানে ফুল ফোটে, নদীতে জোয়ার আসে, পাখি গান গায়, সব –সব আমার জন্য।

এই সত্য যে জানে না, সে একটি আকাট মূর্খ! যে আমার শ্রেষ্ঠত্ব স্বীকার করে না সে একটি নির্বোধ-গাধা তুল্য জীব।–এই আকাট আমার দয়া, কৃপা, করুণা পাবার যোগ্য নয়। এবং– সে আমার ক্রোধেরও কারণ।

রাজিন্দর বোকার মত অহংবোধের সেই জ্বালানিতে এখন অসাবধানে চকমকি ঠুকে দেয়-। আগুন জ্বালায়। বলে, ইন্দ্রার শরীরটা তো খুবই সুন্দর তাই-। আমি অনেক জায়গায় ঘুরেছি, অনেক মেয়ে দেখেছি। কিন্তু ওর মত 'ফিগার' কারও দেখিনি!

-কী গাড়!

-ফিগার রে– চেহারা। ওর বুক দুটো দেখেছিস? কী ভীষণ সুন্দর তাই না? এমন বুক লাখে একজনার হয়। বল, আমি ঠিক বলছি না?

-কচু ঠিক বলেছিস!

সগুনা তাকায় মিনুর দিকে, মিনু তাকায় সগুনার দিকে! দু জনার চোখের চাউনি আর বেঁকে যাওয়া ঠোঁটের তাচ্ছিল্যে উড়ে যায় রাজিন্দরের প্রশংসাবাক্য। ধন্য তোর দেখার চোখ! চোখ-ই শুধু নয় দিমাগটাও পুরো গেছে! না হলে কি করে বলতে পারে ইন্দ্রার বুক সুন্দর! সুন্দর কাকে বলে হাঁদাটা জানেই না।– একদম আন্ধা! এই সব অন্ধের উপর রাগ হয় আবার করুণাও আসে। হাঁদাগুলো আমলকি আর আমের পার্থক্য বোঝে না।

ভুলের উপর আবার রাজিন্দর আর একটা ভুল করে ফেলেছে। আবার জিজ্ঞাসা করেছে– বল সগুনা, বল মিনু, সুন্দর কিনা? কত বড় বড় আর-।

আর কিছু বলার আগেই বিকৃত গলায় রাজিন্দরকে ভেঙ্গায় সগুনা– বড় বড়! তুম্বার মত থ্যাবড়া থ্যাবড়া।– মাই হো! ও আবার সুন্দর নাকি! উটের কুঁজ থাকে পিঠে ওর আছে বুকে। সেই বুকের কী দেমাক –। দেখলেই রাগ ধরে।

-তাহলে ওর বুক সুন্দর না?

-না। সোজা উত্তর সগুনার–বড় বড় হলেই সেটা সুন্দর হয়না।

-ওঃ! একটু থেমে মুখের হাসি বাইরে প্রকাশ হতে না দিয়ে জানতে চায় রাজিন্দর– তাহলে এখানে ইন্দ্রার চেয়ে কার বুক সুন্দর? তেমন কাউকে পেলে তার বুকের একটা ফোটো তুলতাম।

এই প্রশ্নের উত্তর দিতে সগুনার দুবার ভাবতে হয় না। সজোরে বলে– আমার।

-আমার আর মিনুর বুক সবচে সুন্দর। বল মিনু– আমাদের সুন্দর না?

এতক্ষণে বুঝতে পারে রাজিন্দর কিশোরী মনের অন্তর্দাহের মর্মবাণী। কোন গোপন ঈর্ষায়– তার আচরণ হুল ফুটিয়ে দিয়েছে অজান্তে। যার ফলে মিনু আর সগুনা ছুটে এসেছে বৃষ্টি মাথায় করে এত দূর লাড়িতে। দুই কিশোরীর বয়স পনেরো কী ষোলো।

কৈশোর অতিক্রম করে সদ্য সদ্য যৌবনের সিংহদরজা পার হয়ে আসীন হয়েছে যুব সম্রাজ্ঞীর আসনে। চারদিকে এখন আলোর ঝলকানি। সামনে পিছনে ঘুরছে করজোড় স্তাবকের দল। তাদের বন্দনা গানে আর নিজের প্রস্ফুটিত দেহগর্বে কিশোরী মনে অঙ্কুরিত হয়েছে স্বয়ংশ্রেষ্ঠ প্রাণবন্ততা। যা তাকে দিয়েছে হিমালয়তুল্য আত্মশ্লাঘা – আর কেউ নেই। আমিই একমাত্র জগতের অনিন্দ্যসুন্দর দেহকান্তির অধিকারিনী। আমার অতুলনীয় দেহসৌষ্ঠবের কাছে ইন্দ্রা কোথাকার কে! – হোঃ! ইন্দ্রা!

মনে মনে হেসে মুখে কপট গাম্ভীর্য ফুটিয়ে মেতে ওঠে রাজিন্দর ছেলেমানুষী খেলায়। বলে– ইয়ে, মানে– তোরা যা বলছিস, কী জানি, হয়তো ঠিক! বেঠিকও হতে পারে! ইন্দ্রার বুক তো দেখেছি, সেটা কেমন তা আমি চাক্ষুষ জানি। তোদের তো কোনদিন দেখিনি। না দেখলে কেমন করে বলি বল কারটা সুন্দর। যদি এখন আমাকে একবার দেখাস তো বুঝতে পারি কী রকম। একটু দেখা!

এবার সগুনা মিনুকে কনুইয়ের ধাক্কা দেয়– যব বলথে তো দিখা দে! দুধকা দুধ পানি কা পানি হো যাহি।

মিনু সগুনার বল সগুনার কোর্টে ঠেলে দেয়– তে পহেলে –। আগে তুই দেখা তোর পরে আমি দেখাবো।

-নেহি, তে পহেলে-।

-নেহি, তে –।

রাজিন্দর গম্ভীর। যেমন গাম্ভীর্য প্রকট হয় কোনো যুবা ডাক্তারের চোখে মুখে কোনো যুবতীর অঙ্গপ্রত্যঙ্গ পরীক্ষা করে দেখার সময়ে! কিছুসময় পরে– যেমন ভাবে ডাক্তার রোগীকে বলে– ব্লাউজটা খুলে ফেলুন। বুকটা দেখান একটু। সেইভাবে বলে সে– দেখা দেখি কেমন দেখায়!–একা না পারিস দুজনে মিলে একসাথে দেখা। – কিছু হবে না, দেখা– দেখা।

কয়েক মুহূর্তের স্তব্ধতা। তারপর এক সাথে দুজনে মেলে ধরে দুজোড়া কিশোরী স্তন। এর জন্য তাদের খুব বেশি প্রয়াস করার দরকার ছিলো না। একটা গামছার মত ছোট্ট কাপড়ে ফালি চাদরের মত গায়ের উপর ফেলা। সেটা ধরে একটু উঁচু করেতেই– প্রকাশিত হয় সমুন্নত সুডোল বিকাশশীল এবং মৃদু কম্পিত কিশোরী স্তন। কম্পন শীতে না শরমে সেটা বোঝা যায় না।

এ এক অনাবিল অভূতপূর্ব দৃশ্য। মেঘমেদুর আকাশের ঝিরিঝিরি জলধারায় ধোওয়া আদিম অরণ্যের মধ্যে যেন সদ্য ফুটে উঠেছে দু জোড়া স্থলপদ্ম। যার খবর একমাত্র রাজিন্দর ছাড়া আর কারো জানার কথা নয়। যে মনোলোভা দৃশ্য সে ছাড়া আর কেউ দেখতে পেল না।

বোল! –উৎকণ্ঠিত দুই কিশোরী– বল।

-কায় বলু!

-বন্নে? বল সুন্দর?

গলা কেঁপে যায় রাজিন্দরের। এমন কোন মানুষ এই জগতে আছে যে বলবে

সুন্দর নয়! যে বলবে সে জল্লাদ! কষাই! পাষণ্ড! থরথর গলায় বলে রাজিন্দর– সুন্দর, খুউব সুন্দর। বহুত বহুত বন্ন্যে! আব তক এতিক বন্ন্যে হামন কভ্যো দেখে নাই। সত্যিই তোদের বুক সুন্দর। পৃথিবীর কারো এমন বুক, কারো এমন বুকের পাটা আছে কিনা কে জানে। সত্যিই তোরা সুন্দর। তোদের মত সহজ সরল নিষ্পাপ পবিত্র মনের মানুষ যদি সুন্দর না হয় তবে সৌন্দর্য বলে আর কোথাও কিছু নেই।

সগুনা আর মিনু মেয়ে। সব মেয়ের মত ওরাও লুব্ধ পুরুষের মুগ্ধদৃষ্টি পড়ে নিতে জানে। চোখ হচ্ছে মনের আয়না। রাজিন্দরের লুব্ধ মুগ্ধ দৃষ্টিপাতে ওরা নিজেদের দেখে নিয়েছে। জেনে গেছে– আমরা কোনো অবহেলা অবজ্ঞার পাত্রী নই। আমাদের শারীরিক সৌন্দর্যের সামনে এক সুদর্শন পুরুষও কাতর হয়ে পড়ে।

অন্য কোথাও আর আছে কিনা তা কে জানে! তবে এই বনরাজ্যের মেয়েরা নরনারীর সম্পর্ক সম্বন্ধে অনেক বেশি প্রাজ্ঞ। ঘোটুল সদস্যাদের একান্ত আলাপচারিতা আর নানাবিধ পরামর্শ– উপদেশ তাদের অল্পসময়ে অনেক বেশি পরিণত-সমৃদ্ধ করে তুলতে সহায়ক হয়। সেই পরিণত চোখে রাজিন্দরের চকচক করে ওঠা লোভাতুর চাহনি– ঘন হয়ে ওঠা নিশ্বাস,কাঁপা কাঁপা গলার স্বর– দেখে আত্মশ্লাঘা তৃপ্ত হয় তাদের। চোখে মুখে ফুটে ওঠে বিজয়িনীর হাসি– বোল!

কায় বলু! আমি আর কী বলি! যা বলার তা তো বলেই দিয়েছি। এর বেশি আর কিছু বলার মত ভাষা কোথায় আমার! কারোই কি তা থাকে? কেউ কি পারে, আনন্দ কী বেদনাকে যথাযথ শব্দবন্ধনে বেঁধে ফেলতে! যদি তা পারাই যেতো তবে ভাষা সৃষ্টির হাজার হাজার বছর গত হবার পরেও আজও কেন আক্ষেপে অসহায় মাথা খুঁড়ছে না বলা কথাটা বলে দেবার ব্যর্থ বাসনায়! কেন শিল্প, সাহিত্য, সঙ্গীত, কাব্য, চিত্রকলায় বুক ফাটা এত হাহাকার আঁকছে?

-খিঁচবে ফোটোক?

আদিবাসী সমাজ তথা কথিত সভ্যসমাজের মত প্রকৃতি প্রদত্ত শারীরবৃত্তির উপর নানারকমের বিধি নিষেধাজ্ঞা আর ব্রহ্মচর্য নামক বায়বীয় পদার্থের মাহাত্ম্য প্রচার করে-করে জীবনের স্বাভাবিক ছন্দকে ব্যাহত ও বিকৃত করে দেয়নি। সহজভাবে সবকিছুকে-খাওয়া, ঘুম অন্যান্য নিত্যকর্মের মত মেনে নিয়েছে। কথায় বলে–নেই ঘরে খাই বেশি। এদের তেমন অভাব অনটন নেই, তাই খাই খাইও নেই। দুর্ভিক্ষের দেশের যে রাক্ষুসে খিদে– এখানে হাজার খুঁজেও তার দেখা মিলবে না। যার যতটুকু প্রয়োজন সেটা মিটে যাবার ফলে মজুতদারী মানসিকতা যেমন এদের নেই, নেই কার ভাগে কিছু বেশি গেল সে নিয়ে উদ্বেগ– দুশ্চিন্তা।

“খিদে পেলে খাওয়া প্রকৃতি। নিজে অভুক্ত থেকে অপরকে খাইয়ে দেওয়া সেটা সংস্কৃতি, খিদে না পেলেও খাওয়া সেটা বিকৃতি, আর অপরের মুখের খাবার যে কেড়ে নেয় সে দুষ্কৃতী”।

খিদে পেলে খাওয়া এটা প্রকৃতির নিয়ম। প্রকৃতির সঙ্গে সম্পৃক্ত আদিবাসী মানুষেরা এটাকে মান্যতা দিয়েছে। স্বীকার করে নিয়েছে খিদে পাওয়াটা কোনো অন্যায় অপকর্ম

নয়। খিদেকে দমন করলে তাতে কোনো মঙ্গল হয় না। শুধু দেহের কষ্ট বৃদ্ধি পায়।

আদিবাসী মনে করে যেটুকু যা সংগ্রহে আছে সবাই মিলে ভাগযোগ করে খাওয়া সমাজের পক্ষে শুভ ফলদায়ক। কেউ খেলো কেউ পেলো না এটা অন্যায় অনুচিত। সমভাব, সমবিচার আদিবাসী এটাকেও সম্মান জানাতে কার্পণ্য করে না।

আর বিকৃতি সব সমাজেই নিন্দনীয়। এই বিকৃতি পাওয়া যায় সেই সমাজে যেখানে পাওয়ার পথ অবরুদ্ধ করে রাখা আছে। যেখানে হাঘরে মানুষের বাস। আদিবাসী মানুষ প্রকৃতির কোলে বাস করা মানুষ। কোনো বিকৃতি এদের স্পর্শ করতে পারেনা। অপরকে বঞ্চিত করে একা পেট ভরে খাবার মানসিকতাও এদের নেই। সব সম্পদ একা আমার কুক্ষিগত হয়ে থাকবে এমন ধ্যানধারণা এদের স্পর্শ করতে পারেনি।

নারী অঙ্গকে এরা ব্যাঙের আধুলির মত আগলে আগলে রাখতে শেখেনি। সে তার শরীরকে কীভাবে সংরক্ষণ করবে কীভাবে ব্যবহার করবে সে বিষয়ে সম্পূর্ণ ছাড় দিলেও নারীরা নিজেদের বেশ্যার মত সস্তা- সহজলভ্য আর উগ্র নারীবাদীদের মত উদোম-নিলাজ বেশরম বানিয়ে দিতে চায়নি। এরা অন্যান্য শারীরিক ক্রিয়ার মত মৈথুনক্রিয়াকে স্বাভাবিক বলে গ্রহণ করে নিয়ে-পরিতৃপ্তির বন্ধ দরজা খুলে রেখে দিলেও শহরের স্বাধীন স্বেচ্ছাচারী মেয়েদের মত লাইটপোস্টের সামান্য আড়াল বা পার্কের খোলা ময়দানে শরীরখেলায় মত্ত হয়ে যাবে না। নির্দিষ্ট সময়ে, নির্দিষ্ট জায়গায়- নিভৃত কোন খুঁজে মিলিত হবে।

এই সমাজে মেয়েদের প্রথম যৌনশিক্ষা আসে মায়েদের কাছ থেকে। মায়ের চেয়ে দরদী শিক্ষিকা আর কে বা হতে পারে! মা তার আত্মজাকে বয়ঃসন্ধি পেরোবার সময়ে আজীবন অভিজ্ঞতার ভাণ্ডার অকাতরে দান করে দিয়ে তাকে ঘোটুলের আনন্দময় জীবনযাত্রার উপযুক্ত করে গড়ে দেবে। বাকিটা শিখিয়ে দেবে ঘোটুলের বয়োজ্যেষ্ঠ সদস্যারা।

একদিক থেকে পাওয়া সত্য তত্ত্ব অন্যদিক থেকে পাওয়া প্রয়োগ কলা দুয়ের সম্মিলনে দু চার মাসেই এরা শিখে যায়- জেনে যায় এমন অনেক কিছু যা জানতে সভ্যসমাজের কোনো কোনো মেয়ের গোটা জীবন খরচ হয়ে যায়।

এই সমাজের মেয়েরা মা এবং অন্যান্য প্রবীনাদের কাছ থেকে পায় অহঙ্কৃত হবার সেই মহান আত্মবোধ-আমি নারী! আমি শস্যপ্রসবিনী বসুমাতার অংশ। আমার গর্ভে আমারই রক্ত মাংসে অস্তিমজ্জায় বিকশিত হয় প্রাণের অঙ্কুর। সেই কারণে আমি প্রাণী সকলের মাতাস্থানীয়। মাতা বলেই আমার বুকে আছে সুস্বাদু দুধের ভাণ্ডার। যার বিহনে কোনো প্রাণ পূর্ণ হয়না। বলহীন ভঙ্গুর স্বল্পায়ু হয়ে রয়ে যায়। এই জন্যই মাতৃজঠর থেকে যে ভূমিষ্ঠ হয়েছে সে চপলমতি বালক হোক কী পক্ককেশ বৃদ্ধ, কেউ দুধভাণ্ডের অবদান আকর্ষণ অস্বীকার করতে পারে না। – অনাদর অবহেলা করতে পারে না। মৃত্যুর আগ পর্যন্ত তার আত্মায় ভ্রূনাকারে সুপ্ত হয়ে থাকে আকণ্ঠ পিয়াস পানতৃষা।

এটাই নারী জাতির সুবৃহৎ অহংকার। আমার বন্ধনীমুক্ত বক্ষসম্পদের সামনে সব প্রাণে পিপাসা জাগরূক হয়। পিয়াসপানে দগ্ধ প্রাণ শীতল হয়। এর অমোঘ আকর্ষণ

অস্বীকার করে কেউ দূরে পালাতে পারে না।

রাজিন্দরের চিক চিক করে ওঠা লোভী চোখের তারায় দুই কিশোরী সেই আতুরতার ছবি দেখতে পেয়েছে। তাই আত্মগর্বে গর্বিত আর স্ফীত– দুই কিশোরীর আত্মশ্লাঘা তৃপ্ত হয়েছে। অনুভূত হয়েছে তারা সুন্দর। –তারা বিজয়ী। তাই জিজ্ঞাসা করে– তুলবি আমাদের ফোটোক?

-তুলবো!

-দে তবে গাঁধিবাবা ছাপ পাত্তি! হাত বাড়ায় সগুনা।

আচ্ছা! তাহলে নিজেদের বক্ষসৌন্দর্য প্রদর্শন করাবার কারণ তাহলে এই! সেই গাঁধিবাবা ছাপ মারা পাত্তির আকর্ষণেই এই বৃষ্টিতে ভিজতে ভিজতে – কর্দমাক্ত পথ পারি দিয়ে এরা এখানে পৌঁছেছে! না, এর মধ্যে কোনো দোষ অন্যায় তো নেই। যখন তুই নিজের মুখেই বলছিস যে আমাদের বুক ইন্দ্রার চেয়ে ভালো, তাহলে তোল– আমাদের বুকের ফোটোক তোল। আর তার জন্য সেই সাম্মানিক আমাদেরও দে যা তুই ইন্দ্রাকে দিতে চেয়েছিলি। না না, এটা কোনো বিকিকিনি ব্যাপার নয়, এ হচ্ছে ক্রীড়া প্রতিযোগিতায় চির প্রতিদ্বন্দ্বীকে পরাজিত করে পদক ছিনিয়ে নেবার মত মর্যাদাময় একটা ব্যাপার! মুখে সুন্দর, কী ভালো বললে তো হবে না। তার একটা প্রমান তো চাই নাকি!

একশো টাকায় প্রতাপপুর হাটে গিয়ে চুড়ি, ঝুমকো, টিকলি, নাকের নথ, গলার মালা, চুলের ফিতে যা পছন্দ তা কেনা যাবে। ইন্দ্রা সে প্রলোভন অনায়াসে জয় করেছিল। সগুনা, মিনু তা পারেনি। নাবালক বুদ্ধির কারণে পড়ে গেছে পুঁজিবাদী প্রতারণার ফাঁদে!

একমুহূর্তে বুঝে নেয় রাজিন্দর, বড় ভুল হয়ে গেছে। একশো টাকা এমন কিছু বড় ব্যাপার নয়। কিন্তু সেই তুচ্ছ কটা টাকাই সরল আদিবাসী জীবনে বুনে দিতে পারে সহজ প্রাপ্তির লোভের বীজ। যা গ্রামকে গ্রাম উজাড় করে দেওয়া ম্যালেরিয়ার বীজানুর চেয়েও মারাত্মক। ওরা ভাবছে –ইন্দ্রাকে হারিয়ে দিচ্ছে! তাই একশো টাকা পাবার লোভে একশো পা এগিয়ে এসেছে। এই কথা জানতে পেরে কাল যদি আদিবাসী সমাজের বাইরের কেউ ওদের চোখের সামনে হাজার টাকার পাত্তি মেলে ধরে শিশু মনে লোভ জাগিয়ে অন্য কিছু চেয়ে বসে? ওরা কি পারবে সেই লোভকে জয় করে পিছিয়ে আসতে?

সগুনা, মিনু এখনও সেইরকম শিশু যারা মোহর আর নুড়ির পার্থক্য জানে না। যদি কেউ ওদের ঠকিয়ে হাতে নুড়ি পাথর দিয়ে মোহর হাতিয়ে নিয়ে চলে যায়, সেদিনের সেই ক্ষয়ক্ষতির মূলে রাজিন্দরের আজকের ভূমিকাকে কোনো না কোনভাবে দায়ী না করে উপায় থাকবে না।

আদিবাসী জীবনকে সে সমীহ করে। এমন ক্ষতিকর সম্ভাবনায় ইন্ধন জোগানো তাই সে সমীচীন মনে করে না। একটু মনক্ষুণ্ণ হয়তো হবে সগুনা, মিনু। কিন্তু তাতে আর একটা বড় ক্ষতি একটু এড়ানো যাবে।

বলে রাজিন্দর– বুঝলি সগুনা – তোরা জানিস না এই যে মেশিন এটার নাম ক্যামেরা। এটা দিয়ে ফোটো তুলতে হলে এক রকমের জিনিস লাগে তাকে বলে ফিল্ম।

ফিল্ম ছাড়া কোনো ছবি তোলা যায় না। আগে তো জানতাম না যে তোরা আসবি! সব ফিল্ম আগেই খরচ করে ফেলেছি। এখন কী করে তোদের ফোটো তুলি বলতো! তবে ভাবিস না– দিন কয়েকের মধ্যে আমি তো শহরে যাবো। কাঁকের কোণ্ডাগাও ওখানে ফিল্ম পাওয়া যাবে। ওখান থেকে ফিল্ম নিয়ে এসে তারপর তোদের ছবি তুলবো কেমন! –এখন তাহলে তোরা যা। চিন্তা করিস না। দিন কয়েক পরে ঠিক তুলবো।

রাজিন্দরের কথা ওরা বিশ্বাস করে। সবার কথাই ওরা বিশ্বাস করে। অবিশ্বাসী পৃথিবীর কদাকার কঙ্কাল রূপ ওরা এখনো দেখেনি। ছলচাতুরি, মিথ্যাচার বুঝে ওঠার যে বয়স তা ওদের এখনো হয়নি। ওরা দুই সখী খুশিতে নাচতে নাচতে বৃষ্টিতে ভিজে বস্তির দিকে ফিরে যায় এবং আনন্দে আত্মহারা হয়ে সব মেয়ের কাছে বলে দেয়– আমাদের বুক সুন্দর। এমন কী ইন্দ্রার চেয়েও সুন্দর। কে বলেছে? পরদেশি বলেছে। তার উপর আর কারো তো কথা চলবে না! সে বলেছে –আমাদের বুকের ফোটোক খিঁচাবেক।

১১

একথা ওরা গোপন করে রাখবেই বা কি করে? কেনই বা রাখবে? এ এক মহাবিজয়! পরাক্রমী প্রতিদ্বন্দ্বীকে পিছনে ফেলে জয়ের মুকুট মাথায় পরে নেওয়া সে যে কি আনন্দের তা জানে সেই যাকে অনেকবার পরাভূত হতে হয়েছে। সারা ঘোটুলে সব্বো টুরার মুখে সবসময় ইন্দ্রা আর ইন্দ্রা! এবার তাকে একটা মুখের মত জবাব দেওয়া গেছে। এত আনন্দ কি চেপে রাখা সম্ভব কারো পক্ষে? এর ফলে সে খবর সুকারোর কানে পৌঁছে যেতে বিলম্ব হয় না। তাই অভিমানে তার ঠোঁট ফুলে ওঠে। রাজিন্দরের প্রতি এক আগুন দাউদাউ হয়। কোনো প্রতিশ্রুতি কেউ তাকে দেয়নি। তা দেওয়া রাজিন্দরের পক্ষেও সম্ভব নয়। তবু কেন কে জানে সুকারোর মনে এমন একটা ধারণা বদ্ধমূল হয়ে গেছে –হারানগড় বস্তি তো বটেই, পৃথিবীর কোথাও কোনো টুরি রাজিন্দরের নজরে অনুপম নয়। অন্তত তা হওয়া উচিৎ নয়। তার নাচতে গাইতে খেলতে বা ফোটোক তুলতে সাধ হলে আর কারো সঙ্গে নয়– সব করবে সুকারোর সঙ্গে। সে ছাড়া অন্য কারো দিকে তার ভালোলাগা চোখে তাকানো একদম বেঠিক এবং সুকারোর প্রতি সেটা অন্যায় অবিচার।

–এই কথা কটা আগুন আর চোখের জলে ভিজিয়ে বলবার জন্য তক্ষুনি তার ছুটে আসতে ইচ্ছা করেছিল। কিন্তু মাতাদাই যার নাম– বাবা বুড়হাদেওয়ের সেই ক্রোধী কন্যার ভয়ে আসতে পারেনি। মাতাদাই মায়ের জাতির জন্য অনেক নিয়ম কানুন বানিয়ে রেখেছে। সে নিয়ম ভাঙ্গলে তার ক্রোধের জ্বালামুখ ফেটে যাবে। বহু মানুষ বিপন্ন হবে।

অন্য অনেক অপরাধে মাতার দয়া ক্ষমা পাওয়া গেলেও পাওয়া যেতে পারে, কিন্তু কোনো মেয়ে অশুচি শরীরসহ ঘরের বাইরে বের হলে আর মাফ নেই। তখন মাতাদাই বনরাজে ভীষণ প্রকোপ দেবে। অতিবৃষ্টি কিংবা অনাবৃষ্টি কত কী হতে পারে তার প্রকোপে। এটা কোনো বানানো গল্প নয়– সবাই দেখেছে। সেই যেবার ঘরে সাপ ঢুকেছিল আর ভয় পেয়ে একজন ঋতুমতী অবস্থায় ঘর থেকে বাইরে বের হয়ে এসেছিল। সেবার এমন বজ্রবৃষ্টি নেমেছিল যা কোনো সেয়ান পূর্বে কোনদিন দেখেনি। জোড়া বকরা মানত করে তবে মাতার ক্রোধ শান্ত করা যায়।

সাপ ঢুকেছিল! ওটাই তো মাতার পরীক্ষা। সে দেখতে চেয়েছে তুই ভয় পেয়ে পালাস কিনা ঘরের বাইরে। না পালিয়ে দাঁড়িয়ে থাকলে দেখতিস সাপ তোর পায়ের উপর দিয়ে চলে যেতো। মোটেই কামড়াতো না।

তাই সবার মঙ্গল চিন্তায় যেতে পারলো না সুকারো। তার শরীর এ সময়ে অশুচি, অপবিত্র। সে তিনদিনের জন্য গৃহবন্দী। মাসিক ঋতুস্রাব হয়েছে তার। শত শত বছর ধরে আদিবাসীরা পালন করে আসছে এই ধর্মীয় বিধান। ঋতুমতী নারী তিনদিন স্পর্শ তো অনেক দূরস্থান–পুরুষের মুখ পর্যন্ত দর্শন করতে পারবে না।

গ্রামের একধারে একটু নিরিবিলি জায়গায় সমবেত প্রয়াসে এই সব মেয়েদের বাস উপযোগী একখানা ঘর বানানো হয়েছে। সে ঘরের জানালা অনেক উপরে। যেন ঘরের

কেউ বাইরে দেখতে না পারে। দরজা মাত্র একটা। তাও কোনার দিকের এমন জায়গায় যে বাইরে থেকে চাইলেও কেউ কিছু দেখতে পারবে না। ঘরের মধ্যে দিনের বেলাতেও অন্ধকার অন্ধকার ভাব। গ্রামের যে মেয়ে মহিলা ঋতুমতী হবে সে তিনদিন এই ঘরে বাস করবে। সেই ক'দিন সে পুরুষের মুখ দেখবেনা, স্নান করবে না, মাথা আঁচড়াবে না। সবসময় ঘরের মধ্যে থাকবে যেন সূর্যের আলো তার গায়ে না পড়ে। সূর্য ওঠার আগে কুয়ো থেকে জল তুলে রেখে দেবে একটা মাটির পাত্রে। সেই জলে ন্যাকড়া ভিজিয়ে মাঝে মাঝে শরীর সাফ করে নেবে। আত্মীয়স্বজন, সে অবশ্যই হবে কোনো মহিলা– যে খাবারদাবার পৌঁছে দিয়ে যাবে।

এইভাবেই কাটবে তিনদিন তিনরাত। চতুর্থ দিনে সে সূর্য ওঠার আগে– বা সূর্য ডুবে যাবার পরে সোজা চলে যাবে নিকটস্থ জলাশয়ে। সারা শরীরে মাটি ঘষে স্নান করে পরিষ্কার পরিচ্ছন্ন হয়ে যাবে মাতাদাইয়ের থানে। বিশাল অর্জুন গাছের তলায় যে বড় পাথর– ওটাই মাতাদাই। তাকে মদ আর রক্ত দিয়ে পূজাপ্রণাম করে তবেই পুনঃ গৃহে প্রত্যাবর্তন করতে পারবে।

এই গৃহটি কখনও খালি পড়ে থাকেনা। একজন যায় তো আর একজন আসে। দু জন যায় তো দুজন আসে। সুকারো ওই গৃহে পৌঁছাবার একদিন বাদে পৌঁছে যায় মিনু সেখানে বাস করার জন্য। সে-ই খুশিতে ডগমগ হয়ে বলে দেয় সব। 'হামন খোলকে দিখায়ে, তব যাকে মানে কী হামনকে দুধ বন্নে'। তার ফলে মনে মেঘ জমে বুকে হাতুড়ির ঘা পড়ে সুকারোর।– নিকলে দে মোলা। ফির বাতাথন বন্নে! রাগ ঝাড়ে সে মিনুর উপরে– আমাকে বন্দীদশা থেকে মুক্ত হতে দে, তারপর বোঝাচ্ছি মজা।

যেদিন সে বন্ধনদশা থেকে মুক্তি পায় ভোরবেলায় প্রথম যায় নদীতে। সারা গায়ে মাটি লেপে স্নান করে। মাটি হচ্ছে বসুমাতা। যার স্পর্শে দেহের সব কলুষ নাশ হয়। তারপর মাখে সাবান। এটা নতুন সংযোজন। রাজিন্দরের অবদান। স্নান করে পূজাপর্ব সেরে চুল আঁচড়ে খোপা বাঁধে লাল ফিতে দিয়ে। কাছা দিয়ে পড়ে কাচা কাপড়। গোণ্ড মেয়েরা সবাই কাছা দিয়েই কাপড় পড়ে থাকে। সে কাপড় ছোট হোক কিন্তু কাছা তাতে দেবেই। সাজসজ্জা সমাপন করে অবশেষে হাঁটা দেয় লাড়ির দিকে। যেন যুদ্ধে চলেছে এক বনবালা। এখন সে রাজিন্দরের মুখোমুখি দাঁড়াবে।

তখন সকাল সাতটা কী আটটা মত হবে সময়। রাজিন্দর বনের যাবার জন্য তোড়জোড় শুরু করেছিল। একটা ব্যাগ নিয়েছে আর নিয়েছে একটা শাবল। বনের মধ্যে এক ধরনের বুনো– মেটে আলুর সন্ধান পেয়েছে, যার স্থানীয় নাম শক্করকন্দ। এই আলুতে নাকি যাবতীয় পেটের রোগ নিরাময় করার ক্ষমতা আছে।-আদিবাসী মানুষের এমনই বিশ্বাস। কিছু নমুনা নিয়ে যেতে হবে ল্যাবরেটারির পরীক্ষাগারে পরীক্ষা করে এর সত্যতাকে যাচাই করে দেখার জন্য। ভারতীয় সভ্যজগতের অধিকাংশ মানুষ পেটের সমস্যায় বিব্রত। যা আদিবাসী মানুষের মোটেই নেই। যদি শক্করকন্দে পেটের রোগ নিরাময়ের ওযুধ তৈরি করা যায় –বহু মানুষ বেঁচে যাবে।

ঠিক এইসময়ে লাড়ির দরজায় এসে দাঁড়ায় সুকারো। সদ্যস্নাতা সুকারোকে দেখে

ভালো লাগে রাজিন্দরের। তিনদিন পরে দেখা– এক গাল হেসে অভ্যর্থনা জানায় – আয় আয়, তোর কথাই ভাবছিলাম।

সুকারো হাসে না। মিলনপিয়াসী বিরহবিধুর নায়িকার মত রাজিন্দরের বুকেও ঝাঁপিয়ে পড়েনা। চোখে আগ্নেয়গিরি জ্বেলে দু হাত পিছনে রেখে লাড়ির দেওয়ালে পিঠ ঠেস দিয়ে দাঁড়ায়। নিজের ঠোঁট নিজে কামড়ায় আর কোঁচকানো দৃষ্টিতে রাজিন্দরকে দেখে।

কী রে! কিছু বলছিস না যে? তবু সুকারো চুপ আর বাঁকা চোখে তাকাচ্ছে দেখে রাজিন্দর তার কাছে এগিয়ে গিয়ে আলতো করে কাঁধে হাত রাখে– রাগ করেছিস? কেন রে?

চাপা গলায় গরগর করে ওঠে সুকারো– হাত হঠা। মাৎ ছোঁ মোলা!

সে কথায় কান না দিয়ে অন্য হাতটাও সুকারোর আর একটা কাঁধের উপর তুলে দিয়ে গায়ের জোরে নিজের দিকে টেনে আনে রাজিন্দর। বুকে বুক ধাক্কা খায়- কি হয়েছে বলবি তো! তুই মুখ বন্ধ করে রাখলে আমি কী করে বুঝবো বল কেন তোর রাগ!

বলে সুকারো। তবে কিছু মুখে আর কিছু হাতে। এক ঝটকায় নিজের বক্ষআবরণী সরিয়ে নেয়। উন্মুক্ত হয়ে পড়ে তার ফণাতোলা বর্তুল স্তন। স্তনের চারপাশে মালার মত উল্কির নীল ফোঁটা। চোখ ফেরানো যায় না। –বল, আমার বুক সুন্দর কিনা? বোল তোর কতিক ফোটোক লাগহি? আমাকে না বলে তুই ইন্দ্রা,রোমিলা, সগুনা, মিনুদের পিছনে ছুটে বেড়াচ্ছিস কেন? ওরা কি আমার চেয়ে বেশি সুন্দর নাকি? বল, আমার কী কম আছে ওদের চেয়ে? বোল, বোল, জলদি বাতা! কী বেশি আছে ওদের আমার চেয়ে?

সুকারো সাপের মত রাগে ফুঁসছে, কাঁপছে, কাঁদছে, আর বারবার জিজ্ঞাসা করছে – আমার কী নেই যা ওদের আছে! বুঝতে পারে রাজিন্দর– ভুল হয়ে গেছে, বড় অন্যায় হয়ে গেছে। নিজের অজান্তে সে এমন কিছু করে ফেলেছে যা অনেকের মনোকষ্টের কারণ হয়ে গেছে। সে যার যা হোক– সুকারোর মনে যে আঘাত লাগতে পারে এটা একবারও তার মাথায় আসেনি।

সে অনেকক্ষণ কোনো কথা বলতে পারে না। নির্বাক হয়ে দাঁড়িয়ে থাকে। সুকারোর অভিমান হওয়া অতি স্বাভাবিক। তার আস্থায়-আত্মসম্মানে আঘাত লেগেছে। নারীর যে অহমিকা সেখানে আঘাত লাগলে কেউ সহ্য করতে পারে না। এমন অবস্থায় সবাই ক্ষেপে যায়। সুকারোও ক্ষেপে গেছে। সে তার ক্রুদ্ধ স্তন দিয়ে রাজিন্দরের বুকে বারবার ধাক্কা মারছে আর কাঁদছে– বোল, কী আমার কম! বোল কী ওদের বেশি– বল, বল, বলতে তোকে হবেই। না বলে কিছুতে পার পাবি না। –বেইমান, বল জলদি।

সুকারোর সেই রাগ অভিমান মনোবেদনা দুর করতে অনেকদিন ধরে অনেক সাধ্যসাধনা অনেক বিশ্বস্ততার পরীক্ষা দিতে হয়েছিল রাজিন্দরকে। তবেই পরিস্থিতি স্বাভাবিক হয়েছিল।

এখন সেই পুরাতন কথা মনে পড়তেই রাজিন্দর ভীত, ত্রস্ত হয়ে পড়ে। কে জানে ফোটো তুলতে গেলে আবার কোনও সমস্যা ঘাড়ে এসে যদি লাফিয়ে পড়ে! আর কোনো

নতুন সমস্যা নয়, যে সমস্যায় পড়ে আছে তা থেকে মুক্তি চায়। ঘরের ছেলে এবার ঘরে ফিরে যেতে চায়।

১২

যেদিন অন্যমনস্কভাবে হাঁটতে হাঁটতে রাজিন্দর এখন ডোঙ্গারামের ঘরের সামনে চলে আসে। এখন আর এ বাড়ির কেউ সেই আগের মত ওর উপর আক্রামক মনোভাবাপন্ন নেই। গ্রামের সবার ব্যবহারও অপেক্ষাকৃত নরম। তারা অনুভব করতে পারছে ওর অসহায়তা। যে আত্মসমর্পন করেছে, সেয়ানদের পা ছুঁয়ে প্রনাম করছে, যাকে সে বেইজ্জত করেছিল তাকে ইজ্জৎ দিচ্ছে, এমন মানুষকে আর কার কী বলার থাকতে পারে! যে মরা তাকে মেরে কী হবে! এখন পারলে তারা জরিমানা ব্যাপারটা মাফ করে দিতে চায়। মদ তো সারাজীবনে কতই খাই, মুরগিও ঘরে কম নেই! তাহলে আর বেচারা পরদেশিকে ভুগিয়ে কী বা হবে! আর– যার কাছে অপরাধী সেই রামবতী যখন উচ্চবাচ্য করছে না, সে যখন লোকটাকে সহ্য করে নিয়েছে, তার সাথে হাসছে, খেলছে, ভাত তরকারি দিচ্ছে, আমাদের মাথা গরম করার কী দরকার!

তবে পরদেশি লোকটা যদি একবার রামবতীকে দিয়ে পাঁচপঞ্চের সামনে বলায় যে সে মাফ করে দিয়েছে তা হলে আর পঞ্চের কারো কিছু বলার থাকে না। যার অপরাধী সে মাফ করলে আর কার কী বলার থাকে। কিন্তু সেটা বলতে হবে সেই ভাবে যেভাবে সে নালিশ করেছিল। চুপেচাপে কিছুই হবে না। রামবতী নিজের মুখে কবে বলে, কবে লোকটা বলাতে পারে সেই অপেক্ষায় আছে সবাই।

ডোঙ্গারামের বাড়ির বাইরের দিকে যে হেতালপাতা ছাওয়া বসার জায়গা-যেমন বসার জায়গা সব ঘরেই একটা বানিয়ে রাখা থাকে গরমের সময় বসার জন্য, সেখানে পাতিয়ে রাখা দড়ির খাটিয়ার উপর এসে বসে পড়ে রাজিন্দর। সেখানে খেলা করছে এই বাড়ি ও পাশের বাড়ির কতগুলো কালো কালো উদোম বাচ্চা। সবার ধুলি-ধূসর, মলিন শরীর। তারা এখনও নিজের শরীরের যত্ন কী করে নিতে হয় শেখেনি। ওটা যে খুব দরকারি কেউ তাদের বলেনি।

তাদের দিকে তাকিয়ে মিষ্টি করে হাসে রাজিন্দর। রামবতীর ভাই তার দিকে তাকিয়ে হাসলে জিজ্ঞাসা করে রাজিন্দর– খায়েহস?

জবাব দেয় সে-খায়েহন।

-কায় সাগ?

বাংলায় যেমন কারো সঙ্গে দেখা হলে প্রথমেই জিজ্ঞাসা করা হয়-কেমন আছেন? এখানে– জিজ্ঞাস্য হয়-খায়েহস? আর কায় সাগ?

একটা দিন ছিল যখন বাংলায় ঘরে ঘরে কালাজ্বর দাপিয়ে বেড়াতো। যে জ্বরের ইংরাজি নাম ম্যালেরিয়া। যার হয়েছে তার তো হয়েছে, যার হয়নি সে-ও তার প্রতিবেশী-পরিচিত সবাই আতঙ্কে থাকতো-কখন জ্বর এসে কার উপর ঝাঁপিয়ে পড়ে। তাই দেখা মাত্রই ওই জিজ্ঞাসা– ভালো আছেন, বা কেমন আছেন? ওদিক থেকে ভাল আছি জবাবের পর পাল্টা প্রশ্ন হোত– আপনি কেমন আছেন? ভালো তো? যখন জানা যেতো

দুজনের কারো উপর কালাজ্বর ঝাঁপায়নি, তখন স্বস্তির নিঃশ্বাসের সঙ্গে অন্য প্রশ্নে যাবার ব্যাপার ঘটতো।

এখানের মানুষের একসময় খাদ্যসংগ্রহ খুব কঠিন ছিল। তখনও এরা তেমন ভাবে চাষের কাজে খুব একটা পারদর্শী হতে পারেনি। জমি ছিল বন্ধ্যা, নিস্ফলা। আহারের জন্য নির্ভর করতে হত জঙ্গলের উপর। তাই কেউ কাউকে দেখা হলেই জানতে চাইত সে খেয়েছে কিনা। যদি জানা যেত– খেয়েছে, তারপরই জিজ্ঞাসা করা হত 'কায় সাগ'? মানে কী তরকারি? গাটো, অর্থাৎ ভাত জোগাড়ের সমস্যা এখন মিটে গেলেও তরকারি সমস্যা আজো দূর হয়নি।

এখানে জলের খুব অভাব ফলে সেই আষাঢ়, শ্রাবন মাসের দিন কয়েক ছাড়া আকাশ আর করুণা বর্ষায় না– বৃষ্টির দেখা মেলে না। যে কারণে তরি তরকারির তেমন চাষ করা যায় না। যে কারণে বর্ষার কয়েক মাস বাদ দিয়ে সারাবছর নুন আর আমের আচার করিল ভাজি আর 'চুরচুরা সাগ' ভরসা। করিল মানে বাঁশের গোড়ার নরম কচি অংশ,আর চুরচুরা এক রকম টক শাক।

মুরগির ডিম এখানে কেউ খাবে না। সব ডিম তা-য়ে বসিয়ে বাচ্চা ফোটাবে। আর মাংস! সে তো যখন ইচ্ছা খাওয়া চলে। সাপ, ইঁদুর, কাঠবেড়ালি, খরগোস চারদিকে ঘুরে বেড়াচ্ছে। একটা ধরে মেরে আনলেই খাওয়া যায়। তবে সে আর কত খাওয়া যায়! তাই এখানকার সেরা তরকারি হচ্ছে– বড়ি 'শুশকি'। বিউলি ডালের বড়ি দিয়ে যে গৃহে শুঁটকি মাছ রান্না হয় ধরে নেওয়া হয় সেদিন তার রাজসিক আহারের বন্দোবস্ত।

রামবতীর ভাইকে কাছে ডেকে আদর করে জানতে চায় রাজিন্দর – রামবতীকে দেখছি না তো? সে কী কোথাও গেছে?

বাচ্চাটা ডান হাতের আঙুল তুলে উঁচু করে বলে– ও ডাহার গিস!

–ওই দিকে গেছে। যে দিকে তার উঁচু আঙুল সেদিকে পাহাড় আছে, জঙ্গল আছে হয়তো আছে কিছু আদিবাসী ঘরও। সে সব পার হলে আর কী আছে তা কে জানে! ওদিকের মানে ওই দিক! যার নির্দিষ্ট কোনো ঠিকানা থাকে না।

রাজিন্দর তার সন্ধানে ব্যর্থ অনুভবে এখানে বসে অপেক্ষা করার কথা ভাবে। ঘর যখন– কোনো না কোনসময় নিশ্চয় আসবে। বাচ্চাগুলো এক ধরনের লিচু আকারের ফল নিয়ে খেলছে। এই ফলটা কাটলে কাঁঠালের আঠার মত সাদা সাদা কষ বের হয়। কারো হাত পা কেটে গেলে আদিবাসী বেইগা-রা এই কষ লাগিয়ে 'মন্ত্র পড়ে' পট্টি বেঁধে দিলে সেরে যায়। যত বড় কাটাই হোক সেলাইয়ের দরকার পড়ে না।

বাড়িতে বড় মানুষ কেউ নেই। তারা মাঠে, জঙ্গলে কোথাও কোনো কাজেকর্মে গেছে হয়ত। জঙ্গল আদিবাসীর কাছে মাতৃসরূপা। জঙ্গল থেকে তারা পায় মাংস, মধু, ফলমূল আর জ্বালানি। পায় প্রাণদায়ী ঔষধ আর নিরাপদ প্রাণের আরাম। জলছাড়া মাছ আর জঙ্গল ছাড়া আদিবাসী সমান। জলছাড়া মাছ যেমন বাঁচতে পারেনা, জঙ্গল ছাড়া আদিবাসী বাঁচতে পারবেনা। জঙ্গল বিহনে আদিবাসী আদিম জীবন সর্বহারা শুধু নয়- সর্বস্বহারা। লোভী সভ্যতার বিনাশকারী থাবা বিকাশের নামে সমস্ত আদিবাসী অঞ্চলের

বনজঙ্গল তছনছ করে দিচ্ছে। গ্রাস করে নিচ্ছে তাদের জল জমিন।

তবে সুখের কথা এই যে –সে থাবা এখানে এখনও নখ বসাতে পারেনি। আগামী পঞ্চাশ একশো বছরে তেমন কোনো সম্ভাবনা আছে বলে মনে হয় না। যদি না মাটির নিচে লোহা, তামা, ডলমাইট, বক্সাইট, ইউরেনিয়াম বা অন্য কোনো খনিজ পদার্থের আবিষ্কার হয়! তখন চলাচলের জন্য বন বিনাশ করে পাকা রাস্তা হবে। সেই রাস্তা ধরে সভ্যজগতের মানুষ আসবে আর চলে যাবে আদিবাসী জীবনের সুখ শান্তি। যতদিন তা না হয়, যতদিন আধুনিক সভ্যতার কোনো অবদান এখানে এসে না পৌঁছায় সেটা এখানকার জনজীবনের পক্ষে একধরনের মঙ্গল বলা চলে। সভ্যতা যা দেয়, আর তার বিনিময়ে যে দাম নেয়– তা অনেকগুন বেশি। দেবে মোবাইল ক্যামেরা, মোটরকার, আর কেড়ে নেবে আদিম সারল্য-সমাজ সংস্কৃতি-স্বাভাবিক জীবনের ছন্দ গতি।

একবার কথায় কথায় বলেছিল নহরু– যে নহরু পুরো না হলেও সভ্যজগতের সামান্য কিছু সন্ধান জেনে গেছে। বলেছিল সে-সাহাব, আমরা জংলী আছি,সেই জংলী হয়েই থাকতে চাই। দ্যাখ, আমাদের সমাজে কোনো চোর নাই, বেশ্যা নাই, ভিখারি নাই, কেউ মিথ্যা বলে না, কেউ কাউকে ঠকায় না। সব কেমন মিলেমিশে থাকে। একজনের দুঃখে আর একজন পাশে গিয়ে দাঁড়ায়। একজনের কষ্ট পাঁচজনে ভাগ করে নেয়। এ সব আমরা ছাড়তে চাইনা, আমরা তোদের মত সভ্য হতে চাইনা। বুঝেছিল নহরু– এই সব না থাকার মানেই হচ্ছে সভ্যভব্য হওয়া।– ঠিকই বুঝেছে সে এটা আর কেউ না মানুক– রাজিন্দর মানে।

প্রায় ঘন্টাখানেক বসে থাকার পরে রামবতী আসে। সে একা নয়, তার সাথে আসে আরোও চার পাঁচটা মেয়ে। কি এক খুশিতে তারা সবাই কলবল করে কথা বলছে আর খিলখিল করে হাসছে। যেমন হবার কথা তাই হচ্ছে– তাদের হাসির সঙ্গে বন পাহাড় সব হাসছে।

রাজিন্দরকে দেখে হাসতে হাসতে কাছে এগিয়ে আসে রামবতী– কা বাত! কাবর বৈঠে হস?

রামবতীর এক সহচরী সজোরে হেসে বলে ওঠে– তোলা দেখেবর! তোকে দেখবে বলেই বসে আছে।– দিল পিড়াথে!

আর একজন ফোড়ন কাটে– দেখ লে, জি ভরকে দেখ লে। থোরকন বাদ আন্ধেরা আহি। মন ভরে এখন যা দেখার দেখে নে। কারণ এরপর অন্ধকারই অন্ধকার।

জানতে চায় রামবতী– বোর লাগথে?

সকাল থেকে রামবতী তার কাছে কাছেই ছিল। না না– সে রামবতীর পিছনে পিছনে ঘুরঘুর করে বেড়িয়েছে। রামবতী গোঠেল থেকে গরু খুলে মাঠে ছেড়ে দিয়ে আসতে গেছে, রাজিন্দর গেছে তার সঙ্গে। রামবতী জল আনতে গেছে, সে ছিল তার পিছনে। তারপর ঘন্টা দু তিন আর থাকেনি। রামবতী ওকে একা রেখে কোথায় যেন চলে গিয়েছিল। এতসময় একা একা থাকতে তার 'বোর' মানে খারাপ তো লাগতেই পারে! কিন্তু এখন মাথা নাড়ে রাজিন্দর– না না বোর লাগবে কেন! বাচ্চারা খেলছে আমি

বসে বসে দেখছি।

তাহলে ওদের খেলা দেখার জন্য বসে আছিস!

কোথায় আর যাবো বল? হয় এখানে ওখানে ঘোরা। নয় ঘোটুলে গিয়ে শোয়া। আর তো এখানে আমার কিছু করার নেই।

এখান থাকতে খুব কষ্ট হচ্ছে?

নিচু নরম গলায় বলে রাজিন্দর– অনেকদিন হয়ে গেল। আব মোলা যায়েকে কোই উপায় কর দে রামবতী। আর যে থাকা যাচ্ছে না। বাড়ির লোকজন চিন্তায় আছে। রোগে মরেছি না ভালুকে খেয়েছে! কোনো খবর দিতে পারিনি। এবার আমাকে মুক্তি দে –। তুই ছাড়া আর কেউ পারবে না। যা হোক একটা ব্যবস্থা করে দে।

বলে রামবতী – কেইসে যাবে!

না, আর তার রাজিন্দরকে হেনস্থা করার সাধ নেই। পরদেশি লোকটা অনেক ভাবে অপরাধের প্রায়শ্চিত্ত করেছে। যা করেছে যথেষ্ট করেছে। একটা পুরুষমানুষ যে এমন আজ্ঞাবহ দাস হয় আগে জানা ছিলনা। রামবতীর মন জয় করার জন্য কী না করেছে! যা বলেছে রামবতী, আর যা সে বলেনি সব সম্পন্ন করেছে প্রশ্নহীন আনুগত্যে। এতেই তার একদিকে যেমন অসহায়তার প্রমান মিলেছে অন্যদিকে প্রমান হয়েছে রামবতীর প্রতি গভীরতর বিমুগ্ধতা।

-লেবুকে এত রগড়াস না যেন তেঁতো হয়ে যায়। –'নিম্বু ইতনা মাৎ নিচোড় কী কড়ুয়া হো যায়ে'! ঘোটুলের ওই তত্ত্বকথার মানেটা খুব বোঝে রামবতী। পুরুষ লোক লেবুর মত ফল। যা পরিমানে অল্প হলেই স্বাদ। বেশি চাপাচাপি করলে বিধঘুটে-বিস্বাদ। তাই ক্ষমার দেবীর মত উদার গলায় জানতে চায়– কি করে যাবি?

জরিমানার কথা এড়িয়ে গিয়ে বলে রাজিন্দর– যে পথঘাট চেনে তেমন কাউকে যদিও একটু সাথে দিস তাহলে যেতে পারবো। সে আমাকে চেনা পথ ধরিয়ে দিয়ে ফিরে আসবে।

-কবে যাবি?

-যদি কোনো অসুবিধা না হয় তো আজই পাঠালে বড় উপকার হয়।

-আজই যাবি!

ফিক করে হেসে বলে রামবতী– এতদিন রইলি, আর আমার বিহাটা না দেখেই চলে যাবি? তে হামলা এতিক প্যার করথস, তুই আমাকে এত ভালোবাসিস, এত ইজ্জৎ দিলি আর আমার বিয়েতে না নেচে না খেয়ে চলে যাবি?

বলে একজন-রুক যা দো চার দিন। বহুত মস্তি হোহি। সঙ্গ দেয়েবর হামন হন না?

রামবতীর বিয়ে হয়ে যাচ্ছে তাতে কি হয়েছে? আমরা তো আছি। আমরা সঙ্গ দেবো। তোর সঙ্গে নাচবো গাইবো। খুব আনন্দ হবে, খুব মজা পাবি।

-তোর বিহা! বিস্মিত রাজিন্দর বলে-বলিস নি তো! কবে বিহা?

বিয়ে হবে সেটা রামবতী বলেছিল। বলেনি কবে বিয়ে। এখন বলে-আসছে চাঁদে।

আসছে চাঁদ! অর্থাৎ পূর্ণিমা রাতে।

এদের বিয়ে পূর্ণিমার রাত ছাড়া হয়না। মাস যাই হোক দিনও যে কোনো হতে পারে কিন্তু রাত যেন আলোকিত ঝলমল উজ্জ্বল হয়। পূর্ণিমা ছাড়া সে আলো আর কে দেবে? সারারাত সেই আলোয় চলবে নাচাগানা, খানাপিনা, হৈ হুল্লোড় আর বাসর জাগা। সে বাসর শুধু বর আর নববধূর নয়। যার সঙ্গে যার মন মজে যাবে– সবার। এই রাতে কারো কোনো বাধা বন্ধন নেই। সবাই স্বাধীন, সবাই আনন্দমেলার অংশীদার। রাজিন্দর এখন পর্যন্ত রামবতীর এক্তিয়ারে। সে মুক্ত বা স্বাধীন নয়। তার কব্জা থেকে যেদিন ছাড়ান পাবে–স্বাধীন হয়ে যাবে– সর্বসাধারণের হয়ে যাবে। তখন যদি কেউ তাকে বশীভূত করে নিতে পারে তাতে কারো কোনো আপত্তি থাকবে না। আর সেটা হতে পারে রামবতীর বিয়ে হয়ে গেলে। রামবতী তখন তার স্বামীর অধীন হয়ে গেলে অন্যের উপর অধিকার কায়েম রাখতে পারবে না।

রামবতীর সখিরা রামবতীর মুখে রাজিন্দরের দিনরাতের গল্প শুনে শুনে তারাও তার প্রত্যক্ষ প্রমান পেতে উৎসুক হয়ে উঠেছে। সেই সুযোগ আসতে পারে রামবতীর বিয়ের রাতে। তাই তাদের সোল্লাস আবদার 'আর কটা দিন থেকে যা'।

ধর্মশাস্ত্র মহাভারত বলেছে– কি পুরুষ আর কি বা নারী, সবাই স্বভাবে বহুগামী। যদি জগতের সব নারী কোনো পুরুষকে দিয়ে দেওয়া হয়, যদি জগতের সব পুরুষ কোনো নারীকে দিয়ে দেওয়া হয়– তবু তার কম পড়বে। তবু তার মন ভরবে না। যে কারণে যাদের ক্ষমতাবান বলা হয় সেই সব পুরুষেরা ডজন ডজন বিয়ে করেছে– রক্ষিতা পুষেছে। সেই যে বলে– দম থাকলে আয়েস কম করেনি। সেই একই কারণে পাঁচজন সুদর্শন পতি থাকার পরেও সতী দ্রৌপদী কামনা করেছিল আর এক পতি হিসাবে,মহাবীর কর্ণকে। কর্ণকে কব্জায় পেয়ে গেলে আবার কামনা করতো অন্য কাউকে।

সতী এটা একটা অলীক শব্দ। শাস্ত্রে বলেছে সময় সুযোগ আর মনোমত সঙ্গী পেলে পৃথিবীর কোনো নারী সতী থাকতো না। যে কারণে অনেকের কামনা বাসনার আগুনে রাজিন্দর একটা ইন্ধনের কাজ করছে এই বনগ্রামে।

কিন্তু রাজিন্দরের তেমন কোনো ইচ্ছা নেই। সে এখন দ্রুত ফিরে যেতে উদগ্রীব। এখানকার আনন্দ মেলায় আর অংশ নিতে মনের সায় পাচ্ছে না। মাত্র একবার সে গিয়েছিল এই রকম এক বিবাহ বাসরে। যেখানে গিয়ে নিজের কাছে নিজেই কেমন লজ্জিত হতে হয়েছিল তা আজও তার মনে আছে। এক এমনই পূর্ণিমার ঢলঢলে রূপোগলা জোছনায় বেনহুড় গ্রামে বসেছিল বিবাহ বাসর। হয়েছিল গণ বাসর।

গ্রামের উত্তর পাশে বিরাট একটা পুকুর। তার পাশে বড় ফাঁকা মাঠ। এই মাঠে বর্ষার সময়ে ধান মকাই অড়হর বোনা হয়। তাই বর্ষার জল ধরে রাখার জন্য কিছু কিছু জমিতে বড় বড় আল। বিবাহপর্ব মিটে যাবার পর সেই আলপথ ধরে একা একা আনমনে হেঁটে চলে গিয়েছিল রাজিন্দর পুকুরের ওপাশে এক পাহাড়ের কাছে। আজকের এই আনন্দঘন রাতে কোনো ছেলে ওকে সঙ্গ দিয়ে লোকসানে পড়তে রাজি ছিলনা না। এমন রাত সহজে পাওয়া যায় না। তাই হারানগড়ের বন্ধুরা রাজিন্দরের কথা না ভেবে বেনহুড়ের চারদিকে ছড়িয়ে পরেছিল যে যার মনোমত সঙ্গীর সন্ধানে।

রাজিন্দরও আদিবাসী সমাজ সম্প্রদায়ের সদস্য হলে এই রাতে সেও এমন সুযোগ সুবিধা পাবার হকদার হতে পারতো। দুর্ভাগ্য– সে তা নয়। তার পোষাক, মুখের ভাষা, গায়ের রঙ সব কিছুতে বলে দিচ্ছিল সে বহিরাগত। হারানগড়ে ওর যে সুবিধা সুযোগ তা বেনহুড়ে পাবে কেমন করে! এখানে ওর পরিচয় বিদেশি বহিরাগত বিধায় –বর্জনীয় ব্যক্তিত্ব। ওর চেহারা, পোষাক আর ভাষার ব্যবধান বিচ্ছিন্ন করে দিয়েছিল বেনহুড়ের আদিবাসী সমাজজীবনের সোল্লাস উৎসব থেকে। অনাদর তাকে কেউ করেনি সত্য – কিন্তু ঘনিষ্ঠতা বাড়াতে কেউ এগিয়েও আসেনি। বরযাত্রীর যা সম্মান এবং যা কিছু প্রাপ্য –পান, ভোজ, নৃত্যগীত এবং অন্যান্য অনুষ্ঠানসূচীর দর্শন ও শ্রবনের সব বিধিব্যবস্থা করা হয়েছিল তার জন্য। সেখানে কিছু মাত্র কমতি বা খামতি রাখা হয়নি। শুধু ছিলনা এই রাতে তার সাথে রাত জাগার মত সঙ্গী কেউ। বাধ্য হয়ে তাই একা একা মনমরা হয়ে ঘুরতে হচ্ছিল।

প্রায় বছর দুয়েক আগে বেনহুড় গ্রামের মুখিয়ার মেয়ের সাথে সগাই হয়েছিল হারানগড়ের বুধুরামের ছেলে সনিরামের। সগাই– অর্থাৎ পাকা কথাবার্তা। যা পাথরের 'লাকির' – অর্থাৎ পাথরে দাগের মত অ-মিট। এটা অনেকটা সেই আধুনিক সমাজের রেজিস্ট্রেশনের বিবাহের তুল্য আইনসিদ্ধ। তারপর থেকে ইচ্ছা হলে দু-দশ দিনের জন্য সনিরাম বেড়াতে চলে এসেছে বেনহুড় গ্রামের শ্বশুরালয়ে। জামাইয়ের আদর যত্ন উপহার যা যা পাবার তা পেয়েছে। ইচ্ছা হলে হবু বধূকে নিয়ে দু-দশ দিনের জন্য চলে এসেছে হারানগড়ে নিজের গৃহে। বধূকেও যা তার প্রাপ্য বুঝিয়ে দেওয়া হয়েছে। দু বছর এই ভাবে কাটাবার পর বরবধূ পরস্পর পরস্পরকে জেনে বুঝে নিয়েছে। এখন তাদের উভয়ের মনে হয়েছে যে এক সাথে জীবন কাটানোয় কোনো অসুবিধা হবে না। তাই এবার হবে আসল বিবাহ। সগাই হয়ে গেছে এবার হবে সাঙ্গা। সঙ্গে থাকার অনুষ্ঠান। এরপর পাকাপাকি ভাবে দুজনের একত্র বসবাস। সেই উপলক্ষে কিছু সামাজিক অনুষ্ঠান।

আধুনিক সমাজে মেয়ের বিয়েতে যেমন অবস্থা মেয়ের বাপের হয়ে থাকে,আদিবাসী সমাজে তেমন অবস্থা হয় ছেলের বাপের। কত তার খরচ খরচা! চাই চাল, ডাল, তেল, নুন। চাই মদ, মাংস আরও কত কী। এই সব রসদ জোগাড় হবার পর হারানগড়ের

বুধুরাম বেনহুড়ের মুখিয়া মুড়ারামকে খবর পাঠিয়ে ছিল – আর দেরি না করে এবার শুভ কাজটা সম্পন্ন করে ফেলা যাক। দুই পরিবার সেইমত দিনক্ষণ স্থির করে ও সেই দিন মত হারানগড় থেকে আট দশটা গরুর গাড়িতে চাল ডাল তরি তরকারি, মুরগি, শুয়োর আর জ্বালাভরা মদ নিয়ে গ্রাম খালি করে সবাই রওনা দেয় বেনহুড়।

এইসব অঞ্চলের গরুগুলো দেখতে ছোটছোট হলেও দারুণ তেজি আর ছটফটে। গাড়িগুলোও হয় ছোট ছোট। চলাচলের তেমন চওড়া পথ তো নেই, অনেকসময় বনজঙ্গল কেটে কেটে চলার পথ বানিয়ে নিতে হয়। তাই কেউ বড় গাড়ি বানায় না। এখানকার গরুর গাড়ির আকার অনেকটা শহরের মোটরকারের সাইজের। যার ফলে এবড়ো খেবড়ো পথে সহজে চলাচল করতে পারে।

জঙ্গল পথের মধ্য দিয়ে মাইল কুড়ি বাইশ পথ পার হয়ে বেনহুড় গ্রামের প্রবেশদ্বারের সামনে এসে – সন্ধ্যার কিছু আগে এক গাছতলায় তারা যাত্রা থামায়। কিছু লোক তখনই পাথর দিয়ে উনুন বানিয়ে কাঠকুটো জোগাড় করে ভিড়ে যায় রান্নাবান্নার কাজে। শুয়োর, মোরগ, পাঁঠা, খাসী মারা হয়। অল্পবয়সী ছেলেমেয়েরা– যারা ছুতোনাতায় নাচতে চায় তারা নাচার মত জায়গা খুঁজে নিয়ে নেমে পড়ে নাচে গানে। আর কয়েকজন প্রবীন – যাদের নাম গাঁওসেয়ান তারা হাতে প্রণামী নিয়ে চলে যায় বেনহুড় গ্রামের সেয়ানদের আলাপ আলোচনায় অংশ নেবার জন্য আমন্ত্রণ জানাতে।

কন্যাপক্ষের লোক যে! বড় অহংকারী! ডাকলেই তারা আসবেনা, অনেক সাধ্যসাধনা করতে হবে। মেয়ের নাম ফেলি, যমে নিলেও গেলি, পরে নিলেও গেলি –এটা সে সমাজ নয়। এটা আদিবাসী সমাজ! মেয়ে এই সমাজের সম্পদ। মেয়ে হাত পুড়িয়ে রান্না করে, জঙ্গল থেকে জ্বালানি আর মদের জন্য মহুয়া কুড়িয়ে আনে। জমিতে ঘাম ঝড়িয়ে ফসল ফলায়। শয্যাসুখ দেয়, সন্তান উৎপাদন করে। সংসার জীবনে আনে সুখ আর সমৃদ্ধি। মেয়েদের তুলনায় ছেলেরা কী? কিছু না, স্রেফ একটা চলে ফিরে বেড়ানো বড়সড় পুতুল। যে শুধু মদ খায় আর শোয়। নারীরা পুরুষকে মান্যতা দিচ্ছে বলেই তাদের যা কিছু মুল্যমান। যদি মেয়েদের মনোরঞ্জন আর ওই সন্তান ধারণের ব্যাপারটা না থাকতো বলতে গেলে পুরুষ জাতটার কোনো দামই নেই।

সেই নারীসম্পদকে আজ তোমার হাতে দান করে দেওয়া হবে। তোমাদের পাত্র ঠিক যতখানি পূর্ণ হবে আমাদের খালি হবে ঠিক ততখানি। মেয়েটা আর আমাদের আনন্দে হাসবে না, আমাদের দুঃখে কাঁদবে না। আমাদের ঘোটুলে নাচবে না সে আজ থেকে তোমাদের হয়ে যাবে! সেই মনোকষ্ট কী কম! সেই দুঃখ কষ্ট ভুলে নিজেকে সামলেসুমলে নিয়ে তবে তো আসবে। তার জন্য কিছুসময় তো দিতেই হবে! আর দিতে হবে তোষামোদের সঙ্গে টাটকা মদ।

কন্যাপক্ষের যখন পাঁচজন প্রবীন মানুষ গাছতলায় বরপক্ষের লোকজনের সামনে আসবে তাদের পা ধুইয়ে মুছিয়ে বরণ করে নিয়ে বসানো যথাযোগ্য সমাদর সহকারে। সদা সতর্ক থাকতে হবে যেন কোনো কারণে তারা বলার সুযোগ না পায় যে তাদের যথেষ্ট সম্মান করা হয়নি। সদ্য মারা মুরগি শুয়োরের মাংস সহযোগে পরিবেশন

করা হবে ঘরে তৈরি খাঁটি মহুয়ার মদ। পান আর ভোজনের সঙ্গে শুরু হবে দুপক্ষের সেয়ানদের কথোপকথন। যার মধ্য দিয়ে প্রস্তুত করা হবে সারারাতের অনুষ্ঠানসূচির আনুপূর্বিক রূপরেখা। কন্যাপক্ষের সেয়ানরা সন্তুষ্ট হয়ে সম্মতি দিলে তবেই বরপক্ষ প্রবেশ করতে পারবে কন্যার গ্রামে– বিবাহ অঙ্গনে। যে সময় নির্ধারণ করা হবে ঠিক সেইসময় বরবধূকে এনে বসানো হবে পাশাপাশি। দেব দেবতার কিছু পূজার্চনা প্রণামাদির পর ঘোষণা করবে প্রবীনজন এরা আজ থেকে ডোউকা ডোউকি হয়ে গেল। এখন আর এরা সর্বজনার সম্পত্তি নয়, এক দুজেকে লিয়ে। মাত্র দুজন দুজনার।

এরপর গ্রামের লোক দুজনকে সাধ্যমত দান দক্ষিণা দিয়ে আশীর্বাদ দেবে। এই পর্ব মিটে যাবার পর শুরু হবে সারা রাত ধরে হৈ হুল্লোড়, হাসি, তামাশা, নাচ আর গান-মেলামেশা। তখন কার সঙ্গে যে কে চোখে চোখে কি কথা বলে নেবে তা কে জানে! আর তারপর সেই নাচ গানের পর্বের মধ্যে আচানক কাউকে কিছু না বলে আসর থেকে কেউ কেউ কোথায় যে হারিয়ে যাবে তা কে বলতে পারে! শত খুঁজেও যাদের আর সারা রাতে সাক্ষাৎ পাওয়া মুশকিল। এই রাত স্বাধীন, রঙিন, বাধা বন্ধনহীন। সবাই আজ নিষেধ না মানা মানুষের দলে। নিষেধ কে কাকে করবে! কেনই বা করবে?

তখন চাঁদ ছিল ঠিক মাথার উপরে। ফাল্গুনী পূর্ণিমার গোলাকার চাঁদ অকৃপণ ধারায় ঢেলে দিচ্ছিল তার অনুপম জোছনা। সে জোছনায় হাড়ে কামড় বসানো শীত ছিলনা। হালকা নরম পেঁজা তুলার মত নরম কুয়াশা ছিল। সারা মাঠ পাথার, বন-বনানী ঢেকে গিয়েছিল নরম মরমী দুধের রঙে। গ্রামের চারপাশ ঘিরে থাকা পাহাড় আর প্রাচীন বৃক্ষরাজি ঢলে পড়েছিল গভীর ঘুমে। শুধু জেগেছিল সে রাতে বেনহুড় গ্রাম। সে জাগৃতি ছিল স্বতোৎসারিত নবপ্রাণের উল্লাস উৎসবের গন্ধ-বর্ণমাখা।

মেলা– মাড়াই, বিহা, আর ঘোটুলের যৌবন জলপ্রপাতের দু-কূল প্লাবিত উদ্দামতা দেখে প্রবীন মানুষদের প্রাণ বড় পোড়ে! আহা রে, এমন দিন আমারও একদিন ছিল! সাধ্যমত জীবনকে ভোগ করেছি। কী করে ভুলি সে দিনের স্বাদ! বড় তাড়াতাড়ি যেন দিনগুলো ফুরিয়ে গেল!

এখন একা একা রাজিন্দরের প্রাণ পুড়ছিল। কেউ তার পাশে বা সাথে নেই। কারো সাথেই মন খুলে একটু কথা বলা যাচ্ছে না। নহরু, সোনউ, পুনউ, ঝাড়ুরাম সব গানের আসর ফেলে– 'আথন' বলে কে যে কোথায় চলে গেছে তার কোনও হদিশ পাওয়া যাচ্ছে না। কিছুক্ষণ আগে সুকারোকে দেখা গিয়েছিল তাকেও আর দেখতে পাচ্ছে না। সেও কি কোথাও খেলতে চলে গেল নাকি কে জানে! তাই রাজিন্দর আপন মনে হেঁটে হেঁটে এসে দাঁড়ায় পুকুরের পারে। পুকুরের জলে কোনো ঢেউ নেই। ঠিক যেন মাঝ বরাবর ভেসে আছে রূপোর থালার মত গোল চাঁদ।

বেশ কিছুক্ষণ সেখানে দাঁড়িয়ে চাঁদ দেখে কী মনে করে যেন মাঠের পথ ধরে সামনের ঘুমন্ত পাহাড়ের দিকে আগায়। রূপোগলা জোছনায় নেড়া পাহাড়টা তখন যেন কী এক মায়াবী আহ্বান ছড়িয়ে দিচ্ছিল চারধারে। সেই আহ্বান ওকে ডেকে নেয় নিজের কাছে।

যদিও পাহাড় তবে এর উচ্চতা খুব বেশি নয়, অনায়াসে যার মাথায় এক দৌড়ে চড়া যায়। সারা শরীরে তার দাঁড়িয়ে বা বসে আছে ছোট বড় নানান সাইজের পাথর। যার রঙ কালো, গাত্র মসৃণ।

পাহাড়ের কাছে পৌঁছে মনে হয় রাজিন্দরের –বিশ্ব চরাচর ঘুমিয়ে পড়লেও এই পাহাড়টার চোখে ঘুম নেই। সে জেগে আছে, প্রবলভাবে জেগে আছে। যে আজ বেনহুড় গ্রামের সাথে পাল্লা দিয়ে হাসছে আর নাচছে। বাতাসে তার লজ্জিত হাসির শব্দ নুপুরের নিক্কন বা কাঁচের চুড়ির রিনিঠিনি হয়ে বাজছে।

পাহাড়ের গায়ে বিশেষ কোনো গাছ নেই। কিছুমাত্র কড়ড়্যা গাছের ছোট ছোট ঝাড়। আর আছে বড়, ছোট, মাঝারি – খাড়া, চ্যাপটা, চ্যাট্টাল অসংখ্য কালো কালো পাথর। মনে হয় আদিম অতীতে প্রবল ভুমিকম্পে পাহাড়টা ভেঙ্গে চারদিকে ছড়িয়ে গেছে। কিছুক্ষণ পাহাড়ের দিকে তাকিয়ে মনে হল রাজিন্দরের সেই শান্ত পাহাড়টা এখন যেন দুলছে। আবার যেন ভুমিকম্পন শুরু হয়েছে। একটু চোখ সয়ে গেলে দেখতে পায়,পাথর নয়– পাথরের পাশে, পাথরের উপরে, পাথরের নিচে নড়ছে কিছু মানুষ। –জোড়বাঁধা মানুষ। কোনদিকে তাদের কোনো ভ্রুক্ষেপ নেই। মহুয়া মদের প্রভাবে উন্মত্ত–রতি সুখসাগরে সন্তরণরত, জোড়বাঁধা আদিম মানবেরা পারিপার্শ্বিক সব কিছু বিস্মরণ হয়ে একে অপরের শরীরে অমৃত সন্ধানে উন্মাদ হয়ে রয়েছে।

তাদের কোনো দোষ নেই। গ্রাম থেকে দুরে– রাতদুপুরে এমন নির্জন স্থানে তারা ছাড়া আর কেউ যে নিছক দর্শক আসতে পারে সে তাদের ধারণায় ছিলনা। যদি কেউ আসে সে কোনো সঙ্গী নিয়েই আসবে। সে কে কোথায় কী করছে দেখার চেষ্টা না করে কোনো একটা পাথরের আড়াল নিয়ে বসে যাবে। তাই তারা ছিল নিশ্চিন্ত নিলাজ ও নিডর।

রাজিন্দর পশুপাখির মিলন অনেকবার দেখেছে। কিন্তু কোনো নরনারীর মৈথুন দৃশ্য দেখার সুযোগ পায়নি। ঘোটুলঘরে একসাথে অনেকে নৈশযাপন করে। কিন্তু সে ঘরের মধ্যে জমে থাকে কফিনের মত কালো অন্ধকার। এক হাত দুরের কিছু দেখা যায় না। শীৎকার শোনা যায়, চুড়ির বাজনা কানে আসে, শরীরের সঙ্গে শরীরের সংঘাতের শব্দ ঘর জুড়ে ছড়ায়, কিন্তু দৃশ্যপট থাকে অগোচর– অদৃশ্য।

রাজিন্দর সঙ্গম, মৈথুন, সহবাস জানে– জানেনা এই রকম ক্রিয়াকালে এক তৃতীয় ব্যক্তির চোখে তা কেমন দেখায়। আজ সেই সুযোগ পাওয়া গেছে। সে নিজেকে একটা বড় পাথরের আড়ালে সরিয়ে নেয়। ন্যায় করছে, না অন্যায় অতশত না ভেবে সে সামনের দিকে তাকায়। এদিক থেকে পুরুষটির পিঠ দেখা যাচ্ছে। আর দেখা যাচ্ছে নিচে শায়িত নারীর দুটো আড়াআড়ি– পেলব মসৃণ পা। পা দুটো সাঁড়াশির চাপে পেঁচিয়ে ধরেছে পুরুষটির সিংহসদৃশ সরু কোমর। তার পায়ের ক্ষুদ্র ঘুঙুর টিং টিং করে বাজছে এক লঘু চপল ছন্দিল ধ্বনিতে। সঞ্চালনরত পুরুষটির বলিষ্ঠ পিঠের শ্রমজনিত ঘামে পিছলে যাচ্ছে মধ্যযামিনীর চন্দ্রকিরণ। মগ্ন, মুগ্ধ দুজন রতিসুখকামী মানুষের গলা থেকে চরমানন্দের অভিব্যক্তিস্বরূপ শীৎকার ছুটে বের হচ্ছে। যাকে রাজিন্দরের মনে হচ্ছে

পৃথিবীর শ্রেষ্ঠ রাগ রাগিনীর চেয়ে শ্রুতিমধুর –সুখকর, ও রোমাঞ্চক। এমন নির্জনতায়, প্রকৃতির মুক্তাঙ্গনে চাঁদের উজ্বল আভায় দুটো মানব মানবী উদ্দাম প্রণয়ক্রীড়ায় এখন মনে হয়, মাঝারি উচ্চতার এই পাহাড়, ছড়ানো ছিটানো পাথরখণ্ড, বুনো গাছগাছালি, ছোট ছোট ঝোপঝাড় সবাই আন্তরিক সহযোগিতা দিয়ে এক নন্দনকাননের স্বর্গীয় পরিবেশ নির্মাণ করে রেখেছে।

কতক্ষণ এই দৃশ্যের দিকে তাকিয়েছিল রাজিন্দর সে জানে না। বুকে কিসের ঝড় তুফান বন্যা আর শিহরণ বয়ে যাচ্ছিল তারও কোনো কুল কিনারা পাচ্ছিল না। শুধু তখন তার সাথীহারা নিঃসঙ্গ সত্ত্বাটা সেই রাত গভীরে বড় আকুল হাহাকারে দারপরিগ্রহ করে কোন এক গাছের ডালে বসা পাখির গলায় কেঁদে যাচ্ছিল।

কান্না শেষ হবার কিছুক্ষণ পরে আর এক বোধ তাকে আক্রমণ করে– যার নাম লজ্জা। নিজের কাছেই কেমন যেন লজ্জা লজ্জা করছিল তখন! কেউ যদি আমাকে এখানে এভাবে আবিষ্কার করে ফেলে– কী ভাববে সে! ভাববে লুচ্ছা– অভব্য, অসভ্য। আর তখন নিশ্চয় বকুনি দেবে– কায় দেখথস! ওমন খেলথে, তে ছুপ ছুপ কর কাবর দেখথস! ওরা খেলা করছে, তোর লুকিয়ে লুকিয়ে দেখার কী হয়েছে? ওটা কি কোনো দেখার জিনিস? লজ্জাশরম বলে তোর কি কিছু নাই নাকি? তোর না থাকুক ওদের তো আছে! তোর অস্তিত্ব টের পেলে ওদের খেলার ছন্দপতন ঘটবে। সর সর, সরে যা এখান থেকে! ওদের শরীর খেলায় কোনো বিঘ্ন ঘটাস না।– তাই নিঃশব্দে সেখান থেকে সরে যায় রাজিন্দর। সরে আসে কিন্তু ওই পা বড় মনে ব্যথা দেয়। পা আর পায়ের বাজনা যেন মনে হয় তার খুব চেনা।

এখন রামবতীর বিয়ে দেখার আমন্ত্রণে সেই পুরাতন স্মৃতির ব্যথাটা চিনচিন করে ওঠে। জোছনা রাতে সবাই যাবে বনে –সবাই হাসবে খেলবে। শুধু মনে ঘন অন্ধকার নিয়ে পরদেশি সাহাব একা একা দুঃসহ রাত্রি জাগবে।

বলে রাজিন্দর– তোর 'বিহার' এখনও অনেকদিন বাকি! অতদিন আমি কী করে এভাবে থাকি বল! কাজ নেই, কর্ম নেই সময় কী কাটতে চায়? এবার আমাকে যেতে দে। পরে আবার যখন এদিকে আসবো গিয়ে তোকে দেখে আসবো।আর আমাকে থাকতে বলিস না, এবার বিদায় বল।

রামবতীর চোখে, মুখে, শরীরে কোথাও কোনো ক্রোধ বা কুটিলতা নেই, যেমন ছিল প্রথমদিন। যে ছিল ধারালো লোহার তলোয়ার– এখন সে যেন পরশপাথরের স্পর্শে সোনা হয়ে গেছে। দরদ ভরা গলায় বলে সে– যা তৈয়ার হো লে –। ভাইয়াকে বাতা দেথন, তোলা কোতরি কিনারে ছোড় আহি। কোতরি পহুচ যাবে তো পহচান পাবে যায়েকে রাহ?

কোতরি নদীর কাছে পৌছে যেতে পারলে বাকি পথ চিনে নিতে অসুবিধা হবে না রাজিন্দরের। নদীর পার ধরে হেঁটে হেঁটে চলে যেতে পারবে চেনা ঠিকানা-পলাচুরে।

বলে সে– আমি তৈয়ার হয়েই আছি। কতক্ষণ লাগবে এখান থেকে কোতরি পার যেতে?

কতক্ষণ! আদিবাসীরা আমাদের মত সময়কে ঘড়ির কাঁটায় মিনিট সেকেন্ড দিয়ে মাপতে শেখেনি। তাই রামবতী বুঝিয়ে বলতে পারেনা। তবে যা বলে তাতে বুঝে নেয় রাজিন্দর– ঘণ্টাদুয়েকের বেশি লাগবে না। জঙ্গলের সব পথ আদিবাসীর কাছে হাতের তালুর মত চেনা। তাকে চেনা পথ ধরিয়ে দিয়ে ধীরেসুস্থে হেঁটে সন্ধ্যার আগেই ডোঙ্গারাম ফিরে আসতে পারবে নিজের গ্রামে। আর একটু পায়ে হাঁটলে রাজিন্দর পৌছে যেতে পারবে পলাচুর গ্রামে।

আসলে রাজিন্দর কোতরি নদী থেকে দশ বারো কিলোমিটার পথের বেশি এগিয়ে আসতে পারেনি। জঙ্গলের মধ্যেই ঘুরপাক খেয়ে মরেছে। জঙ্গলে পথ হারাবার এই এক মস্ত অসুবিধা। সবদিক সমান। মনে হয় অনেক হাঁটলাম কিন্তু পথ কত পার হলাম কিছুই বোঝা যায় না।

এখন সময় দুপুর– ঘড়িতে বেলা বারোটার মত বাজে। দুটো নাগাদ কোতরি পৌঁছে গেলে নদী পার হয়ে আর ঘণ্টাদুয়েক হাঁটলে পলাচুর। ওখানে রাজিন্দরের রাত কাটাবার কোনো অসুবিধা হবে না। নহরুর কারণে ওই গ্রামের সবাই রাজিন্দরকে চেনে।

ঘোটুলে এসে রাজিন্দর তার ব্যাগপত্র গুছিয়ে নেয়। তখনই মনে হয় ঘরটা যেন বলছে – যাচ্ছিস? যেন বলছে– মনে রাখিস আমার কথা! আমার অনেক ধুলো লেপটে আছে তোর সারা গায়ে। হাজার সাবান দিয়েও সে ধুলো ধুয়ে ফেলতে পারবি না। অনেক

হাসি আনন্দ খুশি ছড়িয়ে দিয়েছি তোর মনে। সে সব কি মুছে ফেলতে পারবি!

আর কোনদিন এই গ্রামে ফিরে আসা হয়তো হবেনা। আর এলেও রামবতীর সঙ্গে দেখা হবে না। এই ঘরের ধুলায় – অন্ধকারে আনন্দ অবগাহন আর হবে না। আনন্দরসের ধারায় আর এই মাটি ভিজবে না। সব ফেলে শেষবারের মত চলে যাচ্ছে রাজিন্দর। মনটা তাই বেদনায় নুয়ে আসছে। সময় নাকি সব দাগ ধুয়ে মুছে দেয়। এই দাগ কোনদিন মুছে দিতে পারবে এমন প্রত্যয় হয় না। অল্প কয়েক দিনের মাত্র রামবতীর সঙ্গে। সেই প্রথম দিনের সামান্য কয়েক ঘণ্টা বাদ দিলে আর কোনো রূঢ়তা, রুক্ষতা ছিলনা। সবটাই নরম কোমল মানবিক মমতায় ভরা। এই অঞ্চলের মাটি বড়ই রুক্ষ, শুষ্ক, নীরস, কঠিন। যাতে গাঁইতি বসানো যায় না, কিন্তু একপশলা বৃষ্টি হয়ে গেলেই মোমের মত গলে নরম হয়ে যায়।

এখানকার মানুষগুলোও তাই। আপাতঃ দৃষ্টিতে ভয়ঙ্কর নির্দয় বর্বর মনে হলেও তাদের মনের গতি প্রকৃতি বুঝে সেইরকম চলতে পারলে প্রতিদানে যা পাওয়া যায় তা লক্ষ কোটি টাকা দিয়েও কিনতে পাওয়া যায় না।

মালপত্র নিয়ে আবার ডোঙ্গারামের দরজার কাছে ফিরে এসে দেখতে পায় রাজিন্দর– ধারালো টাঙ্গি হাতে সলফি বোঝাই তুম্বা নিয়ে আগেভাগে প্রস্তুত হয়ে বসে আছে ডোঙ্গারাম। তার পায়ের কাছে ডানাবাঁধা একটা মোরগ আর মাটির মদ পাত্র। কিছুক্ষণ পরে সেখানে আসে সাহেব সেয়ান এবং তারই মত আরও কয়েকজন প্রবীন। তাদের ডাকা করিয়ে এনেছে ডোঙ্গারাম। ডোঙ্গারাম রাজিন্দরের দিকে তাকিয়ে কর্তৃত্বকারী গলায় আদেশ দেয়– নমস্তে বোল, জয় জোহার কর, ভিদাই মাঙ্গ! নির্দেশ মত সব করে। এবার আর ভুল করে না রাজিন্দর। কোমর বাঁকিয়ে নিচু হয়ে বৃদ্ধদের হাঁটু ছোঁয় – জয় জোহার সেয়ানমন। জয় জোহার, পাল্টা জবাব দেয় তারা। –খুশ রহো বেটা। তারপর তারা দড়ির খাটিয়ার উপর উঠে বসে। রাজিন্দর পরবর্তী আদেশের জন্য অপেক্ষা করে।

ডোঙ্গারাম সেয়ানদের দিকে তাকিয়ে বলে– বেচারা পরদেশি না বুঝে অনেক অন্যায় করে ফেলেছিল। তার জন্য বহুত পশ্চাতাব করেছে! তো রামবতী ওকে মাফি করে দিয়েছে। জুরমানা আদায় হয়েছে। এখন ওকে তোমরা ভিদাই বলে দাও। পরদেশি ঘরকে যাক।

বৃদ্ধরা পরস্পর পরস্পরের দিকে তাকায়। এই মদ, মোরগ কোথা থেকে এসেছে তা তারা বোঝেনি এমন নয়। যে সব চেয়ে বয়স্ক সে নিচুস্বরে অন্যদের কী যেন বলে! তারা মাথা নেড়ে সম্মতি জানায়। তখন ডোঙ্গারামকে বলে সেই বৃদ্ধ– মানকে চল, জুরমানা মিল গিস। মনে করো সবাই– গ্রাম্য জরিমানা আদায় হয়ে গেল। এখন মোরগা মাঠে চড়তে যাক। আর মদ চলে যাক ঘরের মদ পাত্রে। রামবতীর বিয়ে সামনে। তখন তো কতোই খাওয়া দাওয়া হবে।এ গুলোর ব্যবস্থা সেই সময় করা যাবে। বৃদ্ধের কথায় সবাই হেসে সম্মতি জানায়-সহি বাত। বিলকুল সহি।

বলে ডোঙ্গারাম– তাহলে কী একে ভিদাই বলা গেল?

হঃ হঃ বলা গেল! ভিদাই ভিদাই!

বৃদ্ধরা আর বসে কী করবে? যে জন্য তাদের ডাকা হয়েছিল তারা তাদের সে সামাজিক দায়িত্ব কর্তব্য যথাযথ পালন নির্বাহ করেছে। এবার তারা যে যার গন্তব্যের দিকে যেতে শুরু করে। তখন বড় ব্যথিত গলায় বলে ডোঙ্গারাম- তুই সাহাব রাজার জাতের লোক। কত্ত কত্ত সাল বাদ রাজার জাতের লোক আমাদের মহল্লায় এলো। কিন্তু বড় বিচ্ছিরি ব্যবহার পেয়ে গেলি মহল্লা থেকে। খুব খারাপ লাগছে। দেশে গিয়ে আমাদের নামে কোনো ভালো কথা তো বলতে পারবি না। আমাদের সম্বন্ধে লোকে কি না কী ভাববে! গাঁওয়ের নজরে তুই দোষী হয়ে গিছিলি তো- তাই সবাই তোর সাথে খারাপ ব্যবহার করেছে। যদি পারিস কোনদিন আবার একবার আসিস। দেখবি তখন সবাই তোকে কত যতন করে। সমাজের রীত রীবাজ মেনে চললে কেন লোকে না পছন্দ করবে বল! বেলা বাড়ছে। চল তোকে এগিয়ে দিয়ে আসি।

রাজিন্দর ফেরবার তাড়নায় অস্থির। সে ব্যাগ কাঁধে নেয়-চলো।

ডোঙ্গারাম বিস্মিত চোখে রাজিন্দরের দিকে তাকায়। যতই চেষ্টা করো এরা কিছু শিখবে না! আদিবাসী যে নয়! সামান্য উষ্মা ফুটে ওঠে তার গলায়- রামবতীর সঙ্গে দেখা করবি না? যা আখরি বার মিললে। ভিদাই বোলকে আ।

রামবতী! সে কোথায়? চারদিকে তাকিয়ে তাকে খোঁজে রাজিন্দর। কোনো হদিশ না পেয়ে জিজ্ঞাসু চোখে ডোঙ্গারামের দিকে তাকায়। সে দৃষ্টির অর্থ বুঝে ডোঙ্গারাম সামনের ঘরটা আঙ্গুল তুলে দেখায়- আর বলে, যা জলদি মিলকে আ -।

দুরুদুরু বক্ষে লঘু চরণে সামনের ঘরটায় প্রবেশ করে স্তব্ধ হয়ে যায় রাজিন্দর। খানিক আগে দেখা রামবতীর সেই চপল চঞ্চল মূর্তিটা আর নেই। সে ঝড়ে ভাঙা মহীরুহের মত পড়ে আছে মেঝেয় আর ফুলে ফুলে কাঁদছে। কান্নার দমকে তার শরীর কেঁপে কেঁপে উঠছে। একটু ইতঃস্তত করে রাজিন্দর। বুঝতে পারে না এখন তার কী করণীয়। বুঝতে পারে এই কান্না কোনো বিষাদ নাটকের অঙ্গ নয়। এক আদিম বনবালার বুকের ভিতর থেকে উঠে আসছে বেদনার এক অমলিন স্রোত। যা স্বজন বিচ্ছেদের ভারে ভারাক্রান্ত।

রামবতীর পরিচয় সে এক নারী! সব নারীর মত তারও একটা মন আছে। যে মনে কারো মুখ পাথরে আঁকা অ-মিট ছবি হয়। যে মুখ আঁকড়ে ধরে রাখতে সাধ হয়। কিন্তু সেই সাধের সামনে অনেকগুলো বাধার পাহাড়। যা অতিক্রম করা অসম্ভব। সেই অলঙ্ঘনীয় বাধার পাহাড় ওকে কাঁদাচ্ছে। ওটা না থাকলে সে অনায়াসে আজ রাজিন্দরের পিছন পিছন হেঁটে যেতে পারতো।

রাজিন্দর আদিবাসী নয়, আদিবাসী সমাজ তার গোষ্ঠীর বাইরে কাউকে স্বীকার করে না। তবু কোথাও কোথাও যে দুই ভিন্ন সম্প্রদায়ের -গোষ্ঠীর ছেলেমেয়ে বৈবাহিক সম্পর্ক পাতায় না এমন নয়। তখন দুজনকে জঙ্গল ছেড়ে- চেনাজানা মানুষের সীমানা ছেড়ে পালাতে হয় কোন দূর দেশে। জঙ্গল ছাড়া আদিবাসী জীবন আর জল ছাড়া মাছের জীবন দুর্বিষহ। বাঁচতে পারে না সেই জীবনে গিয়ে। তাই কোনো সচেতন আদিবাসী সে জীবন চাইতে পারে না।

এ ছাড়া আর একটা অনতিক্রম্য বাধা– রামবতী বাগদত্তা। সগাই হয়ে গেছে তার। এ মেয়ে এখন একজনের গচ্ছিত আমানত। একজনের সম্পদ আর একজন আত্মসাৎ করতে চাইলে –সমাজ তার অনুমোদন দেয়না। বনরাজ্যের বিচারে সে ঘোর অপরাধে অপরাধী। এমন মানুষের বেঁচে থাকার অধিকার এই সমাজ স্বীকার করে না। তাকে বধ করা স্বামীর নৈতিক কর্তব্য। সগাই যখন হয়ে গেছে এক অর্থে তার একজন স্বামী হয়ে গেছে। তাই চাইলেও রাজিন্দর কিছুতে সামাজিক মতে রামবতীকে বিয়ে করতে পারবে না। তাকে নিয়ে জঙ্গলে বাস করতে পারবে না।

অবশ্য তেমন কোনো স্বপ্ন দুজনের কেউ দেখেনি। যেটা হয় না, যেটা হবার নয় সে নিয়ে কেউ কাউকে কোনও প্রতিশ্রুতিও দেয়নি। দুজনার কেউ এমন কোনো আশার সৌধ সম্ভাবনার মহল নির্মাণ করেনি। যেটুকু যা মেলামেশা হৃদয়ের আদান প্রদান সবটাই ছিল শর্তহীন সম্পর্ক। রাজিন্দর যেমন জানতো আমাকে চলে যেতে হবে, রামবতীও জানতো –ওকে চলে যেতে হবেই। দায়হীন, দায়িত্বহীন, বন্ধনহীন। এই সম্পর্ককে এক পক্ষের ছিল প্রাণের দায়ে মানিয়ে নেবার বাধ্যবাধকতা, অন্যপক্ষের ছিল খাঁচায় পুরে ফেলা পাখি নিয়ে সাময়িক কৌতুকি খেলা।

তবে অভিনেতা যেমন অভিনয়কালে কখনও কখনও সত্য সত্যই কেঁদে ফেলে, কৌতুক করতে করতে কখন যেন রামবতী মানসিক দিক থেকে দুর্বল হয়ে পড়েছে। কখন যেন পরদেশি যুবাকে ভালোবেসে ফেলেছে তা নিজেও বুঝে উঠতে পারেনি। –বুঝতে পারছে এখন, যখন তার চলে যাবার সময় সমাগত হয়ে গেছে।

এই কিছুক্ষণ আগেও সে হেসে নেচে সারা পাড়া চক্কর দিয়ে বেড়িয়েছে। তার বিয়ে হবে, নতুন জীবনে প্রবেশ করবে সেই আনন্দ, খুশি সবাইকে বিলিয়ে বেড়িয়েছে। তখন মনের কোথাও কোনো মেঘ ছিলনা। রাজিন্দর যখন বলল– আমাকে বিদাই বোল, হাসতে হাসতে বলে দিয়েছিল-বিদাই। কিন্তু যেই সে সত্যি সত্যি চলে যাবার জন্য উদ্যত হল তখনই বুকের ভিতর মুচড়ে উঠল রামবতীর।– আর তার জন্য রামবতী দুপুরে রাতে ঘোটুলে পেজ পসিহা নিয়ে যাবে না। আর সেই সুঠাম যুবা নির্জন ঘরের আলো আঁধারিতে তাকে নিবিড় আলিঙ্গনে বুকে বেঁধে– অতীত অপরাধের শোকে শিশু হবে না। এক নিঃশ্বাসে এক হাজার কথার মালা গেঁথে মন ভেজাবে না।

আদিবাসী ভাণ্ডারে শব্দসংখ্যা অতি সীমিত। সেই শব্দকে তারা কবিতায় রূপান্তরিত করতে অপারগ। দীর্ঘ সুরেলা সংগীত বানাতে অক্ষম। রামবতী ঘোটুলে অনেক ঘনিষ্ঠ মুহূর্তে অনেক যুবকের মুখে অনেক অস্ফুট সংলাপ শুনেছে। যার রেশ একটা বিশেষ সময়ের পর আর সে ভাবে বুকের মধ্যে দোলা দেয় না। কিন্তু যা ওই পরদেশি বলে তার অনুরণন অনুক্ষণ মনের মধ্যে গুন গুন করে গুঞ্জন তুলতে থাকে।

রামবতীর চুল কালো মেঘের মতো, হাসি ফুটে ওঠা হলুদ ফুলের মতো,সারিবদ্ধ দাঁত সাদা বকের মত, চোখ কালো ভোমরার মতো, হাঁটা চঞ্চল হরিণীর মতো, মুখের সুগন্ধ পদ্মফুলের মতো, তার স্বাদ মধুর মতো আর নেশা মহুয়ার মতো। রামবতী কি নিজে জানতো যে সে এত কিছুর অধিকারিনী! কেউ তাকে আগে আর এমন করে

বলেনি। পরদেশির মুখে না শুনলে যা তার জানাই হতনা। পরদেশি যা বলে তা কথা নয়, যেন রুষ্ট দেবীকে তুষ্ট করার জন্য ভক্তের আকুল অঞ্জলি। সেই পরদেশি এখন চলে যাবে! আর কেউ বন্দনাগানে তার মান অভিমান ভাঙ্গাতে আসবে না। কাল থেকে সে আবার অসাধারণ থেকে সাধারণ হয়ে যাবে।

তাই তার বুকে এখন ঝড় উঠেছে। চোখের নোনা জলের বাঁধ ভেঙ্গেছে। ওর এতে কোনো দোষ নেই! সব মানুষের এই প্রবৃত্তি। যতক্ষণ নাগালে কব্জায় মুঠোয় আছে তার উপর কতটা টান বুঝে উঠতে পারেনা। বোঝে যখন সে নাগালের বাইরে চলে যায়। এই নিয়ে বিশ্বজগতে কত না বিড়ম্বনা বিবাদ বিসংবাদ। রোজ মা দুষ্টু ছেলেকে গাল পারে– তুই মর। আমার হাড়ে তুই মরলে বাতাস লাগবে। সত্যিই যদি তেমন দিন আসে মা কাঁদে সবার চেয়ে বেশি।

এই শোকসাগরের সামনে কিছুক্ষণ নিশ্চল দাঁড়িয়ে মাটির উপর বসে পড়ে রাজিন্দর। ধীরে ধীরে রামবতীর উল্কি আঁকা মসৃণ পিঠের উপর আলতো হাত রেখে মমতামাখা গলায় ডাকে– ওঠ রামবতী। চোখ মোছ। আমাকে হেসে বিদাই বোল। আমিও তো মানুষ! পুরুষমানুষ! আমারও তো একটা মন আছে! তোরাই তো বলিস যে মরদ লোক মায়ের জাতের চোখের জলে ভেসে যায়। আমিও ভেসে যাচ্ছি রামবতী। আগাবার পথ 'ধুধলা' হয়ে যাচ্ছে। আমি তোর চোখের জলের সমুদ্রে ডুবে যাচ্ছি। শক্ত হ' রামবতী। তোর সামনে নতুন জীবন। পাথর হ'। আর আমাকে বিদাই বোল।

রামবতী উঠে বসে রাজিন্দরের গলা দু হাত দিয়ে ক্ষিপ্রতার সঙ্গে জড়িয়ে ধরে মাতাল মাতাল স্বরে বলে– তুই যাস না রে-! আমাকে ফেলে তোকে যেতে দেবনা!

–মনে হয় রাজিন্দরের এই নির্জন ঘরে তার গলা জড়িয়ে ধরা দুটো হাতে সেই অসীম শক্তি যে শক্তি দিয়ে কোনো ময়াল সাপ হরিণশাবককে পেঁচিয়ে ধরে।

কাতর গলায় বলে রাজিন্দর– আমি পরদেশি! এখানে কে আমাকে থাকতে দেবে বল! তোর তো আর কয়েকদিন পরে বিয়ে হয়ে যাবে! চাইলেও তুই কী তখন এখানে থাকতে পারবি? তখন তো সেই আমাকে এখান থেকে চলে যেতেই হবে! যদি আদিবাসী হতাম তোকে বিয়ে করে ডোঙ্গারামের ঘরে সারা জীবন লামসেনা হয়ে থেকে যেতে পারতাম।

লামসেনা মানে ঘরজামাই। আদিবাসী সমাজে লামসেনা মানেই বড় অপমানজনক আত্মীয়তা। এক মাত্র সে-ই ঘরজামাই থাকে যার কোনো আত্মসম্মান নেই। প্রাণধারণের কোনো নিজস্ব যোগ্যতা নেই। পরের অনুগ্রহে পালিত সে জীবন– কুকুর বেড়ালের চেয়েও অধম। কিন্তু আদিবাসী সমাজ রাজিন্দরকে সেই ঘৃণিত আত্মীয়তার ভূমিকাতেও স্বীকার করে নেবে না। ও যে অনাদিবাসী। এসেছ, খেয়েছ, বসেছ – এইটুকু মানা যাবে। তার বেশি নয়। নারীর মন হচ্ছে আয়নার মত। তুমি সামনে এসে দাঁড়িয়েছো তাই তোমার ছায়া আয়নায় পড়েছে। তুমি সরে গেলেই ছায়া সরে যাবে। – দিন দু চার পরে তোমার কথা সব ভুলে যাবে। এই সামান্য মাত্র কারণে কোনো আদিবাসী কন্যাকে অনাদিবাসীর হাতে তুলে দেবার মত অন্যায় কাজ কিছুতে সমাজপতিরা করতে পারে না।

হ্যাঁ, কোথাও কোথাও এমনটা হয়ে গেছে। গের-আদিবাসীরা সরল সিধা আদিবাসী মেয়েদের ফুসলিয়ে নিয়ে গিয়ে বিয়ে করেছে। কিন্তু বনরাজ্যের কোথাও তার ঠাঁই হয়নি। পালিয়ে যেতে হয়েছে ধরাছোঁয়ার বাইরে। ধরতে পারলে বীরহোড়রা তাদের ক্ষমা করতো না।

রামবতীর সাথে রাজিন্দরের যে সম্পর্ক,এটা সমাজ স্বীকৃত নয়। একটা 'চোরাগোপ্তা' লুকানো ব্যাপার। সেই যে রকম সভ্যসমাজে বলে- না না, আমাদের মধ্যে তেমন কিছু নেই, আমরা মাত্র বন্ধু, ভালো বন্ধু। সেইরকম রামবতী যতক্ষণ না বলবে আমাদের মধ্যে কিছু আছে- ততক্ষণ 'কিছু নেই'। তাই সমাজের চোখে ওদের সম্পর্কের কানাকড়ি মূল্য নেই। এতো একটা সাধারণ খেলা- যা খেলছে রামবতী! এক অহংকারী পুরুষকে খেলিয়ে সাময়িক মনোরঞ্জন মাত্র।

আর- রামবতীর পরিচয় সে একজনের বাগদত্তা। সগাই যখন হয়ে গেছে বধূও বলা চলে। শুধু আনুষ্ঠানিক সঙ্গাটা হয়নি বলেই সে অবাধে অন্য পুরুষের সঙ্গে মিলতে মিশতে পারছে। সঙ্গা হয়ে গেলে সে ডোউকি অর্থাৎ পুরোপুরি বউ হয়ে যাবে। তখন আর রাজিন্দর বা অন্য কারো সঙ্গে মেলা মেশার কোনো উপায় থাকবে না। কার এমন বুকের পাটা যে পরস্ত্রীর সঙ্গে মিলবে মিশবে প্রণয় করবে? পরস্ত্রীর সাথে অবৈধ প্রণয়ের কী ভয়ংকর পরিণতি- তা এখানকার সব মানুষ জানে।

রাজিন্দর একবার শুনেছিল তেমন একটা বুক কাঁপানো বিবরণ।

হুড়ুমগাঁওয়ের মংলা আর মন্তরাম দু জনে বাল্যবন্ধু। একসাথে খেলা বেড়ানো শিকার-ঘোটুল গমন এমন সব বনজ জীবনের স্বাদ পেয়ে বড় হয়েছে ওরা। কেউ কারো বাড়িতে যাওয়ার- খাওয়া, বসা, শোবার কোনো বারণ বাধা ছিলনা। সেই অবাধ মেলামেশায় কেমন করে যেন গজিয়ে গেল পরকীয়ার অবৈধ বৃক্ষ। যার ফল প্রথমে মিষ্ট হলেও পরে প্রাণহরণ করে। সুদর্শন যুবা মন্তরাম তা না বুঝে মংলার স্ত্রী মাঙ্গিনার সঙ্গে গড়ে তুলল শারীরিক সম্বন্ধ।

প্রায় দু বছর ধরে চলল সেই গোপন শরীরখেলা। মংলা ছিল বাৎসল্য প্রেমে অন্ধ। বন্ধু মন্তরামকে সে এত ভালোবাসতো যে মাঙ্গিনার সঙ্গে ঘুরতে, বেড়াতে, হাসতে দেখেও কিছু বলতো না বা সন্দেহ করতো না। দু জনার নামে গ্রামের লোকে অনেকে অনেক কিছু বলতো -তাতে সে কান দিতনা। বলতো মংলা- আমি আমার বন্ধুকে চিনি আর বউকে জানি। যতক্ষণ আমি নিজের চোখে কিছু না দেখবো কোনো কথা মানবো না।

এর ফলে মাঙ্গিনা আর মন্তরামের সাহস আরও বেড়ে গেল। সেই প্রথম দিককার সাবধানতায় শিথিলতা এসে গেল। দিনে রাতে ঘরে বা মাঠে যখন তখন লিপ্ত হয়ে পড়তে লাগল শারীরিক মিলনে। কিন্তু গ্রামের অনেকের চোখে পড়লেও মংলা ছিল আনজান।

একদিন -যেদিন ছিল ওদের জন্য সময় খারাপ। সেদিন দুপুরে দুজনে পাশের জঙ্গলে মহুয়া কুড়াবার বাহানায় গিয়ে লিপ্ত হয়েছিল শরীর খেলায়। যেখানেই মংলা তার দাদা আর গ্রামের কয়েকজন মিলে জঙ্গলের খরগোশ ধরার ফাঁদ পেতে ঝোঁপের মধ্যে

আত্মগোপন করে বসেছিল। তারা স্বচক্ষে প্রত্যক্ষ করল মংলার ঘরের লাজ লুঠ করে নিচ্ছে তারই প্রিয় বন্ধু মন্তরাম।

এরপর যা হবার তাই হল মন্তরামকে ধরে নিয়ে আসা হল গ্রামে। গ্রামসভার বৈঠকী বসল। সাক্ষ্য প্রমান বিচার বিশ্লেষণের পর পাঁচপঞ্চ রায় দিল– যে এমন গাদ্দারি করে, এমন নিমকহারামি করে, বেইমান– যে থালায় খায় সেই থালি 'ছেঁদ' করে তার চরম শাস্তি পাবার 'হক' আছে। সেই শাস্তি স্বহস্তে প্রদান করার 'হক' অবশ্যই আছে মংলার। –একমাত্র মংলার। কারণ মাঙ্গিনা বাই তারই বাই।

এরপর যদি চায় মন্তরামের বাপ গিয়ে পুলুস চৌকিতে রিপোর্ট লেখাবে সে-ও লেখাতে পারে। কারণ সেই 'হক' তারও আছে। তবে সেক্ষেত্রে তাকে একঘরে করা হবে। গ্রামের কারো সঙ্গে আর তার কোনো সম্পর্ক থাকবে না। আদিবাসী হৃদয় এ বিষয়ে একেবারে সাফ! কেস হলে পুলুস এলে মংলা মোটেই পালাবে না। –ধরা দেবে। কানুন তাকে যে সাজা দেবে সে তা মাথা পেতে নেবে।

নারানপুর কোর্টের এক উকিল সাহেব আদিবাসী মনন চিন্তন সম্বন্ধে সম্যক অবগত ছিলেন না। যিনি খানিকটা সমাজসেবী মনোভাবের। তিনি একবার এক খুনের মামলায় একগ্রাম লোককে গ্রেপ্তার করে – এক পুলিস অফিসার হাজতে পচে মরতে পাঠাচ্ছে দেখে স্বেচ্ছায়– সম্পূর্ণ বিনা পারিশ্রমিকে তাদের পক্ষ নিয়ে জামিন করিয়ে দেবার প্রয়াসে প্রবৃত্ত হয়ে ওকালতনামায় টিপছাপ নিতে গিয়ে বিলকুল বেকুব বনে গিয়েছিলেন। তারা কেউ কোনো টিপছাপ দেবে না। উকিল সাহেব যত তাদের বোঝায়- কোনো ভয় নেই। ওকালত নামায় টিপছাপ দিলেই আমি তোমাদের ছাড়িয়ে দেব। তারা সরল মনে উকিল সাহেবকে বোঝায়– ছাড়িয়ে দিলে আর অপরাধের সাজা কী করে খাটা হবে? পুলিস সাহেবের কোনো দোষ নেই। কারণ ঘটনার সময় তিনি তো ঘটনাস্থলে ছিলেন না। তাই তিনি সবাইকে ধরে চালান করেছেন। এবার বিচারক হুজুর সব শুনবেন তারপর যার যা দোষ সেই মত সাজা দেবেন। যে অপরাধ আমরা করেছি তার সাজা না নিলে সরকার বাহাদুর আমাদের উপর নারাজ হবে। সরকার মানে রাজা। রাজা মানে ভগবান। ভগবানকে নারাজ করা মানে শতেক রকম আফত আমন্ত্রণ করে আনা।

দেব দেবতায় আর রাজায় অদিবাসীর অচলা ভক্তি। এরা সর্বদাই রাজার অনুগত– বাধ্য আর সুশীল প্রজা। রাজা কোনদিন খারাপ হয় না। খারাপ হয় কিছু রাজকর্মচারী। তাই এরা আর যাই করুক রাজদ্রোহী কখনও হতে চায় না। যে দু দশটা আদিবাসী বিদ্রোহ ঘটেছে এই দেশে তা রাজার কর্মচারীদের অত্যাচারের অতিষ্ঠ হয়ে ঘটানো হয়েছে। না হলে শত শত বছরের শোষন বঞ্চনা সত্ত্বেও এরা টুঁ শব্দটি পর্যন্ত করে নি।

এরা রাজার অনুগত সেই বিশ্বাস ছিল বলেই দুশো বছরের ইংরেজ শাসনকালে– শাসকেরা এই ভূভাগের আদিবাসীদের নিজস্ব জীবনপ্রণালী আচার বিচার সমাজ সংস্কৃতি ধর্মীয় অনুশাসন কোন কিছুর উপর হস্তক্ষেপ করেনি। তাদের আদিমতাকে সহ্য করে নিয়ে অবিকৃত রেখে দিয়েছিল। 'যতটুকু শাসন না করলে নয়' সেই নীতির উপর আস্থা রেখে শাসনকার্য পরিচালনা করেছিল। এখানকার যোগাযোগ ব্যবস্থা –রেলপথ

সড়ক কোনকিছুকে উন্নত করার চেষ্টা করেনি। তাই এইসব অঞ্চল আজও সভ্যতার শৈশবকাল অতিক্রম করে উঠতে পারেনি। এরা আজও জানেনা উন্নত চাষবাস, পশু পালন, গৃহনির্মাণ বা স্বাস্থ্য পরিচর্যা। শেখেনি আধুনিক সমাজের মত সত্যকে মিথ্যা আর মিথ্যাকে সত্য বানাবার উকিলি মারপ্যাঁচ। তাই এরা প্রাচীন পরম্পরা অনুসারে আজও গ্রাম্য বিচারে অপরাধীকে দণ্ড দেয়। সেটা সামাজিক বিচারে 'ন্যায়' হলেও সরকারি বিচারে নয়, এর ফলে সরকার এদের বিচার করে যে সাজা দেয় এরা মাথা পেতে মেনে নেয়। আইনের ফাঁকফোঁকর খুঁজে বের করতে পেশাদার আইনজীবী লাগায় না।

এক দুর্গম গ্রামে এক ভাইপো ঝগড়ার সময়ে নেশার খেয়ালে চাচার দিকে পাথর ছুঁড়ে মারলে মাথায় পাথরের আঘাত পেয়ে চাচা ঘটনাস্থলেই মারা যায়। যেখানে ঘটনা ঘটেছে কেউ দেখেনি। ভাইপো ইচ্ছা করলে পালিয়ে যেতে পারত। কিন্তু সে পালায় না। গ্রামে ফিরে খুড়তুতো ভাইকে সব বলে থানায় পাঠিয়ে সে বসে থাকে শব পাহারা দিয়ে। শত হলেও বাবার আপন ভাই, যেন তাকে শেয়াল শকুনে না খায়, কাকে না খোবলায়।

সেদিন নয়, পুলিস আসে তার পরের দিন দুপুরে। দুই সেপাই এসে গরুর গাড়িতে মৃতদেহ তুলে– ময়না তদন্তের জন্য থানার দিকে রওনা করিয়ে দিয়ে– ভাইপোর হাতে হাতকড়া পড়িয়ে পিছু পিছু হাঁটা দেয়। কিছু পথ এসে তাদের কাঁধের বন্দুকগুলোও চাপানো হয় ভাইপোর কাঁধে। সেপাই দুজন বুড়ো। দশ বারো মাইল দুর্গম পথে ভারী বন্দুক বয়ে নেওয়ায় বুড়ো দুজনের বড় কষ্ট হবে। তাই এই সিদ্ধান্ত। তা ছাড়া তখন তাদের শরীর বড় টলোমলো। বন গ্রামের তাজা টাটকা সলফি– যা বানানো হয় তালগাছের মত এক ধরনের গাছের রস থেকে– অপূর্ব যার স্বাদ সেই সলফি পেয়ে আর লোভ সামলাতে পারেনি। একেবারে গলা পর্যন্ত গেদে নিয়েছে। তাই তাদের পা টলছে, শরীর টলছে।

যখন তারা হেঁটে হেঁটে কাঁকের শহরে পৌঁছাতে পারে কাঁকেরের মানুষ সেই দৃশ্য দেখে হতবাক। রাইফেল কাঁধে আগে আগে হাঁটছে এক খুনের আসামী। আর পিছনে পিছনে আসছে সেই দুজন লুড়কে যাওয়া সেপাই। গ্রামবাসীর নিজের হাতে বানানো নিজের গাছের সলফিতে তাদের এই অবস্থা। শরীরের আর কী দোষ, সে তো টলবেই।

আদিবাসী না হয়ে ওই ভাইপো যদি অন্য কোনো জনগোষ্ঠীর লোক হতো এমন অবস্থায় বন্দুক আর আসামী একসাথে কোথায় গিয়ে হারাতো তা কেউ জানে না। যার মাথার উপরে তিনশো দুই ধারার কেস চেপে গেছে, বিচারে যার ফাঁসি না হোক যাবজ্জীবন– কমপক্ষে দশ বছর জেলবাস অবধারিত, সে এমন নিশ্চিন্ত মনে হেঁটে এসে বিচারের মুখোমুখি তখনই দাঁড়াতে পারে যার কোনো দ্বিধাদ্বন্দ্ব, সংশয় ভয় নেই। আমি যা করেছি তা করেছি। সেটা অন্যায় হয়ে থাকলে বিচার করে আইন আমাকে যা সাজা দেবে মেনে নিতে হবে। এমন মনের জোর আদিবাসী ছাড়া আর কার আছে!

ফলে বিচারের বানী পাঁচপঞ্চের মুখ থেকে উচ্চারিত হবার সাথে সাথে মন্তরামের ভাগ্য নির্ধারিত হয়ে গিয়েছিল। সিদ্ধান্তমতে এক হাতে ধারালো ফারসা অন্য হাতে মন্তরামের হাত ধরে তাকে নিয়ে গভীর জঙ্গলের দিকে রওনা দেয় মংলা।

তখন সন্ধ্যা ফুরিয়ে গিয়ে রাত নামছে। রাত কালো, কুটিল, বীভৎস! মন্তরাম হাঁটছে

আর ভাবছে তার প্রতিটা পদক্ষেপের সঙ্গে জীবন থেকে ঝরে যাচ্ছে একটু একটু করে বেঁচে থাকার মেয়াদ। একটা জঙ্গল পার হয়ে আর একটা জঙ্গল গভীরে মন্তরামকে নিয়ে যাচ্ছে মংলা। যেখান থেকে জীবনে ফেরার সব পথ বন্ধ হয়ে যাচ্ছে।

যেতে যেতে মংলার মনটা কেমন শিথিল হয়ে আসছে। বুকের মধ্যে উথলে উঠছে সেই দুরন্ত বাৎসল্যপ্রেম। এই আমার সেই বন্ধু-যার সঙ্গে জীবনের সবচেয়ে সুন্দর চব্বিশটা বছর কত খেলেছি, কত হাসি, গান,গল্প, তামাশা করে সময় কাটিয়েছি। কত কিছু ও শিখিয়েছে আমাকে, কত কিছু আমি শিখতে পারিনি ওর কাছ থেকে। উঁচু মগডালের মৌচাক কেমন করে ভেঙ্গে আনতে হয় কী করলে একটাও মৌমাছি হুল ফোটাতে পারবে না, কেমন করে বিষাক্ত সাপ ধরতে হয়, কেমন করে ভালুকের বাচ্চা চুরি করে আনতে হয়, সব সে শিখিয়েছিল। আজ সে একটা অন্যায় করে ফেলেছে, তাই তাকে আমার মেরে ফেলতে হবে!

মেরে তো ফেলতেই হবে বিচারে যখন এই রায় মংলার না মেনে কোনো উপায় যে নেই। চলতে চলতে মংলা খুব কাতর গলায় জিজ্ঞাসা করে– তোর এখন কেমন লাগছে? খুব ভয় করছে নাতো?

এ কথার কোনো জবাব হয় না। সামনে নিশ্চিন্ত মৃত্যু দেখে ভয় পায়না এমন মানুষ কি আছে? কিন্তু ভয় পেয়েই বা সে কী করতে পারে।

খসখসে গলায় বন্ধু মন্তরামকে আবার জিজ্ঞাসা করে মংলা– তোর মনে আছে তুই আমাকে কেমন করে মৌচাক পেড়ে আনতে হয়, কেমন করে সাপ ধরতে হয় সব শিখিয়েছিলি? সব শিখিয়েছিস কিন্তু একটা জিনিস শেখাস নি!

–কী!!

কেমন করে মন মজাতে হয়! তোর চেয়ে আমাকে দেখতে সুন্দর, তোর চেয়ে আমি জোরে দৌড়াতে পারি, তোর চেয়ে ভালো আমি গান গাইতে পারি, নাচতেও পারি। অনেক কিছু আমি তোর চেয়ে বেশি পারি, কিন্তু তোর মত আমি ভালোবাসতে পারিনা। তা না হলে আমার বউ আমি থাকা সত্ত্বেও তোর দিকে ঝুঁকে যাবে কেন! সব আমাকে শেখালেও কেমন করে ভালোবাসতে হয়, মন মজাতে হয় সেটা শেখাস নি।

সব যুদ্ধে বিজয়ী পরাজিতকে বন্দী করে, হত্যা করে। এই প্রথম এক পরাজিত হত্যা করতে চলেছে বিজয়ীকে। এটা অত্যন্ত অন্যায়! আর তাই মংলার হাতের শক্ত বাঁধন খুলে গেল। মন্তরাম থেকে চার পা পিছিয়ে পড়ল মংলা। আর মংলার মুখ থেকে উচ্চারিত হলো এক অবিশ্বাস্য অভাবনীয় প্রাণদায়ী শব্দ– ভাগ! ভাগ যা –!

মন্তরাম সে শব্দ শোনা মাত্র যা বোঝার তা বুঝে নিল। চারদিক থেকে হিংস্র হায়নার পাল ঘিরে নিলেও বিপন্ন মানুষ বাঁচবার শেষ চেষ্টা করে। আর কিছু নয়– বেঁচে থাকতে পারাটাই জীবনের এক পরম বিজয়। মন্তরাম আর মুহূর্ত বিলম্ব না করে কাঁটা ঝোপঝাড় মাড়িয়ে প্রাণপণে ছুট মারে সামনের দিকে। রাতের অন্ধকার আর জঙ্গলের লতাগুল্ম –ঝোপঝাড় তাকে বুকের মধ্যে লুকিয়ে নিয়ে জীবন দান দিল। আর মংলার বুক থেকে নেমে গেল একটা ভারী বড় পাথর।

এমনিতে আদিবাসীরা শান্ত আর শান্তিপ্রিয়। ঝগড়া, ঝঞ্ঝাট, মারামারি, খুনোখুনি তারা পছন্দ করে না। কিন্তু তাদের স্বাভিমানে যদি আঘাত লাগে –কেউ যদি আঘাত করে, আদিবাসী আগুন হয়ে জ্বলে ওঠে। তখন আহত বাঘ আর আদিবাসীর সঙ্গে কোনো প্রভেদ করা যাবে না।

এরা নারীজাতিকে মনে করে মাতৃতুল্য। অনাদিবাসী কেউ তাদের মায়ের জাতকে ফুসলে নিয়ে গিয়ে নিজের 'হবস' মেটাবে –সেটাকে তারা নিজেদের মানসম্মানের উপর একটা চরম আঘাত বলেই মনে করে। তেমন অপরাধীকে এদের কঠিন সাজা দিতে কারো মনে কোনো দয়া, কৃপা, করুণা আসে না।

এক পরদেশি এখানে হঠাৎ এসে পড়ছে। তার সঙ্গে রামবতী একটু খেলছে, মিশছে, ঘুরছে। এতো স্রেফ একটা খেলা! একটা জেদি অহংকারী পুরুষকে পোষ মানা বেড়াল বানিয়ে ফেলেছে –মহিলাদের মর্যাদার কাছে এর একটা গুরুত্ব থাকলেও গোটা সমাজের কাছে এর কোনো গুরুত্ব, মূল্যমান নেই।

সেই যেমন সভ্যসমাজে একটা ছেলে আর একটা মেয়ে ঘোরে –মেলে মেশে। কেউ তাদের জিজ্ঞাসা করলে জবাব দেয়– আমাদের মধ্যে তেমন কিছু নেই। আমরা বন্ধু। দুজন দুজনের খুব ভালো বন্ধু। এখানে এসে দিন দশেক বাস করা ওই পরদেশিও রামবতীর ভালো বন্ধু তার বেশি আর কিছু নয়। তার বেশি আর কিছু, এটা কে বলেছে? রামবতী কি বলেছে? সে যখন বলছে না সে নিয়ে অন্যের মাথা ঘামাবার কোনো কারণ নেই। যখন তেমন ব্যাপার আসবে– দেখে নেওয়া যাবে!

আদিবাসী সমাজের এই মনোভাবের সঙ্গে পরিচিত বলে নিজের মনোভাব অবদমন করে নিশ্চল বসে থাকে রাজিন্দর। এ ছাড়া তার আর কিছুই করার নেই এই সময়ে।

অনেকক্ষণ কেঁদে একটু হালকা হয়ে বলে রামবতী– তাহলে তুই যাচ্ছিস?

-না গিয়ে কী করি বল।

প্রবল আকুতি ঝরে পড়ে রামবতীর গলা থেকে– আজকের দিনটা থেকে কাল চলে যাস!

সেই যেমন মৃত প্রিয় পুত্রকে কবরে দাফন দেবার আগে পরম মমতায় মুখে বুকে হাত বুলিয়ে দেয় সন্তানহারা মা, আর কাছে পাবে না, আর আদর ভালোবাসায় সিক্ত করতে পারবে না তাই উজার করে সবটুকু মমতা ঢেলে দিতে চায়– সেই যেমন চির বুভুক্ষু শেষপাতের পরমান্নটুকুর স্বাদ চেটেপুটে দেখে নিতে চায়- সেই যেমন মৃত্যুদণ্ডাজ্ঞাপ্রাপ্ত বন্দী ফাঁসির দড়িতে ঝুলে পড়ার আগে বুক ভরে টেনে নেয় শেষ বাতাস– সেই রকম রামবতীর শেষ সাধ আজকের সারাটা দিন মনের মত করে উপভোগ করে নেয়।

সকাল পর্যন্ত তার মনে কোনো শঙ্কা কোনো হারাবার বেদনা ছিলনা। তাই পাখির মত উড়েছে মনের আনন্দে। আনন্দস্রোতে ভেসেছে আর এক প্রাপ্তির জোয়ারে। কিন্তু প্রাপ্তির দোরগোড়ায় যখন হারাবার ভাবনা এসে দাঁড়িয়ে পড়েছে, পাল্লার মাপে মনে হচ্ছে যা পাচ্ছে তার চেয়ে হারাতে হচ্ছে অনেক বেশি– তাই হারানিধিকে হারিয়ে ফেলার আগে যতক্ষণ পারে ধরে রাখতে চাইছে নিজের কাছে। কিন্তু তার যে কোনো উপায়

আর নেই। রামবতীর অনুরোধে আজ থেকে গেলে কাল যে যাওয়া যাবে তার কি কোনো নিশ্চয়তা আছে? কে বলতে পারে, কোনো বাধা এসে পথরোধ করে দাঁড়াবে না?

কাতর গলায় বলে রাজিন্দর– ভাইয়া তৈয়ার হয়ে দাঁড়িয়ে আছে!

মানা কর! বলে দে কাল যাবি! রামবতীর গলায় কাতর মিনতি, চোখে সব হারানোর বেদনা– কাল আর তোকে মানা করবো না। সকাল হলেই চলে যাস।

আদিবাসী শব্দভাণ্ডারে প্রেম বলে কোনো কথা নেই। ওরা ছত্তিশগড়ি শব্দ ধার করে পিয়ার বলে মনের সেই রূপান্তরকে বোঝাতে চেষ্টা করে। কিন্তু এখন কোনো শব্দ, বাক্য, কাব্য, সঙ্গীতের দরকার পড়ছে না। বুঝে যাচ্ছে রাজিন্দর– রামবতী তার প্রেমে পড়ে গেছে। গভীর ভাবে ভালোবেসে ফেলেছে তাকে। তার হৃদয়ের ভরা গাঙ্গে ফুটে উঠেছে প্রেমের নীলপদ্ম। প্রকৃতির বাগ বাগিচায় ফুল ফুটুক আর নাই ফুটুক মন জুড়ে আজ তার বাহারি রঙের আগুন ফুল। সেই ফাগুন আগুন শরীরের প্রতি কোষে কোষে সঞ্চারিত হয়ে গেছে। হৃদয়ের রক্ত রাঙা বুকের আলপনায় আঁকা হয়ে গেছে পরদেশির প্রিয় পদচিহ্ন।

বসন্তের রঙিন ঋতু একুশবার ছুঁয়ে গেছে তাকে। কত যুবক কত কাতরতায় এসে নতজানু হয়েছে মন আর দেহের দ্বারে। কিন্তু আজ বুকের মধ্যে সেই সব স্মৃতি হাতড়ে তেমন কিছু প্রাপ্তিচিহ্ন খুঁজে পাওয়া যাচ্ছেনা যাকে পরম প্রাপ্তি বলে আঁকড়ে ধরা যায়। তার কোনটাই তাই মনপ্রাণ এমন আলোড়িত করতে পারেনি। যেমন আজ এই অবেলায় করছে।

আজ– এই প্রথমবার, সত্যি উচ্চারণের সামর্থ্য থাকলে নির্দ্বিধায় বলে দিতে পারতো রামবতী –আমার প্রাণে, মনে, আত্মায়, শরীরের প্রতি লোমকূপে, শ্বেত কনিকা, লোহিত কনিকায়, অস্থিমজ্জায়– গভীর গোপন ফাগুয়ার ছোপ লাগিয়ে দিয়েছে এই পরদেশি। শরীরের খনিগহ্বরে বিস্ফোরণের তীব্রতায় জেগে উঠেছে হীরক দ্যুতিসম্ভার। তার বর্ণচ্ছটার ভাস্কর দীপ্তিতে আদিগন্ত আজ আলোকিত। সেই পিপাসার্ত আলোকবর্তিকা সম্পূর্ণ নির্বাপিত হবার আগেই চলে যাচ্ছে জাদু জাগানিয়া কারুশিল্পী।

সেই শোকে কাঁদছে রামবতী।

সম্পূর্ণ অযাচিতভাবে দরজার কড়া নেড়েছিল এক বর্ণময় সকাল। কুহু ডাকা কেকা উড়ে এসে লুকিয়ে বসেছিল পত্র-পল্লবের সবুজ সতেজতায়। প্রতিদিনের গতানুগতিক জীবনে তার আগমনে যে এমন ভাবে রঙমশাল জ্বলে উঠবে আগে জানতো না রামবতী। প্রান্তসীমা মুছে গিয়ে–অস্ত্রক্ষেপণ ভুলে, যুদ্ধ স্থগিত রেখে– পদ্মের নাভি উন্মোচিত হলে, কস্তুরিগন্ধে চারদিক আমোদিত হয়েছিল। তখন আকাশ বাতাস থেকে, পাহাড় আর বন থেকে যেন মধু আর মহুয়ার ফোটা ঝরে ঝরে পড়েছে ঘোটুল ঘরের নিভৃতিতে। ঝর্নার জলে আর চাঁদগলা জোছনার ধুলাকীর্ণ মাঠের ঘাসে।

আর সে মদ আর মধুর আস্বাদন হবে না। আর সে কলাকার থাকবে না। পরিযায়ী প্রাণ কোনো বাঁধন মানেনা, কোনো বন্ধনে বাঁধা পড়ে না। তাই আজ চলে যাবে প্রিয় পরদেশি! সেই কারণে এক বনবাসী অবলার না বলা ব্যথায় চোখের জল ঝরছে। যেন

ভিজে যাচ্ছে বনরাজ্যের শুষ্ক বনভূমি। যেন এখন কাঁদছে মহারণ্যের সকল প্রাণ- পরদেশিয়া রে! কোন গাঁও সে তে আয়ে, কোন গাঁও তে যাবে! কাবর তে আয়ে, কাবর তে যাথস, সব্বোলা রুলাইকে?

ম্লান গলায় আবার বলে রাজিন্দর- আর কাঁদিস না রামবতী। তুই এ ভাবে কাঁদলে আমি যে যেতে পারবো না। আর আমাকে আটকাতে চাস না। আমার সঙ্গে এক সঙ্গী এসেছিল। সে যে কোথায় গেল তার কোনো খবর জানিনা। ফিরে গিয়ে তার খোঁজ নিতে হবে। যদি সব ঠিকঠাক থাকে বচন দিচ্ছি আমি আবার তোদের গ্রামে আসবো। তোর শ্বশুরাল গাঁওয়ে গিয়ে তোকে দেখে আসবো। মন শক্ত করে আমাকে বিদাই বোল!

রামবতীর হাতের বাঁধন খসে যায়- ছুঁয়ে বল, আমাকে ছুঁয়ে বল আবার আসবি?

ছুঁয়েই বলছি আসবো – আসবো।

-মাতাদাই কি কসম?

-মাতাদাই, মাতা দন্তেশ্বরী, বাবা বুড়হাদেও কি কসম।

বাইরে থেকে ডোঙ্গারামের অধৈর্য ডাক শোনা যায়-হেই পরদেশি আউর কতিকদের করবে? নিকাল বাহার। তাত বাড়থে- চল জলদি।

চোখ মুছে রাজিন্দরের দুই গালে দুটো ভালোবাসার চিহ্ন একে দেয় রামবতী। তারপর আবার ধুলিধূসর শয্যায় শুয়ে পড়ে ফুঁপিয়ে ফুঁপিয়ে বলে- বিদাই!

রাজিন্দর মাথা নিচু করে ঘর থেকে বাইরে আসে। কিন্তু পা তখন তার যেন শত মন লোহার শেকলে বাঁধা পড়ে গেছে। অতি কষ্টে সেই ভার টেনে সামনে আগায়। কী করে এই ভার বয়ে নিজভূমে ফিরে যাবে সে নিজেই বুঝে উঠতে পারে না।

[সমাপন]